蛮荒行

诛仙前传

萧鼎 著

中國華僑出版社

目录

第一章

围攻

青云山脉屹立中原，七峰雄峙，云蒸霞蔚之间直入云霄，有通天之姿，有仙家之气。

青云一门，开山立宗两千余年，自青云子祖师之下，到青叶祖师光大门楣，时至今日，掌教乃是天成子真人，一身道行深不可测，德高望重为天下所敬仰。门中英才辈出，同辈有真雩、郑通等名动天下的正道巨擘，年轻一辈弟子中更是俊杰无数，天资横溢，其中尤以天成子真人悉心栽培的两位亲传弟子道玄、万剑一最为出色，以为千载难见之奇才。

天下众望所归，称之以名门大派，正道领袖。

站在那青云山麓下，抬头仰望这万丈雄峰，目光所及竟不能窥其全貌，更令人心生向往，不知那灵山雄峰之巅，又是何等仙家胜境、缥缈盛景。如此威严仙山，名门宗派，本为天下芸芸众生所景仰，但是就在这一年，魔教教主仇忘语尽起教中精锐，自西北蛮荒圣殿而出，席卷天下，一路直扑青云，并于春暖花开的时节里，魔教大军围困青云，大举攻山。

青云山下一处密林前，站着两个人，一人年轻刚毅，气度沉雄，此刻眉头紧皱，正紧紧仰望远处那座直入云霄、在云彩中若隐若现的灵山雄峰，面上似有几分忧色；而在他身边站着的另一人则是全身黑衣，连面上也蒙了一层黑巾，将头脑包住，只露出深沉的双眼。

而在二人身后的林子中，看起来也并非空无一人，隐约能望见人影闪动，甚至还有刀器折射出来的光，让人心中隐隐生出几分寒意。

过不多时，忽然听得那年轻男子皱着眉头喟叹一声，背负双手来回走了几步，看起来心情有些烦躁不安。旁边的黑衣人淡淡地看了他一眼，却并未有劝解之意，只是平静地将目光移开。

如此过了一会儿，那个年轻人终究是忍耐不住，转过头来对黑衣人皱眉道："鬼先生，我心中还是不解，为何宗主要留我在这山下，如此大事却不让我参与，莫非他老人家竟是有疑我之意了吗？"

黑衣人哼了一声，不答反问，道："你一身艺业何人所授？"

年轻人道："宗主所传。"

黑衣人又道："宗主他待你如何？"

年轻人沉吟片刻，点点头道："恩重如山，视同己出。"

黑衣人哼了一声，道："你自己心里明白就好。就我看来，老宗主对你确实不差，这份鬼王宗的基业，日后必然是交到你手上的，莫要多想了。"

年轻人叹了口气，转身又向那青云山高耸入云的山峰上看了一眼，道："既是如此，围攻青云门如此大事，宗主他老人家为何不让我上山，反而令我带人等在这山下林中，只做接应之事？"

黑衣人沉默了片刻，道："此事不外乎两种可能，其一是老宗主深知此战凶险，青云门乃是千年大派，门中高手无数，稍有不慎便是身死命殒的下场，故令你在此置身事外；其二嘛，那就是……"

他的声音忽然低沉了下来，往前走了一步站在那年轻人的身旁，先是向左右看了一眼，随即轻声道："其二，或许便是老宗主心中，其实对此战结果并不看好，为鬼王宗基业着想，方才令你在此接应，以防不测。"

年轻人听到此处，登时悚然一惊，转头看着黑衣人，沉声道："鬼先生，此话怎讲？"

黑衣人嘿嘿笑了一声，似乎对刚才自己所说的话并无丝毫在意，片刻后淡淡地道："不过是胡乱猜测罢了。"

年轻人面色冷峻，深深地看了他一眼，嘴唇微动似乎想说些什么，但到了最后，他终究还是什么都没说出口，只是默默转过身去，抬头仰望着那座高大山峰。

便在这时，忽然从他们身后的树林中传出一阵骚动，年轻人面色一冷，回头喝道："怎么回事？"

过不多时，林中有一个男子拖着一个看起来像是樵夫的老头跑了出来，面上带有几分惊惶之色，似乎对这个年轻人颇为敬畏，到了近处后急忙道："回禀副宗主，我们在林子附近抓到了这个老头。"

年轻人眼中寒芒一闪，向那老人看去，携着一股无形的威势。那樵夫似乎只是一个普通人，刚才又在那林中看到刀光剑影受了惊吓，哪里经受得住这个，登时脚下一软，跌倒在地，同时口中一阵有气无力的叫嚷，也不知道在说些什么。

年轻人冷哼一声，向那手下看去，那手下急忙小心回报道："副宗主，之前我等已经问过了，这老头说是附近一个村子砍柴的，今日恰巧路过此地。"

"嗯？"一个声音从旁边传来，却是那名叫鬼先生的黑衣人看了过来，皱眉道，"什么村子？"

"距离此地三里开外，就在青云山脚之下，叫草庙村。"

鬼先生摇摇头，道："太近了，只怕会暴露我等藏身所在，怎么之前没人发现？待我领人过去灭了那村子……"

"且慢！"鬼先生话音未落，却是被人打断了。他抬头一看，皱眉望向那年轻人，道："小万，怎么了？"

那年轻人淡淡一笑，摆摆手令那手下将老樵夫拖回了林子中，随后淡淡地道："不过是一群凡夫俗子罢了，我圣教威名，岂因随意杀戮而来，没得让那些中原门派看轻了；而且此刻我圣教大军已然上山，杀之何益？不必多事了。"

鬼先生默然片刻，点头不再言语，而被他叫作小万的年轻人也再度抬头望向青云山，面上阴晴不定，似乎还在为待在山上的人挂念担心。只是就在此时，小万的目光猛地一凝，只见那原本清朗一片的天穹中，忽然有一片乌云滚滚而来，冲散原本缥缈洁白的云彩，霍然占据了那青云山头的整片天空，浓黑似墨，深沉如星海，竟似有逆转乾坤之势。

小万身躯一震，面上却是露出一丝喜色，道："'天魔幡'！教主出手了。"

鬼先生站在小万的身后，目光也往青云山头望去，只是双眼之中光芒闪烁，却并非尽是欢喜，似乎隐隐还有一丝担忧之色。

青云山脉通天峰上，原本如仙家胜境之地的云海上空，此刻已经尽数为黑云所笼罩，血腥气息四处弥漫，那些缥缈洁白的云气似乎也变作了令人触目惊心的暗红颜色。无数条人影在这片阔大而诡异的黑色天幕下闪现、飞驰和决战，刀光剑影、鲜血飞溅，各色法宝异光闪烁如狂，惨呼声、锐啸声此起彼伏，不时便有漫天血花和断臂残肢飞起，惨烈到了极处。

此番魔教上青云可谓全力以赴，包括原本自立山头的四大派系长生堂、万毒门、鬼王宗和合欢派，也是精锐尽起云集于此，在魔教教主仇忘语的带领下，对正道千年大派青云门展开了疯狂围攻。

说到仇忘语此人，也是魔教多年未见的一位绝世之才。传说此人起于微末，天资超绝，年轻时拜入魔教门下，后在蛮荒圣殿中得到了不为人知的绝大机缘，自此道行突飞猛进，且杀伐果决善谋略，修为大成之后在二十年间便统合了大部分魔教派系，令分裂多年的魔教气象为之一新，而如今距他登上教主宝座，也仅仅两年而已。

如此超卓人物在此，令人不敢想象，假以时日，此人又会达到何等成就。

当此之时，黑云之下，青云、魔教双方正是殊死决战之际，魔教以四大门派为首，呼啸而起，奇人异士诡异法宝层出不穷，凶焰滔天；而反观青云一门，虽然一开始被魔教偷袭处在下风，然而千年名门岂是虚名，放眼望去，青云弟子或数人结阵，或独立抵挡，剑芒灼灼、清光漫天，竟是硬生生将魔教的攻势扛了下来。

其中云海战场上战斗最激烈的几处地方，有一个身着青云道袍的中年男子，浓眉大眼，容貌平凡，手中一柄豪光四射的青色灵剑却是光芒耀目，矫若游龙，挥洒之间似行云流水，行走进退大开大合，魔教中人望之披靡，令青云一方情势为之一振。

然而魔教之中迅速便有回应，很快就有两个身影迎了上来，一男一女，一马当先的男子身具异象，一张脸上竟有阴阳两面，一半白皙如常，一半则面如重枣，看起来十分诡异；随后的女子相貌极美，眉目含春，眼波盈盈流转间却有勾魂魅惑之感，正是魔教四大派的其中两位首领，男子是长生堂门主段候，女的是合欢派门主月华仙子。

这两大高手一出手，顿时便将那青云高手挡住，与此同时，只听月华仙子如春水一般柔软的声音笑着道："郑通老儿，多年不见，看着还硬朗呀！"

那面貌平凡的男子便是如今青云门大竹峰一脉首座郑通了，此人成名多年，是青云门掌教真人天成子的师弟，一身道行极高，向来名动天下。此刻虽然被魔教两大高手挡住，但郑通举止潇洒，一柄灵剑飞驰闪烁，以一敌二看起来竟然一时间还未完全落入下风，在听到月华仙子的取笑后，他冷哼了一声，斜眼看了一下那美貌女子，只是淡淡说了一句："妖妇！"

月华仙子捂胸微笑，看去温柔无限，然而手底下却是阴狠毒辣，道道阴风都向郑通要害袭来，毫不留情。不过相比起月华仙子，郑通更看重的反而是在一旁一声不吭的段候，此人生有异象，面分阴阳，其手中法宝也是一面阴阳宝镜，变化莫测，屡有诡异变化，令人防不胜防。

不过郑通毕竟是成名多年的青云门高人，什么样的场面没见过，虽然这两个魔教妖人十分厉害，又是联手围攻，但他还是接了下来，不过如此一来，他也确实无力再去支援周围的青云弟子，场中局势顿时又向魔教倾斜过去。

如此斗了十多个回合，郑通的眉头越皱越紧，眼中掠过一丝焦急之色，反观段候和月华仙子二人却是越发轻松，只是缠着郑通不让他离开。

眼看着战斗正激烈，忽然郑通面色一变，一声怒啸纵身而起，甚至来不及去抵挡段候手中阴阳镜折射而来的一道玄黑异芒，只听"砰"的一声，他被那道玄黑光芒打中，身子一颤，吐了一口鲜血出来，整个人向后退了丈余之远。

一声怪异低沉的尖啸声，从郑通原本站立的地方响起，片刻之后，只见那地面上一团云气忽然散开，一只诡异之极的七尾蜈蚣振翅而起，在半空中对着郑通鸣叫两声，随即向后飞去，一下子钻入了从一旁突然鬼魅般现身的一个男子袖口之中。

郑通面色看上去有些苍白，冷冷地看了那最后出现的瘦削男子一眼，寒声道：

“老毒物！”

段候眉头一挑，并未说话，旁边的月华仙子倒是笑了起来，道：“毒神，人家可是看不起你呢！”

这男子便是魔教四大派中万毒门的门主毒神了，只见他容貌瘦削，头发灰白，看起来有些苍老，双眼却是精光四射，淡淡地看了一眼郑通，也不生气，只是笑道：“郑大仙人向来眼高于顶，自然是看不上我等邪魔外道了。”

“呸！”

郑通冷笑一声，也无意与这些妖人多说废话，提取灵剑便昂然直上，并无半点惧色。然而魔教三大门主战力何等之高，哪怕是郑通成名多年道法精深，在此三人的围攻下也很快便被逼得左支右绌，特别是那毒神，一身毒功，强悍且不论说，更是时不时放出一些毒物骚扰，让郑通不得不为之分心。

如此一来，云海之上青云门颓势越发明显，天上黑云滚滚，似乎那传说出自魔教秘典《天魔策》的异宝天魔幡，对这些魔教妖人还有助益之功，魔教大军气势高涨，攻势一波高过一波。

就在这危急时候，从那天际之上，猛地响起一道惊雷，刹那间，只见电光轰然闪现，一道人影现身高空之中，手持一把蓝光闪烁之仙剑，凌空连走七步，举剑向天，口中颂咒。一连串声似惊雷，便见那风卷残云倒悬如斗，顷刻间，一道电光巨柱从天际劈下，有震天之威，有撼地之势，仿佛就连这雄峰大山，在这一刻都为之震颤不已。

魔教中人尽皆变色，月华仙子一声惊呼，身子当先后退，同时口中喊道：“神剑御雷真诀！”

毒神一个闪身，身子向后翻去，转眼没入人群不见。而那段候正要退走的时候，却发现原本向大片地域洒落轰下的电光巨柱，突然间合而为一，竟是全部向自己身上劈了下来。

这一刻，段候大吃一惊，脸色瞬间煞白，想不到之前那天上人影所做出威势如此之大的一切居然都是虚张声势，最后这一记名动天下的青云大招，竟然全部劈向了自己。危急关头，段候大叫一声，阴阳镜挡在身前，阴阳变幻不休，瞬间转换了无数次，仿佛连周围的空间都为之扭曲，而他的身影也在那光影中模糊了起来。

只是那皇皇天威，非人力所可抵挡，一剑劈下，地动山摇，阴阳变化瞬间如镜面破碎，如流云飞散，巨响声中，地裂人飞。段候一声怒吼，已是倒飞出去，转眼不见踪影。远远地传来他一声恼怒愤恨的咒骂声，吼道："真雩老虔婆，你竟敢暗算我，给我记着……"

半空之中的女子冷哼了一声，身影落了下来，只见她身着白色道袍，身材高大，鬓边隐见白发，但精神矍铄，神色冷峻，冷冷地看了一眼周围，一时间竟无魔教妖人胆敢上前。

郑通长出了一口气，上前拱了拱手，道："多谢师姐。"

这位女子乃是青云门中小竹峰一脉的首座真雩大师，论辈分她甚至还是当今掌教真人天成子的师姐，是青云门中德高望重的一位前辈，平日里性子严厉，向来为青云门中弟子敬畏。

此刻真雩大师以青云绝学之神剑御雷真诀暂时逼退魔教三大高手，令场中形势为之一缓，但天际黑云滚滚，这战场上仍是魔教大占上风。而且无论是真雩还是郑通，此刻脸上都有忧虑之色，情不自禁地抬头往那片黑云之中望去。

就在这个时候，忽然，那片漆黑如墨、深沉似海的浓厚黑云中传来一声长笑，声若铜钟，随即一个浑厚的男子声音响彻天穹大地，道："天成子老儿，你招数尽出，如今已是黔驴技穷，当非我之敌，还不束手就擒吗？"

第二章

英 杰

似乎是呼应这黑云中男子的声音，漫天如浓墨一般的黑云瞬间翻滚如潮，如同沸腾一般遮天蔽日。但就在此刻，那一片黑色的天穹云彩深处，忽然有一缕银色清亮的光芒亮起，如同深夜之中夜空里洒落的星光。

一颗大星陡然而现，似钉子一般牢牢钉在天穹正中，紧接着，在铺天盖地的阴风呼号中，银光闪烁不断，黑云之中连续亮起光芒，又次第亮起六枚大星，牢牢定在乌云之上。转眼之间，七颗大星同时大放光芒，光辉连成一片，正是北斗之势，气势大盛，一时之间隐然有与这漫天黑气抗衡之势。

通天峰云海之上，无数人目光同时望去，青云门中上下弟子都是精神大振，中间更有人忍不住带着欣喜喊了出来："七星剑式！"

人群之中，真雩和郑通对视了一眼，虽然二人比起周遭弟子们神情要冷静许多，但眼底还是露出了几分欣喜之色。这门"七星剑式"绝学，乃是青云门中流传下来的一门极厉害的神通道法，艰深难修但威力绝大，特别是如果配合通天峰一脉秘传的强大法宝"七星剑"，施展出来后更能借取诸天星辰之力，有鬼神不测之威，是以与之前真雩大师所施展的神剑御雷真诀一样，同列为青云门镇派四大真诀之一。

而如今青云门的掌门真人天成子，身上所佩带的法宝正是七星仙剑，同时他也是青云门中多年来公认的唯一一位修成了七星剑式的人。

这一记神通真诀施展开来，天空中的黑云顿时像是被这片星光劈成两半，朗朗乾坤再度从那缝隙中透了出来。受此影响，云海之上的战局也为之一变，魔教一方气势稍挫，而青云门这一边则是士气大振。

天际黑云之中，那个声音浑厚的男子忽然“咦”了一下，听起来似有几分惊讶，但并无慌乱之意，反而失笑道：“这便是你们青云门久负盛名的‘七星剑式’了吗，果然了得，竟然能与我天魔幡相抗。天成子老儿，你果然也不是浪得虚名的人。”

“哼！”一声冷哼，带了几分怒意，从那片星光耀眼的光辉背后传了出来，道，“邪魔外道，受死！”

话音甫落，只见那银色星辉陡然大盛，直逼向那黑云深处，正是那浑厚男子声音传出来的地方，而下一刻，那男子声音同样一冷，喝道：“井底之蛙，且让你见识一下我圣教传承千载的绝世神通！”

这一声犹如神祇敕令，声出法随，只见漫天黑云轰然而开，急速旋转成一个巨大圆环，而在云巅之上现出两个身影。其中一人身体清瘦，身穿墨绿道袍，上绘松云纹，前后有阴阳八卦图案，手持着一柄刃有七星之仙剑，双眼精光逼人，正是当今青云门掌门真人天成子。

而与之遥遥相对，同样站立在云端俯瞰众生的男子，便是魔教教主仇忘语了。透过蒸腾缭绕在他身旁的黑气，可以看见此人乃是一个高大魁梧的男子，面容坚毅，神采飞扬，此刻虽然正是激战之中，却是一身从容，风采气度令人心折。

七星剑式的光辉如银色灵光飞驰而来，仇忘语长啸一声，右臂猛然前探，瞬间周身便黑气狂涌，竟是凝出了一个黑色的巨爪，同时，一大片虚空中如万鬼嘶嚎，场面惊心动魄，对着奔袭而来的七星剑式直接迎了上去。

硬碰硬，毫无花哨取巧的意思，看起来哪怕是面对号称当今天下正道第一人的青云门掌门真人，这位魔教教主仍然丝毫没有退让的意思。而在云海之上，真雩忽然皱了一下眉头，低声道：“这莫非是……”

“玄阴鬼气。”郑通在她身边接口道，面色看起来有些凝重，双眼紧紧地盯着天空之上，同时道，“这门威力绝大的异术在魔教中已经失传多年，没想到竟然被他再度修成了。”

真雩大师默然片刻，脸色忽然变得难看起来，寒声道：“看起来传说此人在魔教蛮荒圣殿中以大机缘得到了无上法典《天魔策》，应该是真事了。”

郑通脸色微变，刚要说话，突然间神色一紧，却是天际远端之上，那两个方今世上最强大的人已然悍撞硬碰了起来。只听一声轰鸣巨响，一道几乎肉眼可见的气浪从半空中瞬间炸裂冲出，地动山摇间，云海平台上所有的云气都翻滚消散，道行差一点的弟子甚至连站都站不稳了。

但是此刻没有人关心脚下，所有人的目光都在天际那两个人的身上，都紧紧盯着当今两大顶尖的神通道法决一死战，只见瞬间，七星剑式辉煌的星光与玄阴鬼爪的黑气死死地纠缠在一起，随即又疯狂向外爆裂泄去，竟让人一时无法直视，甚至连那两个人的身影都看不真切了。

就在这紧要关头，云海之上忽然传来仇忘语浑厚的长笑声，如重锤一般敲在青云门每个门人弟子的心头：“天成子老儿，这一下你还有何话说！”

黑气徐徐蒸腾而上，星光却是黯淡散落，有大风吹来，那两个人都已不在原来的位置，不知何时已经移到仅仅相距丈许开外的地方。魔教教主仇忘语长身而立，胸口黑衣破了两道口子，右臂也撕开了一道口子，血迹隐现，看他神色却是神采飞扬，神色中更有几分激动，仰天长笑，顾盼自雄，仿佛站到了自己人生的巅峰。

反观天成子这一边，底下云海上的青云门众人都是大惊失色，只见天成子面色惨白，身上道袍如被黑火焚烧过，一片焦黑，右臂更是无力垂落，哪怕隔了老远，都能看到那手腕在不停颤抖，似乎只能勉强抓住手中的七星宝剑。

片刻之后，仿佛带着几分凄凉之意，半空之中的银色星辉终于像是支撑不住，完全消散而去，青云山头，一片沉寂。

仇忘语冷笑一声，眼中冷酷之色一扫而过，喝道：“且让你看看现如今是谁受死！”

话音未落，那黑色的巨爪便再度出现在半空之中，如同恶鬼一般凶恶万状地向天成子扑了下来。云海之上，青云门中瞬间一片哗然，不知有多少人振衣而起，其中速度最快的正是真雩与郑通二人，转眼间已各持法宝，直冲上空。

然而，此刻在通天峰上的并不只有青云门一门之人，魔教中人的人数甚至比青云门还要多，只听呼喊呵斥声瞬间响起，大群魔教教徒一拥而上，立刻便将想要去救援掌门真人的青云弟子都截住了，同时口中大肆嘲讽讥笑，不绝于耳。

真雩与郑通速度极快，倒是甩开了那些魔教教徒，但是身形才蹿起不到数丈，便只听风声凛冽，从斜刺里如刀如剑刺了过来。这一下偷袭阴狠毒辣，而且来势汹汹，哪怕是真雩与郑通这等大神通的修士也不敢等闲视之，只得各自返身出手抵挡，拦下了这一记偷袭，但身子也就此被阻挡下来。

一个身影出现在这两个青云门大长老的面前，虚浮在半空中，却是一个身材瘦小的老头，头发花白，面容丑陋，看去已经十分苍老，唯独一双眼睛却是十分明亮，胸口还挂着一串异常诡异的黑色珠子，每一颗黑珠都雕成了骷髅形状。

待看清这老头的模样后，真雩与郑通都是瞳孔微微一缩，郑通灵剑一振，沉声喝道：“鬼王！”

眼前这个苍老的瘦小老者，便是魔教四大派系中最后一派鬼王宗的宗主了，而看真雩与郑通的神色，似乎对这个老头比刚才另外三大魔教派系的魔头更加着意一些。事实上，虽然这个鬼王貌不惊人，但刚才那一下出手就狠辣无比，找的时机更是极准，以一人之力硬生生将这两个强敌都暂时留了下来。

下方一片混乱大打出手，青云门所有的救援眼看都被魔教教徒拦截下来，包括真雩和郑通也暂时被突然出现的鬼王逼住。云端之上，仇忘语仰天大笑，凶厉无比的玄阴鬼爪已然冲至天成子身前不远处，眼看就要打在这位青云门掌门真人的身上。

然而就在此刻，忽听一声长啸传来，在那云海平台之上，青云门众人之中，突然有一道白影猛然冲天而起。

山风吹来，白衣猎猎，那赫然是一个剑眉星目的年轻男子，目光冷峻，手中握持一把碧绿仙剑，如离弦之箭，逆风飞起。旁边早有魔教教徒呼喊扑来，想要拦阻此人，转眼间便有三五人纵身拦在身前。

旁边有人惊呼出声，语带惊慌，只见这白衣男子面色如铁，未有丝毫动容，整个人便如破釜沉舟，去势更不稍缓，竟是对着那几个魔教教徒直冲而上。呼啸声中，他手中绿芒暴涨，就在下一刻，突然云海静默，紧接着忽闻一声龙吟长啸，声动九天，天际黑云滚滚中却有无边碧光闪烁，瞬间汇成一团灼热光焰将这个白衣男子紧紧裹住。

魔教拦阻众人皆是震骇，然而不等他们反应过来，只见如数个太阳瞬间迸发，光芒万丈，似欲将世间所有黑暗驱除殆尽。一个身影，如震慑九天之神灵，霍然而出。

远处，正与真雩、郑通两大高手对峙的鬼王猛地回头看来，身躯一震，口中下意识地低声道："斩龙剑！斩鬼神！"

风急云滚，天地肃杀，那白衣男子手持斩龙神剑，碧光从他身上发出，仿佛无穷无尽；但见他双目神光炯炯，人剑霍然合一，赫然化作一道巨大光柱，似开天巨剑，气度雄伟，仿佛无视这天地神祇，一身桀骜，狂野不羁地轰然而上。

万道霞光中，斩龙剑发出轰然巨啸，气势万千，虽在高空，下方云海里方圆数十丈之内的云气已然尽数溃散，狂风呼啸，绿芒如涛，首当其冲者是那三五魔教教徒，甚至还没来得及抵挡，便在这一去无回威力绝世的斩鬼神真诀前身躯碎裂而散。

血花冲天而起，随即又被更灿烂的碧绿剑芒所遮盖，突破了这些魔教教众的阻挡，那白衣男子的去势竟没有丝毫减缓，甚至在那万丈剑芒的照耀下，他飞驰的速度更快，如一团疯狂燃烧誓要破天的巨大火焰，直冲向天空之上仇忘语与天成子二人决战之处。

确切地说，他甚至并不是冲向天成子施以援手的，这个白衣男子在那一刻仿佛充满了狂野气息，不顾一切地以雷霆万钧之势，逆天而起，一剑挟带天地杀意，以一种同归于尽不死不休的气势，直刺仇忘语。

黑云翻滚，如雷霆怒吼，碧光万丈，刺破那滚滚云气，这等气势这等剑势，竟仿佛在一瞬间令天地都为之失色。伫立云端的仇忘语也为之动容，忍不住吐气开声，叫了一句，喝道："好剑！"

只是眼下这个仇忘语，实乃魔教近五百年来天赋异禀的绝世之才，面对这惊天动地的斩鬼神逆天一剑，竟没有退让之意，反而左臂同时伸起，探爪虚抓，刹那间，鬼啸阵阵阴风呼号，竟是再度出现了一个巨大的玄阴鬼爪，挡在了他的身前。

不过，"玄阴鬼气"这等强悍绝伦的魔教神通，当然不可能这么轻易施展，他这边才一凝出第二个鬼爪，之前扑向天成子的那个玄阴鬼爪便登时气势大减，包括玄黑之色都瞬间减退了许多。

“轰！”一声巨响，却是气势惊人的碧绿剑芒直接撞上了前方的玄阴鬼爪，光芒崩裂，疯狂流转，但是随着时间流逝，强大无比的黑气终究还是如潮水般淹没了过来，一点点压下了碧绿的光芒。

“啊……”一声痛哼，却是从那白衣男子口中传出，他一仰头，面色苍白，已是喷出了一口鲜血，血滴落下洒在他的白衣之上，点点滴滴血色斑驳，令人触目惊心，而他的身子也随即跌落下去。

就在这时，另一边猛然也传来一声异响，却是那第一只玄阴鬼爪终于还是打中了身负重伤的天成子，只是威力经过刚才那场波折，已然变弱了许多，但还是将天成子打得连连后退，身躯颤抖，右臂更是一颤后，竟握不住那柄七星仙剑，从半空中掉了下来。

“哈哈哈哈……”

一阵桀骜不驯的大笑声，从那个身材雄伟，以一敌二却仍然占了上风的男子口中传了过来，仇忘语挺立云端，目光傲然，仿佛正睥睨这人间众生，眼中再无丝毫顾忌。

在他身前数丈开外处，天成子面色惨白，双眼之中有惨然之色，更有痛苦之意，然后低头望了一眼下方兀自还在奋战不休的无数青云弟子，猛地狠狠咬了咬牙。

“万师兄！”

随着那白衣男子的身躯如断线风筝般从半空中坠落下来，云海上同时响起了数声惊呼，有男有女，几个身影一起冲了过来，想要接住他的身体。

不过就在那白衣男子快要坠地的时候，他的身子忽地在空中一弹，竟是硬生生止住了下降之势，一个翻身再度安稳地落在地上。旁边追过来的几个年轻的青云门弟子都是大喜，冲在最前头的一个容貌清丽的女弟子惊喜叫道：“万师兄，你没事吧？”

话音未落，这个被他们叫作万师兄的白衣男子忽然一个踉跄，手抚胸口，却是再度吐了一口鲜血出来。

这一下众人又被吓住，个个不知如何是好，只有那女子和另一个年轻男弟子冲了过来，连忙扶住了他。不过白衣男子吐血之后，虽然脸色有些苍白，却是回头一笑，重新站稳了身子，随即推开那两人，神色间居然还有些豪迈之意，挥手笑道："没事了，我万剑一没那么容易死的。"

这一句话说出来，便如同定心丸一般，登时让周围许多青云门弟子神情一松，显然这个叫万剑一的人平日里在众人心中极有声望。万剑一回头对站在自己身边的那个男弟子点了点头，道："多谢你了，苍松师弟。"

名叫苍松的男弟子颔首，退开了一步。万剑一又转过头来，却看见刚才的那个女弟子兀自站在自己身边，眼眶里隐有雾气，一副险些要哭出来的样子，不由得讶然道："苏茹师妹，你怎么了？"

苏茹咬了咬嘴唇，带了几分哭腔，道："我看你刚才险些、险些就……"

万剑一叹了口气，道："好了，我说了没事了啊。不过那魔教教主果然道行通天，我还不是他的对手。"说着他顿了一下，转眼向四周战场看去。只见天上仇忘语傲立云端不可一世，正向青云门掌门真人天成子逼去，而云海下面一片混乱，魔教、青云门无数人混战一片，包括真雩、郑通两位大高手也被魔教中人拦住，而且此刻已经不再是鬼王一人，刚刚失踪的毒神、月华仙子甚至是负伤的长生堂门主段候也一起出现，挡住了这两大高手。

真雩、郑通法力再强、道行再高，仓促之间也无法突破这魔教四大高手的阻拦，而天际之上，仇忘语已然逼到天成子附近，眼看就要出手。

青云门一派败相毕露，万年雄峰灵气溃散，似乎眼看着就要倾颓于此。

万剑一面容严峻，眼中露出几分焦灼之色，低声急道："道玄师兄呢，他究竟到哪里去了？"

第三章
古剑

此刻青云山通天峰上，云海上下一片混乱，青云门形势危急，而最关键处自然便是天际之上的掌门真人天成子看起来已经不敌魔教教主仇忘语，眼看就要被仇忘语毙于掌下。中间虽然有青云门下极出色的弟子万剑一冲起拦了一下，但还是被仇忘语逼退。

此刻青云门上下最后的希望，自然都在真雩、郑通两大与天成子同辈的高手身上，然而魔教中同样有洞若观火之人，仇忘语之下四大派系的门主高手，便同时挡在了这二人身前，拦着他们不能去救援天成子。

其实以真雩和郑通二人的道行实力，多年前便已名动天下，神通道法皆不可小觑，换作平日这魔教四大宗主，单对单遇上他们中的任何一人，都是要败走的结局，便是以一敌二，只怕也未必就落了下风。

然而此刻情势已到千钧一发之际，那魔教四人却只做拖延，死死缠住他们二人，一时之间真雩、郑通竟不能过，尤其是四人中年纪最大的鬼王，出手更是狠辣，每次出手都是攻敌所必救，令二人心急如焚却无计可施。

天上地下，一片惨淡，黑云有压城之势，仿佛顷刻之间就要压垮这千载名山。

混战之中，半空里忽然有亮光闪烁，却是之前从天成子手中掉落的那把七星仙剑，从半空中直直摔落下来。护身仙剑都被击落，可见形势何等险恶。

眼看那仙剑如断线的风筝，翻滚着就要摔到地面上，周围战势如火，鲜血挥溅，似乎也根本没人注意从半空中掉下来的这柄宝剑。就在这时，半空中忽有风起，一个青色身影蓦地闪过，转眼便出现在那七星剑下。

一只浑厚稳定的手，在下一刻突然伸了过来，也不见那仙剑如何，突然之间，这柄七星仙剑便握在了那人手中。修长五指次第合拢，看似缓慢却实际上快如闪电，更似有一记惊雷，忽然在天际无声滚动。

原本黯淡失去光芒的灵剑，突然间再度亮起，雪亮剑刃之上的七颗大星瞬间点亮。大风忽起，青衣飞舞，那人影转身消失，再出现时赫然已在真雩、郑通二人身侧。

“喝！”

一声长啸，声若雷鸣，当空之中忽有璀璨明光，如深夜苍穹的光明大星，大放光芒直照人间。一颗大星从天而起，正在天穹正中，随即银光闪烁，次第亮起，瞬间变成七星北斗之势，再度现于天空。

皇皇剑势，排山倒海，狂风呼啸，席卷而来。

那青衣人现出身形，赫然是一位看上去与万剑一岁数相若的年轻男子，身披青色道袍，神态坚毅气度沉雄，当空而立，竟似有睥睨之姿，不怒自威。只听他吐气开声，喝道：“师叔且去，我来缠住他们。”

话音之中，在他手中的七星剑轰然而鸣，漫天星光瞬间大盛，如一场星辉细雨，飘然而落。他翻身而上，面对魔教四大宗主竟是面无惧色，剑势狂野如洪涛，就这样铺天盖地地向他们挥洒而去，一时间云海之上，气势竟为之所夺。

魔教四大宗主都是何等人物，眼光见识皆是不凡，当星光亮起剑势刺来之时，鬼王脸色首先一变，失声道：“七星剑式！”

其他三人也是同时认了出来，这皇皇剑势汹涌如涛，加上漫天银色星辉，可不正是青云门镇山绝技之一的七星剑式？只是多年来不是说一直只有天成子修成了这门绝世神通吗，怎的此刻竟又冒出了这么一个人！而且此人看上去似乎也只是个二十七八岁的年轻男子，纵然实际岁数可能再大些，但这等年纪修成了七星剑式，这等天资实在是举世罕见。

同样的念头在魔教四大宗主心头转过，他们原本的注意力都放在了真雩、郑通二人身上，此刻突然被这个青衣男子近身放了这一记大招，虽然个个反应敏捷，但仓促间仍然有些手忙脚乱，毕竟七星剑式威力非同小可，加上还有七星仙剑本身的加持威势，哪怕这年轻人的道行还比不上天成子，也不是随随便便就能硬扛的。

一番混乱，剑势飞洒，魔教四大宗主竟是被逼退了丈许，真雩、郑通二人的压力顿时一松。真雩立刻对郑通一点头，甚至连话都来不及说，直接便纵身直冲上天，往天成子方向冲去，而郑通刚想行动，便听得身前那青衣男子忽地一声低哼，转眼之间便是带了几分痛楚之声出来。

郑通猛吃了一惊，连忙回头看去，果然见那一记气势万千的剑势之后，这个年轻的青云门弟子面上浮现出一丝痛苦之色，嘴角溢出了一丝鲜红血线。与此同时，陡然被真雩偷袭的魔教几大高手，除了鬼王之外，其他三人都是大怒，瞬间反扑，攻势如狂风暴雨而来，那青衣男子毕竟修行尚浅，又是以一敌三，登时左支右绌。

郑通不敢再走，挥剑直上，与那青衣男子并肩而战，同时大声道："道玄师侄，你没事吧？"

被他叫作道玄的青衣男子向后退了一步，只这几个回合间，他身上便已多了几道伤口，但见他神情自若，竟是浑不在意，微微一笑，原先的那种卓然雄姿竟是忽然隐去，反而透出几分温文气质，笑道："些许小伤，不碍事的。"

郑通哈哈大笑，灵剑挥舞，挡下了前方大部分攻势，以他的深厚道行，转眼间便稳住阵脚，中间甚至还能回头对道玄多看了两眼，眼中带了几分欣慰赞叹之色，道："好小子，居然修成了七星剑式，当真是了不起。"

毒神、月华和段候三人怒气勃发，围着郑通、道玄狂攻不止，只是打了一会儿，毒神忽然发现不对，好像战场中少了一人，连忙回头看去，却见鬼王虚浮在身后不远处的空中，目光盯着道玄，神色间似有几分复杂之意。

"鬼王，你还不出手！"毒神怒喝了一声。

鬼王身子微微一震，似乎瞬间惊醒，但他仍然没有马上出手，而是紧皱双眉，看了那道玄一眼，目光忽又飘远，望着远处那白衣飘飘身姿潇洒、所过之处剑气纵横的万剑一。一时之间，他忽然面色晦暗，似乎想到了什么，低声自语道：“此二人如此年轻，却有如此神通道行，皆是千载难逢的奇才。这青云门、这青云门……有此二人，哪里是要覆灭，这分明是要大兴大盛之兆啊！”

他脸色一连数变，忽地露出狠辣之色，低吼一声，直扑而上，却是根本不理郑通，只对着年轻的道玄大肆攻击，各种阴毒凶狠的招式层出不穷，攻势之猛，竟是瞬间将道玄逼得连连后退，一时有些喘不过气来。

旁边毒神等三人也是吃了一惊，似乎没想到这鬼王突然间转了性子，只是以这老头的身份地位，对着青云门一个年轻后辈这般不顾身份地痛下杀手，实在有些难看。不过眼下生死之间，自然也顾不了这么多了，三人随即冲上，杀招迭出。

郑通与道玄虽然尽力抵挡，但那四人毕竟非同小可，还是慢慢处在了下风。

这里形势再度险恶，另一头真雩大师却是成功脱身，随即身若闪电，直冲上天。摆脱了魔教四大宗主的纠缠，短时间里这附近已然再无人能拦阻于她，片刻之间她便已掠至黑云之上，看到了天成子和仇忘语二人。

身材魁梧的仇忘语回头看了一眼，哈哈一笑，竟似乎并不将名动天下的真雩大师放在眼中，伸手一抓，头顶瞬间黑云滚滚，随即一面长约一丈、色如墨玉的黑幡现身出来，落到他的手上，正是魔教重宝天魔幡。

仇忘语一把抓住天魔幡，更无丝毫犹疑，直接便向冲来的真雩大师当头打下，只听“呼”的一声厉啸，漫天黑云如瞬间沸腾一般，千万云气皆随着这面黑幡化作一条黑龙，向真雩大师冲来。

饶是真雩大师道行深厚，此刻也是微微变色，一声轻喝将泛着蓝光的仙剑挡在身前，灵光瞬间大放光芒，将那股汹涌而来的黑气挡了下来。而另一头，仇忘语拦住真雩大师，更不迟疑，直接便凝出玄阴鬼爪，向天成子打了过去，喝道：“去死吧！”

天成子面容扭曲，眼中忽地掠过一丝狠厉之色，伸手入怀像要有所动作。仇忘语将他的动作看在眼中，眉头一挑，冷哼了一声，也不见他如何催持，半空中那玄阴鬼爪速度猛然加快，如离弦之箭瞬发而至，便如一只恶龙般，张开血盆大口向天成子真人噬去。

危急关头，突然，青云山通天峰上地动山摇，随即一声直贯天地的怒吼轰然而至，一个巨大的身影飞扑至天成子身前，一下撞开了那只可怖的玄阴鬼爪，水流如洪涛，竟是洋洋洒洒飞扬在虚空之中，缠绕在这只突然出现的巨兽身旁，将天成子护在身后。

云海之上，无数青云门弟子大喜过望，纷纷叫唤出声：

“灵尊！”

“是灵尊来了！”

只见云端之上，天成子身前赫然出现一只巨兽，面容狰狞身躯庞大，口中低吼声若雷鸣，无数水流激荡飘扬，浮在这只巨兽身边，正是传说之中的上古异兽——水麒麟，也是青云门的镇山灵兽。

“吼！”

一声如雷嘶吼，半空之中，水麒麟对着仇忘语怒吼出声，如同天际一道惊雷响起一般。仇忘语看着这只巨兽，眉头皱了起来，似乎没想到这青云一门如此顽强，底蕴也出人意料地深厚，总有令人想象不到的麻烦出现。

不过似他这等绝世人物，心志向来坚韧如钢，虽有麻烦却毫无惧色，反而越战越勇，直接飞身上前，大手一劈便向水麒麟打去，丝毫没将这只上古奇兽放在眼中。

水麒麟乃是青云门昔日中兴祖师青叶收服的奇兽，得道多年，绝非凡兽可比，此刻也是怒吼声声，周身水波激荡，疯狂旋转冲击，不停地向仇忘语冲去，同时巨大的身躯也扑向这个魔教教主，战成一团。

只是时间一久，但见空中黑色鬼气再度蒸腾而起，显然仇忘语实在了得，在他的玄阴鬼气面前，便是水麒麟这等异兽也异常吃力，被逼得处于下风。不过幸好这个时候，真雩大师挡开了天魔幡后，也赶到战场，与水麒麟并肩作战，这才慢慢扳回劣势，但兀自奈何不得这个骄狂桀骜的魔教教主。

天空里风云激荡，战局已到了扣人心弦的最紧要关头，便在这时，当所有人的目光都被真雩大师和水麒麟以及更厉害的魔教教主仇忘语吸引过去的时候，天成子脸色苍白，但他的右手终于再度伸了出来。

不知何时，不知从何而来，在他的手上，竟多了一柄剑。

一柄看起来平凡无奇、毫无光泽的长剑，望之剑质怪异，似石非石，样式古朴，只在剑刃之上，清晰雕刻着两个字——诛仙！

天成子低头凝视手中古剑，神情复杂而奇异，有敬畏、有痛苦、似忐忑、带犹疑，然而当他再度抬起头来的时候，这所有的情绪便一扫而空，面上只剩下一片冷漠肃杀。

手持古剑，平地而起。

天地之间，似有那片刻，突然安静下来。

风静云止，天地肃杀，便是连仇忘语也是脸色微变，猛地回头看来。

重伤在身的天成子，瞠目咬牙，霍然举剑向天，与此同时，只在片刻之间，他的脸色陡然一片惨白，似乎没有了血色。

一道雄浑紫气，忽然从这通天峰万丈雄峰的后山处升起，直冲云霄随即轰然落下，笼罩在天成子身上。随着这道紫气飞来，诛仙古剑剑身上开始散发出明亮的光芒，一股难以想象的威势，猛地从剑刃上散发出来，令天地为之变色。

而天成子看起来似乎仍在竭力催持法力，只是诛仙古剑剑身光芒流转，虽然涟漪摇曳，却并没有更多的变化。天成子咬紧牙关，大口喘息着，仿佛此刻身负万钧重担，然而举头眺望之时，却只见茫茫天穹，再无异动。

遥远的青云山脉其余六峰，都沉默地伫立着。

天成子惨然而笑，忽地口鼻耳目七窍流血，状极凄厉。通天峰上青云门下众人原本正在惊愕中，瞬间哗然。

而前方仇忘语只觉得心跳忽快，竟似感觉到一股从未有过的心悸，大惊之下，转眼间便断定是那天成子老儿手中的古剑作怪。于是当机立断，大喝一声，玄阴鬼气凝出巨大鬼爪狂烈一击，同时逼开了水麒麟和真雩，紧接着突然飞掠而出，向天成子这里扑来，不管怎样，先杀了这个看起来很古怪的老头再说。

天成子斜眼觑他，面上七窍血流不止，望之如恶鬼，忽然大吼一声，喝道：“祖师助我！”

话音未绝，狂风忽至，他一身墨绿道袍随风狂舞，便在那紫气风中，一剑刺出。

古剑诛仙光芒大盛，在这青云山头，天地之间，突然间仿佛只剩下那一柄古老的长剑，似天地初开，似鸿蒙先分，似剑分阴阳，无数光影滚滚如流，光阴在瞬间竟有错乱之迹。

黑暗如墨的鬼气忽如退潮，消弭散去，那一柄古剑破空而至，荡尽天地所有禁锢，只听“噗”的一声，便再无声息。

青云山头上下，人人抬头而望。

天成子持剑而至，诛仙剑一剑洞穿仇忘语胸膛，透胸而出。

所有人都呆住了，像是不敢相信自己的眼睛。

天成子紧握剑柄，与仇忘语相隔不过咫尺，面若金纸，摇摇欲坠；仇忘语看起来似乎也有些困惑，有些不能相信，低头看了一眼自己胸膛上的那柄古剑诛仙后，他的眉头微微皱了一下，然后，轻轻地叹了一口气。

“好剑！”他忽然笑了起来，然后由衷地说了一句。

天成子默默地看着他，不知为何，脸上的肌肉有些扭曲。

仇忘语抬头向天成子看去，过了片刻，忽然道：“若无这柄诛仙古剑，你不是我的对手。”

天成子沉默不语，握剑的手有些颤抖，仇忘语看着他，忽地咧嘴一笑，随即却是压低声音，用只有天成子才能听到的声音，道：“何必呢，我先走一步，黄泉路上，想必你也是随后便至了。”

天成子脸色大变，似乎刚要开口说些什么，突然从下方魔教人群中蹿起一道身影，并非那四大宗主之意，但身形快捷无比，只一转眼便冲到仇忘语身边，一把抱住了他，同时向后退去。

诛仙古剑离胸而出，所过之处，仇忘语血肉翻腾竟有无数白烟升起，状极恐怖，他自己亦是痛苦万分，仰天大叫，但剑身一旦离体，他便狠狠一咬牙，对身边那人喝道：“走！撤兵，下山……”

话音未落，他头颅一歪，竟是昏了过去。

旁边的水麒麟与真雩大师此刻也飞掠而至，真雩大师看了那抱住仇忘语的人一眼，忽地冷哼一声，一剑刺出，同时喝道：“青龙，留下命来。”

那人冷笑一声，一道清光升起，抵住剑芒，随即身子迅捷无比地落向地上，几个起伏，竟是干脆无比地直接带着仇忘语飞遁而走。

第四章

昏厥

天际之上的这一场决战形势瞬间大变，青云门掌门真人天成子祭出古剑诛仙，一举重创了不久前还叱咤风云看起来不可一世的魔教教主仇忘语，云海之上无数魔教教众一时大哗。只是就在这紧要关头，魔教之中竟然又跃出一个高手，于千钧一发之际挡住真雩大师，抢走了仇忘语，并立刻遁逃而走。

除了魔教四大宗主之外，竟然还有如此高手，由此可见如今这魔教实力之强，委实令人不可小觑。不过按理来说，此刻天成子就在仇忘语身前，又手持诛仙古剑，正是无匹无敌之势，连仇忘语都在诛仙剑下受到重创，通天峰上更是几乎无人可以当起正面一击。但是不知道为什么，天成子此时的神情却似乎有些恍惚，竟然任由那青龙抢走仇忘语而毫无动作。

青龙抱着仇忘语落回地面，没有任何犹豫，直接飞身掠去，速度快如闪电，其果断决绝，不但让魔教中人大吃一惊，甚至就连青云门这里的大部分人都没反应过来。通天峰上一时间陷入了一片怪异的静默，但是片刻之后，陡然间喊杀声再度响起，双方又战成一团。

只不过此时战局已然大幅扭转，魔教众人看着教主受创离开，军无战心，包括那四大宗主都纷纷向后退去。而在半空之中，真雩猛地回身，对着天成子喝了一句："掌门，你这是怎么了？"

天成子身躯猛然一颤，原本有些迷离的双眼忽地恢复清明，似乎从噩梦中一下子惊醒过来，再度恢复了天下正道领袖的威严气度，而一股强大的气息，似乎也从手中的诛仙古剑上传递过来，令他的气色瞬间恢复了许多。

他对真雩大师点了点头，目光向西方一扫，瞬间看清了战局形势，原本是势均力敌，甚至魔教稍占上风的局面，如今已然完全改变，魔教教众且战且退，显然已有去意，而青云门这里则是越战越勇。除此之外，原本在半空中的水麒麟此刻更是扑到地面，冲入魔教阵势之中大肆冲杀，这等上古异兽实力可畏可怖，除开一些道行高深的高手外，普通魔教弟子几乎完全无法与之相抗，瞬间不知道有多少人死在这只巨兽的利爪巨口下。

魔教一时气势大沮，纷纷向后退去，不过毕竟是强大之极的宗门大教，就算是撤退起来也有条不紊，更有那四大宗主在后面拦阻追兵，杀招迭出，暂时逼住了水麒麟，特别是毒神，猛地放出了大批诡异毒物，蛇虫铺天盖地，令人毛骨悚然，也让青云门中大批弟子一时间手忙脚乱。

有了这四人拼命阻挡，青云门短时间里竟有些无可奈何，虽然许多弟子愤怒喊叫，但还是看着不少魔教教徒迅速退去。

天空之中，天成子清清楚楚地看到，原本如仙境一般的通天峰上，阔大的云海平台间已经倒下了无数尸首，其中有魔教的也有青云门弟子，鲜血流淌，仿佛连这附近的云气也沾染了一片血色。天成子眼中猛地掠过一丝愤怒和暴戾之色，一声怒啸，却是持剑直冲向那魔教四大宗主。

人未至剑势已成，紫气腾腾光芒四射，这位青云之主此刻看去便如战神一般，轰然而下，一时夺尽场中气势。古剑诛仙绽放出万千光华，魔教四大宗主大惊抬头，不约而同齐身暴退。

只是天成子此时如有神助，身影忽闪之间陡然已至近前，一剑挥出洒落漫天光影，诛仙剑下一声凄厉尖叫，月华仙子首当其冲，整个人飞了出去，同时大股鲜血喷洒至天空，一条胳膊竟被齐肩斩下。

血雨洒落，天成子不避不闪，身影直穿血幕，血滴沾上他的面容、衣襟，如浴血杀神，又似地府恶鬼，令魔教一众高手皆是心惊胆战，心无战意。

鬼王瞠目怒喝，道："快走！"

说罢直接腾空而起，竟是当机立断放弃了阻挡断后，飞身而起便往山下掠去，但是人在半空，忽地一道紫气扫了过来，狠狠击中他的后背，鬼王闷哼一声，身子如断线风筝般飞出，但在半空中又强行恢复过来，竟是硬撑住了这一击，几个起伏间便远去了。

剩下的段候与毒神更是不敢恋战，一起向后退去，然而天成子看起来越战越勇，诛仙古剑剑势滔天，所过之处山崩地裂，势如闪电，瞬间将他们二人圈在其中。这两人心胆俱裂，眼看就要命丧此处，然而就在此刻，天成子忽然闷哼一声，身子剧烈摇晃了一下，强大的剑势竟然溃散大半。

与此同时，那天穹之上从通天峰后山而起的宏伟紫气也在一刹那迅速黯淡下去，天成子身子摇摇欲坠，看起来竟然有些不行的模样。

在他身后的青云门众人大惊失色，惊呼声中纷纷抢上，而被困住的毒神、段候二人死里逃生，对视一眼后，毒神忽地低声喝道："杀了他！"

段候也是凶戾之人，眼中闪过一阵狠厉光芒，在这电光石火之间，虎吼一声，竟是直接向天成子扑了过去。

青云门人连声怒喝，空中真雩，地上郑通、道玄、万剑一等人都是面色大变，纷纷急冲而来。但之前天成子身形太快，冲得太前，此刻反而是段候与毒神二人离他最近。眼看段候的阴阳镜法宝已到身前，天成子却似乎并无还手之力。

段候大喜过望，诡异的双色面孔看起来几乎扭曲，若能一举反杀这青云门掌门真人，他便是圣教此战中的最大功臣，说不定还能让圣教战后起死回生，那他长生堂一脉，岂非在圣教中声势无两，日后说不定还有望登上教主宝座！

心情激荡之下，段候仰天狂吼，状若疯狂，但是跟在他身后的毒神忽然瞳孔一缩，望见天成子忽然抬眼看来，虽然面色狰狞苍白如纸，手中的那柄原本因为紫气消失而随之黯淡的诛仙古剑竟然再度发出明亮光华，毒神心中一沉，猛地定住身形。

段候却没注意到这些，兀自大呼冲上，然而在他眼前，忽然亮起了一道炫目光彩。

天成子的身躯在剧烈地颤抖着，如风中残叶似乎随时都会垮掉，但是这一剑仍势不可当，剑气直贯天地。段候大叫一声，眼中猛然掠过一丝绝望之色，剑芒之下，一声巨响，法宝阴阳镜整个倒飞出去，随即如洪涛巨焰轰然劈下，剑光之中，段候的身躯瞬间分为两半。

毒神飞身而逃，再不敢多看一眼，急速向山下飞驰而去。与此同时，忽然有一道异光从天而降，就在他身躯附近，毒神斜眼一看，赫然是那法宝阴阳镜。他心中一动，随手抓过这件法宝，就此远遁而去。

这一场惊天动地的正邪大战，至此大局已定。虽然魔教来势汹汹，门中高手无数，教主仇忘语更是有惊世之才，一身魔门神通深不可测，但到了最后，在青云门镇山法宝古剑诛仙的绝世神威下，魔教还是败退，输了这一战。

尽管如此，青云门同样不好过，阔大的通天峰云海平台上，尸横遍野，哪怕是胜利的一方，也是伤亡惨重。而此刻魔教大军虽然退去，但漫山遍野仍有无数余孽，很快，青云门中众多弟子便在真雩、郑通两大真人的主持下分批下山追杀魔教余孽，只留了少数弟子在通天峰上收拾战局，救治受伤的同门。

至于在这场大战中拼到最后一刻的掌门真人天成子，在力斩了魔教长生堂门主段候之后，终于再也支撑不住，昏倒在地，由他的大弟子道玄留下看护，将天成子真人送回玉清宫中好生休息。

大战过后的通天峰上，血腥气仍未散去，云气依然缥缈，却掩盖不住死亡的气息。三三两两的青云门弟子在云海上来回走动着，救治同门，将青云、魔教两派的尸首各自分开，神色中虽有疲惫，也有看到同门弟子死去之后的伤怀，但是环顾这血腥的战场，终究还是有着胜利之后的喜悦。

一路越过这片缥缈的云海，便是青云六景中极有名的虹桥，横跨天地直上云霄，再往前走，便是碧水寒潭。在逐走魔教妖孽后，上古异兽水麒麟便不再下山追杀，而是回到了这里，在阔大平静的水中浮沉不定，偶尔会抬头仰望朗朗晴空，喷出一个白色水柱。

寒潭边是高耸的长长石阶，直通向通天峰，同时也是整个青云山脉最高处的玉清宫。在这场战事中一鸣惊人的道玄并没有下山追杀魔教余孽，而是将昏迷的师父

天成子带回到这里。

此刻，玉清宫后掌门真人静室之内，只有道玄和天成子二人。原本浴血奋战、一身血腥的天成子，此刻仍然昏厥不醒，不过已经一身干净，显然是弟子道玄服侍他更换了衣服，身披柔软被褥，躺在玉榻之上。

道玄看起来也已经换了一身衣衫，但还是青色道袍，此刻正坐在床头，眉头紧皱看着天成子，脸上露出一丝担忧之色。昏迷中的这位青云门掌门真人，看起来情况并不好，双目紧闭，面容却不时变幻，时而惊惧时而愤怒，口中偶尔还会发出一些含义不明的模糊呓语，似乎正陷入一场噩梦之中，却无法挣脱出来。

除此之外，在距离床头不远处的桌面上，则摆放着两柄长剑，一柄灵气充盈刻着七颗大星，正是天成子真人的护身法宝七星剑，而另一柄古拙平凡，看上去非石非铁，剑刃上刻着“诛仙”二字，自然便是历代以来青云门的镇山至宝古剑诛仙了。

道玄的目光从天成子身上移开，轻叹了一声，站起身走到桌边，目光扫过桌上这两柄对青云门至关重要的仙剑。灵光流转，一明一暗，道玄默然不语，眼中光华闪动，似正在怔怔出神想着些什么。

正沉思中，忽然只听静室门外传来一阵脚步声响，片刻之后，有人敲响了门扉，道：“弟子朝阳峰商正梁，拜见掌门师伯。”

道玄走过去开了门，只见一个中等身材的青云门弟子站在门外，两人对视一眼，门外的男子面上露出几分恭敬之色，拱手道：“师兄，我想拜见掌门师伯，烦请师兄通传一声。”

道玄摇摇头，道：“商师弟，你来得不巧，师父他老人家还未醒来。”

商正梁“啊”了一声，目光向道玄身后的静室看了一眼，面上忍不住流露出几分担忧之色，低声道：“掌门师伯他没事吧？”

道玄看了他一眼，面色平静，看不出太多的喜怒哀乐，淡淡地道：“无妨，应该只是太过劳累，如今睡下了，只要休息一阵便会无恙。”

商正梁看起来像是松了一口气，露出一丝笑容，道：“如此就好了。”

道玄道：“商师弟你不是在云海下边忙着吗，为何突然来到这里？”

商正梁连忙道：“是这样的，我在云海上收拾战局救治诸位师兄弟的时候，无意中找到了这件东西，感觉事关重大，便特意上来呈请掌门师伯……还有师兄你看一下，究竟如何处置？”

说罢，他从身后取出一件黑乎乎的东西，递了过来。道玄伸手接过，忽地眉头一挑，只见此物通体玄黑，色泽光亮，看上去犹如墨玉，形状则是布幡模样，赫然是之前正邪大战时，那魔教教主仇忘语手持的一件法宝天魔幡。

这件法宝拿在手中，兀自有几分凶煞之气隐隐扑面而来，可见其威力不凡，但毕竟是邪魔外道之物，正道中人从来不喜。此刻道玄也是皱起了眉头，回想起那场大战的经过，确实在仇忘语被诛仙古剑重创之后，形势一片慌乱，还真没人注意到这件魔教法宝的下落。沉吟片刻后，他对商正梁点了点头，道：“此乃天魔幡，是魔教妖孽的一件重宝，煞气深重，魔力如渊，你能找到它，是大功一件。”

商正梁面上露出几分喜色，态度越发恭谨，道：“那此物该如何处置，还请师兄示下。”

道玄想了想，道：“天魔幡乃魔教教主之物，关系不小，我也不好擅做决断，还是等师父他醒来之后，再亲自处置。这样吧，这天魔幡你先留在此处，回头等师父醒了，我便将此事禀告于他。”

商正梁怔了一下，随即点头道：“如此就麻烦师兄了。”说着顿了一下，又道，“云海上还有诸多事情，小弟先下去了。”

道玄点了点头，道：“你去吧。”

商正梁转身走去，只是才迈腿走出一步，突然从静室之中传出一声呼叫，正是天成子的声音，而且那声音听起来竟有几分尖厉，令人心头一颤。

商正梁身子一震，转过身来，与道玄一起向那静室中望去，只见天成子仍然躺在床榻之上，双眼紧闭，被褥遮胸，除了一只手突然伸到被子外面，像是想抓什么又无力垂下，看起来与之前并无异样，只是他嘴唇微动，随后又低声咕哝了几句，却完全让人听不明白。

“这，这是怎么了？”商正梁有些惊惧，愕然对道玄问道。

道玄面色看起来有些凝重，过了一会儿，道：“应该还是师父他老人家劳累太过了吧。”说着抬头看了商正梁一眼。他的目光平静温和，并无丝毫逼人气势，整个人看上去也是温文如玉，但是不知为何，商正梁忽然觉得心头一跳，几分寒意从背后隐隐泛起。

他不敢再多问，低声道："那小弟先下去了。"

"嗯。"道玄淡淡地应了一声，目视商正梁快步走去，在门外又站立片刻，这才走回静室。先是随手将门扉关好，然后走到床头边的桌旁，将天魔幡轻轻放在了七星剑和诛仙古剑的旁边。

他默默地看了一眼桌上的三件法宝，神色间露出几分复杂之意，只是谁也看不出此刻他心底到底在想些什么，过了一会儿，他重新回到床榻边坐下，看着躺在床上昏迷不醒的天成子，俯下身子小心地将天成子露在外面的手臂放回被褥之下，随后坐了回去，望着依然昏迷不醒、偶尔胡言呓语的天成子，他的眼中渐渐露出了几分担忧与焦急之色。

第五章

飞 扬

黑云褪尽，阳光洒落，朗朗乾坤再现人间，如雨过天晴般焕然一新。青云山脉沐浴在灿烂的阳光里，仙气缥缈，远远望去便如人间仙境一般，不愧是几千年来久负盛名的中土第一名山。

不过此刻若是从高空俯望下方，便能看到有无数迅捷的身影在青云山上下奔走追逐，硝烟四起、争斗纷繁，那一场正邪大战仍未停歇，刀光剑影随处可见，呼号鲜血触目惊心。不过总的来说，魔教此番围攻青云山之役大势已去，从山头到山下，大部分的厮杀争斗都是青云门占据上风，大多数的情况都是青云门弟子在含愤追杀魔教教徒。

其中在通天峰南侧靠近地面的山麓某处，一场厮杀进行得尤为激烈，一方是七八个魔教教徒，另一方只有两个青云门弟子，一高一矮，看上去岁数都不大。高一些的青云弟子相貌英俊，手持一把黄色仙剑，挥洒自如，身手不凡；另一个矮胖的男子外貌普通，手中却有一把赤焰仙剑，看起来剑芒华丽，但进退攻防之间十分沉稳，显然也是一位道行根基十分扎实的青云弟子。

对面的魔教教徒仗着人多，本想一举围杀这两个不知天高地厚的青云弟子，然后再夺路而逃，谁知双方交上手之后，这两个青云弟子虽然看起来年岁不大，实力竟是不弱，哪怕眼下看着处于下风，但一时半会儿并无败相，甚至还死死拖住了这一群魔教中人，让他们不得逃命。

二人之中，那矮胖弟子面容凝重，表情木讷，但手底下动作丝毫不慢，尤其一柄赤焰仙剑灼灼而舞，火光灿若流霞，纵然是面对魔教诸人如潮水般的攻势，他竟也守得密不透风，沉稳无比，这十成的攻势里，他一个人倒承担了七八成，兀自酣战不退。

而在他身边那个高个青云门弟子，动作便远较自己这位矮胖同门潇洒得多，黄色剑芒飘逸如风，洒落下来又化作无数小小旋涡，如风中花朵次第盛开，实在是令人眼界大开。而那些剑芒风花虽然看似美丽，但每当这些风花飘过来，魔教教徒都避之不迭，显然这美丽之下的威力同样令人畏惧。

激斗时间一久，魔教一方还是占据了上风，但魔教诸人面上都带了焦急之色。眼下这般局势，谁都知道不能在这青云山下久留，但去路被这两个该死的家伙死死拦住，并且这两人显然也是心思灵敏之人，并不贪功击杀，只是稳扎稳打，一心就是拖着这七八个魔教中人，只等随后山上援军下来，自然便能一网打尽。

这情势谁都能看得清楚，魔教众人自然不能束手待毙，其中一个身材高大的壮汉忽地一声怒吼，手下连出杀招，看样子是急了。

似乎这一声吼叫是命令一般，所有的魔教教徒顿时发狠，似乎同时拿出了压箱底的本事，拼命向这两个青云弟子攻去。瞬间压力大增，这两个青云弟子有些抵挡不住，开始向后退去，同时二人之中，那黄色剑芒被压低了许多，反倒是一直力主防御的赤焰剑芒虽然也被压制，但兀自明亮，在苦苦支撑着。

那高个弟子连退几步，面上掠过一丝怒色，喝道："端木铁，你别想跑了，迟些定然要你血溅三尺，祭奠我青云忠魂。"

"呸！"魔教众人中的那个壮汉狠狠啐了一口，根本就不理会那青云弟子，忽然回头怒喝道，"老鬼，你还不出手做什么？"

话音凶厉，青云门两个弟子都是心头一惊，挥剑拦在身前，守住其他魔教众人的围攻，同时目光也向那端木铁妖人的背后看去。然而目光扫过之后，赫然见那边魔教众人的背后竟是空空如也。

矮胖的青云弟子第一个反应过来，急呼道："小心……"

话音未落，异变陡生，一道惨烈无比的血影突然从这两个青云门弟子身边一个隐蔽角落里升起，刹那之间阴风呼号，如万鬼哭泣，甚至让人觉得天空都仿佛突然暗了一下，片刻之间，那血影便向那矮胖的青云弟子背后狠狠撞了过去。

在场众人纷纷望去，只见那半空之中的法宝，赫然是一个血红的人头骷髅，血迹殷红，恐怖无比，同时周身血气蒸腾，一看便知是一件凶戾无比的邪物。

这一下仓促生变，青云门两人谁都没想到明明魔教众人大占上风，竟然还有一个厉害高手隐身于一旁忍耐不出，此刻断然出手，却是攻敌不备，眼看着那个胖子就要被血骷髅狠狠撞上了。

就在这危急关头，突然又听得一声清脆叱喝，半空之中一道琥珀亮光如激流冲下，快如闪电后发先至，瞬间冲到了矮胖弟子身侧，从旁边撞上了那个血骷髅，只听“砰”的一声，血骷髅与这道琥珀亮光一起飞开。

两道苗条身影从天而降，落在这两个青云弟子身旁，却是两位美貌女子，其中一人容貌清丽，娇俏可人，正是前方在云海之上曾经出现过的苏茹，在她身上飘拂着一道琥珀朱绫，灵光闪动游走不休，显然正是她刚才于间不容发之际出手，救了这位同门。除此之外，随她一起落下的还有另外一位女子，身材高挑，背负灵剑，容貌甚至比苏茹还精致几分，但眉宇间却带着几分冷峻之色，似乎是不苟言笑的性子。

终于等来了同门援手，这两个青云弟子都是精神大振，不过魔教那边毕竟人多势众，而且之前隐匿起来的那个魔教妖人更是狡猾无比，也不知身在何处，就只御使着那件凶厉无比的血骷髅飞来飞去，疯狂骚扰这几个青云弟子，所过之处阴风呼号，稍不留神便是一个重伤致命的下场，令四人颇有忌惮。再加上那端木铁也是道行深厚，魔教这边发狠一冲，攻势如潮之下，竟然真的冲破了原先的阻挡，然后半刻也不停留，纷纷落荒而逃。

眼见追之不及，加上那些奸猾妖人转眼又分开来，一个个如老鼠般专往密林隐蔽处钻，不消片刻都失了踪迹，这边青云门四人只得恨恨停下脚步。

两男两女相对而立，那高一些的男弟子对两个女子拱手笑道：“多谢二位师姐出手相助，在下是风回峰曾叔常，旁边这位乃是我的好友，出身大竹峰的田不易。”

田不易收起赤焰仙剑，想起刚才那间不容发的危险一幕，也是心有余悸，长出了一口气，随即想起救自己的人正站在对面，连忙抬眼看去，双手抱拳拱手道谢，道："呃，在下田不易，多、多谢……"

话音未落，一个在琥珀朱绫灵光之下的美丽脸庞便映入了他的眼帘，秀发瑶鼻，明眸如星，那一刻山风吹过，她衣袂飘飘，微笑而立，突然间就像天地间陡然明亮起来。田不易忽地声音哑了一下，一时间只觉得心头猛地一跳，这句话竟是说不下去了。

苏茹看了田不易一眼，只见这矮胖的同门表情木讷，说话似乎有些结巴，脸上隐见汗滴，不由得有些同情，赶忙笑道："我叫苏茹，这位是我的师姐水月，我们都是小竹峰真雩恩师座下弟子。"

真雩大师在青云门中可是德高望重的大人物，平日里的声望可以说是仅次于掌门天成子，向来为青云门上下所敬重。曾叔常与田不易都是肃然起敬，一起抱拳道："久仰。"

这时站在苏茹身边，神色间有些清冷的水月看了田不易一眼，忽然开口道："你是大竹峰门下，那郑通师叔是你什么人？"

田不易道："正是家……家师。"答了一句，中间他忍不住又看了苏茹一眼，却只见她笑意盈盈望着自己，肌肤胜雪，人如桃花，真个是越看越觉得清丽醉人，口中一下子又打结了一下。

水月"嗯"了一声，缓缓点头，但随即看到田不易的目光似乎有些不太老实，不时偷偷瞄向身旁的师妹苏茹，顿时面色沉了下来，便要出声呵斥。苏茹打小与自己这位师姐一起长大，感情最是要好，也对水月的性情了若指掌，只看了一眼便知道她要发火了，连忙一把拉住她，同时笑道："师姐，好好的你生什么气嘛！"说着又捏了下她的手腕，低声道，"田师兄口齿不便，你别为难人家好不好？"

"口齿不便？"水月怔了一下，有些狐疑地看了田不易一眼，似乎不太相信的样子，而田不易与曾叔常也听到了这句话，一时间面面相觑，也是有些愕然。

苏茹还想再说什么，但就在这时，她目光一凝，突然望向远处山脚之下，手指着那边大声道："啊，你们看那边！"

其余三人同时转头望去，只见山麓下方一处密林边缘处，忽然有一道光芒万丈的碧绿剑芒冲天而起，气势无匹，哪怕隔了老远也能让人感觉到几分凛冽剑气。

放眼青云门七脉上下，能有如此剑气之人仅一人而已。

水月双眼瞬间明亮起来，苏茹更是随即一握拳，脸上露出几分激动之色，欣喜叫道："那是万师兄，一定是他与魔教贼众厮杀起来，我们快去助他一臂之力！"

说着，她一拉水月，两人便向山下飞掠而去，剩下田不易与曾叔常对视一眼，也不敢怠慢，同样向那个方向追去。只是在掠起身形并肩而飞的时候，曾叔常突然咳嗽了一声，然后斜眼看了田不易一眼。

田不易头也不回，似乎已经知道自己这个好友在做什么，直接道："干吗？"

曾叔常笑了起来，帅气的脸上带了几分促狭之色，道："好小子，以前我怎么没看出来，原来你勾搭漂亮姑娘的本事不错啊！"

田不易"呸"了一声，道："胡说八道！从咱们认识以来，哪次跟门中的师姐师妹们相聚，不都是你如鱼得水，只将我踢到一旁。"

曾叔常想了想，道："你这么说好像也没错啊，没办法，谁让我比你帅气一点点呢。不过按这样看来就有些奇怪了，刚才的水月目无余子，根本不理会咱们那就算了，可是苏茹师妹她为何只对你笑，反而对我不怎么理会呢？"

田不易"哈"的一声，看起来有些憨厚地笑出声来，似乎很高兴，然后正色道："这是苏师妹兰心蕙质，聪慧过人，一眼便看出你我之间哪个才是好人！"

"滚！"

水月、苏茹和田不易、曾叔常四人身形如风，转眼间便掠下山麓，一路向那片碧绿剑气纵横挥洒的密林边奔驰而去，还未至那边，远远地突然听到一声清朗笑声传来，声震四野，潇洒不羁，正是万剑一的声音："哪里走！"

随着这一声长啸，碧绿剑芒忽地猛涨一倍，在半空中形成了一个浑然大圆，向下方罩去，片刻之后一阵叱喝怒骂声又传了过来，其中夹杂着不少气急败坏的污言秽语，看起来是有人急眼冒火，在那边咒骂不休。

此刻能够与万剑一厮杀拼斗的，自然是凶恶的魔教中人，而且听那声音，居然人数还不算少，田不易这边四人心中急切，急忙加快速度飞掠过去，如飞鸟跃空，过了一会儿终于赶到了那厮杀之地。

不过当他们落下站稳身形之后，定眼一看那场中战局，不由得吃了一惊。只见林边一片空地之上，有魔教教徒六人正狠命厮斗，青云门这一边却只有万剑一一人。不过，虽然双方人数对比悬殊，战局却是截然相反，只见万剑一白衣飘飘，身形往来如风，一柄碧绿色斩龙神剑在他手中可谓气势无双，剑芒灼灼，竟是以一敌六，反而大占上风，逼得魔教中人不断后退。

除此之外，在密林之外的地上，魔教那边已经躺倒了两个人，眼看是活不了了，另一头却有一躺一立两个青云弟子，站着的那个人正是苍松，双目圆睁正紧盯着场中万剑一的身影；而躺下的那个青云弟子身披云纹道袍，看起来已经晕死过去了。

田不易在一旁忽然“咦”了一声，指着那几个在万剑一剑下拼命抵挡的魔教教徒，皱眉道：“这几个人不就是刚才咱们遇到的那几个人吗？”

此言一出，旁边苏茹、水月包括曾叔常也很快都看了出来，果然正是刚才以端木铁为首的那几个魔教中人，并且其中还多了一个个头矮小、面孔狰狞的人，御使着一个血骷髅飞来飞去，显然正是之前偷袭田不易的那个家伙。这些人适才与田不易等人斗得十分激烈，道行委实不弱，想不到遇到万剑一后却是如此狼狈，由此可见万剑一天分之高，实力之强，当真是可惊可怖。

这边苏茹、水月、田不易等人看着万剑一都是又惊又佩，心中各自赞叹倾慕，但处在万剑一对面的那些魔教中人却是心胆俱裂，以六敌一尚不能敌，哪里还敢妄想取胜，只是他们虽然想要逃走，但万剑一剑势堂皇，威势奇大，几下挥舞间非但将逃走的人逼了回来，更是顺手一剑又劈了一个倒霉鬼。

血花四溅，哀号声不绝，那御使血骷髅的矮个子突然像是忍耐不住，凶性大发，怒吼一声道：“万剑一，老子跟你拼了！”

怒吼声中，血骷髅猛然血光大盛，周边大片空间都被映红，如滔滔血河猛然降临，“轰”的一声向万剑一撞去，与此同时，这小矮子更是合身扑上，像是要跟万剑一同归于尽一般。周围的魔教妖人先是吃了一惊，随即似乎也被此人激发了凶性，一个个仰天大叫，手持兵刃纷纷扑了上来，气势一时暴涨。

田不易、苏茹等人登时脸上变色，祭起法宝就要冲上相助，但就在这时，忽然只听万剑一一声长啸，身影掠起，白衣如雪瞬间隐入光芒四射的斩龙剑剑芒之中，剑势皇皇，人剑合一，迎着那些穷凶极恶扑来的魔教妖人，还有阴毒无比的各种法宝和滴血的血骷髅，万剑一竟是不闪不避，随着碧光烈焰冲天而起，直接正面迎撞过去。

以一敌六，无双无对！

碧绿剑气在这一刻似乎充盈到了极致，整个天地苍穹间都是辉煌无比的绿芒，风走云动，绚烂无比。

“轰！”

一声巨响，云开石走，地面上陡然陷下了一大片，狂烈风中，冲在最前面直接撞上那仿佛无坚不摧碧绿剑芒的血骷髅，在那个小矮子惊骇万分的目光中，突然龟裂，随即在怪异的咔咔声中，“啪”的一声，直接被打得灰飞烟灭！

小矮子仰天嘶号，一口鲜血喷了出来，整个身子也摔了出去，端木铁大惊失色，连忙冲过去一把抱住他，但就这么一矬身间，只听天地之间剑芒嗖嗖之声惊天动地，瞬间惨号声此起彼伏，血雨如盛宴，轰然而起。

四个魔教教徒的身躯，就在端木铁身前不远处踉跄了几步，殷红的鲜血从全身上下几乎同时狂喷而出，片刻之后纷纷倒在了地上。端木铁目瞪口呆，全身发抖，那个小矮子也是满眼绝望，茫然望着半空之中。云散风静，剑芒散去，一个白衣如雪的男子飘然落下。

手臂轻挥，碧剑龙吟，随即悄无声息还鞘入匣，那个男子回过身来，微微一笑，道：“想跟我拼命，凭你也配？”

阳光从天空洒落下来，照在这个人间卓尔不群的男子身上，仿佛为他镀上了一层金色的光辉。他神采飞扬，意气风发，正是一生之中最精彩、最飞扬也最耀眼的岁月。

第六章
朱雀

场中一时寂静，片刻之后忽地有一声欢呼，万剑一回头望去，只见苏茹从一旁笑着跑过来，一张俏脸上神色兴奋，笑道："万师兄，你好厉害！"

万剑一见是苏茹，俊脸上也是剑眉扬起，露出一丝温和的微笑，看起来有些温暖，便如此刻从天空落下的阳光一样，与不久前如杀神一般叱咤风云的神态截然不同，对着苏茹微笑道："你怎么也来了？"

说着他的目光越过苏茹头顶，看到在她身后走过来的三个人，首先对水月点了点头，颔首道："水月师妹。"随即视线落在另外两个人身上，看起来却不太熟悉，道，"你们是……"

曾叔常与田不易连忙上前，神态恭谨，报了自己的姓名出身。如今在青云门中，眼前这位万师兄当真是鼎鼎大名，他拜在当世掌门天成子真人座下，排行第二，无论天资、才华、道行、神通，皆是出类拔萃的奇才，早几年间就和他的师兄道玄一起，并称为青云门五百年间仅见的天才人物。

这师兄弟二人中，道玄沉稳大气，万剑一豪迈潇洒，在青云门中尤其是平辈弟子里，向来深得众人敬仰，特别是在此番魔教来袭的正邪大战中，此二人更是同时大放光彩，令人敬佩。不过，如果真要细说起来的话，似乎万剑一更风光几分，毕竟他以一介年轻弟子的身份，悍然对魔教教主仇忘语这等绝世人物发动攻势，声势惊人，甚至连仇忘语本人都忍不住喝出了一声彩。

不过虽然名气极大，万剑一显然不是那等倨傲的性子，待田不易与曾叔常报过名姓后，他笑着对他们二人点了点头，道："原来是大竹峰和风回峰的两位师弟，此番下山追击魔教余孽，虽然大势在我，但魔教中人历来凶悍阴毒，你们还是要小心一些。"

田不易与曾叔常都恭谨应下。相比他们两人，苏茹和水月似乎与万剑一早就相识，彼此间十分熟悉，苏茹更是像个小妹妹似的追在万剑一身旁问长问短，倒是水月看起来年纪稍大，也矜持几分，不过在万剑一面前同样也是带了几分少见的敬重之意。

万剑一与他们四个人聊了几句，便转身走向另一边的苍松，至于那两个倒在地上的魔教妖人，他却是看都不看一眼，似乎半点都不放在心上。

见万剑一走了过来，苍松连忙上前施礼，万剑一对他颔首示意，同时目光看向他身后那个倒在地上的人，微微皱眉，道："天云师弟怎样了？"

苍松恨恨地向端木铁和那个小矮子看了一眼，道："天云被那厮的血骷髅偷袭，击中后背，内腑受创，一直昏迷不醒。"

万剑一点点头，上前走到天云身旁，蹲下身子仔细查看了一番，末了沉吟片刻，从怀中掏出一只玉瓶，倒出一枚丹药塞入天云的口中，这才站了起来。

旁边的水月、苏茹，包括田不易、曾叔常等人都走了过来，而且看起来水月、苏茹人脉还挺广，与苍松也是相识之人，便开口向他询问起来。原来端木铁这一拨魔教妖人在冲开田不易、曾叔常等人的阻挡后，一路冲下山麓，恰好苍松与天云二人路过这里，两边相遇，顿时便大打出手。

苍松、天云二人道行虽不如道玄、万剑一这等奇才，但也是修行多年，实力不弱，一时间在山麓上的情形似乎再度上演，魔教诸人眼看又占了上风却被拖住，不过这一次原本隐藏在一旁的那个小矮子断然出手，直接御使血骷髅将苍松、天云二人打了个猝不及防。

二人中实力稍弱的天云，背部被血骷髅结结实实地狠撞了一下，当时便口喷鲜血晕死过去，又惊又怒的苍松瞬间遭到魔教众人围攻，顿时险象环生。紧急关头，幸好万剑一突然赶到，大发神威以一敌众，救下了苍松、天云二人不说，还一举击溃了端木铁这一众魔教妖人。

此刻，万剑一转头对苍松道："我已经看过了，天云师弟伤势着实不轻，五脏六腑都有震动迹象，亟须疗伤休养。我已经给他服下通天峰灵药'三清丹'，可保他性命无碍，不过还是要尽早将他送回山上，以防不测。"

苍松点了点头，面带感激之色，对万剑一抱拳谢过后，便上前抱起天云大步向青云山方向走去。

处理完天云这边的事情后，万剑一转过身来，旁边的苏茹似乎等了好久，刚想上前与他说些什么，忽然见万剑一面色一冷，喝道："站住！"

四人齐刷刷转头望去，只见另一边端木铁扶着那小矮子，两个人不知何时已经从地上爬了起来，看着是想趁万剑一忙着的时候溜走，谁知万剑一像是脑后长了眼睛一般，直接便喝破了他们的意思。

那两人站在原地，一时间身子僵住，面上又都浮起绝望之色。

万剑一冷冷一笑，大步走了过去，同时口中道："吸血小妖，你手段阴毒，为了炼制那污秽不堪的血骷髅造了多少孽，又伤了我同门师弟，现在还想逃吗？"

那个小矮子口中咒骂一声，忽地像是什么都放开了一般，对着万剑一嘶声骂道："去你妈的，老子我……"

话声忽地中断，一道白影陡然出现在他眼前，只听"啪"的一声，万剑一一巴掌甩在他的脸上，小矮子整个人被打得飞了出去，半空中血流满面，似乎牙齿都被打掉了几颗。这速度之快、下手之迅捷，直令人眼花缭乱，甚至连站在吸血矮子身边的端木铁都没反应过来，只觉得手上一轻，自己的那个同伴已经不见了。

万剑一哼了一声，面带不屑之色，看起来已经无意再与这两个魔教余孽纠缠，便要出手取了他们性命。但就在这时，忽然从不远处的密林之中吹来一阵微风。

万剑一眉头微挑，目光望了过去，突然间神色一变，却是察觉到这风头吹去的方向竟不是自己，而是站在身后的水月、苏茹等人。

"小心！"万剑一猛地大喝一声，身形飞起，竟是断然弃了端木铁和吸血矮子，直掠向田不易这边，而几乎是在同时，那阵看似平凡的风中，蓦地在几片枯叶里闪烁起一道光芒，一个黑影暴然而起，随之而起的还有一阵爆裂的火光，向田不易冲了过去。

田不易陡然遇袭，虽惊不乱，矮胖的身子向后连退两步，只听“哐啷”一声，赤焰仙剑已在手中，同时烈焰朵朵化作一面火墙，挡在了身前。

两边皆是火焰，但一边狂暴一边沉稳，瞬间撞到一起，只听一声大响，田不易再退三步，身躯震荡，但随即定住身形，面色微变。

与此同时，那面狂暴的火焰中也传来一声低低的“咦”声，似乎对这个貌不惊人的青云弟子居然能够挡下自己的招式颇有几分惊诧。转瞬之间，万剑一已然赶到，长啸声里，但闻龙吟，斩龙神剑瞬间出鞘，一时间剑光暴涨，如洪水波涛一般，向那火幕中的黑色人影冲去。

那黑色身影哼了一声，似乎也知道万剑一实力太强，并不愿与之硬扛，身子一扭一转，周身火焰猛然熄灭，她的身形也瞬间消失，片刻之后，又如鬼魅一般出现在远处密林边缘，对端木铁喝道：“还不走！”

端木铁这才醒悟，这是本教的救兵，大喜过望，连忙跑过去扶起吸血矮子，转头就跑。水月等人自然不能坐视不理，齐声叱喝一起追了上去，万剑一身形也要掠去，忽然只觉眼前一花，半空中突然一片灼热袭来，那火焰凭空而生，席卷而来，同时听到一道清脆的声音，却是个女子的声音，喝道：“你留下吧！”

万剑一身形一错，斩龙剑碧光泛起，抵住半空中那团火焰，只是他的剑芒实在太过锋锐，只不过片刻之间，碧光便直接破开焰火，呼啸如箭，直向那黑影冲去。

焰火散落，对面那黑色身影的女子也现出身形，却是全身都包裹在一袭黑衣中，连脸上也裹了一块黑巾，只露出一对明亮眼眸，神采奕奕。此刻，她眼中也露出几分惊异，像是虽然早知道万剑一实力极强，却没想到他竟然强到这种地步。

眼看碧光剑芒呼啸而至，气势逼人几乎不可阻挡，这黑衣女子一声叱喝，忽地双手一张，猛然间周身火焰“轰”的一声熊熊燃起，瞬间竟在她身前凝出一只火焰巨鸟，在半空中仰天嘶鸣，声势惊人。

这火鸟一出，周围火焰的温度登时提高了数倍，气势与之前截然不同，显然是这黑衣女子的一门厉害神通，碧绿剑芒突袭而来，火鸟不闪不避，直迎而上。只听连声巨响，飞沙走石声若惊雷，竟然挡下了万剑一这气势不凡的一剑。

万剑一虚浮空中，目光如电，在这身材苗条的黑衣女子身上看了一眼，忽然皱了皱眉，沉声道："魔教四使，朱雀？"

那只周身燃烧着灼热火焰的火鸟冷冷地转过头来，毫无表情的双瞳盯着万剑一，双方对峙片刻，那黑衣女子却没有任何回应，反而突然一声轻啸，转身便走，半空中那只火鸟在她身后盘旋片刻，也追了上去，隐隐还有断后之意，显然这个魔教女子对万剑一也极为忌惮。

万剑一刚想掠去追赶，但忽然回头望去，只听另一个方向远处似有一阵叱喝喧闹传来，正是田不易等人追踪的地方，看起来又和魔教众人大战起来。万剑一犹豫片刻，最后看了一眼那黑衣女子飞驰而去的方向，便转身向另一个方向飞掠而去，白衣飘飘，转眼消失在远处。

黑衣女子飞掠出一段距离后，回头望了一眼，见万剑一并没有追来，也松了一口气，伸手将身后半空中的巨大火鸟散去。回想起刚才那电光石火间的两个来回激斗，这女子眼中也是异芒闪烁，不管从哪方面来说，那个身着白衣的男子给对手的压力实在太大了，直令人有种窒息的感觉。

真要缠斗下去的话，黑衣女子第一次有种无法抗衡的微妙感觉，这对道行有成之后的她来说，是一件很罕见的事，也让她心中十分不快。不过眼下大势已去，圣教中人四散溃逃，当然不是多想的时候，这黑衣女子不再回头，几个起伏间便迅速远去。

中间经过好几处地方，都看见大批魔教教徒被青云门弟子追杀，这黑衣女子都只是匆匆扫过，最多也仅仅在路过时顺手救上一下，并且绝不久留，一路飞驰而去。这么多的溃散教众，她也实在无力都救下，而且青云门底蕴着实深厚，除了像万剑一、道玄这等出类拔萃的天才之外，底下年轻弟子中也有不少硬手，一个不小心，只怕连自己都会被留下来。

她就这样一路飞掠，越过整个战场，最后来到前方一处丘陵边，这里距离青云山脉已有一段距离，过来时也没有见到附近有青云门追杀而来的弟子，在这一片混乱的战场里安静得有些异常。

她身形才落下，突然那丘陵上的林中便有两个身影现出来，满脸戒备之意，但当他们看清这黑衣女子后，面上都是一松，连忙让开身子。

黑衣女子对这两个守卫点了点头，大步走到丘陵之上，路上只见数十个精悍男子守在丘陵上下，戒备森严，都是魔教鬼王宗的弟子。而在小山丘上，则有数人或站或坐，其中魔教教主仇忘语与鬼王宗宗主鬼王，都赫然在此。

此刻，仇忘语被一个三十岁出头的男子抱在怀中，气息微弱，胸口那处伤口中竟然仍有白色烟雾轻轻飘起，可以明显地看出周围血肉不停蠕动似乎想要修复肉身，但不知道伤口处残留着什么厉害东西，竟然逼得所有血肉不得寸进，仍凭鲜血一意横流。

而在一旁，鬼王则被原本守在山下的那个叫作小万的年轻人扶坐地上，面如金纸，呼吸微弱，看起来也是情况大大不妙。

除了这几个人外，在小万和鬼王的身后还站着一个黑衣人，正是鬼先生。另外在仇忘语与那个青衣男子身旁，还站着两个人，一个是身高马大气势雄壮的男子，另一个却是位白白胖胖、双眼看上去似乎有些无神的五旬老者，不过此刻他们眼中都透着一股焦虑之色，紧紧地盯着仇忘语。

听到脚步声，除了仇忘语与鬼王，其他人都同时向这黑衣女子看来，片刻之后，抱着仇忘语的青衣男子首先开口，问道："朱雀，如何了？"

这个名叫朱雀的黑衣女子轻轻摇了摇头，道："长生堂段候已殁，余下门人四散；合欢派月华仙子重伤，已被门人救下遁走，看起来一意逃命，已无战心。"

周围诸人一片沉默，一股压抑的气息笼罩在这片山丘上。过了片刻，忽然一声轻叹，却是从气息微弱的魔教教主仇忘语口中发出。众人顿时大惊，连忙围了过去，只见仇忘语睁开双眼，虽然重伤之下，却兀自神情自若，甚至还略带了几分自嘲之意，道："想不到竟然败了啊。"

那个如猛兽般雄壮的男子面露悲愤之色，上前道："教主，你莫挂怀，只要你养好伤势，我们自然能卷土重来，再上青云山杀他个片甲不留！"

仇忘语微微一笑，道："好啊，白虎，以后这事就交给你了。"

白虎愕然，一时间说不出话来。

说了这句有些不祥意味的话语后，仇忘语横眼看去，忽然道："万毒门那边呢？"

朱雀哼了一声，道："毒神毫发无伤，下山之后亦有人接应，现在已领着万毒门门人退去了。"

在场众人顿时个个面露惊容，片刻之后，那个站在白虎身边、有些睡眼惺忪模样的白胖老头忽然笑了一下，道："老毒物果然多谋，早早安排了后路，进退自如，与鬼王宗主可谓一时瑜亮啊。"

扶着鬼王的年轻人小万猛地抬头，盯着那白胖老者，目光冷峻，喝道："玄武尊使，你这话是什么意思？"

玄武看起来是个很和气的人，也不生气，只是微笑着道："我是什么意思，你听不出来吗？"

第七章
遗 命

小万目光陡然转厉，但站在他身旁的鬼先生忽然轻轻咳嗽了一下，低声道：“宗主醒了。”

小万悚然一惊，连忙低头看去，果然只见面如金纸的鬼王缓缓睁开了双眼，不由得惊喜交集，道：“宗主，你还好吧？”

鬼王看起来有些虚弱，艰难地喘息了两下，然后示意小万将自己扶正坐好，面对着仇忘语与其他四人，苦笑了一下，道：“教主，四位圣使，小万年纪轻不懂事，你们不要跟他计较。”

玄武看起来对这位鬼王宗主还是有些尊重，闻言摇摇头，没有再说什么，倒是仇忘语笑了起来，道：“你这个徒弟很不错啊，临机决断处变不惊，多少也算是救了咱们两个，是个人才……咝！”话说到一半，他忽然倒吸了一口凉气，面上掠过一丝痛苦之色。

诸人都是大惊，抱着他的那个男子更是惊呼一声，仇忘语急促地喘息了几下，随即摆了摆手，叹道：“那诛仙剑当真厉害，连《天魔策》上所载的秘法都压制不住这股煞气。”说罢也不等周围人开口，径直道，“青龙。”

在他身边的那个男子身子微震，道：“属下在。”

仇忘语神色平静，道：“看这伤势，我已然是将死之人，不能活着回去蛮荒圣殿了，如今有几件后事，便要交代于你。”

魔教四大圣使齐齐变色，包括鬼王宗这边的三人也是如此，鬼王脸色变幻，嘶声道："教主，何出此言？"

仇忘语笑了笑，推开青龙慢慢坐直了身子，道："生死不过等闲事，我一意孤行围攻青云，不意遭此大败，连累教众命丧青云，得此下场，想必也是圣母、明王两位尊神降下神罚所致，尔等不必多言。"

青龙、白虎、玄武、朱雀四人瞬间在他身前一起跪下，青龙身子微颤，虎目含泪，咬牙道："教主，你万万不可轻弃性命，我等圣教子弟苦候千载，方才迎来如今盛世局面，若是你不在了，只怕圣教又是、又是……"

仇忘语默然片刻，喟叹道："皆是我好大贪功，小觑了天下英雄，所以遭此报应也是应有之义，只恨却断送了我圣教大好局面，使我为圣教千古罪人也。罢了，不必再说。今日败局既定，我亦无脸面再回圣殿，我死之后，你将我遗躯就地火化，取骨灰撒在蛮荒圣殿修罗塔下，日晒风吹，以赎我今日大罪。"

青龙瞬间身躯战栗，唇齿发抖，怔怔望着仇忘语，一时间竟不能言语；而在他身后，白虎口中发出愤怒欲狂却又拼命压抑的嘶吼声；那个黑衣女子朱雀，则是将身子低伏在地，哽咽哭泣起来。

但在仇忘语目光注视之下，青龙口中嘶哑，两行热泪流淌而下，终于还是磕下头去，重重砸在仇忘语身前的地面之上，发出"砰"的一声闷响："是……"

仇忘语沉吟片刻，又沉声道："此番青云之役，我看青云年轻一代英杰奇才为数众多，实乃中兴之兆，数十年内必然大兴大盛，实力之强远胜前代；反观我圣教中，虽然道行高强者不少，却再无能得众望压服各派系之人，我死之后，圣教必然大乱，各派内斗不止。"他苦笑一声，看着青龙，低声道，"我死之后，你即刻带人退回蛮荒，谨守圣殿，且一甲子内不许再入中土，切记切记。"

青龙顿首于地，久久不能抬头，颤声道："是。"

仇忘语面上再度掠过一丝痛楚之色，身子也歪了一下，不过仍是强撑着又坐直了，目光随即望向鬼王宗那里，凝视鬼王片刻，缓缓地道："鬼王宗主，我让你失望了啊。"

鬼王大惊，也不知从哪来的气力就要竭力站起，小万连忙扶住他，然后被鬼王一把抓住手臂，拉着他一起向仇忘语跪了下来，同时嘶声道："教主何出此言！我圣教内乱数百年，凋敝不堪，幸有教主横空出世，一统圣教，励精图治方有今日局面。吾只愿教主千秋万载，今后谁敢污蔑教主，我鬼王宗上下第一个便与他拼命！"

仇忘语注视鬼王良久，点点头移开了目光，但鬼王兀自跪在地上，不敢抬头。

过了片刻，只听仇忘语淡淡地道："此役过后，鬼王宗与万毒门便是圣教麾下剩余实力最强的两派，护卫圣殿你们也义不容辞，那便早些回去吧。"

鬼王立刻道："是，属下遵命。"

仇忘语笑了笑，随即转过头去，却是眺望前方，只见远方一座巍峨雄山屹立世间，直入云霄，云雾蒸腾气象万千，正如同一个巨人般俯瞰人间。

他怔怔凝望一会儿，忽地一声长叹，原有的桀骜不驯英雄气概皆是不见，只剩下满面萧索，眼神之中犹有不甘之意，片刻之后，一颗头颅慢慢垂了下来，口中却兀自还低声轻语道：

"青云、青云……青……"

青龙感觉到了什么，霍地抬头，连忙上前扶住他，让仇忘语靠在自己身上，然而片刻之后，忽见仇忘语头颅向旁边一歪，竟是再也没了声息。

场中瞬间一片寂静，所有人跪倒在地，仿佛都不敢相信自己的眼睛，脑海中亦是一片空白。

这一年，魔教横空出世的绝代英雄仇忘语，在一统魔教，结束数百年内乱纷争，使魔教势力陡然提升至空前强大的巅峰之后，大举进攻中土正道，造下无边杀孽，最后在青云一役战死，距离他登上教主宝座一统圣教，仅仅才过去两年时间。

强大无比的魔教在他死后几乎瞬间便分崩离析，再度陷入四分五裂的状态。而这位曾经名动天下的人物，也像一颗璀璨流星一般，在绽放出夺目的光彩后，转眼便消失在正道与魔教千百年漫长的争斗史中，再不出现。

这一场大战最终还是以青云门的大胜落下帷幕，而后续的厮杀争斗一直持续到当日夜深时分。能逃走的魔教徒众已经逃出青云山范围，没逃走的不是被青云门擒下就是永远留在了青云山下。不过青云门虽然大胜，自家也是伤亡惨重，自掌门真人天成子以下，无数精英弟子为了这一战前仆后继奋勇厮杀，不知有多少天纵英才就此陨落。

所以很快，青云门也发出命令，召回下山追杀的青云门弟子，以免追得太过远离青云山地界，多生意外。

大战过后，青云山特别是通天峰上，都笼罩在一片肃穆的气氛里，云海之上人影攒动，不少人的目光都看着云海两侧，那边各自堆叠了两堆触目惊心的尸体。这些都是大战之中战死之人，在属于青云门这一边的，有不少在不久之前还是朝夕相处的兄弟姐妹，如今却已是天人永隔，许多站在云海上的青云门弟子，此刻都已经眼含热泪，有些年轻的女弟子已经轻声啜泣起来。

万剑一匆匆赶回，当他驾驭仙剑落在云海之上的时候，夜风吹过，碧绿剑芒中他白衣如雪，当真是极耀眼的存在，一时间不知有多少目光向他这里望了过来。万剑一向周围看了一眼，只见前方人群里，真雩、郑通二位师叔都站在那边，连忙走了过去，向他们行了一礼后，道："二位师叔，我回来了。"

真雩与郑通都转头向他看来，面对这个青云门二代弟子中最出色的年轻人，哪怕德高望重如他们这般身份，也是另眼相看，就连一向倨傲冷峻的真雩大师面上都带了几分和蔼之意。

郑通带了几分关切，道："看你一早就下山去追杀那些魔教妖人，直到现在才回来，没事吧？"

万剑一摇头道："没事，那些魔教余孽皆无战意，残留的一些厉害人物也护着那魔教教主遁走了，几乎没遇到什么阻碍。"说到这里，他顿了一下，又带了几分疑惑，道，"对了，二位师叔，此番山下情势大好，我觉得大可乘胜追击，说不定还能擒下更多魔教余孽妖人。此乃千载难逢的好机会，不知为何二位师叔却下令让门中师兄弟们都回山来？"

真雩与郑通对视了一眼，脸色忽然间都有些微妙变化，过了一会儿，真雩沉默不语，郑通则笑了一下，道："这道命令并非我二人所下，而是你师兄道玄暂代掌门所做的决断。"

万剑一怔了一下，愕然道："是师兄的命令？可是这山上不是有您二位在吗，为何不是你们主持大局？”说到这里，他忽然顿了一下，似乎突然间想到什么，脸色一白，惊道，“莫非、莫非是师父老人家……”

“天成子师兄并无性命之忧。”郑通连忙开口道，“我和师姐都已经去玉清殿里看过他了，虽然此番他受了重伤，一直昏睡不醒，但性命无碍。而且中间掌门师兄还醒来了一次，在问过山上情形后，便对我们交代眼下暂由道玄师侄代掌门之职，诸事由他决断。”

万剑一这才明白过来，长出了一口气，点点头“哦”了一声，脸上神色也松弛下来。

这时，无论是郑通还是真雩都在看着他，见到万剑一如此反应，两人又对视一眼，各自微微颔首，看起来似乎同样有几分安心的样了，像是原本心里都有一根隐隐紧绷的弦，此刻才放心下来。真雩大师沉默片刻后，道：“剑一，你师兄虽然岁数不大，但性子沉稳，处事周到，大战过后如此乱局，他一个人统御全局，处置得面面俱到，几乎毫无差错，便是老身自己出面去做只怕也不能做得比他更好了。所以你师父选他来代行掌门之职，也算是知人善任。”

万剑一点头笑道：“师叔说得甚是，在修行一道上我或许还能与师兄一较长短，但说到这些日常大小事务的处置上，我便远不如他了。”

郑通在一旁看了万剑一一眼，犹豫了片刻，还是出声道：“剑一，你刚才所说的追击魔教余孽之事，确实也有道理，不过此时大战方休，青云上下一片混乱，而且本门也确实再也经受不起更大的伤亡了。道玄师侄为了确保宗门安全和避免门下弟子损失，这才下令让众人回山的。”

万剑一想了想，道：“师叔说得是，还是我有些冲动，想事情不太周到，孟浪了。”

“好了。”旁边的真雩大师素来冷峻的脸上此刻罕见地露出几分温和欣慰之色，对万剑一道，“你能明白就好，剑一，你与道玄二人乃是本门年轻一代中的翘楚，大家可都看着你们呢，一定要携手共渡本门这次难关，知道了吗？”

万剑一洒脱一笑，道：“师叔放心，但有我兄弟二人在，青云一脉定会安然无恙！”

这一句话说得斩钉截铁、气度豪迈，仿佛没有半点犹豫迟疑，让人不由自主便产生了一股深信不疑的感觉，真雩大师欣慰而笑。郑通在一旁笑道："说得好，有你和道玄师侄在，我和师姐也就放心了。对了，你师兄特意交代过，只要你回来了，便让你赶快去玉清殿一趟。"

万剑一点点头，心中也很记挂恩师天成子的伤势，连忙对二位师叔告别之后，便大步向虹桥方向走去。

看着那个气宇轩昂、哪怕在这天色渐渐暗下来的时候也依然给人一种耀眼感觉的年轻人，真雩与郑通都沉默不语，目送他走远。过了好一会儿，真雩大师忽然低声道："他刚才说的那些话，你觉得还可信吗？"

郑通缓缓垂下眼帘，并没有立刻开口，似乎这个问题对他来说也有些困难，过了一会儿，他轻叹了一口气，道："剑一也算是我们看着他长大的，我觉得他不是那种两面三刀的小人。"

真雩大师默然半晌，缓缓点头，似乎同意了郑通的话。郑通看了真雩一眼，皱眉道："师姐，你在担心什么？"

真雩大师缓缓抬头，只见那天穹夜空之上，大战过后硝烟散尽，虽无明月当空，却有满天繁星，幽幽闪烁着星光，望上去有一种宁静深远的美丽。而在星空之中，有几颗大星最是明亮，光芒耀眼，悬挂于天穹之上，如王者鹤立鸡群，自有股潇洒不羁的气势。

片刻之后，真雩幽幽开口道："青云历代祖师恩泽护佑，本门下一代弟子可谓英才荟萃，特别是道玄与万剑一这二人，更是千载难逢的奇才，实乃我青云绝代双璧。以他们二人的天资才华，日后成就皆不可限量，假以时日，定远胜于你我。"

郑通颔首道："师姐说得极是，我亦有如此感觉。不过我看师姐你方才似有忧色，可是担心他们……他们二人会有争执？"

真雩看了他一眼，道："莫非你心里没有如此顾虑？"

郑通默然。

真雩叹了口气，道："似他二人这般人物，只得其一我青云门便当大兴，日后冠绝天下，领袖中土正道便有希望；若是二者齐现，同心协力的话，我……简直不能想象日后我青云一门，当是何等强盛！”

郑通似乎也被真雩所描绘的未来景象所鼓舞，眼中掠过一丝激动神色，点头道：“正该如此。师姐放心，至少我一路看来，道玄与剑一兄弟二人感情甚好，而且剑一并非那等心胸狭窄之人，当不会出现师姐担忧的事情。日后他们兄弟齐心，将我青云门楣发扬光大，必能缔造我青云一代盛世，我们就只等着看到那一天吧！”

真雩“嗯”了一声，脸上露出一丝笑意，道：“希望如此，那是最好不过了。”

说罢，她再次抬头仰望夜空，只见满天星光闪烁，有数枚大星悬挂天际，熠熠生辉，光彩夺目，令人心向往之。

第八章
同行

青云门一门七脉，以青云七峰为号，分别是通天峰、龙首峰、大竹峰、小竹峰、朝阳峰、落霞峰和风回峰，其中通天峰为长门，是青云门一门重心所在，但各支弟子向来同声共气，此番正邪大战也同样是前赴后继并肩血战，为青云门历史书写了壮烈的一幕。

此刻在通天峰云海平台之上，光是在放置战死的青云弟子这一边，便有超过两百具的尸体，整整齐齐地排列在地面上，令人触目惊心。能够拜入青云门这样的名门大派修行道法的，几乎都不是天资愚钝的人，换句话说，在这些为了师门和正道英勇战死的年轻弟子中，也许不知有多少天纵英才早夭，本该光彩夺目的人生陡然谢幕，就此长眠。

清冷星光照耀之下，这一幕令人格外伤感，大批青云弟子围在这些死去的同门兄弟身旁，有的沉默不语，有的红了眼眶，一股哀伤悲愤的气息弥漫在云海上。

青云门大竹峰弟子田不易，在云海平台另一端随意地将手中拖着的一具魔教教徒尸首丢下，然后厌恶地看了一眼，转身便离开了这里。在他身边还有一些做着同样事情的青云弟子，动作表情也都差不多和他一样。大部分在这场大战中被杀死的魔教教徒尸体，都被集中拖到了这一片区域，不过与云海另一头死去的青云弟子备受敬重悉心照料的情况相比，这里便毫无尊重可言，别说整齐摆放了，几乎所有的尸体都是随意丢下堆叠在一起，变成了一座看起来有些怪异的小山。

没有人对此有任何异议，哪怕是德高望重的真雩和郑通两位也没有过来说什么，悲天悯人的情怀，在云海另一端那两百多具青云弟子的尸首面前，是没有任何力量的。

堆叠如山的魔教教徒尸首比战死的青云门弟子要多很多，粗看之下大约超过了一倍，由此也能看出这一代青云门弟子的个人战力、整体实力都是相当强悍。这些死去的魔教教众大概会在不久之后被一把火集体火化，青云灵山钟灵毓秀，并不是为这些人准备的。

这时，大战过后战场的收拾整理已经进入尾声，田不易看看周围，似乎没有什么还需要自己帮忙的地方，便转身向青云门弟子聚集的这一头走了过来。星光从天空中洒落在云海上，白色的云气轻轻飘浮着，让人恍惚有一种云中行走的幻觉。

青云门弟子多是三三两两地站着，虽然此刻已是夜深，但是似乎并没有人想回去歇息，田不易也是如此。他默默地走到那一片摆满了同门尸首的圈子边，看着那触目惊心的景象，下意识地咬了咬牙，微微低头。

随后，他深吸了一口气，转头向附近看了一眼，然后带着几分忐忑，沿着这一片摆满尸体的边缘，缓缓走了过去，开始小心翼翼地辨认那些死去兄弟的面孔。青云七脉之中，大竹峰一向是人丁最单薄的一支，但同门里还是有几个师兄弟的，他现在最担心的，便是突然在地上看到自己熟悉的脸。

事实上，在这片区域周围，与他一样赶来辨认尸体的青云弟子为数不少，人人神色凝重，面色肃然。就这样，田不易走了大半圈，万幸的是，一直没有看到自己最担心的几位师兄弟和朋友躺在地上，不由得长松了一口气，但是随即又惊醒，只觉得自己这般委实对身前这众多战死的师兄弟大为不敬，一时间心中羞愧，连忙站直身子，恭恭敬敬地对着这一片躺在地上的人们行了一礼。

在他再次站直身子后，忽然听到身边不远处传来一阵压抑着的啜泣声，声音听起来有几分熟悉，他转头看去，只见一个有些眼熟的女子正跪在六尺开外的一具尸首边上，以手掩口哭泣着，肩膀还在轻轻颤抖。

田不易心中一动，大步走了过去，果然看见那女子正是苏茹，此刻她的一双明眸中满是伤怀，晶莹的泪珠如断线的珍珠一般滴落下来，目光怔怔地看着身前的那具尸首。

田不易向地上的那具尸体看了一眼，只见是一位面色苍白的年轻女子，容貌颇美，哪怕此刻已经长眠，仍然可以看出她生前的妩媚，让人心中忽有痛惜。或许这本是她一生中最美好的时候，但美好的生命陡然终止。

青云门中，小竹峰向来只收女徒，看起来这位不幸过世的姑娘应该和苏茹是同门的姐妹，而且平日里交情也是极好的，所以苏茹此刻才如此伤心。不知道为什么，看着苏茹跪坐于地泪流满面的模样，田不易猛然也是心中一痛。

这一天中，不知有多少人失去了至亲好友、手足兄弟，不久前还一起谈笑风生说好要并肩而行修炼长生的人，转眼便天人永隔。

他沉默地在原地站了一会儿，然后走到苏茹的身边蹲了下来。苏茹转过头向他看了一眼，像是认出了这个矮胖子是自己白日里刚认识的那个同门，只是或许她此刻太过伤心，并没有向田不易打招呼，而是很快又把目光转回了身前那个死去的女子身上，泪水仍然在她美丽的脸上流淌着。

过了片刻，忽然有一块手帕从旁边递了过来。

苏茹的啜泣声顿了一下，过了一会儿，只听田不易似乎有些口齿不清、像是鼓足了勇气一般，轻声道："干净的。"

苏茹轻轻抹了一把腮边的泪水，像是犹豫了一下后，还是接过田不易手上的帕巾，在脸上擦了擦。

田不易松了一口气，不知怎么心中忽然有些欢喜，但看着身边人哀伤的模样，终究还是有几分难过，就这样安静地待在苏茹的身旁。或许是因为突然多了一个人，苏茹的啜泣声慢慢停下来，过了一会儿，田不易忽然听到她轻声说道："她叫林初霜，是我在小竹峰的一位师姐。"

田不易"嗯"了一声，看着地上那张美丽却苍白的脸庞，心中也是一阵惋惜难过，默默地双手合在一起为她祈福几句。而与此同时，只听苏茹又幽幽地说道："我自小父母双亡，拜入小竹峰后，最先认识的就是林师姐和水月师姐，除了师父外，她们两人就是我世上最亲的人了。她们对我都极好，水月师姐性子有些清冷，平时不爱说话，林师姐相反，一天到晚看着都快活得很，常常拉着我到处去玩。

“今天以前，她还悄悄对我说过，她觉得长门的道玄师兄看起来真的好厉害。

“她还说……以后等我找到了如意郎君，就一定要将我打扮得漂漂亮亮，然后才嫁出去……”

话说到最后，苏茹的声音渐渐开始发抖，原本止住的泪水瞬间又掉落下来，显然对这位与她情同姐妹的林初霜意外过世实在是伤心欲绝。田不易看着她的模样心里难过，却又不知该如何安慰，只觉得自己笨嘴拙舌什么都不会说，嘴张了好几下子也没说出什么话来，最后只好低声道：“你、你别难过了……”

“哇！”蓦地，苏茹似乎反而被他这一句话突然刺激了，一下子放声大哭，心情激荡间甚至直接转身，趴在他的肩头上，转眼间泪水便打湿了田不易的肩膀。田不易瞬间如遭雷击，身子一动也不敢动，只觉得身前的女子柔弱无助，哭泣声声，只恨不能自身替她承受这些苦楚，最后只能有些笨拙地轻声安慰道：“会好的，会好的……”

星光清冷洒落下来，这一刻，阔大的云海平台上，那一大片已经失去生命的青云弟子身旁，同样悲伤的事情随处可见，不知有多少人失去了朋友、兄弟和姐妹，痛苦和伤怀、轻轻的啜泣声，为这一个夜晚染上了痛苦的颜色。

万剑一走过虹桥，便觉得云海之上的沉重喧嚣逐渐远离，眼前一片山色又恢复了往昔的清静幽美，山风习习吹来，仿佛能洗去一身血腥和烟尘，与这灵山星空融为一体，飘然有出世之意。

石阶水潭皆在眼前，万剑一匆匆走过，刚要走上石阶前往通天峰顶的玉清殿时，眼角余光一扫，忽然看见碧水寒潭边上站着一个身影。

这个时候谁会站在那里？

万剑一吃了一惊，停住脚步往那边望去，或许是也听到了这里的动静，那个独自在潭边负手而立的人影转身看来，却是道玄。

万剑一脸上泛起笑容，向道玄那边走了过去，同时口中道：“师兄，你怎么会在这里？”

道玄道：“前头下来处置了一些琐事，心中有些烦闷，便到这边走走。”

万剑一点点头，道："师父呢，他老人家没事吧？"

道玄道："嗯，师父与魔教教主力战，虽最后大获全胜，但自己也身负重伤，不过还好并无性命之忧，眼下已经安歇睡下了。"

万剑一长出了一口气，面上原有的焦急之色散去，露出几分欣慰之意，道："那就好，那就好。若是师父他老人家有什么意外的话，我等做弟子的当如何是好！"

道玄看了他一眼，只见万剑一身上白衣依旧，但隐约还是能看到不少血迹，不由得皱了皱眉，带了几分关切，道："怎么身上有血，没受伤吧？"

万剑一拍拍腰间的斩龙剑鞘，微微一笑，带了几分满不在乎，笑道："不过是一群跳梁小丑罢了，师兄不必担心。"

道玄虽说此刻心事重重，面色严肃，但仍被万剑一说得失笑，摇摇头没好气地看了他一眼，道："魔教妖人凶悍者甚多，穷凶极恶，你乃是有用之身，不可造次。"

万剑一呵呵一笑，走到他身边与道玄并肩而立，两人一起向那碧水潭上看去。

只见夜幕之下，星光淡淡，碧水寒潭波澜不惊，犹如一面明镜倒映着山峰天穹，显得格外幽美。片刻之后，忽然又有一阵山风吹过，掠过水面时，便荡起细细的波纹，一圈一圈轻轻漂荡出去，天际繁星倒映在水波里，载浮载沉，仿佛也露出几分无声的笑容。

清风扑面，在这大战过后的幽静夜晚中，让人觉得格外舒服。

有那么一段时间，他们两人都没有说话，星空之下，两人就那样一起站着，身前是清澈的水潭，身后是两道影子落在地面上。

过了一会儿，万剑一忽然开口道："师兄，你前头让人唤我上来相见，可是有什么事吗？"

道玄道："倒也没什么太要紧的事，师父之前醒过一次，曾经问到你，我看你过了这么久未回山，也有些担心，所以想见你一面。"说着顿了一下，又道，"现下师父已经睡下了，且让他好好休息，我们过一会儿再上去看他吧。"

万剑一颔首道："也好。"

两人正说话间，忽然从他们前方的碧水寒潭之下传来一声如雷鸣般的咆哮嘶吼声，周围的地面似乎都震动了一下，只见那阔大的寒潭水面陡然震颤起来，从涟漪波纹迅速变成波涛起伏，随即在那寒潭的最中心处，水面突然下陷化出一个巨大的旋涡，片刻之后，一个巨大的头颅从寒潭水下升了出来，对着夜空猛然发出一声吼叫。

声震四野，回音阵阵，似乎连着万丈雄峰都与它轻轻和鸣。

那巨兽乃是水麒麟，看着它在水中轻松自如，摇头摆尾游动了一阵，忽然像是发现了站在岸边的两个人影，猛地转头看来，紧接着一声咆哮，整个庞大的身躯一下子腾空而起，竟是来势凶猛地向岸边扑了过来。

这一下气势汹汹不说，更带着一片水幕铺天盖地，道玄与万剑一不约而同向后退了一大段路，然后便听哗啦啦一阵，水花如浪轰然打在他们刚才站立的地方，湿了一大片土地。

万剑一失笑道："灵尊，你又来了！"

前方潭边岸上，此刻已然多了一只庞然巨兽，正斜眼看着他们，面孔狰狞凶恶，一双巨眼中的目光却十分温和，甚至还带了几分欢喜。

万剑一带头走了过去，道玄跟在他的身后，两人走到水麒麟身前。在这只上古异兽的身旁，两个人看起来还没它的一条腿高，显得格外渺小。水麒麟转头过来，口中低吼，全身兀自湿淋淋地不停有水滴落，目光扫过面前这两个人，最后还是落在万剑一的身上。

"吼……"一声如雷鸣般的"低"哼，水麒麟瞪着大眼，将硕大的脑袋伸了过来，若是普通人看到这般情形，只怕要吓得心胆俱裂，但道玄和万剑一都是处之泰然，万剑一甚至还笑着伸出手去摸了摸水麒麟的脑袋。

"灵尊啊，今天多亏你了，要不是有你大发神威，咱们这一战还未必能打赢呢！"万剑一由衷地道。

水麒麟口中咕哝一声，打了个响鼻，然后居高临下地瞥了他一眼，眼中都是倨傲之色，看起来一副"你说的都是废话"的神情，随后甩了甩尾巴，也不理会这两个家伙，便自顾自地走到岸边的一棵大树下，趴在那里双眼微闭，打了个大大的哈欠。

万剑一与道玄相视而笑，道玄看了水麒麟一眼，微笑道："灵尊还是一直对你更亲近些。说来也怪，你说咱们从小就是差不多一起拜在师父门下，一起在这通天峰上玩耍，就算是当年不懂事的时候，一起扒岸挖坑向灵尊丢石头这种坏事，咱们也是一起干的，可是为什么这些年来，灵尊就一直喜欢你，对我就从来不想亲近呢？”

万剑一哈哈大笑，随后想了一下，笑道：“我想应该是后来师兄你专心修炼，来这碧水寒潭边的次数少了的缘故吧。不像我，从小性子就野，修行三心二意，就喜欢溜出来玩耍，一来二去，灵尊自然跟我熟悉了。为了这事，我打小可没少挨师父的责骂。”

道玄摇头，看着万剑一失笑道：“你这家伙，就是爱胡言乱语，这话日后可不能乱说。万一被门中其他的师兄弟听到了，心想你修炼时三心二意结果还比他们道行强上这么多，让人家如何自处，岂不是等于在拐着弯骂别人吗？”

万剑一一怔，道：“对啊，好像是这么个道理啊。”

道玄没好气地道：“废话！”

万剑一哈哈一笑，摆手道：“知道了知道了，以后我小心说话就是。”

趴在两人不远处的水麒麟在这个时候忽然又咕哝了一声，似乎觉得这两人有些聒噪，扭了个头，朝向水面，没过多久，便传来一阵呼噜声，居然转眼就睡着了。

道玄与万剑一两人也是被它吓了一跳，多看了水麒麟几眼，片刻后万剑一摇头笑道：“灵尊怎么睡得这么快？”

道玄道：“兴许是年纪大了吧，灵尊可是当年青叶祖师收服的灵兽，光是在咱们青云山上待的时间，就已经超过一千年了。”

万剑一脸上露出几分敬佩之色，道：“说得也是。”

道玄抬头看了看夜空，道：“天色不早了，咱们上玉清殿看看师父吧。”

“好。”

两人转身一起走去，踏上石阶，低声闲聊着向着高高的玉清殿走去。清风徐徐吹过，夜幕繁星点点，这两个人并肩而行，山影重重夜色弥漫，却似乎也掩盖不了他们二人的光彩，星光洒落下来 ，他们就那样并肩走着，虽平静却坚定，有那么一刻，就好像天地世间，不会再有任何东西，能挡住他们一起前行的步伐。

第九章

争 执

翌日一大早，田不易便起了床，早早收拾好自己，从自己的小院走了出来。谁知远远地看到在大竹峰上守静堂那边，师父郑通居然也起了个大早，负手从堂中步行而出。

田不易连忙上前问好，郑通看到田不易也有些意外，问道："你怎么这么早就起身了？"

田不易道："弟子想着今天也早些去通天峰上，看看有没有什么地方可以帮上忙。"

郑通点点头，面上露出几分欣慰之色，道："难得你居然有这份心思，真是不错。正好我也要去通天峰，一起走吧。"

田不易点头答应下来，两人一起御剑飞起，便往通天峰那边飞去。

此刻晨光之中，一轮红日刚刚在遥远天际探出了微小的一点，天光洒落下来，云海生涛，一望无际，青云山脉七座雄峰屹立于天地之间，巍峨雄伟，气势宏大，望之便如人间仙境一般。

昨日刚刚经历的那一场血战，似乎半点没有给这座千载灵山造成什么影响，天地悠悠，似乎也从不为人间沧桑所动容所改变，正应了那句自古流传下来的老话，天地不仁，以万物为刍狗。

风驰电掣，腾云驾雾，一路飞翔于天地之间，约莫一盏茶时间后，郑通与田不易再度落在了通天峰云海之上。与昨夜相比，云海之上少了几分悲伤，多了一些安宁。那些原本令人触目惊心的尸体，今天已经都不见了，其中那些战死的青云门弟子，都已经被七脉子弟各自认领回去，妥善安葬，因为哪怕是修道中人，也讲究死后入土为安。

当然了，这都是在青云门中的说法，至于昨晚在云海上同样堆积如山甚至数目更多的魔教教徒尸体，便没有这等待遇了。青云山钟灵毓秀，无论如何，青云门上下绝不会让那些妖人的尸首沾染这座灵山的。

按照宗门里连夜下达的命令，确切地说，是道玄代掌门天成子下令，青云门已经连夜组织人手，将那些魔教教徒尸体都移到山下去了，至于后事如何，自然会专门派人处置，事不关己的青云弟子，都不会再去关心了。

落地之后，郑通对田不易嘱咐几句，然后又道自己要去探望一下掌门天成子真人，你就在这里看看能做什么吧，便飘然而去。田不易拜别师父后，转头在云海上走了几步，向周围张望了几下。此刻虽然时间尚早，但经历了那样一场大事，通天峰云海上仍有不少人走动，田不易看来看去，却像是一直没找到自己想看到的人，面上有几分失望之色，轻声"唉"了一声，看起来有些沮丧。

"你叹什么气？"忽地一个声音在他背后响起，还有人用手拍了他肩膀一下，田不易吃了一惊，回头一看，却是曾叔常，忍不住奇道："咦，你怎么这么早就到这里来了？对了，昨天回通天峰后，你怎么突然不见了，跑哪儿去了？"

曾叔常撇了撇嘴，道："回山了。"

田不易怔了一下，道："回风回峰了？那么早回去做什么？"

曾叔常的脸色忽然间有些黯淡下来，沉默片刻后道："我们找到了刘淼师兄的遗体，所以早早将他送回了风回峰。"

"啊？"田不易脸色一变，一时间吃惊不小，风回峰刘淼师兄在青云门中也是一位名气极大的人物，天资出众道行精深，虽然比不上通天峰一脉那两位天之骄子，但是在如今的青云门年轻一代中也算是个出类拔萃的精英了，一直以来都被许多师门长辈看重。只是想不到，这一场大战过后，这么一个前途无量的年轻俊杰，竟然就此死去了。

过了一会儿，田不易才回过神来，叹了口气，对曾叔常道："那曾师叔他……心里一定不好过吧？"

田不易此刻口中的曾师叔，便是如今风回峰的首座曾无极，同时也是曾叔常的亲生父亲，刘焱便是曾无极一手栽培出来的得意弟子。但凡是青云门中的人，都知道曾无极对刘焱这个徒弟极为看重，平日里常引以为傲，别说是视同己出了，单说在教导用心上，都有人开玩笑说比对他亲儿子曾叔常还认真几分。

只是如今刘焱意外地在这场正魔大战中身亡，对曾无极的打击之大，可想而知。

曾叔常苦笑了一下，道："我爹他昨晚一宿没睡。"

田不易默然不语，心中唏嘘，忍不住又想起昨晚看到尸首遍地的那一幕，还有苏茹在她那位林初霜师姐身边埋首啜泣的样子，实在令人心痛。这一场正魔大战不知改变了多少人的人生，又造成了多少痛苦。

定了定神之后，田不易对曾叔常道："那你应该留在风回峰陪陪曾师叔啊，怎的这么早又到通天峰上来了？"

曾叔常这一次却没有马上回答，脸色看上去有些复杂，过了一会儿道："昨晚为刘师兄办好后事，我爹看去就像老了十岁，但是在夜半守灵只有我们两人的时候，他突然对我说，既然刘师兄不在了，以后风回峰可能就要交给我了。"

田不易吃了一惊，道："什么？"

曾叔常笑容有些苦涩，道："你听了也觉得奇怪吧，我当时都怔住了，可是他老人家就这么没头没脑地说了一句，然后就不再理我自己走了。我现在脑子里乱得很，又实在不愿在风回峰待着，干脆就跑来这里，想着可能你也会过来，跟你随便聊聊，不然心里真的要憋坏了。"

田不易有些同情地拍了拍自己这个好友的肩膀，沉吟片刻后，道："其实……我觉得你爹也没说错啊。"

"嗯？"

田不易耐心地道："你看，以你的天资道行，在风回峰中也是出挑的，以前有刘焱师兄在，大家都没注意到你，但如今事已至此，你爹说了日后要将风回峰交给你，也并非什么令人意外的决定啊。”

曾叔常摇摇头，道：“青云门建派两千年，从未有一脉首座是父子承袭的，我觉得这样不太好。”

田不易道：“好不好的，自然是由我师父、真雩师叔还有掌门师伯那些长辈去决断，若是他们没意见，你爹将一脉首座位置传给你，又有什么不妥？”

曾叔常低下头，紧盯着自己脚下，过了好一会儿才道：“但是我总觉得如此做法，就好像是我故意去抢了刘焱师兄的东西，心里实在难过。要知道，原先谁都以为，这未来首座之位应当是他的。”说到这里，他顿了一下，脸上露出一丝苦涩的笑容，低声道：“而且风回峰的一众师兄弟，我心里都有数的，以我现在的道行、资历，他们不会服我的，就算我强行接任了首座，只怕日后也会有无数纷争。”

田不易看着他，一时间也不知道该如何去开解他了，只得轻轻拍了一下他的肩膀。

与此同时，在通天峰山顶玉清殿上，正有数人聚在掌门真人天成子所在的那间静室里。经过一夜的休息，掌门天成子真人已经醒了过来，只是看起来仍有几分虚弱，此刻腿上盖着被褥，背靠床背，兀自坐在床榻上。除他以外，房中还有三人，分别是郑通、道玄和万剑一。

在这一场大战过后的小聚中，本该是一场轻松、感叹的闲聊，然而有些出人意料之外的是，此刻的静室里，气氛竟有些微妙的紧张。

“不行，此事万万不可！”

这一句话说得斩钉截铁，甚至话语声中还带了几分怒意，却是从一向沉稳的道玄口中而出，而他紧皱眉头，目光炯炯所望着的人，赫然是万剑一。

尽管道玄目光逼人，但万剑一看起来并无退缩之意，反而朗声道：“师兄，你听我把话说完，因为此事我已经反复想过，确实觉得很有必要。”说着，他转过身子面对正坐在床榻之上，面色虚弱、双目微眯，看起来似乎有些木讷神游的天成子道：“师父，弟子以为，此番仗师父神威与历代祖师护佑，大败魔教且重创妖人，以诛仙剑之无上威力，那魔教教主必死无疑，魔教中必然又变成群龙无首之乱局。

远的不说，单是昨日弟子下山追杀魔教余孽时，沿路便目睹多起魔教不同派系各自争吵甚至内斗之景象，此实为千载难逢的机会。”

道玄喝道：“那又怎样，魔教派系多如牛毛，教徒无数，就算教主已死，但树倒猢狲散，各大派系一哄而散，我们又如何能剿灭魔教，做到斩草除根？更不用说如今青云一门在此战中同样元气大伤，决不能再妄动干戈！”

万剑一摇头道：“师兄误会了，我虽自傲却也没想过能一举剿灭魔教，只是我细思之后，回顾往昔，发现我中土正道与魔教争斗多年，生灵涂炭。但其中也有数次风云聚会，有绝世英才在世，遂大败魔教，正道昌盛，然而此等盛景往往不过数十载，魔教每每退回蛮荒休养生息，待实力尽复后便又卷土重来，祸害苍生。”

道玄哼了一声，道：“那你想怎样？莫非要我青云门尽起精锐，然后一举杀入那千年来除了魔教妖人外从无人可以抵达的蛮荒，直捣魔教圣殿吗？”

万剑一昂然道：“当然不是，此刻魔教虽然新败，但实力犹存。我以为，虽不能直捣黄龙，但此良机实不可轻弃。趁着现在魔教大乱，各大宗派内讧之时，当派人趁机潜入蛮荒，探究那魔教老巢蛮荒圣殿情形，摸清沿途情势，为我中土正道将来一举剿灭此心腹大患留下重要指引，此实乃关系中土正道千秋大业的关键之举。”

道玄面有怒色，道：“你说得轻巧，但可知前往蛮荒之途何等凶险，说是九死一生也不为过，再加上此番魔教新败，必有大量教徒溃散逃回蛮荒，途中等于是在妖人眼皮底下行走，如此艰险之事，你当真想清楚了吗？”

万剑一往前踏了一步，面露坚毅之色，道：“我以为，这个险值得去冒。”

道玄大怒，喝道：“如此危险艰难之事，你要我青云门上下哪个人去做，岂不是让他去送死，我绝不同意！”

万剑一同样提高了声音，面带怒色，大声道：“我去！”

此言一出，静室之中登时一片寂静，只有几声粗重的喘息声，从兀自对峙的师兄弟二人身上传来。

良久，忽然有人轻轻咳嗽了一声，却是坐在一旁的郑通出声，随后缓缓开口道：“两位师侄不必为此争执，以我看来，你们说的都有几分道理，但究竟如何做，不如还是让掌门师兄来决断吧。”

道玄与万剑一默然片刻，对视一眼后，都转过身来，望向此刻正坐在床榻上的天成子。然而从刚才开始，天成子就一副神游天外的神情，哪怕道玄与万剑一这两个爱徒在身前几乎吵了起来，也不见他的神色有任何变化，此刻，众人的目光一起落在他身上，天成子似乎仍然毫无所觉的样子。

三人等了一会儿，发现天成子竟然还是那个样子，似乎丝毫没有开口的意思，一时间都有些哑然，最后还是郑通站起走到床榻边，轻轻推了一下天成子，低声道：“师兄，师兄……”

天成子身子一震，睁眼看来，眼中带了几分茫然，道：“怎么了？”

郑通皱了皱眉，感觉自己这位掌门师兄似乎有些奇怪，但想来还是昨日那场生死大战的影响吧，也没太在意，对天成子轻声简略地将刚才道玄与万剑一两人争论之事与他说了，最后道：“师兄，你看此事如何决断？”

天成子在聆听的过程中，面上神情似乎始终恍恍惚惚，好像总是不由自主地分心想其他事，反而对眼前这件十分重要的事不太关心，而且奇怪的是，他的呼吸一直有些紊乱，时而紧促，时而舒缓，偶尔眼底似乎还会闪过一道令人心悸的光芒，但又转瞬即逝。

郑通问了一句，发现天成子并没有回应的意思，只得提高声音再问了一遍，天成子这才反应过来，皱了皱眉，道：“这事听起来好像可以……”

话音未落，道玄已然开口急道：“师父，此事实在太过危险，您要三思啊。”

“呃……”被道玄这么一插话，天成子明显又犹豫起来，道，“这样啊，那么一动不如一静，似乎也不错。”

万剑一往前走了一步，沉声道：“师父，弟子以为此事极为重要，关系到我中土正道与魔教千载纷争，而且我们青云山扼守中土蛮荒要道，魔教一旦兴盛，首攻的几乎必定是我青云一门。多少年来，我门中无数精英门人在与魔教妖人的血战中陨落，斑斑血迹，血海深仇，至今仍在这青山之间。弟子虽不才，愿为我正道大业、愿为我青云一门千秋安然，往蛮荒走这一回。”

这一番话，万剑一说得沉痛而激昂，慷慨之气油然而来，令人为之侧目，哪怕是天成子也有些震动，望着万剑一许久不言。

而另一边，道玄则面色复杂，望着万剑一，欲言又止。

过了片刻，天成子忽然道："既然如此，那此事准了。"

万剑一大喜，道玄大惊，一起向前踏了一步，同时开口道：

"多谢师父！"

"师父，万万不可！"

天成子不待他们多言，忽然伸出一只手拦住他们的话头，叹了一口气，道："我有些累了，你们下去吧。"

说着也不管其他三人，便吃力地扭动了一下身躯，重新躺回床上，闭目休息去了。

静室之中的其他三人面面相觑，过了一会儿，郑通站起身来，对两位师侄轻轻挥了挥手，示意他们先行离开，随后带头走了出去。

道玄与万剑一沉默不语，在原地站了片刻，也默默退了出来。

关好门扉，天成子的身影便安静地被关在门后，再也看不见，站在门口的三人看起来忽然有些尴尬，似乎谁也不知道该说什么好。不过过了一会儿之后，道玄忽然开口道："如果此事一定要做的话，我去，你留下。"

第十章

抉择

郑通与万剑一都是一惊，愕然转头看向道玄，却见道玄神色凝重面容肃然，并无丝毫玩笑之意。在怔了片刻后，万剑一断然摇头，道："师兄莫要说笑，此事既然是我提出，自然该我去。"

道玄深吸了一口气，道："剑一，你听我说，此事实在太过凶险，而且既然关系到我青云门千秋基业，我身为如今青云掌门的首徒，焉能退缩不前？于情于理，都该是我去，只是我走后，这门中诸事就要你多费心了……"

万剑一面上掠过激动之色，道："师兄此言差矣，蛮荒之行由我所提，若是最后却让师兄你以身赴险，若有些许差池，我万剑一有何面目立足于天地之间！又有何颜面面对这青云门上下门人，此事万万不可。"

道玄还要再说，旁边的郑通忽然开口道："好了，你们两个都住口。"

郑通毕竟还是当今青云门德高望重的师门长辈，道玄和万剑一对他都有几分敬意，闻言默然，随即一起转头向他看去。只见郑通目光在眼前这两个年轻人身上来回掠过，神情看起来似有几分复杂，但终究还是欣慰多了一些，过了片刻，只听他轻叹一声，道："依我看来，此事还是让剑一去吧。"

万剑一大喜，道玄却有些急了，向前踏出一步，道："师叔，你听我说……"

郑通轻轻摆了摆手，拦住了道玄的话头，道："道玄师侄，你的心意我都明白，顾全大局、爱惜师弟，这都是极好的，青云门能有你这等心性天资的掌门弟子，我们这些老头也能放下心了。不过说到此事，你还是听我一句话，让剑一去吧。”说着，他顿了一下，随即又道，“论天资才情、道行实力，你和剑一二人都是我青云一门中最出色的，便是在遇险赴难临机决断上，也是不分伯仲。然而眼下正魔大战才过，宗门上下百废待兴，诸多事务亟待处置。而刚才……掌门师兄的情况，你们两人也看到了，只怕短时日内仍不能亲自理事。所以这一门重担，还是要道玄师侄你来一肩承担啊。”

道玄默然不语，万剑一则连连点头，随即走到道玄身旁，手抚其臂，面露诚恳之色，道：“师兄，你才华胜我十倍，如今宗门上下，亦是须臾离不开你，岂可轻身犯难？此事便不必再与我相争了。”

道玄呼吸微重，似心情也有些激荡，沉吟良久后，方有些艰难地点头，道：“既是如此，我亦无法再说什么，不过你若要去，须得答应我两件事。”

万剑一正色道：“师兄请说。”

道玄道：“其一，蛮荒之行实在太过艰难，纵然你道行不凡，但独身一人前去还是勉强，所以一定要去的话，你要在门中挑选数人跟随，群策群力之下，方可将大事做好。”说到这里，他微微顿了一下，思索片刻后又道，“同行之人不必太多，三四人足矣，但挑选时须注意三点，一是实力够强，二是名声不显，三是心甘情愿，如此方能锐身赴险。”

万剑一缓缓颔首，道：“有理。”

道玄深吸了一口气，道：“具体人选是谁，由你自去挑选，我若想起有合适之人，回头也会对你明说。不过此事既然要做，就宜快不宜慢，趁着魔教大乱，正好速入蛮荒。今日之内，你便挑好人回来报我，然后今晚便趁夜出发。”

站在一旁的郑通听到这里，吃了一惊，道：“这么急？”

道玄面上掠过决然之色，目视万剑一，道：“如何？”

万剑一点头，慨然道：“甚好！”

说罢，又看着道玄，道：“师兄，那第二件事是什么？”

道玄双眼直视万剑一，嘴唇微动，声音似乎突然沙哑了几分，过了好一会儿，才低声道：“活着回来……”

万剑一怔了一下，随即哈哈一笑，双手抱拳剑眉飞起，昂然道："师兄放心，你我兄弟，日后定然在此再聚。"这一句说得坚决如铁毫不迟疑，说罢，他转身振袖，大步去了。

看着他的背影，白衣飘飘身影挺拔，就这样大步走出了回廊通道，走入了那片阳光之中。

万剑一一路下了玉清殿，又过了虹桥，来到云海之上，路旁看到有不少青云门弟子在这云海上走动，他扫视了一眼，沉吟不语。虽然在玉清殿上与师兄道玄说得十分有把握，但眼下时间这么紧，又要挑到合适的人，还是让他仓促之间有些为难，名声不显实力却要够强，这两个有些矛盾的要求确实难办。

不过虽然道玄没有明说，但是万剑一是何等聪明的人，当然能够听出道玄的话外之音，所以对这几个条件并无疑议。只是青云门乃是天下名门大派，但有出色的弟子，名气便早早传了出去，而剩下新进年轻弟子中的出色人物，因为入门时间短又或是在其他支脉峰头，他其实也不是太了解。

站在原地思索了片刻，万剑一还是想到了一个人，连忙伸手叫住附近路过的一个青云弟子，对他轻声嘱咐了几句。以他如今在宗门里的地位名气，几乎是被所有同门师兄弟所景仰，那弟子听了他的话后，二话不说，点头答应下来便大步去了。

万剑一负手于后，在云海上原地来回踱步，目光不时扫过那些在云海上来回走动的同门弟子，眉头越皱越紧，隐约有些焦虑。如此等了好一会儿，忽然只听天空传来破空之声，随着一道剑芒掠过，有人从远处御剑飞驰而来，在云海边缘落下，正是苍松。

苍松才一站稳，便举目四望，不多时便看到万剑一站在远处那边，连忙大步走了过来，拱手行礼道："万师兄，你有事找我？"

万剑一点点头，面色肃然，将他拉到一旁无人处，低声对他说了一番话，最后正色道："此事十分凶险，说是九死一生也不为过，我暂时也只想到你一个合适人选。不过去与不去，都在你自己决断，务必仔细斟酌，因为一旦离山，便再无反悔的机会。此间并无他人，有话你亦可直说，不必有所忌讳，我也绝不会将今日之事告诉外人。”

苍松在听着万剑一讲述的时候，脸色便一连数变，面上露出几分复杂之色，待万剑一说完之后，他没有立刻开口，而是站在原地默然了好一会儿后，深吸了一口气，目视万剑一，断然道：“万师兄，我去！”

万剑一直视他的双眼，沉声道：“你可想明白了？”

苍松慨然道：“报效宗门是我一生之志，更何况能与师兄共襄盛举，天下之大，纵有凶险，又有何处我不敢去？”

万剑一击掌大笑，手拍其肩，道：“说得好，大好男儿，正当有如此志气！”

苍松重重一点头，腮边肌肉微动，似咬紧牙关，竟也有几分激动。万剑一又道：“此事我和道玄师兄商议过，最好还要再挑选几人，只是除你之外，我一时也想不起还有什么人合适。”

苍松仔细想了想，眉头也皱了起来，道：“此事确实难办，本来落霞峰的天云师弟颇为合适，但偏偏他昨日受了妖人暗算，身负重伤，看起来是不成了。”

万剑一缓缓颔首，道：“天云师弟确实不错，可惜了。只是如今仓促间，哪里能找到名声不显却又实力不弱的人呢……”

正说话间，万剑一目光扫过这片云海，忽见从云海与翠坪方向走来两个身影，一高一矮，正说着话走向另一边。待看清那两人的面孔之后，万剑一忽然眼前一亮。

曾叔常看起来愁眉不展，应该还在为风回峰的事情烦心，田不易在一旁低声劝慰他。就在这时，他们两人忽然听到前方传来一声叫喊，道：“田师弟。”

田不易与曾叔常同时抬头看去，只见在云海上前方，万剑一与苍松站在一起，正对着他们面带微笑挥了挥手。两人吃了一惊，连忙上前见礼，本来万剑一在青云门中声望就极盛，经过昨日与魔教大战那一场光芒四射的表现，如今更是深得青云上下所有年轻弟子的尊崇。

万剑一含笑回礼，目光扫过这两位师弟，最后落在田不易脸上，沉吟片刻后，道：“田师弟，我记得昨天在山下遇到你时，你说是出身大竹峰，不知道郑通师叔与你是什么关系？”

田不易恭谨地道："正是家师。"

万剑一"哦"了一声，似有恍然之意，点头道："原来如此，难怪昨日我看你与魔教妖人厮杀时沉稳坚韧，处变不惊，一身道行颇为不俗，看来是深得郑师叔的真传了。"

田不易被这位青云门天之骄子一般的师兄夸了一句，登时只觉心头一跳，仿佛身子都轻了几分一样，连忙低头自谦道："不敢当，不敢当，师兄过奖了。不易入门时日尚浅，道行浅薄，最多也只学到了家师的一点皮毛而已。"

万剑一上下打量了他一番，不知怎么越看越觉得这矮胖子师弟颇为顺眼，于是在沉吟片刻后，忽地对他招了招手，道："田师弟，你随我过来一下，我有些话要对你说。"

田不易怔了一下，道："是。"

看着万剑一带着田不易走到一旁，对他低声说了一阵，田不易脸上的神情从一开始的恭谨忽然变得惊讶，随即皱眉沉思，看起来好像遇到了难以决断的事情。曾叔常站在原地，将那两人的情形看在眼中，心中不由得好奇起来，便走到同样站在一旁的苍松身边，向他问道："师兄，他们这是在说什么？"

苍松淡淡地看了他一眼，摇了摇头，道："万师兄如果想告诉你的话，自然会说的。"

曾叔常皱起了眉头，心里便有些不大痛快。

而另一头，万剑一已经说完了该说的话，最后沉声道："此事事关重大，凶险无比，我也晓得对你来说实在不容易抉择，但你只要依据自己的心意便好，不必考虑太多，而且此事我也绝不会向其他人吐露半句。"

田不易应了一声，但面上仍有犹豫之色，显然对这件突如其来的大事仍颇为惊愕，一时之间难以决断。万剑一也不逼迫他，带着他一起走了回来，对他道："我知道此事你或许还须多想，但时间紧迫，下午未时之前，你来此处将最后答复告知于我。"

田不易深吸了一口气，俯身肃容道："是。"

万剑一对他点点头，随即转身大步走去，苍松则瞄了田不易、曾叔常一眼，嘴角微微一抬，似有几分讥讽之意，随后也向万剑一身后跟了上去。

玉清殿上，郑通在与道玄聊了一会儿后，又叮嘱他好好照顾天成子，这才去了。看着这位德高望重的师叔走远，道玄一个人站在这条空旷的走廊里，沉默了好一会儿，才转身重新走进静室。

青云门掌门真人天成子仍然侧身向里躺在床榻之上，看起来又陷入了沉睡，道玄向师父那边看了一眼，不敢去打扰他，便走到一旁将刚才几个人喝的茶杯茶水轻轻收拾了一番，放在一旁。

本来这些小事自然会有道童来做，以他的身份不必为此劳动，但此刻道玄心中思绪起伏，又像是有一股沉郁之气凝结心底，很不好受，也不愿就那样枯坐着，干脆收拾起来。收拾妥当后，道玄目光扫过这间静室，当他看到床榻边的那张桌子时，忽然眉头微皱，发现原本放在那上面的几件东西都不见了。

之前万剑一与郑通都在这里的时候，道玄与他们争论事情，并没有注意这里，此刻却是想起来，昨日是自己将古剑诛仙和七星仙剑都放在了那边，除此之外还有一件后头商正梁师弟送来的魔教重宝天魔幡。

莫非都被师父收起来了？

他这里心中正有些疑惑的时候，忽然听到前方躺在床榻上的天成子身子不动，却传来了一句语气平缓安静的话语，叫了一声："道玄。"

道玄吃了一惊，转身面对天成子，道："弟子在。"

天成子身子纹丝不动，从背后看上去似乎仍是沉睡的模样，声音却清晰而平缓地传了过来，道："你刚才应该心里知道的吧，不管你如何争取，剑一和郑通两人，都决然不会让你前去蛮荒的。"

道玄身子猛然一震，面露几分难以置信的愕然之色，看着天成子的背影，惊道："师父，你何出此言？"

天成子没有回应，仍躺在那里不动。

道玄忽地脸色苍白，甚至连身子都微微发抖，只听"噗"的一声，他竟在天成子床榻之前双膝跪地，颤声道："师父，你……你难道是有疑我之意吗？弟子断不敢有这等心机，弟子一心只想着为青云一门，绝无二心啊！”

天成子身子在被褥之中，沉默了好一会儿，似乎没有任何感情的平淡声音再次传来，道：“那就好。”

道玄怔怔地看着天成子，脸色变幻，一时间似乎不知如何是好，过了一会儿，他才缓缓站起。静室之中有一阵子没人说话，气氛格外压抑僵冷。也不知过了多久，他才试着轻声道：“师父，昨日商正梁师弟送来一件魔教法宝天魔幡，是在云海之上收到的，弟子也已经呈在这里。到底如何处置这件东西，还请师父示下。”

天成子默然片刻，淡淡地道：“此事你不用管了。”

道玄脸色微变，但此刻并不敢违逆师命，只得恭声道：“是。”说完他犹豫了一下，似乎想到了什么，又道，“师父，这两日因为您老人家受伤休养，所以几位师叔令弟子暂摄门中诸事，弟子才识浅薄，如履薄冰亦备感吃力。既然师父眼下已经清醒，不如请您亲自视事，您看可以吗？”

天成子淡淡地道：“我重伤之后，精力不济，门中大小事务，还是由你先看着办吧。”

道玄微微低头，道：“是，弟子明白了。如果师父没有别的事，弟子就先告退了。”

“去吧。”

道玄弯腰行了一礼，缓缓退出这间静室，并轻轻带上了静室的房门。当门扉终于将他和那间突然变得压抑无比的静室隔开后，道玄的身子微微颤了一下，只觉得全身一松，就像是一副千钧重担忽然从身上移开了一样，发现不知不觉中，自己的后背上竟然已经全是冷汗。

他默默地站在静室门口，望着那扇紧闭的门扉，脸色肃然，久久不语。

第十一章

离别

通天峰上日头高悬，朗朗碧空一片澄澈，倒映在碧水潭边，就像是一块晶莹剔透的美丽宝石。万剑一带着苍松从虹桥上匆匆走下，四处张望一眼，便看到潭边有二人站立，其中一人正是道玄。

他快步走了过来，道："师兄，你找我有事？"

道玄点了点头，道："不错。"说着他指了一下站在身旁的那人，对万剑一道，"这位是朝阳峰的商正梁商师弟。"

万剑一目光看去，商正梁则是神色肃然，拱手道："见过万师兄。"与此同时，跟在万剑一身边的苍松也向道玄施了礼。

万剑一对商正梁颔首示意，随即看向道玄，眼中有些疑问之意。道玄道："商师弟是我素知之人，为人朴实低调，品性正直刚毅，对我青云一门忠心耿耿，一身道行也是非同凡响，正可助你一臂之力。"

万剑一剑眉一扬，目光看向商正梁，凝视他片刻后，沉声道："商师弟，既然是道玄师兄推荐的你，我自是绝无疑虑。不过此间大事，你可知道吗？"

商正梁点了点头，道："是，道玄师兄已经对我说过了。"

万剑一道："如此最好，只是此去蛮荒事关重大，又兼凶险无比，随时都有殒命之危。所以我不得不最后再问你一次，当真做此决断了吗？"

商正梁朗声道："青云弟子，当无畏怯懦弱之人，请师兄许我一同前去，正梁虽死不悔！”

万剑一哈哈一笑，上前拍了一下他的肩膀，道：“好！好兄弟，既是如此，你我同去。”

商正梁被万剑一这般拍了一下，不知为何，或许是想到了日后风风雨雨无穷危难，又或是被这一声“好兄弟”叫着，心中猛地涌起一股豪情气概，也笑了出来，重重点头。

万剑一抬头看了看天色，转头对道玄道：“师兄，下边还有一位我看中的师弟，差不多也要过来找我，我且带他们两人先去云海一趟。待人手聚齐，再来与师兄辞别。”

道玄点了点头，道：“好，你且忙去吧。”说着他顿了一下，又道，“对了，此事我也问过真雩师叔了，她老人家对此也并无异议，只说让你放手去做。”

万剑一点点头，对他一拱手，转身大步走去，山风吹来，他白衣飘动，真有种说不出的潇洒风采。苍松与商正梁跟在他身后，彼此对视一眼，也都明白对方想必也是这一次艰难无比的蛮荒行中的同伴，不由得眼底都有几分亲近之意。

商正梁首先拱手，道：“师兄，日后请多指教。”

苍松不敢怠慢，回礼道：“彼此彼此。”

商正梁又道：“万师兄说山下还有一人，却不知是门内哪位师兄弟，苍松师兄你可知道？”

苍松面色一沉，却是哼了一声，面上露出几分不快之色，对商正梁道：“那人是大竹峰的田不易。万师兄仓促之间无法缜密寻人，因昨日见此人与魔教教徒厮杀时，道行上还有一二可取之处，便垂青于他，向其询问。谁知田不易这厮犹犹豫豫，似有贪生怕死之态，甚至不能当场答复万师兄，实在令人失望。”

商正梁“哦”了一声，道：“原来如此。”

三人上了虹桥，一路走到云海，来到早上与田不易、曾叔常相见的地方，苍松向四周看了一眼，没看见田不易的身影，顿时脸色难看，怒道：“那矮胖子竟然还不来，莫非是心存胆怯不敢过来了吗？”

万剑一笑了一下，倒没有生气的意思，对苍松摆摆手示意他少安毋躁，微笑道："莫要着急，眼下时辰还未到，再过一会儿田师弟说不定就来了。"

苍松对万剑一向来敬重，闻言不敢再说，但还是哼了一声，显然对那个大竹峰的家伙居然敢让万剑一在这里等他而心有不满。三人在这里等了一阵，眼看已到未时二刻，苍松脸色已经阴沉像是快要滴下水来，站在他身旁的商正梁也皱起了眉头，心想这位大竹峰的同门未免有些太不像话了。

相比之下，三人中还是万剑一最为淡定，只见他神色如常，负手望天，也不知此刻心里在想些什么。如此又等了一会儿，忽听得一阵急促的脚步声从远处传来，三人转头看去，便望见田不易一脸焦急之色、面上带汗大步跑了过来，奇怪的是在他身后居然还跟着一个人，却是曾叔常。

田不易一溜烟跑到万剑一身前，面带惶恐，连身子都没停稳就急不可待地开口道："师兄，万师兄，真是对不住，我、我来迟了。"

万剑一笑了一下，还没说话，便听旁边的苍松冷笑一声，道："田师弟你好大的面子，居然让万师兄和我们两个人一起等你这么久，真是贵人事忙啊！"

田不易听了，一张胖脸登时涨红，口舌间似乎也紧张得结巴起来，道："不、不是这样的，万师兄你听我解释……"

万剑一笑了一下，神情平和，道："田师弟不必多心，你我约在未时，眼下尚未过去，你也不算迟到，不管你想说什么，其实并无大碍。现在你只须告诉我你的决定即可。"

田不易看着眼前这个长身而立的潇洒男子，心中忽有一阵暖意掠过，随后深吸了一口气，沉声道："万师兄，小弟不才，请师兄许我追随身侧，一路同行。"

万剑一目光一闪，微笑道："哦，那这一路上危险重重，你可都想明白了？"

田不易一挺胸膛，道："我不怕！"

万剑一大笑，用力一拍田不易的肩膀，看起来十分高兴，道："好！我就知道没看错人，田师弟你果然没让我失望……"

话音未落，在场这几个人只见旁边人影一闪，却是有人一下子站到万剑一身前，正是曾叔常，只见他对万剑一深施一礼，大声道："万师兄，请你也带上我吧。"

万剑一等人都是一怔，田不易却是登时跳脚，"呼"的一声冲过来，一把拉开这个家伙，然后尴尬地对万剑一道："万师兄，你别听他胡说，我……"

一句话没说完，田不易忽然一个踉跄，向旁边身不由己地歪了几步，却是曾叔常在背后用力一推，将这个矮胖子推到一旁，然后再次站到万剑一面前，抬头挺胸，昂然道："万师兄，我不是开玩笑的！"

田不易大怒，冲过来一脚向他踹去，喝道："放屁，给老子滚！"

曾叔常梗着脖子，居然是硬挺着挨了田不易一脚，然后纹丝不动，依然挺立在万剑一身前。万剑一看了也是失笑，而站在他身后的苍松却是气恼喝道："你们两个，到底在做什么？"

被他这么一声喝问，田不易与曾叔常彼此对视一眼，这才各自哼了一声，转开头去各不相看。万剑一叹了口气，摇摇头道："好了，都过来好好说。"

接着他带着这四个人走到云海边缘一处僻静的地方，开始询问曾叔常，在追问了几句后，才从曾叔常和田不易口中知道了这中间的曲折。在早上他向田不易说了此事后，虽然此事凶险非常，但田不易回去思考之后，还是很快做出了决定，打算跟随万剑一同去蛮荒。至于这其中到底有多少是为了青云门千秋大业，又或是万剑一个人声望太隆，令人心甘情愿跟随，那便说不清楚了。

田不易决定之后，原本打算早早就过来告诉万剑一，谁知就在那时曾叔常突然出现，然后死皮赖脸、死缠烂打对田不易纠缠不放，硬要田不易说出万剑一突然如此慎重地找他，究竟所为何事。

田不易一开始并不想说，毕竟蛮荒之行事关重大。但曾叔常也不知怎么了，今天竟是异常警觉机智，拐弯抹角地套田不易的口风，而且不说就死拉着他不让走，大异于他平日的性情，让田不易震惊之余也是不胜其烦。连番纠缠之下，时间不知不觉流逝，待田不易惊觉快要迟到的时候，不由得惊慌起来，结果曾叔常这厮居然还是纠缠不已，情急之下，田不易一边往云海走一边与他争执起来，结果居然被曾叔常从只言片语中猜出了大半，就这样一路跟到了这里。

而最令田不易惊骇的是，这家伙突然之间就站了出来，对万剑一开口就说自己也要去。

"万师兄，我之前真不知道他会这么说的。"田不易满脸尴尬，对万剑一说完后，狠狠瞪了一眼曾叔常，只觉得自己这个最好的朋友似乎从未如此面目可憎。

曾叔常却不理他，只略带急切地对万剑一道："万师兄你听我说，我一身道行绝对比这死胖子只高不低，为人也老实低调，更对本门忠心耿耿，而且决不贪生怕死，不管哪一点我都比田不易强，请你就带上我吧，让我为本门略尽一分心力！"

说着顿了一下，又正色道："若是您觉得人数太多的话，不如别带这死胖子，带我吧。"

田不易呆了一下，登时暴跳如雷，面红耳赤合身就扑了上去，抡起拳头就往曾叔常的那张俊脸上砸，破口大骂道："好你个曾叔常，恁地无耻，老子我打死你……"

"好了！"一声轻喝，却是万剑一开口，一下子就喝住了这两个缠在一起的家伙，随后万剑一沉吟片刻，又仔细打量了曾叔常一番，忽然道，"你叫曾叔常，出身于风回峰？"

曾叔常连忙点头，道："是。"

万剑一道："风回峰的曾无极师叔，是你什么人？"

曾叔常脸色微变，犹豫了一下后，才低声道："正是家父。"

万剑一点了点头，又想了一下，随后道："曾师弟，你想要报效宗门，不顾艰险也愿随我前去蛮荒，这份心意我知道了。但此事不能对曾师叔隐瞒不说，据我所知，他老人家只有你这么一个独子，我不能随意决断，须得他老人家首肯方可。"

曾叔常一下子涨红了脸，看起来又羞又恼，对万剑一恳求道："万师兄，此事我自己就能做主的。"

万剑一只是不许，摇头道："这样吧，此事颇为急切，我们今晚子时便要离山。今夜子时虹桥之巅，你持曾师叔亲笔应诺手书给我，有此书信我带你走，若无，你也不必来了。"

曾叔常愕然，但看万剑一神色坚决，并无松动之意，一时间竟说不出话来。

万剑一看了他一眼，不再多言，转身对苍松、田不易、商正梁三人道："此次蛮荒行之人贵精不贵多，便是咱们这几人了。刚才的话你们也听到了，现在各自回去准备，今夜子时前都来虹桥之巅，我们一同离山。"

苍松、田不易、商正梁三人都是面色肃然，一起抱拳应道："是。"

云气缥缈，光影浮动，千载灵峰屹立于天地之间，看人间沧桑，见日月轮转。

这一晚皓月当空，皎洁明亮，望之犹如一只巨大的白玉圆盘，悬挂于虹桥上方的夜幕苍穹里，显得格外壮美。通天峰上那座虹桥，横跨虚空气势雄浑，远远望去似从皎洁明月中穿过，又似一条登天之道，直上天穹。

眼看子时将至，虹桥之上，万剑一、苍松、田不易、商正梁四人皆已赶到，并肩而立，站在那虹桥之巅。月光如水，洒落在他们身上，看去便如同他们站立在月亮之中一般。

过不多时，忽有脚步声再度响起，一个身影从虹桥一侧玉清殿方向走来，正是道玄。万剑一面上露出笑容，迎了过去，但是还不等他开口说话，忽见道玄身后居然还跟着两个女子，却是水月与苏茹，不由愕然道："你们怎么也来了？"

水月与苏茹快步走来，看起来她们已经知道了万剑一等人要去做什么，这一路上又是何等凶险，面上神色都十分凝重，眼中满是担忧关切。苏茹看起来最紧张，一看到万剑一便眼圈微红，似乎要哭出来一般，道："万师兄，你、你为什么要去做这么危险的事啊？"

万剑一微微一笑，刚想劝慰几句，忽然看到水月走上来，将苏茹拉到身旁，低声喝道："不许胡说，万师兄此去虽然危险，却是为了我青云千秋基业，这是何等英雄豪举，岂因区区生死畏怖而怯弱之？你这么说，将万师兄和其他诸位同门师兄置于何地！"

万剑一哈哈一笑，笑容洒脱，道："多谢水月师妹夸奖。"

水月一张精致美丽娇美无双的脸上，闪亮如星的一对明眸里此刻仿佛只倒映着眼前这白衣飘飘的潇洒男子，那身影仿佛已经映入她的内心深处。她深吸了一口气，后退一步，朗声道："四位师兄，蛮荒行之事，师父已经告知我和苏师妹，并委托我二人前来为诸位师兄送行。此去蛮荒路途万里，山高道远，艰险难言；又有诸多魔教妖孽残忍凶悍，深入虎穴，更是危难重重。然而盖世英雄，自当睥睨天下；青云子弟，赴难不落于人！此间有家师亲酿小竹峰名酒'青竹'，愿呈尊口，为诸位师兄一壮行程。"

水月才说了数言，万剑一等四人便一起肃容聆听，待她说完之后，万剑一首先抱拳，道："多谢真雩师叔。"

在他身后，苍松、田不易与商正梁也躬身答谢，面容肃穆。旁边，苏茹走了过来，手上有一坛老酒并数个酒杯，正要递给万剑一等人，不料万剑一伸手拦住，同时转头对水月道：

"水月师妹，请稍等片刻，在子时之前，或许还有一人前来。"

水月微怔，但随即点头，道："好。"

如此众人便在虹桥之上稍候，道玄向万剑一使了个眼色，万剑一会意，便与他走到一旁，两人低声聊了起来。其余几人则站在另一边，苏茹将酒坛酒杯先放在一边的地上，起身之后忽然一怔，看到一个熟悉的身影竟然也站在即将起程的人群边缘一角。

"田不易，你怎么也在这里？"苏茹带了几分惊讶，愕然走了过来，对田不易开口问道。

与苏茹刚到这里眼中只注意到万剑一、几乎没看别人不同，田不易几乎是在苏茹出现的第一时间便看到了她，从那时起心跳便有些隐隐加快，此刻突然被苏茹发现，走过来直接问了一句，田不易一张胖脸更是微微发红，竟有些紧张起来。

"我、我……"不知为何，田不易忽然发现哪怕是在万剑一师兄询问自己，要考虑那生死大事的时候，也不如此刻面对这个娇俏可爱、美丽温柔的少女这般窘迫紧张，竟是不知道该说什么才好。

苏茹却像是想到了什么，一双明亮大眼中露出几分同情之色，柔声道："好了，我知道你说话不太方便，不用勉强说的。"说到这里，她忽然眉头一皱，再次看向田不易，面上神色忽然有些凝重起来，道，"难道你……也要去吗？"

田不易看着她那张美丽的脸庞，心头猛地涌起一股自豪之意，只觉得前路无数艰难险阻更无所惧，只要能在这女子面前得她另眼相看，那些又算得了什么。他重重点头，斩钉截铁一般地道："是！"

苏茹怔怔地看着他，不知不觉间一双眼眸又微微红了，低声带了几分哀切，用只有田不易一个人才能听到的声音，幽幽地道："你们、你们一个个的，为什么都非要去做那世间最凶险、最难为的事情呢？为什么不能都在这青云山上，安心修炼静过一生呢？你们知不知道，这一去有可能就再也不能相见了？我、我……”

说到这里，她话语声中忽然哽咽，肩头微颤，月光之下，一滴晶莹泪珠从她眼角滴落下来，犹如一枚人间最美的珍珠，滑过她欺霜胜雪的脸颊腮边。

田不易蓦地只觉得心头一痛，下意识地伸出手去，只是手才伸到一半，忽然看到苏茹悄然回头，向远处万剑一那边看了一眼，轻声道：“万师兄天资横溢、才华过人，假以时日，定是人中龙凤，可是、可是这一去要是有个什么意外，万一、万一……”说到这里，她眼中的担忧之色更浓，竟是一句话也说不下去了。

田不易看着苏茹，猛然间只觉得心头热血沸腾，直冲脑海，脱口而出道：“你莫担忧，有我在！”

苏茹呆了一下，回头向他看来，道：“什么？”或许是一时惊讶，她都忘了田不易突然说话流利了许多。

田不易却管不了这么多，只觉得一股豪情涌上心头，道：“苏师妹，你放心就是。此去蛮荒，我定会护卫万师兄，任他艰险危难、魔教妖孽，只要有我手中赤焰剑在，不管是谁想要害万师兄，都先从我的尸体上踩过去！”

苏茹身子一震，似乎惊呆了，片刻之后忽地花容失色，一下子伸手过来捂住田不易的嘴巴，然后又是懊恼又是急切，嘴巴一扁险些又要哭出声来，站在那边狠狠一跺脚，对田不易嚷道：“你……你疯了吗，胡说什么！”

话刚说完，她又转头对着地下胡乱“呸呸呸”连啐了几下，同时双手抚胸，口中不停地说道：“乱说的乱说的，他说的都不是当真的，老天爷保佑、保佑，千万别信，刚才都是乱说的。”

说着眼角余光一扫，苏茹却看见田不易站在身旁，面上一副傻笑的表情，看过去憨头憨脑蠢得不行，不由得又是心头火起，恨不得一巴掌打在那张胖脸上。只是随即又想到，再过不久，眼前这个矮胖子就要离开这里，此去蛮荒万里征程，竟不知是否还有再见之日了。

没来由地，苏茹心中忽然一软，再看向田不易时，眼中便露出了几分温柔与担忧，低声道：“你、你自己千万也要保重。”

田不易“嗯”了一声，点了点头。

苏茹转身向师姐水月那边走去，只是才走了两步，忍不住又回头向田不易看了一眼，却见那男子仍然站在原地，目不转睛地看着自己，嘴角挂着一丝有些傻气的笑容。

苏茹忽地咬了咬牙，也不知为何自己心中猛然跳动了一下，或许是这个夜晚的月色太亮太美，皎洁月华之中，那个胖子就那样站在那里，蠢蠢地笑着，可是那笑容，就像月光一样，深深映入了自己心底。

“田胖子，你也别死啊！”苏茹忽然开口，对田不易喊了一句，“好好活着，然后回来……”

田不易挠挠头，然后笑出声来，重重点头，道：“好。”

“此去蛮荒，艰险颇多，一路上如何行进，你心中可都有数了吗？”

月光之下，道玄望着万剑一，轻声问道。万剑一则微笑道：“师兄放心，此事关系甚大，我已经仔细想过了。”

道玄缓缓点头，道：“你天分过人又聪明机智，我自然是放心的。只是蛮荒之中毕竟不是寻常之地，我别的不担心，只怕你性子太强太锐。若事有不妥，人力不可穷尽时，你万万不可勉强，寻机先退方为上策，须知留得青山在不愁没柴烧，纵然那蛮荒之地如何凶险，以后总还有机会再去的。”

万剑一颔首道：“是，小弟记住了。”

道玄深深地看了他一眼，过了一会儿，一字一字地道：“活着回来。”

万剑一微笑不语，眼神温和，片刻后两师兄弟同时抬头望去，只见天际一轮明月如盘，悬挂中天之上。月华如水，洒落人间，照在这并肩而立的二人身上，那一刻灿烂耀眼，直令人不可逼视。

第十二章

进 退

星月交辉，夜色静美，时间悄然流逝，众人在这里等了一会儿之后，万剑一先抬头看了看天色，摇头道："子时已到，看来那位曾师弟是来不了了，我们走吧。"

众人无言，各自走回，其中田不易不住地回头往虹桥远处眺望，苍松脸上则带了一丝冷笑，显然很看不起这个临事退缩的曾叔常。至于其他诸人，表情倒是都没有因此产生太多的变化。

然而眼看着离别在即，看着万剑一走过去与苍松、田不易、商正梁站到一起，水月与苏茹的脸色终究还是有些苍白起来，哪怕是一向镇定的道玄，眼角也微微抽搐了一下，默然不语。

万剑一却仿佛并无神伤之色，微笑以对，对众人拱了拱手，刚想说话，忽然只听虹桥远处猛地传来一声呼喊，带了几分急促，远远地传了过来："别、别走啊，我来了！"

田不易猛地转身，喜形于色，道："是小曾来了。"

众人一起回身望去，果然只见一个人影从虹桥远处大步跑了过来，来到近处，月光照亮了他的脸庞，正是曾叔常。只听他不住喘气，显然这一路御剑奔跑用了全力，脸上也带了几分急切之意。

只见他快步跑到万剑一身前，匆忙之间甚至连对道玄等其他人见礼都没顾得上，便从怀中掏出一封书信，递给万剑一，道："万师兄，这是、是我爹的亲笔信。"

万剑一看了他一眼，伸手接了过来，取出信纸展开，借着天上月光看了一会儿，随后点了点头，对曾叔常道："既然曾师叔都无异议，那你就随我们一起走吧。"

曾叔常松了一口气，好似终于放下了心中的一块大石，这才缓过神来，随后注意到周围这一大堆人，连忙各自见礼。末了走到一旁，自然而然就和田不易站在了一起。

田不易看着他，脸上露出几分笑意，但随即像是想到了什么，忽然脸色一沉，又有些生气，低声道："我说，这趟蛮荒行何等凶险，你到底知道不？"

曾叔常此刻喘息稍定，点了点头，道："我自然是知道的。"

田不易瞪了他一眼，道："那你为何还非赶着过来，不怕死吗？"

曾叔常哼了一声，反问道："你自己都在这里，如何还问我这句话？你自己怕不怕死？"

田不易没好气地道："废话，好端端的谁不怕死，只不过此行事关重大，又关系我青云门千秋基业，我身为青云弟子，当然是义不容辞。"

曾叔常道："老子也是青云弟子！"

田不易嗤笑一声，道："但是人家万师兄是亲自找我了，我自然不能推辞，可是他明明没找你，你作甚非要凑上来？这万一在蛮荒有个什么意外，你……其他的不说了，你让曾师叔怎么办？"

曾叔常忽然沉默下来，好一会儿没说话，田不易怔了一下，感觉自己似乎说错了什么，干笑一声，道："怎么了？"

曾叔常摇摇头，忽然叹了口气，低声道："是我回去跪求了几个时辰，最后又跟我爹磨破了嘴皮，他才首肯的。"

田不易道："你到底为什么一定要来？"

曾叔常望向虹桥之外那无尽的黑夜虚空，默然片刻后，道："刘师兄夭逝，我爹想将风回峰首座的位置日后交到我手里，但是不明不白的不能服众，我心里也过不去。总要去做出一番大事，让全风回峰的人都看到了，我才能站得直，问心无愧。"

田不易深深地看了他一眼，没有再说什么，过了片刻，他轻轻拍了一下曾叔常的肩膀，曾叔常笑了一下，点了点头。

前方，万剑一一振衣袖，走到虹桥正中，对着前方的道玄、水月、苏茹三人一拱手，微笑道："好了，时候不早，我们也该去了。"

水月向前走了一步，面色凝重，先以目示意苏茹将酒杯分于眼前的五位同门，又一一斟满那小竹峰独有的佳酿"青竹"，随后与苏茹一起退到道玄身边，肃容朗声道："万师兄，诸位同门，此去蛮荒路遥艰险，只言片语不能尽述心意，只以一杯薄酒，为诸位师兄聊壮行色。但愿历代祖师护佑，诸位师兄凯旋，立下不世功业，光耀青云！"

她声音清冽，又有绝世姿容，望去便如仙子一般，而在她前方，山风陡然凛冽，掠过虹桥，吹得众人衣袂猎猎飞舞，仿佛也感觉到了什么。

夜色愈浓，月光如水，万剑一意气风发，环顾身边诸人，忽地一声长笑，声音清朗，举杯向天。苍松等人皆是如此，片刻后，五人一起仰头，将那杯中美酒一饮而尽。

天地苍穹，忽有静默，月华星光，齐落人间。

云霄之上，虹桥之巅，潇洒白衣，兄弟并肩。

道玄站在一旁，默默地看着这一幕情景，面容沉默却牙关紧咬，道袍袖中，双手更是紧紧握拳。而在他身旁，苏茹以手掩口，不能言语，水月面有黯然之色，复又抬头，目光只落在万剑一身上，尽是景仰倾慕之色。

万剑一随手一抛，将那酒杯掷入万丈深渊，随后拱手朗声道："走了！"

一声清啸，只听龙吟声起，碧绿剑芒光芒闪烁，那白衣男子御剑而起，更不留恋，直飞天际；在他身后，四道剑芒同时闪亮，灿烂无比，向着浓墨苍穹，轰然而上。

漫漫星空，夜色无垠，那一刻，热血男儿昂然而去，天地万物，更无所惧！

只留下虹桥之上，寂寥月光。

苏茹忽地一声悲泣，扑在师姐水月怀中，哽咽不能成声，水月则抱紧了她，与站在不远处的道玄一起，深深凝望着那在夜空中越来越远的闪烁光辉。

青云山西北方，有一片云雾终年不散的峡谷，从地势上看算是巍峨雄伟绵延万里的青云山脉一支余脉，但距离青云门所在的青云七峰主脉已经有一段不短的距离。峡谷不大，但气候舒爽宜人，两边山脉绵延，山林茂密苍翠欲滴，林中野兽的啸声在峡谷之中不绝于耳。

积蓄在山中的雨水形成涓涓细流沿着山边沟壑缓缓落下，如一道道水帘般，煞是好看。偶有不知名的花树生于山涧，一段桠枝伸出水帘，绿树红花在水流边微微颤动，惹得落红飞舞，为这满山翠绿添了一抹淡红颜色。峡谷中一条小河流过，水流湍急，清澈水花拍打在岸石上腾起阵阵水雾，加上峡谷上方本就雾气迷蒙，阳光投射过来都成了七彩颜色，虽比不上“虹桥”那般气势宏伟，却也另有一番赏心悦目。

当地百姓素来敬仰青云山上的“神仙”，而青云六景之中的虹桥更是大名鼎鼎，所以有好事者便将这里取名为“彩虹谷”，算是取虹桥之意境。不过这名字虽好听，但彩虹谷地处深山，平日里没什么人迹，十分清静。

不过这些日子以来，这座峡谷里却喧嚣起来，尤其是这两日，彩虹谷中河流两岸，已经出现不少人影，都是在青云之战中败退的魔教中人。

在为数众多的魔教教徒中，大部分都是面色仓皇、惊魂未定的模样，在青云之战大败之后，他们一心只想尽快逃回西北蛮荒，在这峡谷里也只是稍作停留便离开。不过其中也有一部分人与众不同，成群结队，一来便占据了一块地盘，看上去精悍强干，戒备森严，令人不敢接近，正是魔教鬼王宗的人马。

在这个阵势中心的一间帐篷里，如今魔教中几位举足轻重的人物都聚在这里。鬼王宗这边老鬼王的气息仍然十分虚弱，面色也没有太多的好转，只是在小万的搀扶下半坐半躺在一张躺椅上。而在他前方还有两拨人，左手边正是青龙、白虎、玄武、朱雀这魔教四大圣使，其中青龙手捧一只碧玉瓮，面色凝重，肃然端坐，其他三人则站在他身后。

在鬼王的右手边，坐着三人，最上首的乃是万毒门门主毒神，接下去的两人一男一女，却是异常年轻，看上去都只有二十出头的模样。

鬼王咳嗽了两声，打破了这里的沉默，目光扫了众人一眼，随即却落到毒神下首那个年轻男子的身上，道："玉阳，找到你师父的遗骸了吗？"

这个年轻人便是魔教长生堂门主段候的弟子玉阳子，看上去年轻俊朗，眉目间则有一股戾气，不过在这一众圣教前辈大佬的面前，他的神情明显还是有些紧张局促，道："还没有。"说着面露几分愤怒之色，咬牙道，"只怕多半是被那些青云门人收了去。"

鬼王默默地摇了摇头，目光又向下望了一位，看在最后低眉顺眼但容貌其实十分娇媚的年轻女子身上，道："三妙，你师父她如何了？"

这个叫作三妙的年轻女子脸上掠过一丝黯然之色，低声道："师父她在青云山一战中，被青云贼子的诛仙剑偷袭刺中，不但断了一臂，更受了极重的内伤，眼下已昏厥多时，只怕、只怕……"

说到最后，三妙咬牙沉默了下去，众人也是一片沉默，片刻之后，青龙缓缓开口道："青云门那把诛仙剑确实十分怪异，一旦在剑下受伤，便对我魔教中人有极强的压制，伤势轻易无法痊愈。当日教主也是如此，最终饮恨的。"

他此言一出，众人脸色又是微变，目光有意无意中，都向他手中那只碧玉瓮看了一眼。青龙面色如常，看不出有什么变化，倒是鬼王咳嗽了几声，嘴角露出一丝苦笑，道："诸位，眼下圣教形势危急，仇教主又不幸仙逝，是进是退，我等也该商量个结果出来。"

众人一片沉默，在座之人，倒的确都是如今魔教最紧要的人物，实力最强的四大宗派都到了这里，在圣教中地位非同小可、并一直追随在上任教主身旁的四大圣使也来了，说是魔教命运就掌握在这些人手中，其实也不算什么错话。

如此过了一会儿，站在青龙身后的那个黑衣女子，也就是魔教四大圣使中的朱雀突然开口，语气冷峻，道："教主临终之前已有遗命，让我们速退回蛮荒圣殿，休养生息，并一甲子内不得再起争端。既然如此，我等遵命就是，何须再议？"

鬼王皱了皱眉，没有说话，坐在他身边的毒神却有些不以为然，淡淡地道："几位尊使孑然一身，来去自如，当然令人羡慕，我等四派却不同。这么多年来，圣教树大根深势力遍及天下，我等派系宗门在中土各处，也暗中经营置下了诸多基业，总不能就这样说丢就丢吧？"

朱雀脸上黑巾微动，一双明眸里猛地透出一股杀气，似乎对毒神等圣教各大派系人物竟然质疑教主仇忘语遗命而感到一阵愤怒，而有此同感的，显然不止她一人。不待朱雀开口，同样站在青龙身后的那个身高马大犹如巨人般强壮的白虎已然怒喝道："教主尸骨未寒，尔等便打算造反了吗！"

他这一声呵斥声如雷鸣，直震得众人双耳轰鸣，显然道行颇深，但除了玉阳子和三妙脸色微变外，鬼王、毒神包括站在鬼王身边的那个小万，脸上都是一片淡然，似乎丝毫不为所动。

看着那两个老头子的神色，白虎怒气勃发，身子一动似乎就要上前，但忽然一只手伸出挡在他的身前，却是青龙拦住了他。在四大圣使中，素来以青龙为首，威望极重，白虎哼了一声，不再多说什么，退了回去。

青龙也不回头看他，目光只在鬼王、毒神二人身上扫过，随后道："诸位门主，眼下圣教群龙无首，各位心中或有他想，我也管不了太多，但我们四人追随教主多年，却是一定要遵从遗命返回蛮荒圣殿的，更何况还有教主遗骸骨灰在此，不容有失。"

说罢，他竟是直接站起，抱着那只碧玉瓮向外走去，看起来对这些圣教宗门人物再无半点信任和耐心了。在他身后，白虎与朱雀都是冷笑，立刻跟了上去，剩下一个白胖玄武，目光扫过这里众人，忽地一声长叹，神色萧索，双手负在身后，也随着去了。

看着四大圣使扬长而去，玉阳子和三妙脸上的神情有些复杂，隐隐透出几分担忧之色，但两个老头子毒神与鬼王对视一眼后，各自神情却丝毫不变。片刻之后，毒神也不看两个年轻人，只望着鬼王，道："老哥，你说如何？"

鬼王咳嗽了几声，苦笑道："这四位尊使话都说到这般地步了，若是不回蛮荒圣殿，只怕日后必定落下口实，被人群起而攻之，岂不糟糕？"

毒神哼了一声，道："话虽如此，但我等宗门在中土各处私下经营的基业已有多年，岂能就此轻弃？"

鬼王面色黯淡气息虚弱，看上去情况越来越糟糕，低声道："走一步看一步吧。”

站在他身旁的小万吃了一惊，连忙俯身扶住他，但这片刻间，突然只听鬼王连声剧烈咳嗽，忽地竟是一口鲜血喷了出来，顿时胸前衣襟血迹斑斑。

这一下毒神等三人都是一惊，各自站起，小万更是脸色大变，一阵呼喊，周围顿时抢进来许多鬼王宗门人，将鬼王团团围住。

毒神摇摇头，对玉阳子和三妙二人示意，一起走了出去，而在他们身后，鬼王宗众人已经乱成一团。走到门外，毒神沉吟片刻，道：“事已至此，你们有何打算？”

三妙抬头看了他一眼，道：“师父昏迷之前已经对我说过，我们合欢派将迁回蛮荒。”

玉阳子也道：“我们长生堂这一支多年来都有护卫圣殿之职，所以也是要回圣殿的。”

毒神点点头，道：“既然如此，那你们便去吧。”

玉阳子与三妙对他行了一礼，转身便走，不过玉阳子才走了几步，忽然听见背后传来毒神的声音，道：“玉阳，你稍等片刻，老夫还有话对你说。”

玉阳子有些错愕，停下脚步，旁边的三妙默默看了他们二人一眼，眼中隐约闪过几分疑惑之色，但随即还是快步去了。

毒神将玉阳子领到一旁，看左右无人，便从怀中取出一个口袋递给玉阳子。玉阳子有些惊讶，接过来打开一看，顿时脸色一变，只见那袋子中所装之物，赫然是长生堂重宝，同时也是昔日门主段候的随身法宝阴阳镜。

玉阳子一下子抓紧了这口袋，抬头向毒神低声道：“前辈，这……”

毒神叹了口气，道：“此物是老夫从青云山上退下来时，无意中收来的，只恨当时力有不逮，救不了段候兄。阴阳镜是长生堂第一法器，理应归还于你，你且好好收起来吧。”

玉阳子满面感激之色，连连点头，将阴阳镜收起，同时正色对毒神道：“多谢前辈，这等大恩我长生堂上下必定铭记在心，日后在蛮荒圣殿若有什么需要在下帮忙的，尽管吩咐就是，长生堂必定全力相助。”

毒神点点头，微笑道："大家都是圣教一脉，不必客气了。时候不早了，你也早些去准备动身吧。"

玉阳子答应一声，转身大步去了，看他神色间似乎对得到阴阳镜十分欢喜，一下子冲淡了不少之前的悲伤之意。

第十三章

远谋

鬼王宗内，在一阵混乱过后，昏迷过去的鬼王终于再次幽幽醒来，周围众人这才松了一口气，尤其是小万，脸色更是苍白，显然刚才这一下让他受了不小的惊吓。不过鬼王在清醒过来后，看了一眼周围围观众人，很快便令众人退下，只单独让小万一人留着。

待众人全部退出帐篷，小万走上前搀扶着鬼王坐起，同时低声道："宗主，您多休息就是，万事有我呢。"

鬼王却缓缓摇头，随后示意小万伸头过来，在他耳边轻声说了一句话。

小万脸色微变，转头看着鬼王，似乎有些惊愕，道："宗主，你……"

鬼王摆了摆手，神色看上去十分疲惫，但同时又异常坚决，小万很快明白了他的心意，默默地点了点头，然后悄无声息地走了出去。帐篷里很快就只剩下重伤的鬼王，他默默地躺在椅子上，周围先是安静下来，但过了一会儿，帐篷之外远处的那些动静，又慢慢地传到他的耳中。

除了这座峡谷中原有的水声、风声与林中的兽吼声，更多的是峡谷里人群走动的声音，有人来有人去，只是没有人在此停留。声音渐渐变得有些嘈杂，那应该是其他三大派系的人马开始动身离开这里，或许便往那遥远的蛮荒而行。

事实上，虽然魔教四大宗门的首脑都在此处，但一来魔教历史悠久派系众多，二来仇忘语一统魔教后，这次一同带来青云山大战的大小门派无数，所以大战过后散落各地的魔教教徒实际上仍比山谷中要多出许多。只是如今听着外面人声惶惶、仓促奔走，仍让人有种苍凉之感。

鬼王静静地听着，脸上并没有太多的表情，或许因为他此刻太过虚弱，连这种情境都无法让他动容了。

就这样过了好一会儿，感觉已经有不少人远去的时候，帐篷外忽然传来一阵脚步声，片刻之后，传来小万的声音，道："请进。"

帐篷上垂下的门帘被人掀开，片刻后有两个人走了进来，除了落后一步的小万之外，走在前头的那人，赫然是魔教四大圣使之首的青龙。

青龙去而复返，面上神情看起来也有些凝重，鬼王看到他以后，像是精神一振，便欲坐起，谁知身子无力，挣扎了一下竟然没坐起来。小万吃了一惊，连忙跑过去一把扶住他，这才搀扶着让鬼王坐直了，又拿了一个软垫放在鬼王身下，让他可以倚靠着。

看着鬼王如此模样，青龙皱了皱眉，摇头苦笑了一下，走到鬼王身前，道："老宗主，你不好生休养着，唤我过来有何事啊？"

鬼王笑了笑，道："坐。"

青龙点点头，随手拉过一张凳子，在鬼王身前坐了。

鬼王看着青龙，声音低沉但吐字还算清晰，道："青龙尊使，接下来你与其他三位尊使，是都打算回圣殿吗？"

青龙颔首，道："不错。前时幽姬（朱雀）也说了，既然教主遗命已下，我等自然应当遵从。"

鬼王"嗯"了一声，不置可否，沉吟片刻后忽然对青龙问道："老夫有一事不明，想请教尊使。"

青龙道："不敢当，老宗主乃我圣教前辈，直呼青龙本名即可。请说。"

鬼王道："教主溘然仙逝，然而临终之前，为何不定下继位之人呢？"

青龙沉默片刻，道："当日老宗主你也是在场之人，心里应该也清楚。一来是教主并无嫡脉传人，二来如今圣教之宗群雄并起，除了仇教主雄姿英发盖世绝伦外，其余诸人皆不足以震慑群雄。不管选谁来坐这位置，只怕都坐不安稳，反而会徒生事端，引来无数杀戮纷争，所以教主才不肯传位于某人吧。”

鬼王缓缓点头，道：“此言有理，教主雄才大略，见识深远，想必对此早有所见。只恨天不从人愿，令英雄早亡，毁我圣教大业。”

青龙轻叹一声，没有言语。

鬼王又道：“青龙老弟，眼下圣教诸派系多已决定回归蛮荒圣殿，你对我说一句实话，回到圣殿之后，你们到底能否掌握局面，令各派宗门不生内讧彼此争斗？”

青龙一皱眉，道：“老宗主何必明知故问。”

鬼王叹道：“那便是又要走原先的老路了吗？”

青龙默然片刻，道：“我四人一向追随教主，并无加入教中宗派，也无力主持大局调解纠纷。不过……”他抬起头望向鬼王，面上露出一丝期望之色，道，“老宗主，眼下圣教新败，大难之后，实力最强者唯有贵宗和万毒门而已，若是你们共回圣殿，协同进退，或可另有一番局面。”

鬼王皱眉沉思，过后苦笑一声，道：“到时候再看吧，总之为了圣教基业，只要我老头子在一天，总要竭尽全力就是。”

青龙肃容站起，向鬼王端正行了一礼，正色道：“多谢老宗主，教主若泉下有知，定然也对老宗主赞叹不已。”

鬼王摆摆手，道：“唉，休提教主了，我对他有愧啊。对了，我今日私下请你过来，除了询问此事外，还有一事想与你说说。”

青龙道：“老宗主请说。”

鬼王道：“你们圣教四使，多年来一直追随教主，鞍前马后忠心耿耿，老夫也都看在眼中。只是眼下教主已然仙去，不知青龙老弟你是否有所打算？”

青龙眉头微挑，但随即又沉默下来，过了一会儿才道：“眼下还未想过此事，却不知老宗主可有教我？”

鬼王咳嗽了几声，看起来说话的时间有些长，有些疲倦起来，但他随即还是振作精神，慢慢伸出手轻轻抓住青龙的右掌，凝视他片刻，低声道：“青龙老弟，日后若有机会，便来我这鬼王宗吧，我全宗上下必倒屣相迎，将诸位敬为上宾。”说罢顿了一下，头颅微转，看了一眼身旁小万，又道，“小万是我心腹传人，智略天资皆是不凡，日后鬼王宗便要交到他的手中。你信老哥我一句话，假以时日，他断然不会令你失望。”

青龙看了小万一眼，若有所思，随后深吸了一口气，对鬼王道：“多谢老宗主美意，今日之言，在下谨记心中。不过眼下最要紧之事，还是先护卫教主回归圣殿，至于其他，日后有机会再来向老宗主请教吧。”

鬼王点点头，道：“本该如此。”

青龙站起身来，对鬼王一拱手，道：“告辞了。”说着又对站在一旁的小万点点头，然后大步走出了帐篷。

待他离开之后，小万眼看鬼王神色忽然衰败下来，似乎整个人瞬间没了神气，连忙将鬼王扶着躺下，自己跪坐在他身边，口中急道：“宗主，你没事吧？”

鬼王喘息了几下，抬眼看了看他，有些艰难地道：“我们走。”

小万点点头，但突然开口问道：“怎么走？去哪里？”

鬼王忽然沉默不语，就那样看着他，过了一会儿后低声道：“你怎么想的？”

小万似乎早就想过此事，此刻毫不犹豫地道：“我们不能回蛮荒。”

“为何？”

“蛮荒必乱，到时群雄并起内讧，必定是血海滔天的局面，我们过去不说亡门灭派，至少也要是元气大伤。”

“你竟如此肯定？”

小万深深呼吸，凑近鬼王身前，压低了声音，道：“教主既去，圣教已无定鼎之人。四使虽强却无势力，合欢、长生二门实力大损，加之门主皆殁，三妙与玉阳资历不够，怕是门中会有不服之声，或有内耗。毒神与万毒门最为强势，然而此人野心太大，当有觊觎大位之心，断不能容我鬼王宗卧榻之侧稍息。若我等回归蛮荒，只怕毒神第一个要对付的就是我们。除此之外，圣教势力失衡，又见乱世，正是教中无数奇人异士兴风作浪之时，更不用说还有一众大小门派都要发狠向上爬，此去蛮荒，百害而无一利，请宗主明察。”

鬼王不语，视之良久，道：“若独吾等不归，岂非成圣教公敌，到时候被群起攻之，如何处置？”

小万眉头紧锁，显然对此也十分头疼，过了片刻，忽地牙关一咬，沉声道："拖！"

鬼王嘴角一翘，苍老枯槁的脸上竟浮起一丝笑意，看过去似有几分欣慰之色。小万悚然一惊，道："宗主，莫非你……"

鬼王对他摇了摇头，示意小万再度靠近，然后低声道："稍后你领众人依旧前往蛮荒，一路缓走慢行，同时暗中使人不断离开，似人心惶惶流离逃逸之象。所走者以精锐为先，皆令往吾等经营多年之狐岐山基业，自此不得妄动。再者，我命不久矣……"

小万听到此处登时大惊失色，面色煞白，骇然道："宗主，何出此言！"

鬼王面色不改，道："不必惊慌，老夫一把岁数了，早已看开，所虑者唯有这祖宗传下的鬼王宗基业而已，你且听我说完。老夫死后，你且秘不发丧，一路至蛮荒边境荒原时，再将老夫死讯传告诸人，然后就地驻扎不再前行，先祭奠多日，待其余宗派之人皆过荒原之后，你再说老夫亲笔手书遗命，意图归葬狐岐山，不然死不瞑目。"

说着，鬼王伸手入怀，竟是掏出了一封上了封口的信笺，递给小万。小万脸色数变，望着鬼王又惊又佩，手掌微颤，轻轻接过。

"若有必要，将这手信示于众人亦可，总之到了那时，但有事便尽管往老夫身上推卸，已死之人何惧之有？唯独有一点你须谨记，一定要将我鬼王宗基业传承光大！"

小万身躯颤抖，重重点头，随即双膝退后，向着鬼王磕下头去。

鬼王像是卸下心中一块大石，长舒了一口气，目光渐渐涣散，也不知这一刻他看到了什么，只听他口中茫然咕哝几句，却是低声道："可惜了，可惜啊……"

声音渐渐低落，终于悄然不闻。

一日之后，在这彩虹谷峡谷一侧的山头上，忽然落下几个身影，站在山顶，居高临下地向峡谷下方望去，正是以万剑一为首的青云门五人。

从山上向下望，隐约可看原本寂静的山谷里此时人影随处可见，从那些衣着服饰上看，几乎都是魔教教徒。人人行色匆匆，不少人甚至并未在此停留，直接就向谷外走去，而且明显可以看出这些魔教余孽大败之后，气势沮丧，恨不得早些离这青云山远一点。

魔教中人在青云山上下造了无数杀孽，与青云门早已是血海深仇，所以看到下方那些狼狈逃窜的魔教妖人，不管是苍松、商正梁，还是田不易和曾叔常，脸色都不好看，颇有冲下去大杀一番的冲动。

不过五人之中的万剑一显然对此想得十分清楚，平静地对四个师弟道：“记住了，我们此行最要紧的，是潜入蛮荒探明魔教圣殿的虚实，其余之事暂且放在一边，你们也不得冲动坏事，明白了吗？”

四人齐声答应，万剑一又向下看了一阵，忽然道：“说来也怪，这一路上过来，看到的魔教妖人虽然不少，但多是乌合之众，眼下这峡谷中也是如此。可是我过去常听说魔教中各家派系极多，应该各有约束，比眼前这些更有条理才对吧？”

苍松也向下看了一阵，似乎也想到了这个问题，道：“师兄，我亦有此疑惑，按理说魔教妖人中一些小门小派的不好说，但像万毒门、鬼王宗、长生堂这等大派，应该不会如此溃散。”

曾叔常在一旁插嘴道：“会不会是他们在青云山一战被咱们打得心胆俱裂，所以溃不成军了啊？”

苍松摇摇头，皱眉道：“应该不会。”

万剑一沉吟片刻，也道：“苍松之言有理，魔教妖人虽然可鄙，但能有今日局面，其为首者断不会是无能之人，我们不可小觑。”顿了一下，他转过身来，道，“底下这些散兵游勇无足挂齿，不必管他们，我们继续前行。”

“是。”苍松等人答应一声，随即五人再度御剑而起，向前方飞去。

越过了这片峡谷，迎面是山麓余脉起伏不定，入眼处都是绿色森林，过了十数里，地势开始变得平坦起来，树林慢慢减少，眼前出现了一片平原。此刻飞在空中，忽然便有种天地陡然开阔的感觉，只见沃野千里，河川纵横，偶有丘陵树林点缀其中，还有十几二十处规模不大的村落散落在这片平原之上。

这些村子都是多少年来一直生活在青云山脉周边的本地百姓，朴素老实，敬仰仙道，过着日出而作、日落而息的日子，年复一年如此。只不过这一段日子以来，魔教大举入侵青云山，妖人肆虐横行，这附近的村民大都跑光了，或许要等这次魔教教徒彻底退去之后，他们才能重返家园。

远远看去，原野之上不少村落都有火光燃起，黑烟直上天际，显然在那下边发生的并不是什么好事。青云门在这青云山上立派两千余年，对周围民众早已视如子民，此刻，五人看到这样的景象，都是面色一变，神情愤怒。

与此同时，一旦飞出山脉到了平原之上，失去山势的掩护，再在空中飞行便显得尤为醒目。眼下，这附近遍地都是魔教妖人，再如此嚣张显然不太合适，万一惊动了附近的魔教教徒，只怕便要多生事端。所以万剑一便对众人示意，片刻后挑了一处无人的地方，落在地上。

此刻众人身上当然没有再穿青云弟子的服饰，包括苍松也将道袍换成一件普通衣衫，看起来五个人便如同常见的游历修士一般，不算特别显眼。

着意避开了几处起火的村庄，他们沿着一条往西北方向的古道向前走去，一路之上倒没遇到散落的魔教教徒，不过以往经常在这里走动的村民和行商也都没了影子，周围的原野显得格外荒凉。

走着走着，商正梁哼了一声，带了几分怒意道："这些天杀的魔教妖人，此番不知害得多少百姓家破人亡，真是作孽。"

田不易看了一眼离自己等人最近的那一处村庄，那里火光冲天，似乎隐隐还有哭喊声传来，不由得面色一变，犹豫了片刻后，对万剑一道："万师兄，那一处地方，好像还有人在啊？"

万剑一脚步一顿，停下身子，其余人也随之停了下来，纷纷转头向那个起火的村庄看去，果然片刻之后，一阵哭喊声夹杂着几声狂笑与呵斥声，一起传来。只是毕竟隔了一段距离，到底说些什么却听不真切。

一时间所有人的目光都落在万剑一的身上，万剑一默然片刻，忽地吐出一口浊气，道："若是无人村庄被这些妖人烧掠也就罢了，但既然有百姓受苦，我们青云弟子便不能视而不见。走，过去看看。"

第十四章

御 敌

万剑一既已决定，众人亦无异议，遂全部转向那座村庄行去。这五人皆是青云门下修行有成的年轻人，加上那隐隐传来的哭声也让他们下意识地加快脚步，所以没过多久，他们便到了那座村子外头。

从天空上看下来，地面上的这些村落不过是一片房屋聚在一起的小点，走到近处便又是另一种感觉。事实上，万剑一等人以前也曾路过这片地方，记忆中这片平原上的村落都是平静安宁的模样，但此刻燃起的滚滚黑烟，却打破了这里的宁静，平添了几分狰狞。

一条六尺宽的大路通往这座村子的深处，隐约可以看到在那些错乱的房屋后有人影走动，粗鲁不堪的呵斥声远远就可以听到，而在这条道路一侧的一棵大树上，几个人同时看到上面吊着一个人，在微风中轻轻摇晃飘荡，头颅歪在一旁，已经没了气息。

看着那人身上的服饰，应该是原本住在这里的村民，只是身上血迹斑斑，看起来生前吃了不少苦头。望见这一幕，青云门这几个人的脸色立刻冷了下来，万剑一冷哼了一声，一句话也不说，直接大步向村子里走过去。

周围四人随即跟上，田不易走在最后，眼角余光扫过村口，看到村口一棵大树下立着一块大石，上面刻着“草鞋村”的字样。字迹有些模糊，应该是有些年头了，或许是很早以前，这里的村民就在青云山脉附近定居下来。

田不易面色肃然冷峻，用手重重握住赤焰仙剑的剑柄，大步走过去。

不消片刻，这几人便来到了村子中心，看过去那边似有一座大房子，像是村中祠堂的模样。在祠堂前的一片空地上，七八个人闲散地站着，都身着魔教教徒的衣物，在他们脚下，则跪着一老一少两个村民。

老者看去已过花甲，白发苍苍，头破血流，小的是个才五六岁的孩童，看起来有些像老者的孙子，此刻正被满面惊恐的老者搂在怀里，同时口中不停地向这些魔教凶徒哀求：“诸位大爷，饶命啊，求你们饶我孙子一命吧。”

看着这爷孙两人的模样，站在一旁的几个魔教教徒哈哈大笑，片刻后站在最前方两个看起来像是这群人头目的男子走过来，其中一个强壮的男子飞起一脚就踹在那老者的腰上，将他踢倒在地，同时怒目喝道：“少废话，快说，村子里的其他人都藏到哪里去了？”

那老头一声痛哼，倒在地上半天没起来，那孙子大哭起来，拼命去拖着老头的手臂。此刻阳光洒落，照在两个人的脸上，让远处正在赶过来的万剑一等人怔了一下，这两人居然恰好是昨日曾经交过手的那两个魔教妖人，强壮的是端木铁，矮小而面容丑陋的是御使血骷髅邪门法宝的吸血妖人。

此刻端木铁和吸血妖人显然都没有注意到村口进来了外人，注意力都集中在这两个村民身上，只是那老头哼哼唧唧面容痛苦，却没有开口给他们答案，端木铁刚要发火，旁边的吸血妖人已经阴森森地冷笑一声，忽地一步踏前，伸出手臂直接将那小孩拎了起来，狞笑道：

“老东西不知好歹，正好老子受了伤，急须喝点鲜嫩可口的血来补补身子，你孙子正好。”

那孩童放声大哭，老者大惊失色，惨叫一声，似乎一时间也不知道身上哪来的力气，就向吸血妖人这边扑来，想要救他的孙子。旁边的端木铁哈哈大笑，一伸手便拦住了老头，同时反手一把抓住老头胸口的衣服，直接将他拽了起来，喝道：“快说，不然老子就将你一刀刀活剐了，再挂到村口的大树上去，你信不信……”

“不信！”

一声带了几分冷意的话，突然传了过来，魔教众人都是一呆，随即纷纷转头，只见从村口方向的路上走来数人，个个面色严峻肃杀，而为首的那个年轻男子，一身白衣，剑眉星目，面上神色更像冷到了骨子里。

在看到这几个人，尤其是那白衣男子之后，端木铁与他身边的吸血妖人都是身子猛地一震，露出几分难以置信的惊骇之色，片刻后他们对视一眼，忽地大吼一声："杀！"

一声令下，周围的魔教教徒顿时纷纷呼啸喝骂，拔出兵刃一起向青云门五人冲了上去，端木铁却将那老头往地上一丢，转身就跑，那吸血妖人也是同样的动作，但是与端木铁不同的是，他犹豫了一下后，居然没有丢下那孩子，而是往肋下一夹，然后也随着端木铁跑去。

只是他们才跑出数丈，便听得身后一阵呼啸喧嚣后，猛然间风声大作，迅速逼近。端木铁与吸血妖人同时转头看去，瞬间面无血色，只见那一众魔教手下大呼小叫，却被那边三个人轻松挡住，哪怕是以多敌少，仍然节节败退，显然双方在道行上实力相差巨大。

而在半空中，一道白色身影直接越过众人，风驰电掣般向他们掠来，正是万剑一。自昨日在青云山麓下一战之后，端木铁与吸血妖人对万剑一当真是恨之入骨又畏惧到死，此刻乍见此景，只觉心惊胆战，只恨爹娘少生了两条腿一般，拼命向前逃窜而去。

然而万剑一速度实在太快，那风声鼓荡如云龙行天，转眼间便至他们二人身后，端木铁与吸血妖人都大叫一声，情知已难逃走，一转身便要搏命。就在这时，突然从他们前方传来了一声阴森森的声音，道："让开！"

端木铁与吸血妖人都是一惊，随即面露喜色，端木铁更是喊出声来，大叫道："百毒道兄，救我！"

回应他的是一团浓墨般的黑雾，突然凭空生出，然后借着风势飘了过来，端木铁脸色一白，向旁边一扭身，闪到一旁。另一边的吸血妖人闪避不迭，眼中掠过一丝狠毒之色，突然直接将手上抓着的孩子向那团黑雾丢了过去，同时喝道："万剑一，这小孩就是被你害死的！"

那男孩放声大哭，飞在半空中眼看就要撞上黑雾，一道白色身影已然掠至，猛然冲到孩子身边，将他硬生生向后一拉，避开了那片黑气。

然而那团黑雾似乎被人操控一样，随即便又张牙舞爪地涌了过来，正赶上万剑一身子极速冲来又为了救那孩子收势不住，瞬间便落到一个凶险境地。这手法之阴毒，时机之巧妙，着实不可小觑。

那男孩的哭声仍不绝于耳，万剑一在空中一声冷哼，在电光石火之际猛地身子一侧，将孩子抱在胸口，用后背挡住那团黑雾，同时另一只手直接向下拍去，一股强劲的风瞬间喷涌而出，打在地上，令他的身子如离弦之箭再度冲天而起。

只是就在那一刹那间，黑如墨汁般的雾气还是沾上了他的身体，半空之中猛地传来一阵低沉诡异的“嗞嗞”声，伴着一阵白烟飘起，但这般异状对万剑一似乎没有任何影响，他的身影还是迅速拔高然后摆脱了这片黑气。

万剑一在空中几个起落，随即落回地面，双目低垂看了一眼怀中的小孩，只见孩子眼中满是惊恐之意，但脸色并无异常，他这才松了一口气，微微一笑，将孩子放了下来。

小孩有些踉跄地站住了，怔怔地看着万剑一，万剑一微笑着摸了一下他的头，然后柔声道：“去你爷爷那边，好吧？”

小孩下意识地应了一声，然后转身跑去，万剑一站直身子，回过头来，便望见在他背后的白衣上赫然多了一大块黑色斑纹，就像被一只凶恶无比的野兽狠狠咬了一口。不过那片黑斑中倒没有看到血肉模糊的样子，似乎这一招阴毒无比的偷袭并未伤到他的肉身，或者说至少没有伤得太重。

不过万剑一此刻的脸色却也不太好看，冷哼了一声，望向前方，只见那边两个魔教妖人已经与另一个瘦高个子的男子会合，万剑一盯着那人看了一眼，忽地眉头皱了一下，道：

“万毒门，百毒子？”

前方三个魔教人物聚在一起，那个被万剑一叫作百毒子的人看到万剑一沾染黑雾毒气之后居然若无其事，脸色也微微变了一下，伸手一招，空中的黑气便迅速倒飞而回，没入他宽大的袖中不见踪影。

随后站在他身边的端木铁和吸血妖人便听到一句低语，道："此人太强，不可力敌，走！"

端木铁与吸血妖人原本才放松的表情瞬间又僵了一下，随即转身就走，百毒子亦随之向后退去，然而抬眼处，却见白衣飘动，赫然是万剑一再度掠了过来，而且这一次，他手上多了一道碧光闪烁、气势雄壮的绿色仙剑，剑芒吞吐，远远地便有一股凛冽寒气扑面而来。

饶是百毒子见多识广，此刻也忍不住心头一寒，正要有所行动的时候，忽然只听背后喝骂声陡起，回头一看，却是本来正要逃走的端木铁与吸血妖人在破口大骂。

一柄闪烁着赤焰火光的仙剑凭空出现，挡在了二人面前，一个矮胖身影出现，面色冷峻，正是田不易。端木铁与吸血二人对万剑一畏之如虎，对田不易却丝毫不惧，此刻正是生死关头，两人便一起扑上，气势汹汹，看样子恨不得一招之间就将这个碍眼的家伙毙于掌下。

田不易哼了一声，后退一步，赤焰剑横在身前，略一挥洒便见数道火光迸现，簇拥在他身前，艳如红花，转瞬扩大护住周身。只听"砰砰砰"数声连响，他以一敌二竟硬生生拦下了端木铁和吸血妖人。

端木铁与吸血妖人大怒，一起扑上，攻势如潮，生怕迟了被背后那个煞星追上来，到时候想跑都跑不了了。谁知田不易虽然年轻且其貌不扬，但面对两个魔教妖人并无半点惧色，剑势沉稳，进退极有章法，守得密不透风。再加上吸血妖人最重要的法宝血骷髅昨日已经毁在万剑一手中，更令他实力大减，虽然二人合力实力在田不易之上，但此刻面对着沉稳应战的田不易，两人竟然一时奈何不了这个矮胖子。

这两人都是生性狠厉、脾气暴躁的魔教妖人，一时间怒啸连连，怪叫声不绝于耳，百毒子为之气结，刚脱口而出骂了一句"废物"，忽地眼前一花，却是碧绿剑芒已至，瞬间一股如大山般的压力仿佛从天而降，直接将他所有的话语都压回腹中。

万剑一白衣飘飘，斩龙剑碧芒万丈，只一照面间便将百毒子压在下风，其剑势之强，实在令人惊怖。百毒子心中惊惧，错眼向周围望去，突然间又是心中一沉，只见不过片刻工夫，那边跟随万剑一而来的三人已经将刚才那七八个魔教教徒尽数打倒，然后纷纷向这边赶来。

情势一目了然，几乎是不假思索地，百毒子忽地大叫一声，身上披着的一件黑色披风飘扬起来，片刻之后，在半空中竟是陡然散开，瞬间化作无数黑色细小毒虫，发出嗡嗡嗡嗡的诡异声音，疯狂地向万剑一、田不易和赶过来的苍松、商正梁和曾叔常三人扑去。

这一下手段诡异，哪怕连万剑一都没料到，眼前瞬间一片黑暗，而且正在这电光石火的紧要关头，那一片黑影中突然响起一声锐啸，一道如清雪般的明亮剑光猛然刺了过来。饶是他道行精深，这一下也有些忙乱，但他毕竟不是凡俗之辈，猛然间一振腕，斩龙剑碧光大盛，于间不容发之际瞬间移到自己身前，挡住了那偷袭的一剑。

只听“当”的一声清脆回响，两柄剑同时弹开，万剑一心头微震，刚才那一瞬间虽然短暂，他却发现斩龙剑与对方偷袭的剑刃竟然不分上下，要知道哪怕在青云门中，他的斩龙剑也是品阶最高的仙剑法宝之一，向来与小竹峰嫡传的天琊神剑齐名。

只是那怪剑一击不中随即退走，万剑一甚至来不及去仔细看清那剑刃兵器的模样，而与此同时，漫天毒虫黑雾已然压了过来。百毒子毕竟是万毒门中知名的魔头，这毒虫这般诡异，哪怕是他也不愿意轻易被这东西咬住。所以他当机立断，直接向后飞掠而去，同时斩龙剑的剑芒护住全身，只听“嗞嗞”声响，一时间不知有多少小虫子在碧绿剑芒中落下死去。

和万剑一一样，同时遭到偷袭的青云门其他四人也是猝不及防，一时间有些手忙脚乱，各自展开仙剑护身，趁着这个机会，百毒子和端木铁、吸血妖人三人，哪里还敢恋战，直接便飞蹿而去，转眼便冲出草鞋村，不知去向。

半空中的毒虫开始看着铺天盖地，但在五人的仙剑威势之下，非但攻不进他们的身子周围，而且数量也在快速消耗，没过多久，那片虫云的密度便开始减弱，嗡嗡之声随之降低，进而低落，直至消失。

当最后一只毒虫也丧命在剑芒之下后，青云门五人这才收起剑势，万剑一看了一眼端木铁等三人逃遁的方向，冷哼了一声，但也无意穷追，对其他四人点点头，其中多看了田不易一眼，随即对他微笑道："田师弟，做得好。"

田不易倒有几分不好意思，摸摸脑袋，道："师兄过奖了，可惜我没拦着他们几个。"

万剑一摇摇头，道："刚才那毒衣化虫的手段，应该就是百毒子压箱底的保命手段之一，确实难以应付，但以我看来，也就那么一件罢了。待日后见到此人时再找他麻烦不迟。"

"师兄说得是。"

万剑一回身走了过去，田不易跟在他身后，迎面的苍松三人走了过来。苍松首先向万剑一打了个招呼，随即看了一眼田不易，微微皱眉，开口道："田师弟，你不与我们三人一起抵挡这边的敌人，为何突然跑到那边去了？"

田不易欲言又止，但站在他身边的万剑一却轻轻摆了摆手，微笑道："无妨，田师弟前去拦阻那两个妖人，对形势的判断和一身道行都可圈可点，不必在意这个了。"

苍松点了点头，不再说话，田不易看了他一眼，走过去和曾叔常站在一起。

此刻万剑一回首四顾，发现村中大半房屋都被焚毁，人影也几乎不见，只有前方那爷孙二人抱在一起，面带感激之色望着自己这边五人。

万剑一走了过去，温言道："老丈，我们五人都是青云门下弟子，路过此地，却不知村子里发生了何事？"

那老头叹了口气，道："不瞒仙长，这些都是刚才那些魔教妖人干的恶事，他们前些日子路过这里，便冲进村子烧杀抢掠，村中的一些人死了，剩下的都跑了，眼下这草鞋村怕是已经毁了。"

万剑一轻轻摇了摇头，眼中露出几分厌恶之色，随即道："请问老丈贵姓？"

"不敢当，小老儿姓张，这是我唯一的孙儿。"

"张大爷，其他人都跑了，为何你们两人还在这里？"

"唉，说来话长，当日魔教妖人刚进村的时候，我带着孩子藏在地窖里躲过一劫。过了好几日感觉也许他们离开了，这才爹着胆子出来想离开村子，谁知这么倒霉，又被那几个妖人抓到了。”

万剑一默默地点了点头，沉吟片刻，道：“张大爷，眼下这村子已毁，你和令孙可有什么打算，有什么需要我们帮忙的吗？”

张老头想了想，道：“诸位仙长救了我和孩子，这便是天大的恩情了，实在不敢再劳动诸位。接下来我打算去南边另一个村子，那边有我的一家远房亲戚在。”

万剑一“哦”了一声，心下稍安，顺口问了一句，道：“那村子远吗，叫什么名字？”

“就在青云山脚下的，叫草庙村。”

第十五章

荒 漠

万剑一想了一下，颔首道："如此也好，眼下魔教余孽大多退去，青云山麓那边基本已经肃清，你过去那里应该是安全的。"

张老头拉着孙儿对万剑一连声道谢，又向周围四人弯腰谢过，这才转身向村口走去。这时，站在一旁的曾叔常忽然向前走了一步，对万剑一道："万师兄，草庙村那边虽然安全，但从这里过去的路上，只怕还有魔教妖人出没，他们爷孙两人这一路走过去，只怕还是有些危险。"

万剑一"嗯"了一声，道："确实如此。这样吧，救人救到底，曾师弟，还有田师弟，你们二人一人带着一个，御剑飞往草庙村，然后立刻赶回来，路上小心避过魔教妖人的眼线，我等三人就在这里等你们回来，可好？"

田不易与曾叔常都肃容应下，道："是。"

万剑一露出一丝微笑，道："去吧。"

田不易与曾叔常便转身走到那张老头爷孙身旁，刚才他们说的话也传到这边，张老头自然是感激不尽，连连道谢。田不易与曾叔常笑着叮嘱了他们几句，无非是在空中时不必害怕、不要乱动云云，然后田不易拉着张老头，曾叔常带着那个张家小孙子，两人同时祭起仙剑，往天空飞驰而上，片刻后在半空中绕了个弯，便向青云山脉的方向疾驰而去。

张家爷孙都是普通凡人，身无道行，更是平生第一次御空而行，虽然之前田不易与曾叔常都有嘱咐，但到了高空之后仍然有几分惊慌失措，张老头还好，虽然害怕，但勉强还能控制，那个张家小孩却被吓得厉害，直接哇哇大哭起来，让抱着他的曾叔常一阵手忙脚乱。

幸好田不易与曾叔常都是道行有成的青云弟子，虽有些许麻烦，但总算应付得过来，就这样一路安抚一路疾驰，腾云驾雾绕山而行，越过崇山峻岭后终于看到了青云山麓下的那座小村，两人忙不迭地落下地来，将张家爷孙二人放到村口外不远处，这才各自松了口气。

张大爷看起来腿脚似乎还有些发软，反而是张家小孩在最开始的哭闹后，现在居然恢复过来，跟没事人一般，让人有些惊奇。在原地休息片刻后，张大爷再度拉着孙儿向田曾二人拜谢，两人笑着回礼，然后目送这两个劫后余生的人转身走进了那个安宁的小村子。

待那两人的身影完全消失在视线中，田不易转过身来，忽然看见村外不远处有一座破庙，他走过去看了一下，只见这草庙十分残破，连墙壁都破了几个大洞，一副荒凉的样子，便转头对曾叔常笑道："这村子的名字，莫不是就由这草庙而来？"

曾叔常耸耸肩，道："或许是吧，咱们山下这些村落里住的都是老实巴交的百姓村民，直接取这些粗名也是有的。"

田不易忽然想到一事，对曾叔常道："可是如果这么说的话，这里有一座破庙所以叫作草庙村，那刚才咱们到的那个村子为什么叫草鞋村啊，难道那边曾经有一只破草鞋？"

曾叔常嗤笑一声，用一副看白痴的目光望着田不易，随后正色道："你这人怎么这样蠢，草鞋哪有一只的，都是一双两只！所以那村子里以前一定是有两只破草鞋。"

"所以就是说，以前有人往那村子里丢了两只破鞋，所以那边就叫草鞋村？"

"有可能！"

"谁丢的？"

"鬼知道！当地的村民，又或是路过的哪个家伙？说不定还是咱们青云门哪位祖师丢的呢。”

田不易与曾叔常大眼瞪小眼，突然都沉默了下来，过了片刻，田不易以手遮眼，似乎对自己这个好友已经无法直视了，道：“算了，咱们别聊这么蠢的话了。万一被人听到传回山上，咱们都要被罚去祖师祠堂跪上几十年了。”

曾叔常大笑，随即看起来似有几分感叹，道：“对了，刚才倒是忘记问那孩子的名字了。”

田不易道：“怎么了？”

曾叔常道：“那小孩虽然一开始害怕哭闹，但时间久了便安静下来，看起来是个心性不错的孩子，而且小小年纪老实懂礼，我很喜欢他。”

田不易摆手道：“得了吧，你如今才几岁，自己在宗门里还是个年轻弟子呢，哪里轮得到你去收人为徒！”

曾叔常想了想，点头道：“说得也是啊。”说着回头向那村子里看了一眼，神色间有些遗憾。田不易在一旁看了他一眼，笑道：“你挺喜欢小孩的啊。”

曾叔常露出一丝笑意，点头道：“是啊，也不知道若是日后我们找到道侣的话，自己的孩子会是什么样子？”说着啧啧两声，看起来颇有几分期望的样子。

田不易哈哈大笑，道：“你倒是想得远，这样吧，日后若是咱们都有孩子了，就让他们做结拜兄弟！”

曾叔常转头看他，笑道：“那如果是一男一女呢？”

田不易摸了摸下巴，道：“那便指腹为婚吧！”

曾叔常正色道：“不行。”

田不易一怔，愕然道：“这却是为何？”

曾叔常负手往前走去，同时口中悠然道：“大家都生了男孩做兄弟，那也罢了。可若是我生了儿子你却生了一个女儿，而那女儿又长得像你的话，我可不能害我自家孩儿。”

田不易站在原地想了好一会儿，猛然回过神来，明白了这断话里的意思，登时勃然大怒，冲过去一脚就向曾叔常的屁股踹去，同时口中骂道：“滚，老子以后就算有女儿，也断然不会给你做媳妇，别做梦了！”

曾叔常哈哈大笑，让了开去，同时摆手道："好了，走吧，万师兄他们还在草鞋村等我们呢，别让他们久等了。"

田不易口中兀自骂了他两句，随后两人同时祭出仙剑，再度腾空而起，向着草鞋村的方向飞去。只是人在半空的时候，曾叔常黄色仙剑的剑光在前，田不易跟在后头，却是有那么一刻，他忽然转头向着那巍峨雄伟的青云山峰眺望了一眼，目光深深，似有几分想念。

青云山通天峰，玉清殿上。

这座气势宏伟、位于雄峰之巅的高大宫殿，是历代青云门掌门真人的居所，其中最阔大的玉清大殿，平日里便是掌门真人处理门中日常事务的地方。

正魔大战过后，青云山上下一片狼藉，不知有多少事情亟待解决，而掌门真人天成子重伤不能理事，往日德高望重的一众青云长老死的死、伤的伤，如真雩、郑通等人也不过来处置门中琐事，一切担子都压在了此刻坐在玉清大殿中的那个男子身上。

此刻在玉清大殿上，有一列长队排了起来，数十个青云门弟子在此等候，依次上前向坐在大殿中央的道玄低声禀告、请示、议论，然后应下道玄的安排，再转身大步走出殿外。

道玄端坐于椅上，神色肃然，不苟言笑，远远看去竟有几分不怒而威的气势。虽然从辈分来说，此刻在大殿中的绝大多数人都算是与他同辈，但无一人胆敢轻慢于他，一个个都老老实实地排队上前。而道玄显然对处置这些门中事务十分熟练精明，一桩桩、一件件琐事看着难缠难理，他往往在几个沉吟思考之间便做出决断。

如此安静但极有效率的方式，让大殿中的青云弟子很快减少，没多久就看到了末尾，正当道玄准备叫过最后一人时，忽然看见从大门口处匆匆走进来一个人，却是小竹峰的水月，一路快步走到他跟前，叫了一声："道玄师兄。"

道玄抬头看了水月一眼，道："怎么了？"

水月道："山下有两批人马到了，应该是天音寺与焚香谷的人。"

道玄一怔，随即站了起来，道："当是这两大派闻讯赶来支援我们青云门了，此事颇大，说不定两派掌门也会亲临，我立刻去禀告师父，请他示下。水月师妹，烦请你先和真雩师叔招待他们一下。"

水月点头道："是，我明白了。"

道玄颔首，转身快步走入玉清大殿的后堂，一路绕过玄关回廊，来到天成子休息的那间静室之外。然而他还在丈许开外时，道玄便突然望见那静室之门居然洞开，里面还有个不是天成子的身影来回走动着。

道玄大吃一惊，连忙快步走到静室门外，向里面一看，只见静室里只有一个道童正在收拾屋子，而静室之中一片凌乱，原本天成子躺着的床榻上被褥都被掀到一边，还有不少东西被丢在地上，像是有人在此大发了一通脾气所致。而那个年岁不大的道童则面有沮丧之色，默默地蹲在地上收拾着，双眼红肿，像是刚刚哭过一样。

道玄自然认得此人，乃是平日在此伺候师父天成子的道童白石。此刻看着情形不对，道玄不由得愕然对白石道："白石，这里发生了什么事？"

白石回头一看是道玄，连忙站起身来，规规矩矩地束手站好，显然对这位大师兄也十分敬畏。道玄走进来，左右看了一眼，眉头紧皱，又对白石道："这里究竟怎么了？还有，师父去哪儿了？"

白石嘴巴一扁，过了一会儿才低声道："我……我之前按照每日惯例，进来打扫屋子，可掌门真人看到我以后，突然间就大发脾气，跳起来大骂了我一顿，说我打扰了他清修，罪大恶极，还说、还说……"

道玄低声道："师父还说了什么？"

白石似乎终于忍耐不住，"哇"的一声哭了出来，带着哽咽声哭诉道："道玄师兄，掌门真人他还说，要……要将我赶下山去，逐出青云门墙。"

道玄身子一震，愕然看着白石，似乎有些不太相信自己的耳朵，但白石的神色显然并无半句虚言，此刻正眼泪汪汪地看着道玄，哽咽道："师兄，我该怎么办啊？我真的不是有意去触怒掌门真人的。"

道玄沉默半晌，随后道："你放心吧，此事我会替你向师父求情的。"

白石连忙跪下，道："多谢师兄，多谢师兄。"

道玄叹了口气，俯身轻轻将他拉起，沉吟片刻后又道："这样吧，你这几日先别在玉清殿里做事，到云海那边住上几天再回来。我想师父应该也是在气头上随便说说的，我去帮你说说，你再避开这几日，应该就没事了。"

白石连忙点头答应，道："是、是，我知道了。"

道玄叹了口气，又看了一眼床榻上凌乱的被褥，皱了皱眉，道："对了，现在师父去哪里了，你可知道？"

白石想了想，道："刚才我吓得跪在地上，大气都不敢喘一下，没看到师父去哪儿，不过我中间听到他老人家说了一句，说这里太过吵闹，耽误他修行，所以他要去祖师祠堂那儿好好休养一下。"

道玄一怔，皱眉道："他去祖师祠堂？"

白石小心地看了他一眼，低声道："我听到的是如此。"

道玄缓缓点头，随即轻轻摆手，白石连忙弯腰行礼，然后快步走出这间静室。

只剩下道玄一人的静室，似乎一下子安静下来，周围毫无声息，静得仿佛连根针掉在地上都能听见。他一个人站在这静室中，环顾左右，脸色渐渐凝重，眼中也透出一抹焦灼之色。

田不易与曾叔常一路飞回草鞋村，与在村中等候的万剑一等人会合，同时也发现趁着这段时间，万剑一与苍松、商正梁三人一起，将在这场浩劫中不幸遇难的村民遗体都找了出来，然后在村外找了处明亮通透的平地，挖了一些简陋的墓穴，然后将他们一一安葬了。

当田曾二人回来时，万剑一等人还有最后一点没有做完，田不易、曾叔常连忙上前帮忙，在五位青云门弟子合力之下，终于将所有不幸遇难的村民都安葬完毕。

事了之后，五人站在那一排排新起的土丘边，脸色都有几分沉重肃穆，万剑一凝视这些土丘片刻后，轻叹了一声，道："乡亲们入土为安，我们也走吧。"

说罢，他转身大步走去，苍松、田不易等人也默默上前，向着这一片墓茔拜了一拜，然后跟上万剑一的脚步去了。

离开草鞋村，他们便一路往西北而行，途中同样见到不少类似草鞋村一般被魔教妖人抢掠过的村庄，也是一样的惨状。不过在接下来的日子里，他们并没有再遇到像张家爷孙那样幸运的村民。也许原本住在那些村子里的村民不是不幸死在魔教的屠刀下，就是远远离开那里避祸逃命去了。

在这中间，他们五人也看到不少四处流窜的魔教余孽凶徒，不过为了早日深入蛮荒避免麻烦，万剑一等人多数时候还是避开了这些妖人，在沉默中一路往西北行去。

如此走了三日后，便觉得周围环境开始发生变化，原来肥沃丰美景色宜人的平原逐渐消失，取而代之的是大片大片的黄土地，湿润温和的空气也随之改变，变得干燥起来。到了第四天，基本上再也看不到原有的那片平原景色，天地之间一片荒凉，岩石乱堆，黄土龟裂，时不时有大风吹过，刮起大片大片的黄沙飞舞。

在这片荒原土地上，很难再看到绿色的东西了，虽然也有草木，但颜色大都枯黄，烈日当空，阳光洒落下来，让行走在这片荒漠上的人心里有些发凉。

万剑一等五个青云门弟子都是有道行在身的，自然不惧这一点恶劣气候，不过走到此处看着这片景色，便知道差不多已经靠近那传说中从未有中土正道人士深入过的蛮荒边境了。

到了这里，万剑一等人的行动越发小心起来，有时候甚至都不走在一块，在万剑一的安排下，五个人或三二两队，或各自散开，保持一定的距离，同时严密注意着周围的动静，继续往蛮荒边境靠近。

这一日午时，走了半日后，万剑一招呼几个师弟都过来，五个人找了处怪石耸立的小石林休息，一来可以躲避外人窥探，二来这些横空突兀的怪石也能遮挡一二灼热的阳光，让人觉得舒服一些。

坐下后，曾叔常拿出随身携带的葫芦，喝了一大口里面灌满的清水，然后递给身旁的田不易，同时抱怨道："这荒漠之后尚且如此恶劣，听说蛮荒之地比这里更荒凉十倍，那些魔教妖人到底是怎么在那种地方活下来的？"

站在一旁的苍松冷淡地看了一眼正在抱怨的曾叔常，摇摇头，转身看着坐在不远处一块大石上的万剑一，道："万师兄，这一路上有些奇怪，特别是进入这片荒漠后，咱们一直没遇上魔教的余孽妖人。"

万剑一缓缓点头，眉头微皱，似乎也正对此有些疑惑，刚想开口说话，忽然神色微变，突然站起身来，低声道："噤声！"

第十六章

评 语

万剑一一声轻喝，苍松等人立时肃然，都各自站起走到万剑一身边，屏息静气凝神静听，果然，不久之后，便听到从这片石林的另一头传来一些动静，像是有人也从远处走到那边休息，渐渐地，也有一些话语声传了过来，只是声音不大，听不太真切。

万剑一凝神听了片刻，便对苍松等人打了个手势，其他四人会意，纷纷点头，随后便借着石林中各种怪石的遮蔽掩护，悄无声息地往那边靠了过去。在这片已经靠近蛮荒的荒漠边缘地带，向来极少有中土正道中人出没，加上最近魔教刚从青云山一役中溃败回来，可想而知，此刻在这附近出现的，多半是魔教余孽。

果不其然，万剑一等人绕过一段石路后，看到的正是三个身着魔教衣物的男子坐在石林那头休息，而且好巧不巧的是，这三人居然还是他们的老相识，正是当日从草鞋村里逃脱的百毒子、端木铁和吸血妖人三人。

这个发现让苍松等人都略感惊讶，彼此对望了一眼，不知道为何这三个家伙居然也在这里，不过看他们的样子，多半也是想逃回魔教的蛮荒圣殿中去。于是众人的目光很快又望向万剑一，眼中都有请示之意，看到底要不要出手将这三个漏网之鱼擒下，尤其是曾叔常与商正梁二人，看起来都有跃跃欲试的神情。

万剑一沉吟片刻之后，却伸手虚按了一下，示意他们不要匆忙上前，就在这时，石林前方传来那三个人的话语声。

只听端木铁道："百毒道兄，你说毒神老前辈真的会看上我们兄弟二人，将我们收入门下吗？"

百毒子道："以你们两位的实力，再加上我的推荐，想来门主不会推拒的。如今我圣教新败，教主仙逝，圣教中人心涣散，正是用人之时，你们二人过来，当有大用。"

旁边传来另一个低沉的声音，却是吸血矮子在一旁道："可是我的法宝血骷髅被万剑一那厮给毁了，如今一身本领十成里只剩下五成，只怕就算到了圣殿，毒神门主也看不上我。"

百毒子怔了一下，道："法宝没了再重新炼制就是。"

吸血矮子没有回应，沉默了片刻后，端木铁开口对百毒子道："百毒道兄，咱们三人相识也有多年了，甚至比你进入万毒门的时间还更早些。今天你跟我们两人说句实话，这一段日子来万毒门拼命招兵买马，到底有何用意？"

百毒子皱了皱眉，道："这事我也不太清楚，你们两个也是知道的，我在门中既不是门主亲信，也没有师承靠山，不过是早年有一手御毒的本事被门主看上了，这才被拉入万毒门。不过……"

话说到一半，百毒子忽然像是想起了什么，语速略有迟疑起来，端木铁连忙追问道："怎么了？"

吸血矮子也在一旁道："可是有什么不妥？"

百毒子想了想，对他们二人道："这倒不是，其实就是这些日子以来万毒门里私下一直流传着一件事，说门主他老人家此番似乎有重开冥渊的意思。"

端木铁与吸血矮子同时吃了一惊，道："什么？"

远处，万剑一与苍松、田不易等五人也怔了一下，这"冥渊"二字他们以前从未听说过，不过看那三个魔教余孽的神色言辞，似乎都十分重视的样子。

百毒子又道："冥渊乃是圣殿禁地，诡异神奇，但自古以来便封死不开，唯独在二十年前突然开启，然而不知怎的却仅容一人进入，所以最后仇忘语教主孤身而入，在冥渊中得到了绝大机缘，从而一统圣教，才有了这二十年来的鼎盛局面。"

端木铁点头道："这事我等倒是都知道，传说当年仇教主在圣殿中，在圣母、明王两尊神祇前立下重誓，发大宏愿，其后便在蛮荒圣殿修罗塔前枯坐七年。随后某日忽然天现异象，震动蛮荒，冥渊开启，仇教主直入其中，而他人皆不得进，实在令人匪夷所思。”

百毒子笑道：“当年之事到底如何，我们这些人自然都是道听途说来的，当不得真，不过这么多年来，唯一进入过冥渊的确实只有仇教主一人。而且我听教中前辈私下议论，那冥渊便是我圣教之源，每当有英才进入，便可造就一位绝世高手，进而振兴我圣教大业。”

端木铁听了笑了起来，道：“看来毒神前辈也想进去造就一番？”

百毒子耸耸肩，道：“谁不想呢？”

三人都是发笑，吸血矮子道：“难道你们万毒门已经找到了开启冥渊之法？我记得传说这法子只有仇教主一人知晓，如今仇教主已然过世，你们如何开启？”

百毒子道：“这事更非我所能知了。好了，话都对你们说了，到底去不去圣殿，入不入我万毒门，你们二位给句准话吧。”

端木铁与吸血矮子对视一眼，刚要说话，忽然只听石林后传来一声冷笑，有人道：“去不去的，你们几个也无所谓了。”

百毒子三人大惊，一起跳起来转头看去，只见从那边大石背后转出五个人，正是万剑一等青云弟子。这些日子里，他们可没少和万剑一打交道，尤其是端木铁和吸血矮子二人，更在万剑一手下吃足了苦头，一看是他，登时面色如土。

百毒子神情还算镇定，但看起来也有几分心虚，下意识地退了几步，同时怒道：“万剑一，你怎么跟个鬼似的死缠着我们不放？”

万剑一哈哈大笑，随手挥袖神态潇洒，道：“你们几个小鬼，哪里值得我去死缠着不放，不过是你们倒霉罢了，就连路过休息一下都能遇上，可见是该死。”

“呸！”

百毒子等三人同时大骂出口，但片刻后三人对视一眼，似乎心有灵犀一般，瞬间一起倒翻出去，竟是同时向三个方向发力狂奔，使出吃奶的劲逃命去了。

这一下倒让青云门五人有些出乎意料，万剑一随即失笑，但自己也不追赶，只回头对身后众人微笑道：“诸位师弟，这几个魔教妖人猖狂狠毒作恶多端，但手底下确实有几分实力，正好用来磨砺修行。不知你们可否上去捉几个回来？”

话音才落，站在他身边的苍松便微微一笑，对万剑一一拱手，随即飞身掠出，第一个向前追了过去。而看他掠去的方向，所挑的人正是那魔教三人中实力最强的百毒子，显然这位苍松也是个心高气傲的人物。

万剑一颔首微笑，显然对苍松颇为赞赏，随后三道身影同时掠出，显然这几个跟他一起过来的青云门师兄弟都是年轻气盛，一个个谁也不服谁，大步追踪而去。只是魔教妖人只有三个，追出去的青云门弟子却有四人，一下子有些僧多粥少的感觉。

苍松去得最快，便没人去跟他争百毒子，随后的田不易、曾叔常和商正梁中，田不易看着憨厚，但冲出去后有意无意用脚在地上一划，顿时掠起一片沙土，然后向着吸血矮子逃窜的方向追了过去。曾叔常与商正梁跟在后头险些吃了一口土，急忙让开，但就耽误这一会儿，便看着田不易一溜烟跑了好远去。

两人对视一眼，瞬间不约而同祭出仙剑，如狼似虎向着最后端木铁逃窜的方向冲去。

万剑一向那些飞驰而去的身影看了一眼，神态自若，似乎一点也不为自己这几个同门师弟对上这三个凶名昭著的魔教妖人紧张，反而回头找了块石头，拍去灰尘后优哉游哉地坐了下来。

那三个方向的人影瞬间便到了远处，过了一会儿，那些身影看上去有些模糊起来，紧接着传来打斗怒吼声，伴随着几许剑芒光影远远传来，乒乒乓乓好不热闹。

万剑一干脆懒得再去看那些人影，自顾自地抬头望天，神情平静，目光微闪，似乎在思索着什么。如此过了大约一盏茶时间，便有动静传来，万剑一转眼看去，只见最先回来的是苍松。

他一路飞掠而回，手中还提着一个人，待回到万剑一身前，便随手将手中提着的那人丢到地上，正是百毒子。只不过此刻的百毒子早已没了之前的那股凶相，神色萎靡，尤其是胸口上多了一道触目惊心的伤口，却是被一剑从左肩处斜斜砍到了右下，鲜血淋淋，已身负重伤。

万剑一淡淡地看了百毒子一眼，面不改色，对苍松点了点头，微笑道："苍松师弟，你的道行又有精进，可喜可贺。"

苍松虽然平日里对大多数同门都是一副倨傲之色，但唯独在万剑一面前十分守礼敬重，听到万剑一夸奖了一句，他似乎格外高兴，笑道："多亏万师兄平日不吝指导，方有我今日的成就。"

万剑一洒脱一笑，摆手道："这是哪里话，一个人修行如何，终归还是要看自己的，你在我青云门下确实是个出类拔萃的人物，日后当成大器。"

苍松摇摇头，虽然看上去还是很高兴，却正色道："青云门中，有万师兄你在，哪有我说话的份。日后我只跟着万师兄，好好将我们青云一门发扬光大就是了。"

万剑一哈哈一笑，站起身来走过去拍了拍他的肩膀，笑道："有志气！"

苍松点头微笑，正在这时，只听又有声音传来，两人回头看去，却是曾叔常与商正梁并肩而返，到了近处才看清楚，端木铁也被他们抓了回来，然后直接丢在了百毒子身旁。

看着端木铁原本强壮高大，气势凶恶，此刻却灰头土脸，身上倒没有像百毒子那样的重创伤口，但前胸后背包括脸庞之上，到处都有脚印淤青，似乎刚刚被人按在地上拳打脚踢，狠狠揍了一顿。

此刻他倒在地上，龇牙咧嘴半天，看起来却是有些不太服气的样子，哼哼着恼怒道："你们这些家伙恁地无耻，居然以多打少，有种一对一咱们单挑啊……哎呀！"

话音未落，他就抱着脑袋缩了起来，却是曾叔常年轻气盛，加上这一路上早就看了许多魔教恶行，心怀不满，猛地跳过去对着这货的脑袋又是一阵狠敲，打得端木铁嗷嗷乱叫，随后才站起身来，"呸"了一声，冷笑道："你看，单挑你也打不过我！"

端木铁："……"

万剑一在旁边看着这一幕，笑着摇了摇头，又看向站在一旁的商正梁，微笑道："商师弟，这一去可有麻烦？"

商正梁连忙拱手道："回禀万师兄，并无麻烦。这厮虽然看着人高马大十分凶恶，其实色厉内荏，并不是我们的对手。”说着顿了一下，似乎挺了挺胸，对万剑一道，“其实小弟以为，就算曾师弟不跟来，我也能一人将他擒下。”

万剑一还未答话，旁边的曾叔常就跟生了顺风耳一样，嗖地一下蹿了过来，连连摇头，道：“不是不是，万师兄你听我说，刚才那一战确实太过简单，我比商师兄出手快一点点，刚用了七分力道，这厮就倒了，实在是……”

“胡说！”站在一旁的商正梁怒道，“明明是我先出手踢到他的腿弯，让他跪下的，怎么变成你先出手了？”

曾叔常嗤笑一声，道：“商师兄，这就是你的不对了，对付这样一个货色，你刚才还用上了护身仙剑，我赤手空拳的，当然没你快了。不过后面我打得又多又快，你拿着一柄剑，只能一只手捶他，总没我打得多吧？”

商正梁脸都气红了，指着曾叔常怒道：“你、你这是狡辩……”

“好了。”万剑一一声喝止了这两人，笑道，“这有什么好争的，反正人都抓回来了，不过你们两人能在如此短的时间里生擒一个魔教妖人，可见道行确实不错，我也算是没看错人。”

曾叔常、商正梁彼此对视一眼，哼了一声各自把脸转开，然后同时向万剑一谦谢道：“师兄过奖了。”

万剑一摆了摆手，又笑道：“不过你们两个还是要多向苍松学一下，他一人追百毒子，可是比你们二人回来还要快一点。”

苍松被万剑一这么说了一句，顿时下意识地挺直腰杆，面上神色看上去已然十分平静，但是那一副容光焕发乃至双眼明亮的模样，早就说明他此刻内心是如何得意。

事情直到此刻都十分顺利，只是再往下，这附近突然安静下来，几个人站了一会儿，却发现这五个人中，最后那个矮胖子同门居然一直没有出现。

万剑一眉头微微挑起，往田不易追去的方向看了一眼，却发现田不易和那个魔教吸血矮子的身影已经消失不见，似乎已经跑得远了。而在他身旁，苍松、商正梁和曾叔常三人也很快感觉到有些不太对劲，纷纷向那边看过去。

又过了一会儿，居然还没有人影回来。曾叔常平日里与田不易最是要好，顿时有些沉不住气了，探头探脑地往那边张望了几下，忍不住道：“这……要不，我过去看看？”

旁边传来一声冷哼的声音，却是苍松脸色略显阴沉，皱眉道：“田师弟怎么连那家伙也抓不到，要知道那厮最厉害的法宝血骷髅可是已经被万师兄破掉了。”

商正梁面色微动，但看了万剑一一眼后，并没有开口说话，曾叔常就不愿意了，立刻反驳道：“这有什么好奇怪的，魔教妖人诡异莫测，那吸血的家伙更是个古怪东西，说不定就冒出了什么压箱底的保命招数，麻烦一些，也不算奇怪。”

苍松笑了笑，没有接曾叔常的话头，不过看他脸上挂着的那一丝略带讥讽的笑意，显然对曾叔常的假设并不相信。

几个人左等右等，不知不觉居然过了小半个时辰，田不易居然还没出现，这一下连万剑一的眉头都皱了起来，曾叔常更是已经急得走来走去，时不时抬头向那个方向瞄上一眼。

不过就在几个人已经快没耐心的时候，从那个方向远远出现一个身影，矮矮胖胖的，远远看去，正是田不易。他一路走过来，待走到近处，只见他神态如常，右手上却拖着一只脚。

众人怔了一下，齐齐低头，便看见田不易手中抓着的那只脚正是吸血矮子的，只不过此人早已没了那股凶相，此刻就跟一条死狗似的被田不易拖了回来，同时双眼泛白口吐白沫，竟是一副力竭后晕死过去的模样。

曾叔常愕然道：“这、这是怎么回事？”

田不易走到跟前，右手一甩，将吸血矮子丢到端木铁和百毒子身边的地上，然后先向万剑一行了一礼，略带歉意地道：“万师兄，真是不好意思，我回来迟了。”

万剑一微微一笑，道：“无妨，不过这一去耽搁了许久，可是遇到了什么麻烦？”

田不易脸上掠过一丝尴尬之色，看了一眼周围的情形，自然明白过来，三路追踪，唯独自己回来得最迟。顿了一下后，他对万剑一道：“是这样的，我一路追着那吸血小妖，本来就要抓住他了，突然从那片荒漠里出现四五个路过的魔教教徒，吸血小妖立刻便招呼他们围攻我。”

众人都是一惊，万剑一倒没有太多惊讶之色，看了田不易一眼，微笑道：“哦，既然如此，为何不见你有呼救声？”

田不易笑了一下，道：“师弟我觉得……那些赶来的其实也就是一些小喽啰而已，所以就大着胆子跟他们周旋。一开始他们人多势众，我便且战且退护卫周全，挡住他们的攻势后，便开始找机会一一解决这些喽啰，再然后这吸血小妖想跑，又被我缠住，一直缠斗到刚才，他好像突然间力竭了，就这样倒在地上昏了过去。”

万剑一失笑，摇头道：“你这是将他熬得脱力了吗，这种胜法我也是第一次听说。”

田不易干笑一声，神色有几分尴尬，旁边的苍松却大摇其头，冷然道：“还是你学艺不精，不然一早就擒下此人，自然不会有这么多麻烦。”

田不易唯唯称是，万剑一想了想，再看向田不易的眼神中却多了几分赞赏，走过去微笑着拍了拍田不易的肩膀，道：“田师弟看似驽钝，但内里聪慧，心志坚忍不拔更是难得，将来于道法修行之上，前途不可限量啊。”

苍松撇撇嘴，不再言语，旁边的商正梁与曾叔常都笑了起来，而田不易瞬间仿佛整张胖脸都亮了起来，嘴里颤抖了几下，随即重重点头，略带了几分激动，道：“是，我一定不让师兄失望。”

第十七章
墨雪

躺在地上的魔教三人此刻面上都是一派灰败，面面相觑间眼中都有绝望之意。谁也想不到自家三人怎么会这么倒霉，老是遇到这一伙青云弟子，尤其是其中那个万剑一，更是让人生不出抵抗之心来，偏偏想跑都跑不掉。几次三番下来，三人看见万剑一便如见鬼一般。

青云门众人说完话之后，目光也随即落到这三人身上，虽然是苍松等四人将他们抓回来的，但如何处置显然还是要万剑一做决定。而万剑一脸色平静地走到这三人身前不远处，目光淡淡地扫了他们一眼，随后开口道：“你们三人，还有什么话要说吗？”

端木铁、百毒子相顾失色，反倒是那个昏迷过去的吸血小妖毫无动静，省去了这担惊受怕的环节。只是万剑一这话怎么听怎么像是要他们交代遗言一般，实在让人瘆得慌。

犹豫片刻后，这两人终于软了下来，端木铁喏喏道：“万、万公子，求你饶我们兄弟一命吧。”

“切！”一声冷哼，却是旁边的苍松发出，他脸色严峻，踏上一步，喝道，“这一路上你们烧杀抢掠，害死了多少无辜百姓，他们向你们求饶的时候，你们可曾饶过他们？”

百毒子与端木铁同时开口，异口同声道：“大侠，我们饶过他们的，我们就抢点东西，从不杀人。”

“胡说！”这一下，却是商正梁与曾叔常都忍不住了，齐声怒道，“青云山下那十几座被焚毁的村庄呢，那些百姓呢？”

百毒子与端木铁对视一眼，都是摇头，道：“都是别人干的啊，万公子，诸位青云门大侠，你们可曾见过我们亲手杀过一个人吗？”

苍松与商正梁、曾叔常同时哑然，回忆起来，似乎他们还真没亲眼见过这几个家伙杀人，不过以魔教的行事手段，这些家伙断然不可能手上没沾血，只是他们眼下这么强词夺理，却让青云门这边众人一时间说不出话来。

三人气得不轻，却不知如何才好，只得转头看向万剑一，万剑一淡淡一笑，正想开口的时候，忽然只听站在背后的田不易轻轻咳嗽了一声，然后走过来，先是对万剑一笑了一下，然后道：“万师兄，我觉得他们三个一定杀过人，就杀了他们吧。”

“什么！”

“喂！”

百毒子与端木铁险些从地上蹦起来，怒发冲冠地对田不易叫道：“你这厮怎的如此恶毒，岂能随意污蔑我们？”

田不易对他们两个点点头，道：“哦。”

然后又转头看着万剑一，正色道：“万师兄，他们刚才已经承认了，说是在青云山上杀了一千个人，罪大恶极，咱们还是趁早超度了他们吧。”

“一千个人……”百毒子和端木铁目瞪口呆，片刻后咬牙切齿大喊起来，纷纷叫道，“死胖子你莫要泼脏水，什么一千人，就算我们圣教仇教主那等人物，只怕手底下也没杀一千人。更何况一千人是何等之多的一个数目，难道你们青云门一半以上的门人弟子都被我们三个人给杀了吗？”

这还有天理吗！

谁知万剑一居然不看他们两人，反而望着田不易笑着点了点头，眼中颇有赞赏之色，道：“田师弟言之有理，刚才的话我也听到了。这样吧，就由你亲手过去了结了这几个罪大恶极的魔教妖人，也算是为这天地间除去一害。”

田不易肃然领命，转身抽出赤焰仙剑往那三人走去，百毒子与端木铁此刻都没什么抵抗之力，顿时面如死灰，而另一头万剑一走到一旁，同样看得目瞪口呆的苍松三人围了过来，呆了片刻，苍松低声道："师兄，这么做……好像不太好吧，是不是有些草菅人命？"

万剑一淡淡一笑，道："无妨，且看着。"苍松怔了一下，点点头默然退开一步，回头望向田不易的背影，眼中却有一道隐隐幽光掠过。

田不易手持仙剑转眼走到百毒子与端木铁身前，看着面容肃杀，而且没有半点犹豫的样子，直接举起剑刃就要插下，杀气扑面而来，百毒子长叹一声，闭目待死，忽然只听身边的端木铁哭号一声，扑倒在地，叫道："饶命啊，仙长，饶我们一命吧。我……我什么都给你们，还有，还有，你们想知道什么，都问我，我必定知无不言啊，只求留我们几条狗命就是。"

田不易手上一顿，剑居然没有马上刺下，端木铁等了片刻，发现田不易脸上竟然有犹豫之色，顿时如觅得一线生机似的，大喜过望，急忙连连恳求起来，顺带着拉了一下还没反应过来的百毒子。百毒子身子一震，连忙也开口求饶。

他们这三人出身本就平凡，不过是各自得了一点修仙机缘，有了道行后又入了魔教，各有发展，平日里最看重的就是自己的性命，此刻一旦置于险地，当真是什么脸面都可以不要。

站在田不易身后的青云门几个人，万剑一神色不变，苍松与商正梁看着这一幕纷纷摇头，面露不屑之色，倒是曾叔常"咦"了一声，道："这三个家伙，似乎还挺讲义气的嘛。到了这个时候，求饶也都说我们、我们，一起求饶的。"

苍松哼了一声，道："不过是妖人胡语罢了，有什么好在意的。"

曾叔常笑了一下，点头道："师兄说得是。"

苍松看了他一眼，脸色好看了些，缓缓颔首。

而另一边，田不易犹豫片刻后，缓缓换下手中仙剑，沉吟片刻后，道："刚才还真的忘了，我确实有事想要问你们。"

端木铁抢着道："仙长，有话你尽管问，我们兄弟一定知无不言、言无不尽，只求你大发慈悲，饶我们这一次。我们……我们真的没杀人啊。"

田不易哼了一声，微微侧身，目光却向后头的万剑一瞄了一眼。万剑一走过来，淡淡地道："我问你们，此处算是蛮荒边缘，但蛮荒深处的路径该如何行走，方能到达蛮荒圣殿？"

端木铁张口欲言，忽然怔了一下，看着万剑一等人的目光有些闪烁，愕然道："你们……要去蛮荒圣殿？"

万剑一直接转身，对田不易道："先宰了这个多嘴的家伙。"

田不易点头道："是。"说着就把手中仙剑又举了起来，作势就要往端木铁胸口刺去。

端木铁一声惨叫面色煞白，扑倒在地，同时口中急速道："我说我说，从这里一路西行过了荒漠便是蛮荒其中有戈壁沙漠绿洲森林沼泽峡谷各种地形星罗棋布难以揣测你们其他地方都不必去去了也是危险只会迷路只要先走沙漠再过绿洲路径虽然最长但一定能够到达另外路上小心砂舞迷宫绿洲除了清泉小湖两个外不可饮水还有各种凶恶妖兽……"

情急之下，人高马大的端木铁说这一大段话居然一点不停顿，噼里啪啦直接喷了出来，看样子生怕说慢了一点田不易这个死胖子就要往自己胸口插上一剑，周围众人都听得眼睛有些发直。好不容易说完了，端木铁一口气险些被自己憋死，连忙趴在地上大口大口喘息起来。

喘了半天气，发现前头没什么声响，端木铁抬头偷偷看了一眼，发现青云门几个人似乎在面面相觑，正在彼此用目光确认着什么，片刻之后，只见万剑一转头看来，咳嗽了一声，道："你再说一遍。"

待端木铁放慢了语速，一字一字将那路线说清楚之后，青云门五个人对视了一眼，万剑一微微颔首，田不易则将手中的仙剑缓缓收了起来。

端木铁与百毒子小心地看着这五个煞星，犹豫了好一会儿，百毒子才低声道："诸位仙长，我们该说的都说了，可以放我们走了吧？"

田不易没理会他，走到万剑一身旁，看了他一眼，低声道："师兄，你看这……"

万剑一略一沉吟，点了点头，不过随即又转过身来，冷然道："今日就饶了你们三条狗命，下次若再被我遇见，就是你们的死期，再无相容，听见了吗！"

这最后一声断喝如惊雷响起，将端木铁与百毒子震得身子都抖了一下，连忙点头答应不迭，刚想走，忽然又被走过来的曾叔常叫住。这货倒也奸诈，声色俱厉地命令这三人交出身上所有修道物品，包括法宝、兵刃、丹药等，一件都不许落下，端木铁等人落到了这种地步，也没有心气去争取，只得哭丧着脸将东西都拿出来放到地上，包括昏迷过去的吸血小妖身上的东西，也都被他们拿了出来。

正当他们准备走的时候，忽然万剑一又喝了一声，道："且慢！"

端木铁与百毒子这一下真是有些忍无可忍，一股热血上涌，险些就想拼命算了，只是两人一看是那白色身影，这一口刚鼓起的勇气瞬间又软了下去，只得低声下气道："什么事啊，万公子？"

万剑一也不看端木铁，只盯着百毒子，看得这厮全身不自在，连干笑都快挂不住的时候，万剑一才淡淡地道："你身上应该还有一件东西没交出来吧？"

百毒子身子一颤，道："什么？"

万剑一冷笑一声，道："在草鞋村里你偷袭我的那柄剑，少废话了，快拿出来。"

百毒子面色如土，但最后还是咬了咬牙，从身后摸出一个长方形的剑匣，丢给了万剑一。万剑一伸手接过，然后挥了挥手，像赶苍蝇似的，端木铁一手将兀自昏迷的吸血小妖夹在肋下，一手扶着身负重伤的百毒子，快步向远处走去。

谁知才走了几步，或许是时间久了，又或是被震荡了一下，那吸血小妖居然醒了过来，这厮眼睛才一睁开，便暴戾无比地嚷道："田不易，你这㞞货在哪里，老子我宰了你……"

话音未落，他的一张嘴便被两只同时伸过来的手盖得严严实实，半点声音都发不出来了，端木铁更不敢多加停留，一溜烟地跑了。

三人一路逃窜，不惜体力，不顾伤势，一口气跑出了不知道多远，眼看着身后无人追来，且已经彻底远离了那五个青云门的瘟神，这才停下脚步，大口喘息着。

片刻之后，端木铁看着另外两人，苦笑道："这次真是栽到家了，险些还去了鬼门关。你们两人如今有什么打算？"

百毒子和吸血小妖的面色都不太好看，过了片刻，吸血小妖试探着道："咱们回蛮荒？”

百毒子与端木铁同时摇头，脸上深有惧色，道：“要是回去的路上再碰到那个煞星，咱们就真死了。”

吸血小妖身子抖了一下，点点头再也不提这事。

三人商议了一阵，最后得出一个决定，事已至此，干脆大家都别回蛮荒了：一是万剑一那厮实在凶恶，避之则吉；另一个便是三人被青云门那几个奸诈的家伙剥光了财产，就算回到蛮荒也实力大减，平白被人看不起。万一起了争端打斗，只怕莫名其妙地做了炮灰也说不定。

商议到最后，端木铁、百毒子和吸血小妖便在这蛮荒边境的荒漠之中分手，也不再回蛮荒，各自修炼去了，只等将来道行有成，大家再聚到一起，一块儿去找那可恶的万剑一报仇雪恨！当然了，这誓言三人心中各自有几分信心，也是另说，但是话总要说满一些，大家心里才会好过。于是各自怒意满满赌咒发誓，有朝一日定要将万剑一斩于刃下，杀上青云捣毁玉清殿，方能一泄心头之恨！

由此，荒漠之中黄沙飞舞里，三个魔教妖人身影萧索，分道扬镳。等到他们再见面，便是多年以后的事情了。

石林之中，看着那魔教三人落荒而逃，苍松皱了皱眉，对万剑一道：“师兄，就这样放他们走了，会不会有些不妥？”

万剑一摆了摆手，微笑道：“不过是些宵小之辈，何足挂齿，不理会他们就是了。”

苍松点了点头，看起来对万剑一所说的话一向十分信服，便也不把此事放在心上了。接下来，青云门众人各自整理行装，包括对地上那三人留下的东西也瓜分了，没用的、恶心的、有毒的，都就地挖个坑埋了。

万剑一单独走到一旁，打开了手中那只剑匣。从外表看起来，这剑匣似乎并不太长，至少不能装下斩龙剑这等尺寸的神兵仙剑。当他打开匣盖之后，突然间一股凌厉中带着几分清寒的剑气从匣里扑面而起，一柄剑刃清亮如雪的短剑便展露在万剑一的面前。

哪怕以万剑一的眼光，也忍不住眉头一扬，赞了一句："好剑！"

目光扫过，只见这柄短剑的剑刃之上，刻着"墨雪"二字，整把剑看起来剑气凛然，不怒而威，竟是一柄极上等的仙宝灵剑。

万剑一平生最喜名剑，一身道行也多在剑道之上，看了心中也有几分欢喜，只是这剑刃偏短，不太适合他的剑术，看起来似乎有几分像女子或刺客所用的兵刃。而这剑名墨雪，似乎也颇有意境，万剑一端详一阵后，沉吟片刻，便合上剑匣随手收了起来。

此时其他四人也已经收拾妥当，纷纷走了过来，苍松对万剑一道："师兄，咱们这便继续往蛮荒去？"

万剑一微微一笑，道："走吧。"

说着，转身大步当先走去，白衣飘飘，走入那荒漠深处，而苍松、田不易等人也紧随其后，迎着漫天风沙向前走去。

第十八章

隐忧

青云山，通天峰。

通天峰前山有诸多气势雄伟的殿堂楼阁，也有很多风景秀丽的奇丽景色，著名的青云六景中，便有三处在这里，分别是虹桥、云海和翠坪。平日里也十分热闹，常有门内弟子走动修炼，再加上一门重心的玉清大殿也在那前山绝顶之上，更添了几分庄严。

相比之下，通天峰后山便显得安静许多，放眼望去，到处都是苍松翠柏，古木参天，除了从林中深处偶尔传来几声清脆的鸟鸣之外，淡淡雾气飘浮中，几乎再也没有什么声息。这里平日便少有人来，一条山道蜿蜒向前，直入林海深处，不知通向哪里，愈发显得幽远神秘起来。

这一日午时前后，日头高悬，道玄在玉清大殿中处理好了手头诸多事务后，又对身边人交代了几句，便悄然而去，随后出现在通天峰后山的山道上。一路走入林中，他的神情看起来肃穆甚至带着几分冷峻，在他眼底，隐隐还有一丝忧虑之色。

深入林中走了一会儿，道玄便看到前方的山路忽然分为两道，路边竖立着一块石碑，对旁人来说或许有些迟疑，但他显然对这附近的地形早已了然于胸，都没有多看那石碑一眼，便直接拐了个弯，向右手处那条道路走去。留下在他身后默然伫立的指向另一条山道方向的那块石碑上，隐隐可以看到幻月洞府的字迹。

这条路通往的是青云门另一处重地——祖师祠堂，这座供奉着历代青云门前辈祖师灵位的大殿，掩映在松柏林间，飞檐大柱，庄严厚重，渐渐出现在他眼前。

大殿之前的一片青石空地上，落了许多枯叶松针，空气中带着一丝清新的林木芬芳，而在前方几道台阶上，正对着道玄的便是祖师祠堂大殿的大门。虽然此刻是正午时分，但祖师祠堂里仍然显得很昏暗，布幔重重，寂静无声，只有几点烛火在那片阴暗中无声无息地燃烧着，散发出一些光亮。

道玄走了过去，在门口停下脚步，目光扫过大殿里，却没有看到人影。他皱了皱眉，迟疑了片刻后便开口朗声道："师父，弟子道玄来了。"

祖师祠堂里并没有什么动静，也没有人给他回应，只有那微弱的烛火突然摇曳了几下，似乎受到了一点惊吓，但很快也恢复了正常。道玄等了一会儿，见里头没有反应，便又叫了一声，过了一会儿，从祖师祠堂的某个黑暗深处，突然传来天成子的声音，似乎带着一丝疲倦与淡漠，道："何事？"

道玄不敢怠慢，俯身行礼，随后恭谨地道："师父，弟子是来请您回玉清大殿的。"

天成子道："这几日你来过数次，我不是都跟你说清楚了吗，我重伤之后道心紊乱，前山太过嘈杂，需要在此静养。"

道玄眼中忧色更重，垂首道："师父，青云一门兴衰系于您一人身上，弟子声望才识皆有不足，这些日子代行掌门之职，实已不堪重负，再这样下去只怕有负师父重托。弟子名望事小，但若误了青云一门，便百死莫赎了。恳请师父回山重掌大局，为我青云一门做主。"

天成子沉默了片刻，缓缓道："可是有人对你处置大小事宜有所不满？"

道玄怔了一下，摇头道："这倒是没有，只是……"

天成子打断了他的话，道："既然如此，你有什么好担心的，不必再说了，我不会回去的。"

道玄哑然，看着眼前这昏暗的大殿，那重重布幔后点点烛火间，一排排一列列庄严肃穆的灵牌灵位，都像是威严无比的巨人，冷冷地看着他这个渺小的人。他的嘴唇微微颤抖了几下，眼底掠过一丝极深却又无奈的焦虑之色，还想再试着开口说些什么，忽然只听大殿深处传来一阵剧烈的喘息声，片刻之后，像是有什么东西突然掉在了地上，发出一声清脆的回响。

“叮……”

一个黑色的小东西骨碌骨碌从那片阴影中某处滚了出来，在地上滴溜溜转了一个大圈，又震动了几下后，才静止下来，停在了祖师祠堂的地面上。

道玄目光望去，只见那地上的东西像是一个圆形的小铁盖，黑黝黝的，也不见有什么奇异之处，停在那边也是黯淡无光。

正在这个时候，天成子的声音忽然又传了过来，语气也变得有些冷漠，道：“你还在那边做什么？”

道玄面色微变，咬了咬牙，不敢再多说什么，低头退了下去。当他走下石阶回头后，忍不住还是回头看了一眼，只见那座肃穆沉重的殿堂仿佛再度陷入一片寂静之中，而自始至终他都没有看到恩师的身影，此刻仿佛也隐匿在那片黑暗里，越发模糊起来。

万剑一等五人在荒漠中又走了几日，只觉得前方气候越来越干燥，地面上的黄土戈壁也逐渐开始完全向沙漠转化，看起来应该是接近蛮荒的入口了。西北蛮荒乃是天下著名的险域凶地，传说中也是魔教发源的地方，自古以来传说有无数凶险横亘在蛮荒之中，外人几乎从来不能深入其中。

这一日，万剑一等人忽然发现前方有大片人影，看过去都是魔教中人。五个人都吃了一惊，因为这一路上所看到的魔教余孽明显军心涣散，以小股流窜的居多，鲜少有看到这样大群集结的。而看那位置似乎又正是在进入蛮荒沙漠的入口边缘处，似乎又平添了几分微妙。

在这片边缘地带，几乎已经没有山脉，树林草丛更不会有，倒是细沙堆垒的沙丘开始出现。万剑一等人便找了一处沙丘，远远地望向那边，看了一会儿，万剑一开口道：“看那边的情况，有点像是魔教中鬼王宗的人马。”

趴在他身边的苍松望了一会儿，隐隐听到鬼王宗内竟似传出来一些哭号之声，便轻声对万剑一道：“万师兄，你有没有发现，那里面的人一片忙乱，好像出了什么事。”

“嗯。”万剑一微微颔首，不过沉吟片刻后，还是断然道，“算了，咱们不要多管闲事，正事要紧，走吧。”

其余诸人自无异议，于是五个人悄无声息地下了这座沙丘，直接绕了一个大弯避过了这边匆忙混乱的鬼王宗队伍，继续向前进发，没过多久，便觉得身外的气温开始升高，烈日当空，黄沙漫漫，已是置身于蛮荒沙漠之中。

一望无垠的沙漠看上去仿佛连绵直到天边，大大小小数不清的沙丘散落在沙漠中，大风吹过，便有一片风沙铺天盖地地掠过。

与此同时，当青云门五人踏出了勇敢的一步，直入神秘莫测的蛮荒时，在蛮荒边境上的鬼王宗人马则是一片愁云惨淡，人人哀号哭泣，白幡竖起，小万披麻戴孝，跪倒在正中一座帐篷前，正号啕大哭。

昨夜二更时分，在圣教中德高望重威名远扬的鬼王重伤难愈，终于溘然长逝。

鬼王宗上下如丧考妣，立刻停下行进步伐，原本代理宗主之位的鬼王亲传弟子万人往，更是感念师恩痛不欲生，在恩师遗体前几度哭得晕死过去，不能理事。鬼王宗上下一片混乱，人人自危，很快惊动了附近的圣教同门，一些有身份地位的人纷纷赶来悼念。

魔教四大圣使很快也来到了鬼王宗营地之中，青龙先去灵位前上了香，又过来掀开盖在鬼王脸上的白布，最后看了一眼鬼王的遗容，随即长叹一声，神色萧索，道：“英雄故去，圣教衰微啊。”

说罢，他转头向旁边看了一眼，只见小万一身麻衣跪倒在灵前，只数日不见，整个人看起来就像是瘦了一圈，眼窝深陷，精气神仿佛瞬间耗尽一般。青龙摇了摇头，向他走了过去。

而在青龙身后，其他三位圣使也一起上前敬香行礼，不过比起青龙，除了一身黑衣还有黑巾蒙面的朱雀看不清脸色变化外，白虎和玄武脸上的神情似乎都有几分微妙，当然不可能是高兴欢喜，但似乎也没见多少哀伤，两人在看过鬼王的遗容后，对视了一眼，缓缓走到一旁僻静处，过不多时，朱雀也走了过来。

看着周围暂时无人，玄武忽然用只有白虎、朱雀两人听得到的声音，轻声道：“我早年曾经干过一些见不到光的勾当，这些事你们知道吧？”

白虎看了他一眼，道："是，怎么了？"

玄武笑了一下，脸色并没有太多变化，只是声音又放轻了一些，道："鬼王宗主那面相，有人处置过了。"

白虎和朱雀同时转头向他看去，玄武耸了耸肩，却没有再说什么。过了片刻，白虎皱眉道："你什么意思？"

玄武淡淡地道："我猜咱们这位前辈宗主，只怕并非是昨晚二更才过世的。"

白虎身子一震，面露愕然之色，随即猛地回头向鬼王宗主的遗体看了一眼，身子忍不住向前踏出一步。就在这时，忽然从他身后传来一道清冽的声音，传入他的耳中，道："站住。"

白虎回头看去，正是朱雀开口说的这话。他皱了皱眉刚想开口说话，便听朱雀冷然道："你莫多事。"

白虎面上露出一丝愤怒之色，回头向玄武看去，却发现玄武也对他苦笑一声，微微摇头，道："四妹说得没错。"

白虎怔了半晌，忽地哼了一声，转过身子一言不发地大步走出这间帐篷，转眼不知去了何处。

另一头，青龙正在安慰小万，拍了拍他的肩膀，轻声道："节哀顺变吧。"

小万面容哀伤，哽咽着点头答应。

青龙叹了口气，道："如今圣教上下百废待兴，鬼王宗乃是圣教支柱，如今还需你一力承担重任啊。"

小万道："是。"

青龙道："接下来当然是要置办丧事，然后你准备如何？"

小万面露痛心之色，道："都是我无能，一不能救恩师性命，二不能统御本宗子弟，这几日宗门里走失的人已然过半，我真是愧对先师啊。"

青龙面色登时凝重了几分，盯着小万看了一会儿，道："竟有此事？"

小万长叹一声，随即从怀中拿出一封书信递给青龙，道："此乃师父生前亲手所书，明言一生流浪，死后无论如何也要魂归故土，让我将他的遗骸返葬于中土狐岐山下。"

青龙默默看完这封书信，然后还给小万，点了点头道："既是宗主遗命，那也没办法了，只是辛苦你了。"

小万咬牙道："恩师遗命，我拼了命也要为他完成，待我将一应事情做完之后，立时便带领宗门人马返回蛮荒圣殿，到时还请尊使照顾。"

青龙点点头，道："那是自然。"

说着又安慰了小万几句，便走了出来。一看帐篷门外站着玄武和朱雀二人，却不见白虎，忍不住皱眉道："老三呢？"

玄武道："刚才心里有些不太痛快，自己跑掉了。"

青龙摇摇头，却也不去问白虎到底为了什么不痛快，只是带着两人走出了鬼王宗的营地。一路上看他神色凝重，朱雀沉默不语，玄武在沉默多时后，突然对青龙开口道："老大，那鬼王宗有点古怪啊。"

青龙默默地点了点头，玄武哼了一声，道："他们可是想用诈，不想回蛮荒圣殿吗？"

青龙淡淡地道："那也不算什么，接下来圣殿之中必然会有风雨波折，他们选择置身事外，也可以理解。"

玄武面上露出几分萧索之色，冷笑道："不过是明哲保身罢了，就他们这样子，还妄想日后休养生息再招揽我们四人吗？"

青龙沉吟片刻，道："老三，说实话，教主过世之后，我们若想投靠教中势力的话，我确实觉得鬼王宗是最好的去处。"

玄武一怔，似乎想开口说些什么反驳的话，可是话到嘴边又像是无言以对，过了半晌，喃喃道："这圣教中……好像还真的没什么能上台面的人了，教主仙逝，更无明主，日后还有什么希望？"

青龙与朱雀都向他看去，见他神情有些不对，青龙皱眉道："老三，你怎么了？"

玄武怔怔出神，过了一会儿忽然对青龙与朱雀拱手拜道："老大，四妹，我……我实在是不想再撑下去了。日后圣教如何，我也不想再管，也不愿再回蛮荒圣殿，今日就此别过吧。"

朱雀往前踏了一步，胸口起伏，似乎有些激动，道："你这是要干什么？"

玄武默然片刻，望向青龙，道："我早就想去南方十万大山里看看，据说那里民风诡异，与中土截然不同，甚至还残留有上古巫族的遗迹。你们知道的，我对这些向来喜好，便趁着这机会，去探寻一番吧。"

青龙盯着他半晌，目光最初十分严厉，但渐渐缓和下来，最后只化作一声无言的叹息，挥了挥手，神色疲惫。

玄武对他深深一躬，起身后又对朱雀笑了一下，然后一言不发地直接转身掠去，身形飞快，转眼间就消失在远处的荒漠中。

"大哥！"朱雀回头看着青龙，忍不住叫了一声。

青龙淡淡地道："人各有志，算了。"

朱雀默然，黑巾微微起伏，似乎呼吸都有些急促起来，过了片刻，她低声道："那我也走了，过些日子，在圣殿中见面吧。"

青龙点头道："好，你自己一路小心。"

朱雀应了一声，同样转身走去，只不过她所去的方向却是和玄武正相反，乃是往蛮荒深处而行。

转眼之间，青龙身边便空无一人，显得颇有些寂寥，他似乎也感觉到了几分，抬头看了看天色，轻叹一声，随后负手行去。在他身后的鬼王宗营地，过了一会儿走出数人，其中为首的便是小万，在他身边还站着那个神秘的黑衣人鬼先生。

望着青龙远去的身影，小万默然不语，鬼先生则低声道："宗主，你不跟他多说几句？"

小万摇头道："此刻多言无益，日后有机会再说吧。"

鬼先生点了点头，回头向营地中看了一眼，道："那里面的丧事？"

小万深吸了一口气，道："师父对我恩重如山，我岂能忘恩负义。传我之令，大办三日，务求风光，然后我再携带恩师的遗骸前往狐岐山。"

第十九章

臭味

蛮荒沙漠之中看上去犹如一片荒凉无比的死海，到处都是烈日黄沙，不要说树了，便是连一根枯草都找不到，普通人到了这里，根本无法生存下去。但是对于万剑一等五个青云门弟子来说，他们所修炼的道行当然足以应付这里恶劣的气候，但千百年来能够阻挡住正道潜入的这片沙漠当然不会这么简单。

蛮荒沙漠里，其实并不太平。

看似一片死寂的沙海中，其实有为数不少的凶兽潜伏在黄沙之下，诸如沙蝎、地龙、赤蟒等蛮荒沙漠里特有的凶兽，万剑一等人进入蛮荒后便接连遇到了好几次，总算他们道行不凡、修为精深，加之万剑一又机警果断，所以才一一渡过难关。算下来倒是没有什么太大的损伤，最倒霉的大概就是商正梁与曾叔常二人，前者被一只沙蝎的毒刺蜇了一下，服下青云门独门解毒灵丹后，半条手臂还是肿了一天；至于曾叔常就更晦气了，五人走在沙漠里突然被一只罕见的巨型地龙——实际上就是一条庞大无比的沙虫袭击，那一场战斗中万剑一大发神威，斩龙剑一记“斩鬼神”可谓惊天动地，直接将那凶兽斩成了两段。但是，战斗中曾叔常好死不死地正好在那地龙身下，只听“哗”的一声，他全身都被如潮水般黏稠深绿的怪异液体淹没……

“哪里有水啊……”一阵带着绝望的哀号声回响在沙丘上，五个正向前行走的青云门弟子中，走在最后的曾叔常已经将这句话说了无数次。

沙漠里当然是没有水的，五个人身上确实带着清水，但一来那是喝的，二来就算都给曾叔常，也不够他痛痛快快地洗一次澡。所以顺理成章地，其他四个人都神态自若地无视那个倒霉的家伙。

阳光之下，可以看到其他四个人大体上衣衫整齐，只有走在最后边的曾叔常身上花花绿绿一片，看起来惨不忍睹。他每走几步，就要下意识地拉扯一下自己身上的衣服，一脸绝望痛苦的样子，徒劳地尝试着想把身上那些诡异的颜色搞掉，当然了，此刻他身上黏乎乎的液体倒是基本不见了，因为这一路上虽然没有清水可以洗澡，但在万剑一等人的建议下，曾叔常已经在这片灼热的黄沙堆里滚来滚去十几次了，嗯，可以美其名曰“沙浴”！

被一大堆毒虫体液淹没的滋味绝对是一种令人毛骨悚然的感觉，至少眼下看上去曾叔常的脸色都是绿的，只是不知道到底是那些残留的颜色还是他被恶心成这样了。不过万幸的是，虽然那地龙十分凶恶，但体液中基本没有毒性，只是够恶心而已，而且除此之外，这绿色体液还有一种异乎寻常的恶臭，让曾叔常自己都有些受不了了。

又走了一会儿，看着越过眼下这座沙丘，前方还有无数沙丘等着他们，青云门众人倒是都没有太多惊讶之色，依然平静地走着。曾叔常有些忍耐不住，往前加快脚步走到田不易身边，道：“不易，你……”

“哎呀，万师兄，小弟有件事向你请教一下啊！”

曾叔常话音未落，一股臭气已然弥漫在周边的空气里，只见田不易突然开口向前方的万剑一喊了一声，然后快步走到万剑一身旁，诚恳地道：“万师兄，小弟在大竹峰修炼多年，仰慕你大名许久了。近日我在太极玄清道上遇到一些不解之处，能否请师兄为我解惑？”

万剑一洒脱一笑，道：“大家都是同门师兄弟，有什么好客气的，你问吧。”

田不易大喜，连忙点头称谢。在他身后，曾叔常瞪了这矮胖子一眼，想了想又转身看向商正梁，还未开口说话，忽然见商正梁身子一震，大步走向前方，一溜烟站到万剑一身旁，道：“万师兄，我也和田师弟一样，仰慕你好久了。我也有几个修炼上的疑惑之处，正好也来请教一番，还请师兄教我。”

万剑一莞尔，摇摇头哈哈一笑，继续向前走去，同时口中道：“你们啊，算了，边走边说好了。”

田不易与商正梁都是面色如常，紧紧跟上。

曾叔常大怒，恨恨地骂了这两个家伙一句，随即将眼光看向最后一个还在附近的苍松，只见苍松脸色平静，眼中露出几分不屑之色，先是扫了田不易与曾叔常二人一眼，随即回过头来看着曾叔常，叹道：“可笑，些许恶臭便能看出一人心性喜好，何其肤浅，何其粗鄙。如此道心，焉能修成我青云门绝世道法？”

曾叔常眼眶一热，如见知己，连连点头，走近苍松，大声道：“苍松师兄，你说得太对了。其实我是想问一下，这附近可有绿……”

话音未落，忽只见苍松脸色微变，凝视曾叔常片刻，突然一拍手，“嗖”的一声掠到前方万剑一等三人身边，正色大声道：“万师兄，我仰慕你很久了……”

曾叔常：“……”

万剑一回头笑道：“苍松啊，你怎么也跟他们一样，明明认识我很多年了好不好？”

苍松干咳一声，道：“师兄，时间越长，我便越觉得你高不可攀，敬仰之心只有越来越厚。”

一旁的田不易与商正梁登时看直了眼睛，然后对视一眼，都看出对方心里的震惊和想法：“我去，这等马屁为何我们都拍不出来！”

这边四人正说笑，忽然只听背后传来一声呼号，声音凄厉带着几分坚决气势，众人愕然回头，便见曾叔常猛地扑了过来，一下子蹿到万剑一身旁，顿时除了万剑一以外其他三人纷纷掩鼻，只见曾叔常虎目含泪，情怀激荡似不能自已，一把抓住万剑一的手臂，哽咽道：

“万师兄，我……我也仰慕你啊！”

这一路折腾打闹，你追我赶地赶路，倒是让人不太觉得疲累，中间又遇到过几次沙漠里特有的怪兽，但都一一顺利应付过去，倒是有几次他们附近的沙漠中有魔教余孽路过，万剑一等人不欲生事，往往躲避让开，哪怕是看到孤身行路的人，也不会上前打扰。

如此一路走到了下午接近黄昏的时候，眼看日头西斜，五人眼前景物忽然一变，前方沙漠中竟竖起一道高墙，高五六丈，横亘跨度更是极长。等他们走到近前，才发现这堵高墙竟然全是由黄沙堆成。

众所周知，沙漠中的沙子细小干燥，最常见的就是堆成沙丘，大部分也是松软无比，所以这一下众人都有些吃惊，完全没想到沙子竟然能够堆出高墙这样的形状。

万剑一神色有些严肃起来，打量了一下这堵高墙，忽然目光一凝，沉声道：“你们过来看，这墙上的沙子，好像是流动的。”

这一声顿时让其他四人吃了一惊，纷纷赶了过来，仔细查看，果然看见这堵沙墙上所有的沙子居然真的在缓缓流动，而且所有的沙子都是从上往下流淌，但奇怪的是，这堵沙墙本身的大小几乎完全没有变化，似乎只是一部分沙子流到另一个地方，而源头处还有无穷无尽的沙子同时补充过来。

这当然是众人闻所未闻的奇诡一幕，一时间都说不出话来，只剩下惊叹，万剑一沉吟片刻后，道：“再找找看。”

五人便向这堵沙墙旁边走去，结果没过多久，忽然便传来几声呼喊：

“这里还有一堵墙。”

“这边，这边也有。”

“这里还有一座，啊，好多沙墙……”

在青云门五人的面前，赫然出现了一大片纵横交错的沙墙，所有的墙体都一模一样，而且无一例外，墙上的沙子都在不停流动，并在他们面前勾勒出无数条路径通道，看起来就像一个巨大无比的迷宫。

“砂舞迷宫！”万剑一沉声说道。

苍松四人对望一眼，都缓缓点头，看起来如此异象的地方，显然就是之前从那个魔教妖人端木铁口中知道的沙漠中最有名的凶险之地了。日光之下，无数细沙就在他们身边流淌着，却偏偏不发出任何声音，那些沙墙虽然从远处看并不怎么改变，但一旦站在沙墙旁边，就会让人油然生出一种诡异的感觉，那就是这些沙子……这些沙墙，好像在不停地动，就好像有生命的一般。

一时间，五个人都没有说话，置身在这诡异的地方，实在让人有些紧张。过了片刻后，万剑一沉声道："我们先退出去，看看能不能绕过这里，实在不行的话，御剑上天飞过去。"

众人点头称是，刚想退出，然而就在这时，异变陡生，只听从远处那片沙墙深处突然传来一声闷响，如巨鼓擂动，让人的心脏都跟着猛颤了一下。

万剑一忽然脸上变色，喝道："小心，退……"

话音未落，突然间，附近所有沙墙全部发出震天般的轰鸣声，流沙的速度瞬间快了百倍，所有的墙体一下子像是化作妖魔的手臂，疯狂地在天空挥舞交错，不知道多少道流沙猛烈冲来。

万剑一等人各自飞起躲避，一下子被这无数沙流冲散，不等他们惊呼出声，便见诡异之事再度迸发，那无数沙墙在剧烈奔腾的流沙涌动下，一下子改变了形状、方向、高矮，原本竖的变成横的，横的变为斜的，斜的又变成交叉等各种形态，等于在一瞬间，砂舞迷宫里的所有道路全部变了样子。

横冲直撞的沙流像是突然无处不在的偷袭兵刃，一下子从四面八方向青云门五人发起了眼花缭乱的攻击，这一下仓促迎战，五个人都是下意识地躲避，不知不觉中便被分开，哪怕中间有几声怒吼，包括最先警觉的万剑一想回头去找几位师弟，但很快又被那些沙流拖住。

这诡异的变化大概持续了一盏茶时间，所有的沙子忽然缓慢下来，在半空中激射的沙流全部落回地面，然后周围那些沙墙又恢复了平静。

万剑一从半空中缓缓落回地面，面带警惕地看了看周围，只见周围一片陌生路径，但四个师弟已然不见，显然是刚才被重新生成的沙墙隔开了。

这砂舞迷宫实在有些诡异，刚才若是道行差一点的人过来此处，只怕不小心就真的会被那沙流杀死，而若是不会御剑的修士，只怕要深陷在这片迷宫里了。每隔一段时间就会全部变化的迷宫路径，怎么可能走得出去?

万剑一深吸了一口气，抽出斩龙剑御剑飞起，缓缓飞到附近的沙墙之上，忽地瞳孔微缩，却是望见自己此刻竟然置身在这片砂舞迷宫的中心处，四面八方都有无数高大的沙墙密密麻麻地排列在沙漠中，漫延向远方。

仿佛刚才那次变化之后，砂舞迷宫的面积增大了数倍。

这又是一个令人难以揣测理解的诡异现象，万剑一等了片刻，忽地伸手在斩龙剑刃上轻轻一弹。只听“铮”的一声锐响，清脆的剑鸣声立刻震荡而出，回响在这片砂舞迷宫中。

没过多久，前方百丈开外的一堵沙墙背后，一个身影同样御剑而起，正是商正梁。他在半空中略一张望，便看到万剑一在半空中，顿时大喜，连忙御剑赶了过来，叫道：“万师兄。”

万剑一点了点头，道：“你没事吧？”

商正梁道：“还好，躲了过去，只是刚才那情形当真是诡异。”

“是啊。”万剑一皱眉道，说着目光又向周围眺望，两人在这边又等了片刻，很快又有两道剑芒升起，却是苍松和田不易赶了过来。刚才那一幕十分惊险，但此刻看他们四人，身上却几乎没有挂彩受伤，可见青云门下的弟子在道行修炼上的根基十分扎实。

只是接下来，四个人左等右等，却一直没有等到曾叔常的出现。

这一下让众人脸色顿时凝重起来，中间万剑一还怕曾叔常没听到剑鸣召唤，又弹了一次，但曾叔常仍没有回应，更没有出现的迹象。

田不易有些沉不住气，面上露出担忧之色，低声道：“这家伙该不会这么倒霉吧？”

没有人接他的话，哪怕是万剑一此刻也是眉头深锁，从刚才各人出现的位置来看，之前那一幕如同沙暴的混乱非但改变了砂舞迷宫的沙墙通道，更可以将人分离出几百丈远，这么一大片范围又有沙墙阻挡视线，若是曾叔常出了什么事或是干脆昏迷的话，他们还真的很难找到他。

只是五人同行至此，万剑一当然不可能这么容易放弃一个师弟。沉吟片刻后，他直接下令道：“分头找。我们四人各找一个方向，并且都御剑飞在空中，不许落下进入迷宫，一条条路径和沙墙前后都看过去，一旦有发现就大声叫人。”

“是。”其他三人都面容肃然答应下来，随即各自约定方向，纷纷向周围飞去，一点点扩大搜索面积，仔细寻觅曾叔常的下落。

只是那曾叔常也不知道遭遇了什么，好像突然在砂舞迷宫中失踪了一样，过了好长时间，眼看日头快要落山，天色渐渐暗下来，还是没有找到他的踪迹。青云门几个人都有些心急，若是到了晚上一片漆黑的话，就更难找到他了。

万剑一剑眉紧皱，驾驭斩龙剑缓缓飞过一堵堵沙墙，面色凝重，正急切时候，突然在这片砂舞迷宫的某个地方，一道黄色剑芒陡然冲天而起，紧接着一道黑影掠过又落下，片刻后又传来一阵愤怒的呼啸声。

青云门四人同时转身向那呼喊声处望去，那声音不是曾叔常又是谁？

众人都精神一振，随即纷纷御剑冲过去，看样子，曾叔常像是遇到了敌手，正在激烈地厮杀着。万剑一白衣飘飘，速度比谁都快，直如电芒破空而来，瞬间冲至剑气冲起的那个地方，便望见地下一道沙墙边上，曾叔常口喷鲜血倒飞而出，撞在一堵墙边又掉了下来，而在他身前不远处，站立着一个黑衣女子，赫然是朱雀。

只是此刻朱雀的行为也有些古怪，她居然没有立刻冲上去一剑杀死曾叔常，反而猛地身子一颤，将击飞曾叔常的那只手掌如烫火一般收了回来，拿到脸前摆了摆，片刻后尖叫一声：“好臭！”

第二十章

带路

万剑一等人从空中落到地上，一个个神情古怪，虽然看着朱雀这黑衣女子都是严阵以待，毕竟对方也是魔教高手，但还是面色古怪，似乎总有种想笑又不敢笑出来的感觉。曾叔常却倒在那边地上呸了一声，道："臭死你，妖女！"

朱雀黑纱蒙面，旁人自然看不到此刻她的神情变化，但显然这个年轻女子正处于十分恼火的状态，不断地拼命摆手，同时一双明亮的眼眸中毫不掩饰地流露出厌恶之色，看着曾叔常就像看到一只臭不可闻的野狗一般。

"你到底是不是人啊，怎么可以这么臭？"

曾叔常大怒，跳了起来，也顾不得自己身上的伤势，指着朱雀骂道："你骂谁呢？你才不是人！"

朱雀冷哼一声，忽然像是想到了什么，有些狐疑地看了曾叔常一眼，道："听说中土一些久远门派中，经常会有些奇奇怪怪乱七八糟的功法，难道你修炼了什么会发臭气的奇功吗？"

说着，也不等曾叔常分辩或是反驳，自己先摇了摇头，冷哼了一声，道："真恶心啊，难道你练的是放屁功？"

曾叔常被她气得面无人色，险些一口血吐出来，随手抓起一把沙子丢过去接着冲了上去，不过朱雀虽然听声音年轻，道法神通却着实不低，两人再次交手，朱雀很快又占了上风。只不过这一次比起之前却有些不同，朱雀显然对曾叔常身上的恶臭极为厌恶，半点不想靠近，哪怕是自己的手掌沾上半点都不愿意，所以打着打着，居然是曾叔常有些肆无忌惮起来。

只不过这情景落在旁边诸人眼中，便显得有些不堪入目了，几个人都是摇头。万剑一看了一会儿，便上前开口道：“曾师弟，你回来。”

曾叔常一个发力挟带恶臭攻击逼退朱雀，然后向后退至万剑一身旁，旁边的田不易与商正梁接住他，检视一番后对万剑一摇摇头，示意曾叔常伤势无碍，万剑一这才松了一口气，转身面对朱雀。

面对万剑一，朱雀明显谨慎了许多，似乎知道眼前这个人与其他人有所不同，眼中露出几分忌惮之色。

自古正邪不两立，青云门和魔教更是早已结下血海深仇，所以万剑一也并没有与朱雀攀谈的意思，更没有开口询问什么“为何打伤我师弟”这等蠢话，中土正派和魔教妖人碰到一起，打伤打死都是正常，勾肩搭背谈笑风生那才是怪异的事。

他剑眉微扬，手臂舒缓，一道碧绿色的光芒便从他手边亮了起来，正是斩龙剑缓缓出鞘，而与此同时，一股嗡嗡之声如虫鸣风啸，也从斩龙剑上泛起传开，似乎这柄名剑也有几分激动兴奋之意。

剑未出鞘，剑芒已生，碧绿的光辉绽放出来，一道道锐利无比的气息向周围激散开去。朱雀脸上黑纱轻动，眼中露出几分惊愕之色，望着万剑一更增戒备。片刻之后，她忽然发出一声清啸，身子倒退，竟转眼间没入了砂舞迷宫深处的沙墙后，身形迅速，竟是要离开。

万剑一没想到朱雀居然不战而退，一时间也怔了一下，向前追了几步，但随即回头看着几位师弟，沉吟片刻后还是走了回来。

苍松、田不易等迎了上来，苍松道：“师兄，你为何不去追她？”

万剑一道：“这砂舞迷宫十分诡异，又是魔教的地盘，说不定有什么古怪。我们虽然不怕她，但也没必要招惹什么麻烦。她说什么便由得她去说好了，我们来这里又不是为了和她置气，且先赶路，通过这一片砂舞迷宫再说。”

田不易等人都点头答应，苍松看起来有些迟疑，不过平日里他向来最敬重的便是这位万师兄，所以最后还是跟着万剑一一起前进。

这片砂舞迷宫占地极广，一眼望去竟像是看不到尽头。万剑一等人一开始为了尽快通过这里，都祭出法宝御空飞行，想要从天上跨越过去。

哪怕你迷宫中有再多机关凶险，我从你上空掠过，你总没用了吧？

谁知这片蛮荒沙漠确实有古怪，五个人飞行了好一会儿，居然一直没有飞出砂舞迷宫的范围，并且在数次确认之后，五个人震惊地发现，自己飞行的轨迹似乎只是在半空中不停地打圈子。

这当然不是个好消息，所以在察觉到有些不对后，万剑一当机立断叫停了几个师弟，五个人一合计，最后还是落到地上，开始在迷宫中行走找寻出路。之所以会有这样的决定，其实有很大一部分原因还是朱雀，那个魔教妖女似乎一直没有飞上天空，一直在迷宫里走。

脚踏实地又走了一阵，青云门诸人都感觉到有些不同，虽然砂舞迷宫里大多数地方看上去都是类似的沙墙，但仍然有迹可循，再加上这五人都是青云门这等历史悠久的名门大派中最出色的年轻弟子，并不只在功法修炼上出众，对其他门道也有涉及，特别是万剑一和苍松，对此都有不凡造诣。

所以一个时辰之后，几个人便差不多摸清了这里的一些奥秘，行进中不再或者少一些拐进弯路死路，前行的速度登时快了许多。行走间，苍松开口道："这应该是天然形成的一处迷宫，暂时没看出魔教在这里面动过什么手脚。"

商正梁看着周围那些奇异的沙墙，赞叹道："天地之大，真是无奇不有。"

田不易也道："真不知道是如何形成这些沙墙迷宫的，若非是被魔教妖人占据，真担得起鬼斧神工几个字。"

这时，走在最前面的万剑一看了看周围，却微微皱眉，摇头道："这砂舞迷宫怕没那么简单。"

田不易等人都怔了一下，道："万师兄，此话怎讲？"

万剑一刚要说话，忽然间脸色一变，手掌猛地往下一拍，掌风凌厉，甚至发出了一声尖利短促的啸声。地面黄沙顿时散开，旁边诸人吃了一惊，刚想询问，陡然看见在万剑一脚下不远处，一只小头宽身的古怪虫子从沙子堆里钻了出来。

这只古怪凶恶的虫子挥舞着两根锋利如锯齿般的獠牙，猛扑向万剑一的脚掌，似乎想要一口咬断，但万剑一似乎已经提前预见了这般伎俩，身子腾空而起，随之一股掌风击下，风声凌厉，一下子将这只丑陋的虫子打成肉泥。

他不等身子落地，已然回身对后头几个师弟大声喝道：“小心脚下！”

苍松、田不易等人都大吃一惊，几乎同时，砂舞迷宫里突然响起了一阵古怪的声响，沙沙声如洪水波涛蜂拥而至，片刻间，附近的沙子里都蠕动起来，随即钻出无数类似的虫子，向着这五个人扑去。

有了万剑一的提醒，苍松、田不易等人都严加戒备，这时纷纷出手，剑芒亮起，护住全身的同时也向四周的虫潮劈去。这些怪虫虽然凶恶，但在仙家法宝的强大威力下，很快便死掉一大片。然而，在这片砂舞迷宫里不知藏着多少这种怪虫，虽然看过去五个人暂时占了上风，但怪虫越聚越多，到了最后，非但地面上到处都是虫子，连周围高大的沙墙上也开始钻出虫子，恶狠狠地向五个人攻击。

饶是万剑一等人道法精熟，一时间也被这些蜂拥而至的怪虫搞得有些狼狈，颇有几分手忙脚乱。但他们毕竟不是普通人，在有法宝护身的情况下，单体实力偏弱的怪物还是对他们无可奈何，地上的虫尸反而越来越多。只是那些怪虫看起来并无太多理智，只是不停地钻出来疯狂攻击，似乎就想用数量来堆死他们。

如此持续了一阵子，情况便有些不妙起来，万剑一相比之下最为轻松，但他很快察觉到曾叔常那里支撑有些困难，商正梁也有几分吃力，苍松倒是看起来还游刃有余，不过最令他惊讶的是，田不易居然并不比苍松差多少，或许是因为这个矮胖子师弟修炼的功法在防御上颇有心得？

万剑一看在眼中，随即身子一晃便掠至曾叔常与商正梁身旁，开始帮他们抵挡虫群，有他这个强援出手，曾叔常与商正梁顿时觉得压力一松，原本有些危险的局势再度稳定下来。

只是如此僵持下去显然不是办法，因为看起来这些怪虫的数量多得可怕，似乎源源不绝一般。万剑一正寻思着是否让几位师弟先飞到半空躲避一下，突然听得从砂舞迷宫深处传来一阵低沉怪异的嘶吼声，其中更夹杂着几声清脆而带着几分怒意的女子声音，听起来居然像是朱雀的声音。

随着那一声怪叫，正在攻击万剑一等人的虫子突然纷纷后退，一下子全部钻入了沙子里，转眼间便消失不见，只留下一地令人恶心的虫子尸体。

青云门五人缓缓走到一起，喘息初定，看起来曾叔常、商正梁等人脸上犹有余悸，曾叔常忍不住道：“这到底是什么鬼东西，怎么这么难缠？”

万剑一摇摇头没说话，只是凝神侧耳倾听远方的动静，站在一旁的田不易对曾叔常道：“这些虫子或许就是砂舞迷宫里独有的一种怪物，以这虫群的实力，难怪百毒子等人会说这里是蛮荒中极危险的地方之一。”

苍松与商正梁都微微点头，看起来也同意田不易的说法。这个时候，忽然从远方迷宫深处又传来一阵和刚才差不多的声响，万剑一忽然开口道：“走吧，我们过去看看。”

话音未落，他已掠出身去，其他四人对视一眼，连忙跟上。这一路上倒是再没有什么阻碍波折，但是之前虫潮的沙沙怪响声始终不绝于耳，似乎就在他们周围附近似的，令人有一种毛骨悚然的感觉。

终于赶到那声音响处，拐过一道高大沙墙，青云门五人便站在迷宫中的一片空地上，目光扫过前方，大家顿时倒吸了一口凉气。

刚刚无数的怪虫在突然消失后，原来都聚集到了这里，所有但凡有沙子的地方包括沙墙上的空位，全部挤满了大大小小的怪虫，而在最中间处，一只比普通怪虫大上几千倍的巨大毒虫正狂暴地疯狂攻击它眼前的一个身影，黑衣黑巾，正是朱雀。

这只虫王的实力显然与周围围观的大小普通虫群有极大的差别，朱雀虽然道行高强，但在这只虫王的猛烈攻势下已经有些支撑不住了，更不用说无数小虫还拼命地从四面八方攻击她，这也让朱雀更加吃力。

眼看着朱雀左支右绌，似乎有些支撑不住了，忽然从旁边一道沙墙外响起一声尖锐无比的锐啸，一道灿烂碧芒冲天而起，沙飞石走剑气充盈，挟带着一道白色身影，势不可当地冲了过来。

朱雀身子一震，忍不住回头向掠来的万剑一看了一眼，而那只虫王似乎也没想到居然会有人故意挑衅自己。顿时勃然大怒，回头向万剑一打来。

万剑一侧身让过，一道碧芒如长虹贯日，从间不容发的角度直接激射而出，一剑就在这只虫王的右侧斩下一块皮肉。

那只虫子仰天大叫，显然受到了极大的伤害，朱雀也是聪敏之辈，立刻抓住机会强力反击，在两大高手的联合攻击下，虫王终于不敌，恶狠狠地吼叫几声后，便钻入地底，转眼不见。

虫王既然溜走，周围无数怪虫顿时也像失去了主心骨，纷纷怪叫着钻入了沙堆，轰然而散，离开了这个地方。

周围很快安静下来，除了一片狼藉的地面和许多留下的虫子尸体，还提醒着曾经有一大群怪虫在这里肆虐过。

朱雀落回地面，目光炯炯地看着青云门这五个人，最后还是停留在万剑一的脸上。而万剑一看起来轻松多了，施施然将斩龙剑还鞘，甚至还对朱雀微微笑了一下。

站在一旁的苍松、田不易等人面面相觑，有些摸不清到底发生了什么，不过他们对万剑一的敬重之意可谓发自内心，所以也都保持着沉默，看着万剑一与朱雀在前方对话。

朱雀盯着万剑一看了一会儿，刚想说些什么，忽然听到万剑一开口道："你没事吧？"

朱雀的感觉有些莫名古怪，但最后还是冷哼了一声，道："没事。"

万剑一笑了一下，道："刚才算是我救了你，没错吧？"

朱雀皱了皱眉，没有说话，而万剑一似乎也不在意她的反应，只是道："我救了你，你帮我个忙，不过分吧？"

朱雀脸色微变，随即冷笑道："你们正道中人不是向来自诩见义勇为救死扶伤吗，怎么突然也挟恩求报了？"

万剑一正色道："我不是那等迂腐之辈，姑娘你应该也是如此。我所求也不过分，只是想通过这一处砂舞迷宫，不知姑娘可否带路？"

朱雀默然片刻，随即淡淡道："你们若是不怕，便跟我来吧。"

苍松、田不易等人对视一眼，都有些惊讶，过了一会儿，田不易低声道："那妖女真的可信吗？”

苍松脸上也有疑惑之色，不过他很快开口道：“万师兄此举自然有他的用意，我们跟着就好。”

其他几人都是点头，看来对万剑一也是深信不疑，一行人便随着朱雀的身影向前走去。前不久还彼此敌对的双方，突然走到了一起，这其中的气氛当然有些古怪，不但跟在后头的苍松、田不易等四人沉默不语，朱雀也轻易不肯开口说话，似乎连她自己也觉得有些不对劲。

而所有人中，似乎只有万剑一最自然，他施施然地走在朱雀身边，过了一会儿，忽然笑着问道：“对了，朱雀姑娘，你刚才提到一个叫冥渊的地方，那是什么东西啊？”

朱雀目光忽地一冷，看了万剑一一眼，却是一言不发，转头直接向前走去。

第二十一章
小 湖

青云山，祖师祠堂。

道玄走到祖师祠堂大殿之外，站在厚重肃穆的大门外，向里面深深行了一礼，随后对着里面点点的烛火和有些昏暗的阴影，道："师父，弟子道玄来了。"

过了片刻，天成子的声音传了出来，道："有什么事？"

道玄恭谨地道："师父，您在这祠堂大殿中已经有一段时日了，不知伤势可好了些？门中诸多事务还需您老人家出面主持。"

天成子声音淡淡地道："我还需静养，一切还是由你处置吧。"

道玄微微垂首，眼中掠过一丝失望之色，但片刻后还是恢复了平静，道："是，弟子明白了。不过还有一件大事，弟子想向师父请示一下。"

天成子道："你说吧，什么事？"

"是七脉会武的事。算算日子，这一回七脉会武就在今年，本来也算是我青云门上下的一件喜庆大事，只是正魔大战刚刚结束，门中弟子伤亡不小，却不知这七脉会武是否应当暂停，又或是继续举办，还请师父定夺。"

天成子沉默了片刻，随即低沉的声音从祖师祠堂里传了出来，道："还是继续办吧，青云门祖师代代传下来的东西，怎么能在我这里断绝！"

道玄点头道："既然如此，那弟子就去着手操持了。不过七脉会武乃我青云盛事，千头万绪十分烦琐，这等琐务自有弟子去做，不敢来劳烦师父，只是七脉会武开始的时候，还望师父移动玉步，前往通天峰云海主持大会，如此方可安青云上下数千弟子的心。不知师父意下如何？”

这一次，祖师祠堂里沉默的时间长了很多，道玄站在门口，脸色平静，但眼底隐隐藏着一丝期盼。终于，在等了很久之后，大殿里传来天成子的声音，道：“好，到时候我会过去的。”

道玄大喜，连忙躬身行礼，道：“如此再好不过，多谢师父。”

天成子“嗯”了一声，又道：“不过剑一等人离开青云还未回还，你先操办着，但举办之期还要等等他们。”

道玄怔了一下，随即点头道：“本该如此，弟子谨遵师命。”

天成子道：“你下去吧，我要休息了。”

道玄对着祖师祠堂大殿行了一礼，道：“弟子告退。”随即后退离开。当他走下石阶，回到那条后山山路的时候，目光在那块刻着幻月洞府的石碑上停留了片刻，随即转身向前山方向走去。而在他身后，山林萧萧，那座高大巍峨、沉穆肃重的大殿再度沉默地隐藏在绿色的枝叶深处，无声无息。

蛮荒沙漠，砂舞迷宫。

这座奇异而阔大的沙漠迷宫层层叠叠，世所罕见的沙墙林立各处，形成了一道道曲折回旋的道路，再加上迷宫上空也不知道有什么诡异禁制，竟然连御空飞行也会在不知不觉中迷失方向，可谓是一处天生绝险之地，多年来隔绝了中土与蛮荒两地，令许多正道人士难以通过。

不过这种艰难只是对中土正道而言，多年来盘踞蛮荒之地的魔教中人，包括眼前这位身为魔教四大圣使之一的朱雀姑娘，显然对此地十分熟悉。所以在她的带领之下，经过数个时辰的跋涉，万剑一等五人和朱雀终于走出了砂舞迷宫。

不知不觉已将近黄昏，日头西斜，黄沙漫漫，夕阳下的沙漠显得格外壮美。砂舞迷宫之外，青云门五人与朱雀相对而立，气氛略有微妙僵冷，谁也没说话。随后，还是万剑一泰然自若，走了过来，对朱雀微微一笑，道：“朱雀姑娘真是可信之人，多谢了。”

朱雀哼了一声，道："你我两不相欠了吧？"

万剑一笑道："那是自然。"

朱雀看了一眼万剑一身后的四人，忽然道："我看你这几位同门师弟似乎对我有些看不顺眼啊，一直盯着我，莫非有何企图？"

万剑一回首看了苍松等人一眼，果然望见自己这几位师弟面上都有掩饰不住的敌意，随即微笑道："你我双方正魔殊途，有些敌意不是很正常的事吗？"

朱雀目光转回眼前这个英姿勃发、潇洒俊朗的年轻男子脸上，深深地看了他一眼，道："既然如此，为何你要救我？"

万剑一道："我说过了啊，不过是想请你帮忙，带我们快点过砂舞迷宫罢了。"

朱雀冷笑一声，眼中也露出几分敌意，看着万剑一道："这么说来，如今你我两清，你打算对我出手了吗？"

万剑一哈哈一笑，道："在下虽然不敢自夸英雄，但也还没那么下作。今日大家就此别过，日后若有缘相见，自然各凭本事了。"

朱雀闻言，看着万剑一的目光倒温和了几分，同时似乎也有几分惊讶与好奇，仔细看了看眼前这个男子，随后点了点头，道："好，今日便如此，以后若再见，休怪我手下无情。"

说罢，她转身掠起，几个起伏，便消失在沙漠深处。

万剑一凝视那个曼妙身影远去，片刻后只听脚步声响起，却是田不易等人走了过来，曾叔常首先开口，道："万师兄，为何不擒下这妖女，万一她泄露了我等行踪，那该如何是好？"

万剑一摇摇头，道："曾师弟，一来我之前已经答应过她，二来，这蛮荒如此广袤阔大，只要我们小心些，再加上如今魔教新败，人心慌乱，其实也无大碍。"说着，他看了一眼其他人，道，"诸位师弟，我再说一次，咱们此番深入蛮荒，所为的并非逞一时之勇剿灭魔教，这等事太过凶险也太过艰难，并非你我此刻所能做到。我们要做的便是趁着这个魔教大乱的机会，仔细探索一番蛮荒凶地，如果有可能的话，最好能找到魔教圣殿，为日后我正道大军真正进入此地做好准备。你们都听明白了吗？"

田不易等人都点头答应，万剑一微微一笑，随即道："走吧，天色不早了。按百毒子那几个人所说的，过了砂舞迷宫后，前头沙漠中应该只有两处绿洲，咱们趁着天色黑下来之前赶到那边过夜。"

沙漠中的绿洲是极其珍贵和美好的地方，这里有青翠的绿色和沙漠中最最珍贵的清水，有的时候人们很难理解，为什么如此广袤干燥的沙漠里，这些面积并不算特别广大的绿洲居然能够生存下来。

其他地方的水都干了，这里为什么常年充沛？其他地方的树木都死了，这里的树还郁郁葱葱？

这些事很少有人懂得，至少从中土肥沃丰腴之地来到蛮荒的苍松、田不易等人都不懂，所以当他们找到一大一小两块隔了百余丈距离，就像是两颗绿色珍珠般点缀在沙漠里的绿洲时，虽然早有心理准备，仍然忍不住十分兴奋欢喜。

按照百毒子、端木铁等人的说法，这两块彼此相邻的绿洲从很早以前便有了，多年来从未退化，一直是蛮荒沙漠中重要的一个休憩之地。大的绿洲树木众多，面积是小绿洲的三倍以上，其中有清泉四眼，所以得名清泉洲；而小绿洲那边面积虽小，但在外围一圈茂密的树林围绕下，绿洲中心处却有一个常年不干的小湖，很是神奇美丽，所以得名小湖洲。

万剑一等人是在天快黑下来的时候找到这两块绿洲的，在万剑一的安排下，他们立刻分头搜查了这片地方，最后确认两块绿洲里都没有危险或藏有其他敌人，最后才回到清泉州这边相聚。

从青云山下来一路走到如今，五个人几乎没有真正休息过，这一晚确认安全后，大家都痛痛快快地放松下来，饮水吃东西外加梳洗，特别是曾叔常，直接霸占了一眼泉水，将全身上下彻底清洗了一遍，终于摆脱了那股可怕的挥之不去的臭味。

虽然在沙漠中这样浪费清水的举动异常奢侈，不过清泉洲的泉眼终年不干，加上这一夜并无外人，所以倒也无人在意曾叔常的举动。再说了，身边天天跟着一个奇臭无比的家伙，任是谁也受不了，哪怕这几个修炼有成的家伙也是如此。

这一通折腾休息下来，人人都有一种焕然一新的感觉。加上此刻夜色已深，沙漠寂静，夜空之中，但见繁星满天，星光点点璀璨明亮，洒落在清泉洲上，也照在五个年轻而意气风发的男儿脸上。

寻一块青青草地，万剑一躺在地上仰望夜空，双手交叉背在脑后，静静地看着满天星光。没过多久，便听见脚步声响起，却是田不易走了过来，在万剑一身边坐下，轻声叫了一句："万师兄。"

万剑一微笑着对他点点头，道："田师弟。"

田不易看上去略带拘谨，坐在万剑一身边似乎还有些不太自在的样子，反而是万剑一从来都是洒脱自如，身子懒洋洋地躺着。不过他很快便感觉到田不易的紧张，不由得笑道："田师弟，你这是怎么了？"

田不易干笑一声，有些不好意思地挠挠头，道："我、我也不知道怎么了，本来看师兄躺在这里，便想着有些修炼上的疑惑过来求你指教一番，可是到了跟前，忽然又不知该怎么说了。"

万剑一笑道："有什么不好说的，大家同门师兄弟，亲如一家人，但说无妨。"说着，他忍不住又笑着打趣道，"像你这般脸皮薄的，若是以后遇见喜欢的女子，也害怕不去表白心意的话，那可如何是好？"

田不易想了想，忍不住点头道："师兄，你真是说到我心里去了，我刚才想了一下，还真是如此。不过有时候看到喜欢的人，是有点不敢说话啊。"

万剑一耸耸肩，道："这便是你自己的问题了，总之呢，我觉得咱们男儿大丈夫，坦白直说便是。若是两情相悦，自然便会琴瑟和谐，若是对方姑娘对你无意，那也趁早断了痴心，以免误人误己，徒令双方难过。你说呢？"

田不易连连点头，道："师兄说得极是，我都记住了。"

万剑一忽然翻身坐起，看着田不易笑道："好家伙，听你这意思，这是心里有喜欢的人了？"

田不易胖脸微微一红，道："也……算是有一个吧。"

万剑一看了半晌，莞尔一笑又躺了回去，道："算了，我也不问是谁了，反正这都是你自己的事，该怎么做自己想吧。"

田不易笑了一下，刚想说些什么，忽然听见远处又响起一阵声音，却是有人也走了过来，没过多久，便看到苍松和商正梁的身影，再过了一阵子，连曾叔常也走到了这块草地上。

不约而同地，大家都躺在这片柔软温和的草地上，有一阵子大家都没有开口说话，任凭晚风轻拂，树叶在风中沙沙响着，星光温柔落下，像是在拥抱这个宁静美好的夜晚。

时光似乎在这个时候也停下了脚步，广袤的大地、璀璨的星空，一切看上去都如此美丽，让人舍不得闭上眼睛。不知道什么时候开始，有人开始低声说话，随即有人搭腔，又有人插话进来，有人朗朗而谈，有人则开朗大笑，引得周围随即笑声一片。

那笑声温暖而干净，不带丝毫杂质般地清澈，就像人生最初时候，我们都曾拥有过的那段单纯时光。

星光之下，绿洲林中，哪怕是在远离中土的绝域之外，原来也有这般美丽的地方。

不知不觉，已是夜深，人声话语渐渐低落，终于不闻。

温柔星光下，安心沉睡的人也是幸福和满足的。

万剑一在草地上躺了一会儿，轻轻翻身坐起，向左右看了一眼，只见四个同门师弟都已入睡，而且睡姿各异。诸人之中，苍松的睡姿最谨慎，他侧身躺着，双手环抱胸前，看起来似乎连睡觉都带着几分警惕小心；而商正梁最正常，平躺在地呼吸均匀。相比之下，曾叔常这家伙有些怪异，整个人四仰八叉地躺倒在地，一个人占的地盘比旁边两个人还大，还不时传出一声声呼噜，睡得霸气侧漏；而在他身边的田不易，看起来便是老实巴交的样子，被曾叔常挤得只剩一小块地盘，只能蜷缩着睡，但他脸上并无痛苦恼火之意，脸上反而不时露出几分微笑，似乎在梦中看到了什么，一脸的满足幸福。

这小胖子，莫非看到了他喜欢的那个人吗？

万剑一哑然失笑，摇摇头站起身来。

他望了周围一眼，袖袍一挥，整个人便轻轻飘到空中，夜风徐来，星光洒落，他一身白衣如雪，迎风飘动，说不出的潇洒俊朗，那一刻，绿洲之上，天地人间，似乎只剩下他一个孤高身影熠熠生辉。

便在此时，他忽然若有所觉，转头向远方看了一眼，只是夜空寂寂，那个方向一片黑暗静谧，似乎并无异样。万剑一沉吟片刻，想起那边应当是小湖洲的方向，略作思索，便向那边掠去。

夜色之下，他如同一道白色流光飞驰在沙漠上空，转眼便至，只见这片绿洲中树林深处，小湖幽静，倒映着满天星星，又有另一种温柔幽美。

他身子顿住，落到下方湖畔，脸色虽然还平静，目光却凝视着湖面，露出几分深邃之意。那小湖虽静美，但不知什么原因，或许是夜风刚刚吹过吧，湖面上却荡着几道涟漪，在水面上轻轻荡漾着。

风吹水面，本是波纹细鳞的美丽模样，但此刻万剑一看到的却是湖水中央，一圈圈水纹像个圆圈般荡漾开来。

那好像，不是风……

万剑一凝视着这座小湖，正沉吟间，忽然，他目光一滞，那一刻，夜空的星光仿佛也突然明亮起来，从天空洒落凝练到一处，落在湖水之上。

一只葱白如玉的手臂，忽然从湖水中轻轻伸起，水珠晶莹，滚落在她温柔白皙的肌肤上，又恋恋不舍地滑下。

一个身影，慢慢从水中浮起，湿润的长发披肩，却遮不住那动人曼妙的丰腴曲线，虽是侧影，但那白色温柔的身躯，已然是人间最美的画卷，映入万剑一眼中。

第二十二章

谶 语

万剑一有些许愣神，随即立刻醒悟过来，下意识地便要转身离开。只是在他转首之前，那湖中洗浴的女子已然浮出水面，雪白的肩头、诱人的肌肤都展露在明亮的星光之中，仿佛熠熠生辉的珍宝。但除了这些令人怦然心动的美丽之外，万剑一突然目光一凝，看到那女子的脸上竟然直到此刻还裹着一方黑色轻纱。

很难想象有人会在这种情况下还面戴纱巾，而有了这个东西，万剑一几乎在第一时间便认出那个在湖中洗浴的女子正是朱雀。万剑一的身子随即停顿下来，不再转身背对正在小湖中心的朱雀，而是眉头微微皱起，目光炯炯望着那边。

几乎同时，在湖心的朱雀像是感觉到了什么，猛地回头看了过来，顿时便看到站在湖边的万剑一。她失声惊呼，双手下意识地猛然交叉收拢在胸前，只是那美好的胴体仍然骄傲地在星光下闪耀着惊心动魄的娇媚，无论如何也遮挡不去。

万剑一没有说话，居然也没有立刻转身不看，他一直保持着面对朱雀，然后缓缓向后退去。从他开始发现朱雀到现在，他的目光便再也没有离开过那个女子。

在最初的惊慌愕然过后，此刻朱雀的眼中掠过一丝羞恼，已经浸湿的黑纱包括她手臂之下诱人的胸膛此刻都微微起伏着，看起来气得不轻。特别是看着万剑一直到此刻仍然面向自己缓缓后退的模样，她忽然带着一丝愤怒开口道：“你看够了没有？”

万剑一脚步微微顿了一下，微微点头，脸上有些许歉意但仍然没有转开头颅的意思，道："抱歉。"

朱雀越发生气了，虽然黑纱遮住了她的脸庞，看不清她此刻的神色，但从裸露在外的肌肤包括她的耳根和美丽的脖颈，此刻在星光下似乎都泛红起来，那双眼睛里的目光像锋利的刀子一样，在万剑一的身上不停地切割着。

"你们这些中土正道，不是向来自诩正人君子吗？偷看女子洗澡，被发现了还不转头，你还要不要脸？"她恨恨地骂道，"伪君子！"

万剑一欲言又止，只是苦笑了一声，然后继续保持着原来的姿势，面对着朱雀向后退去，渐渐接近树林边缘，很快退进林中。一直双手抱胸待在湖心的朱雀瞪着那个方向，胸膛急剧起伏了几下，雪白的肌肤在星光中闪烁着美丽的光泽，晶莹的水珠从她胸口肩头温柔地滑过，只是似乎冰冷的湖水也不能平息她的羞恼。

蓦地，湖心中一声轻喝，白色身影掠起，快如闪电飞至岸边，卷起一堆衣物冲至另一侧林间，然后窣窣之声响起，片刻之后，朱雀已然穿好衣服，然后身如闪电向万剑一退去的方向追去，看着她气势汹汹的样子，显然不肯善罢甘休。

只是才入林中，朱雀陡然发现万剑一居然没有如自己想象的那样落荒而逃，事实上这个男子还站在那边，此刻正抬头向她看来。

朱雀更为恼火，同时心底也掠过一丝古怪的感觉，心想这贱男人当真无耻，偷窥之后竟然不跑，这是妄想多看几眼吗？啊呀呀，这一想之下，朱雀登时觉得自己脸颊又是一阵滚烫。她虽然出身魔教，但师承的并非在男女之事上颇为开放的合欢派，相反，朱雀一直十分看重男女大防，从她一直蒙面也能看出来。

这一下羞恼交加，朱雀更不迟疑，甚至连呵斥怒骂都省了，直接就冲上去向万剑一大打出手。一时间，小湖洲上火焰轰然而起，火鸟虚影隐隐可见，万剑一也不敢怠慢，祭出斩龙剑，碧光闪烁，挡住了朱雀的攻势，但几个回合下来，他都是只守不攻。

饶是如此，万剑一也守得密不透风，朱雀虽然攻势凌厉，短时间内却奈何他不得，几番交手，朱雀心中也知道了凭自己一人怕是胜不了此人，一时间心里委屈愤怒，忽地后退几步，与万剑一隔了丈许远，瞪着这个看起来英俊潇洒的男子，跺脚恼怒骂道："你无耻！"

万剑一尴尬一笑，道："我真不是故意的。"

朱雀"呸"了一声，道："胡说，就算你之前过来是碰巧，但看到我后为何不转头离开，一双贼眉狗眼一直盯着我看，不是无耻是什么？"

万剑一顿了一下，看着朱雀，脸上露出一丝诚恳之色，道："朱雀姑娘，我要是说我对你有些不放心，不知你能否明白？"

朱雀怔了一下，道："你什么意思？"

万剑一深吸了一口气，随即苦笑道："朱雀姑娘，你我立场迥异，真要说起来乃是敌人。你实力太强，手段又狠，请恕我不敢将后背对着你然后走开，不然我怕自己死都不知道怎么死的。"

朱雀在黑纱之下的眉头微微皱了一下，没想到万剑一会说出这番话来，正在这时，只听万剑一接着说道："朱雀姑娘，其实将心比心，若是你我换了位置，在那种情况下，你敢随意背过身去吗？"

朱雀哼了一声，却没有说话，虽然看不到她的脸色，但从她的眼睛里倒是看出眼光似乎柔和了一些，看起来并没有反对万剑一的说辞。过了片刻，她看向万剑一，开口问道："你怎么来了这里？"

万剑一道："这附近沙漠里，只有这两块绿洲适合休息，不来这里也没地方去啊。"

朱雀出身魔教，在这蛮荒沙漠里走了很多次，自然也了解附近的地形，知道万剑一说的并非虚言假话。只是不知道为什么，她看着这个男子总觉得有些不顺眼，虽然他长得很俊朗帅气，但她总忍不住想呵斥骂他几句。

肯定是这个叫万剑一的家伙出身青云门的缘故吧。

她在黑纱之下的面色一沉，冷笑道："从荒漠进入蛮荒，经过砂舞迷宫再到这小湖绿洲，这道路线分明直指我们蛮荒圣殿，你以为我是傻瓜看不出来吗？"

万剑一忍不住多看了她一眼，随即露出一丝笑容，星光之下，他的身形似乎显得格外潇洒，就连笑容都引得人怦然心动，道："想不到姑娘你这么聪明。"

朱雀心头一跳，忍不住有些得意，但随即就醒悟过来，暗自恼火，心想这臭男人的一句夸奖有什么好高兴的！随即哼了一声，道："你到底想要干什么？"

万剑一笑道："我能不能不说啊？"

朱雀瞪了他一眼，心里知道怕是从这家伙口中问不出什么了，只是越看他越是可恶，身形一动忍不住又跃跃欲试要和他打一场。万剑一看着她的动作，连忙摆了摆手，道："朱雀姑娘，难得这夜色美好，你我之前不过是误会，彼此又没有生死大仇，何必打打杀杀。"说着他顿了一下，又道，"再说了，咱们傍晚时候不是说过了吗，错开今日，再见面便是仇敌，但今天还没过呢，暂且休战可好？"

朱雀一怔，忍不住抬头往夜空看了一眼，果然见此刻虽是夜深，繁星满天夜色幽美，但看天色还未到子时。星光之下，清风徐来，绿洲上一片寂静安宁，连吹来的风中都带着几分难得的湿润水气，让人有种懒洋洋的感觉。不知怎么，朱雀心里一下子没了太强烈的敌意，所以顿了一下后，她又是一声冷哼，转身离开，走向那座小湖边。

此时小湖已然恢复平静，在星光下如同一面美丽光洁的镜子，倒映着璀璨无比的漫天星光。朱雀沿着小湖边缘走去，忽然听到身后有动静，转头一看，却是万剑一也走到了湖边。她轻轻皱了皱眉，道："你做什么？"

话才出口，她心里便忽然一怔，却是语气声音比之前又柔和了不少，虽然听起来有质问之意，但话说得温和平缓，好像……好像，自己难道这么快就不生气了吗？

万剑一自然不会懂得此刻朱雀心中的曲折变化，他只是微笑着对朱雀点了点头，道："我之前都没注意到此间竟有如此美景，忍不住过来看看。"

朱雀忽然硬邦邦地道："有什么好看的，不就是一座破湖罢了！"

万剑一怔了一下，一时间有些捉摸不透这个女子，心想这朱雀姑娘还真是喜怒无常，不过他心胸豁达，并不在意，只是笑着指着小湖，道："也不会啊，你看这水面如境，星光如珠，便如珠撒银盘闪烁流转。这般幽美奇景，也算是天下罕见了。"

朱雀有些狐疑地看了看万剑一，又回头望了一眼小湖，自言自语道："真的吗……以前我一直来这里洗澡，怎么没注意过这些？这些中土正道就是多事，伤春悲秋感叹景色的，矫情。”

万剑一听到她的话，忍不住摇头失笑，不过这几番话聊下来，两人间的气氛倒是缓和了不少，或许还有刚才所说的今日之内暂时休战不做敌人，让他们都放松了一些。万剑一看了她一眼，笑着道：“朱雀姑娘，我有一事想要请教。”

“有话快说。”

“呃……好吧，看来你是个急性子。我想……”

“什么急性子，你才是急性子呢，本姑娘好好的，你到底要问什么，少废话啦。”

万剑一连着被她抢白了两句，哪怕他脾气好也忍不住翻了一个白眼，但看着她的身影，不知为何，或许是之前毕竟占了人家的便宜，万剑一对她生不起气来，只得笑着摇摇头，道，“朱雀姑娘，你为何一直戴着面纱啊，这样不累吗？”

“要你管！”朱雀没好气地道，随后随意在湖边的一块草地上坐了下来。

万剑一与她隔了一段距离，闻言耸了耸肩，也懒得多问了，干脆也坐了下来。过了一会儿，他似乎觉得有些不太舒服，随即往后一倒，整个人都躺在草地上，然后发出了一声舒服的叹息。

“好漂亮的星空啊。”他仰望着夜幕苍穹，喃喃地道。

朱雀看了他一眼，犹豫了一下，道：“喂，我问你，你潜入蛮荒又向我们圣殿行去，到底有什么意图？”

万剑一笑了一下，对她说道：“如果我说，我就是过来随便看看，你信不信？”

“信你才怪！”朱雀有些气恼地道，只是随后她又忽然自省，暗想自己今晚这是怎么了，这么容易生气。

万剑一笑道：“这样吧，你告诉我为什么黑纱蒙面，我就告诉你我来蛮荒的原因，可好？”

朱雀眉头微微一挑，道：“当真？”

万剑一微笑道：“是啊。”

朱雀想了想，似乎有些不放心，带着几分怀疑的目光看着那个连躺在草地上看起来都有几分潇洒不羁之意的男子，道：“你该不会骗人吧？”

万剑一翻身坐起，手上不知从哪里摘了一根草茎，放在嘴里嚼了两下，笑道：

“我这个人天生老实，哪里会骗人？”

“呸！”朱雀啐了一口，没好气地道，“我师父以前跟我说过，你们这些中土的家伙最是奸猾，骗人最厉害了，还吃人不吐骨头，把人骗光了结果人家还恍然不知傻傻信着你们。”

“啊……”万剑一呆了一下，忍不住问道，“你师父是谁啊，莫非他以前受过什么刺激？”

朱雀闻言一怔，想了想道：“呃，这个倒是没听他说过……”

万剑一失笑，然后轻轻把口中的草茎一吐，看着朱雀道：“怎么样，能告诉我不？”

朱雀犹豫了一下，道：“好吧，我跟你说，反正也不是什么要紧的事，不过你可不能骗我！”

万剑一点点头，朱雀便道：“我出身的那个部族从古至今有这么一个规矩，凡事担当圣女之位的女子，便要自小蒙面，一心敬奉圣母、明王，无论何时也不可以摘下。若是有一天容貌被其他男子看见了，便只有两个选择，一个是杀了他，另一个就是非他不嫁。”

万剑一默然片刻，忽地哈哈大笑，看起来有些忍俊不禁，朱雀瞪着大笑的他，有些羞恼地道：“你笑什么？”

万剑一摇头笑道：“这……这也太可笑了，如今这都什么世道了，哪里还有这么蠢的规矩，我以前一直以为那是茶余饭后的传说故事里才有的。”

说着又笑个不停，朱雀忽地站起，怒喝道：“我说的是实话！”

万剑一怔了一下，慢慢收起笑容，看着朱雀，正色道：“是真的？”

朱雀哼了一声，道：“当然是真的。”

万剑一缓缓点头，沉吟片刻后，起身走到朱雀身前不远处，道：“那是我之前孟浪了，失礼之处，请姑娘恕罪。”

他此番温言正色，目光明亮如星，白衣飘飘走了过来，一股男儿气息隐约袭来，朱雀忽地觉得自己的心跳加快了几分，脸颊又有几分微微发热。星光之下，这个男子竟是如此俊逸，她本该生气的，却不知为何一点都不想发火。

或许是为了最后那点面子吧，她咬咬牙勉强哼了一声，想让自己保持高冷的模样，忽然又觉得那声冷哼有些走调，于是又慌张起来。心跳越来越快，真是该死，这感觉从未有过，朱雀明眸闪动，忽地深吸了一口气，带了几分慌乱，道："那、那就算了。你快说吧，到底到我们蛮荒圣殿做什么？"

万剑一凝视着她的双眼，并没有马上说话，朱雀觉得自己的呼吸有些莫名地急促起来，正焦急处，便听万剑一温和地道："我是想去你们蛮荒圣殿，但过去的目的，确实只是想看看而已。"

朱雀瞪了他一眼，道："你这人怎么这样，刚刚明明才说的……"

"我没骗人啊。"万剑一道，"我可以发誓，事实就是如此。"

朱雀看着他半晌，道："就是这样？"

万剑一微笑点头，道："就是这样。"

朱雀目光流转，也不知此刻心中在想些什么，过了片刻，她却哼了一声，道："也罢，这次就信你一回。不过你自己可要小心了，万一让我发现你去我们蛮荒圣殿意图不轨的话，就别遇上我，或是落在我的手里。真要到那一天，可别怪我不讲情面。"

万剑一"哦"了一声，笑道："那我倒有些好奇，你会怎么做？"

朱雀一挺胸膛，让声音变得冷峻几分，道："我会杀了你！"

万剑一点点头，脸色温和，微笑道："这样啊……不过如果是你落在我的手里，我可不会杀你。"

"咦？"朱雀有些诧异，忍不住便问道，"这是为何，那你又打算做什么？"

万剑一看了她一眼，笑道："那时候我想掀开你的纱巾，看看你到底是不是我想的那样是个绝世美人就行了。"

第二十三章

圣殿

朱雀在面纱之下的脸色一变，贝齿微咬作势就要动手。万剑一退了一步，朱雀又停了下来，哼了一声，带着几分不屑之意看着万剑一，冷笑道："轻薄之徒，你又怎知我是个美貌女子，说不定我是因为面貌丑陋才戴着面纱的，到那时你又是什么说法？想不到你也是这种肤浅之人，只看人皮相外貌。"

万剑一也不分辩，只是看着朱雀，片刻之后，忽然语气诚恳地道："你我或许日后还要为敌，不过今晚在此相见也算有缘，我有一句话相告，不知朱雀姑娘想不想听？"

朱雀见他突然间说得郑重，倒是怔了一下，加上她其实并没有多么生气，顺口便道："你想说什么？"

万剑一道："我以为天地世间，人活一世，最重要便是自在二字。若有可能，便当甩脱桎梏随性而活，如此岂不快哉？我自己常以此自励，希望姑娘日后也能过得舒心畅快，快快活活过一辈子。"

朱雀默然良久，随后看向万剑一，道："好端端的，不知道你胡言乱语说些什么，我现在就过得很快活，不用你多想了。"

万剑一哈哈大笑，伸出手对着天空挥舞几下，神态潇洒。

朱雀深深看了他一眼，随即纵身而起，在空中飞驰远去，很快消失在黑夜之中，转眼间便不知去向。

翌日天明，苍松、田不易等人醒来，经过一夜休息，众人连日来的劳累都不翼而飞，个个精力充沛，神满气足。万剑一便与众人商议接下来的行程，眼下过了砂舞迷宫，便已算深入蛮荒之地，再往前去便是寻找魔教在蛮荒之地的圣殿了。但蛮荒圣殿多少年来一直都是魔教的老巢，其中戒备必然森严，危险也不言而喻。

不过青云门五个人既然已经走到这里，当然没有回头的可能，不说心志坚定的万剑一，便是其他四人也是战意高昂，一心要去探明魔教圣殿。万剑一与众人说了一番安排，又叮嘱了几次谨慎小心，一行人便再度出发。

那一天天高云淡，沙漠壮阔，一轮日头悬挂天际，金芒万丈，照在他们身上。

接下来的日子并不是一帆风顺，或许是开始接近蛮荒圣殿的缘故，一路上出没的魔教中人明显多起来，虽然万剑一等人留心避让，但还是有好几次都碰上了，不过在他们雷霆般的手段下，都处置干净了。

尽管如此，众人还是明显地感觉到隐藏踪迹变得越来越难，同时遇到的魔教妖人实力也变得越发强大，而且除此之外，万剑一他们还要应付许多其他的麻烦和困难。因为这一路前往蛮荒圣殿走的算是最容易的路线，但也不是说过了砂舞迷宫和清泉小湖两个绿洲后就一马平川了。

蛮荒沙漠的深处有各种各样诡异奇特的生物，有很多都是致命的，在来这片蛮荒之地前，包括万剑一在内，他们五个人谁都没有想到这片看着毫无生气如同死海般的荒漠里竟然会有如此凶悍且数量不菲的怪物。同时，按照之前端木铁、百毒子等人的交代，蛮荒沙漠里只有他们最初到达的那两个清泉、小湖绿洲是安全的，在接下去的路途中，所有他们经过的大小绿洲都不能饮水，而且在绿色林木中还隐藏着更多的怪异生物。

有时候，这片蛮荒之地真的会让人联想到上古时候的蛮荒时代。不过虽然有如此多的困难波折，但万剑一等五人还是一一闯了过来，并且在这中间，因为整日都在生死间穿梭厮杀，每个人都处于一种极其紧张的状态，再加上万剑一不吝指导，苍松、田不易、商正梁和曾叔常四个人的道行居然皆有明显精进，尤其是最开始貌不惊人，不显山露水的田不易进境最大，甚至连万剑一都为之惊讶。

如果说五个人当日刚刚从青云山虹桥离开时，实力是以万剑一、苍松、商正梁和田不易、曾叔常排行的话，经过如此激烈甚至带了几分残酷的漫长争斗后，田不易的道行实力可谓突飞猛进，单从近日与怪物和魔教妖人交手的情况来看，这个矮胖子已经一举超过商正梁，隐隐能与苍松分庭抗礼了，在众人之中，或许只有万剑一暂时还胜他一筹。

对此，青云门五人反应各异，万剑一却是十分欣喜，也越来越喜欢自己这个同门胖子师弟，加上田不易虚心好学，常向万剑一请益，万剑一也是知无不言、言无不尽，令田不易感激万分，平日里对这位万师兄更是敬重无比，当真当成了半个师父一般，每每言谈称呼，都会带上几分敬语。万剑一生性豪爽听不惯这些，笑骂了田不易两次，这才让他改了回来。

只是这样一来，却又刺激了另外一人，便是平日言语不算太多的苍松。苍松的性子有些孤傲，平日里敬服的只有万剑一一人，但是此番亲眼看到田不易道行大进，也大受刺激。他自己其实亦是天资极出色的人物，不然也不会一开始就被万剑一看重，于是在接下来的时间里，苍松也是默不作声地奋发磨砺，加上万剑一的指点，道行同样也大有精进，与田不易二人间可谓你追我赶，虽然明面上不说什么，私底下却是拼命较着劲。

这两人风风火火针尖对麦芒似的拼命磨砺自己，道行大进，实力增长几乎是肉眼都能看得出来的。昨天田不易两剑劈了一只绿洲魔鳄，今天苍松便冷着脸一剑斩了更加凶悍的蛮荒鬼豹，于是第二天田不易杀红了眼般，提着剑又满世界地搜寻蛮荒妖兽怪物，末了提了三只凶悍兽头回来……

这些蛮荒妖兽都是实力极强的凶物，对上它们一个不小心便有性命之危，或许正是这种生死之间的磨砺，才能让人的道行有这等突飞猛进。目睹这个情况，剩下的两人曾叔常和商正梁也大受刺激。都是青云门下弟子，都是天资不凡才华横溢的英才俊杰，谁又比谁差到哪里去，谁又没有一点争强好胜之心？

眼睁睁地看着同门道行精进疯狂修炼磨砺，任是谁也受不了，于是这两人也嗷嗷叫着加入了磨砺（自虐）的队伍，在这世上最凶险的蛮荒之地中，一路前行，一路修行。

到了最后，这一行五人竟是越战越强，实力比从青云山刚出发的时候强出了许多，便是万剑一自己，也自感道行精进不少，暗自惊叹这一路过来的奇特经历。

因为当初百毒子和端木铁等人为他们指点的是一条相对易走但路线最长的道路，所以他们在蛮荒之地中又走了一个多月，中间还走错了几次，幸好最后都重新找回了正确路径。只是这一段路程他们走得实在辛苦，因为有时候明明可以走得更轻松些，但为了磨砺道行，在暗自比拼谁也不服谁的古怪气氛下，这些几乎有些魔怔的家伙甚至故意去招惹一些强大的妖兽，惹来好些麻烦，更倒霉的当然是原本待在蛮荒的妖兽们。

这一切一直持续到某一天，他们终于看到远方地平线上，那座巍峨宫殿露出的一角痕迹。

魔教的蛮荒圣殿，终于在他们的视线中出现了。

广袤平坦的蛮荒荒漠里，忽有一座山脉突兀而起，耸立于茫茫沙海之中。旭日烈阳悬挂天空，金色的光辉洒落下来，照映着山上大片宫室殿堂，如同天上神殿俯视人间。几座山头被鬼斧神工般直接切平，再依据山势修建了无数殿堂，其中最大的山峰处坐落着最雄伟的一座大殿。大殿周围空地上铺满石砖，平整光滑，色如琉璃；大殿飞檐雕栏，巨柱大窗，坐北朝南，恢宏大气。

黑色宫墙沉肃古朴，又带着一丝森严之气，殿墙四周有金色勒脚，愈发显得庄严肃穆，想来这里便是传说中魔教最重要的圣殿。远远看去，圣殿巍峨高大，在殿前百余丈外，立有一座高塔，上有浮雕，刻着数种上古异兽，初望去似有浑敦、穷奇、梼杌、饕餮等，皆扶柱而上，凶猛恶视，令人不寒而栗。

除此之外，那座大殿门梁上有一黑色牌匾，上书两个金色大字“圣明”，字体遒劲有力。殿门宽阔肃穆，横梁上垂下数面黄色大幡，迎风飘扬，幡上有画有字，字迹古怪难以辨认，画中却有诸般迥异情景，或如仙境众生安乐，或有地狱恶鬼惨厉之象，令人望之生畏。

青云门五人站在山下远处一座沙丘之上，远远望着那座蛮荒圣殿，大风吹来，带着几许风沙，吹得他们衣襟飞起。他们年轻的脸上虽有凝重之色，却没有任何畏惧退缩之意。

阳光之下，他们五个人并肩站在一起，面对着巍峨如山的黑色大殿，意气风发，仿佛在他们眼中，这世上再无任何值得畏惧之事。

虽千万人，纵有绝域天险，何足挂齿？

大好男儿，便在此时！

魔教圣殿之前，奇形高塔之下，此刻正聚集着一大群人，皆是魔教中人，其中一众身份地位最高的门派领袖，几乎都出现在此。除了大小派系之外，如今魔教中实力最强的四大派到了三门，其中自然以毒神为首，另外合欢派和长生堂也都在此，站在人群前面的分别是三妙和玉阳子。不过四大派中另一个实力极强的鬼王宗却无人出现，不知道是去了哪里。

此外，还有不少原本追随上代教主仇忘语的魔教中人，以原本的魔教四大圣使为首也在场中，此刻却都各自分散，不少人甚至已经直接站到其他大小门派的队伍里，显然已经被拉拢过去。只有青龙、白虎和朱雀寥寥数人，还孤零零地站在一旁，显得形单影只。

不少魔教中人此刻看向站在那座修罗高塔之下，怀抱大瓮的青龙等人，眼中露出几分不善之意，这情景令人分外唏嘘。要知道就在不久以前，上代教主还在世时，青龙等人也是炙手可热的当权新贵，然而如今的情况已截然不同。

对于周围那些若隐若现的敌意目光，青龙恍若不觉，只是面带沉痛之色，怀抱着那只盛着仇忘语教主骨灰的大瓮，站在高塔前。不知从什么时候开始，一阵幽幽古歌从远处的大殿之中飘扬出来，如泣如诉，风吹幡动，魔教中人纷纷低头，有人静默闭眼，有人开口随声低唱。

那仿佛是从古老时代传承下来的声音，回荡在天地之间，飘扬激荡，直上云霄。

青龙凝视高塔，忽地从地上端起一碗殷红鲜血，直接泼在塔身之上，片刻之后，只听一声轰鸣，随即天际中一束光芒落下，照在修罗塔尖。蓦地隆隆之声响起，修罗塔上黑光泛起，随即亮起一道虚影，横亘天空，阴暗无比，似幽冥地狱一般，仿佛多看一眼，便会坠入黑暗，永不超生。

当那黑色如深渊般的虚影出现后，所有魔教中人都跪了下来，青龙站在最前方，也是离修罗高塔和那片黑色深渊虚影最近的人。哪怕以他的道行实力，竟然也忍不住打了个寒战，当下不敢怠慢，连忙将瓮中骨灰轻轻洒在修罗塔前，随后口中默默诵读古老经文，又跪地叩首。

凄厉啸声忽然响起，却是从那片黑色深渊般的虚影中传出，如同恶鬼呼号，仿佛有人在其中狂怒咆哮。声音凶戾无比，令血肉生灵无不战栗，而骨灰随风而起，与满天沙土混在一起，就这样沉沦于修罗塔下。

黑暗鼓荡，微光闪烁，似乎有什么东西正试图挣脱禁锢，就在这时，忽然从远处的圣殿之中吹来一阵微风，扫过黄沙大地，如阳光照进阴影，顿时所有的黑暗萎缩下去。

那片虚影中的尖厉啸声很快沉寂下去，随后阴影逐渐缩小，最终消失在修罗塔上。

青龙看着那片骨灰随风飘散，不知不觉间已泪流满面，将头重重磕在地上，隐约有哽咽之声。在他身后，白虎、朱雀的情形也是差不多，只是朱雀黑纱蒙面，外人看不到她的神情而已，但她肩头微微耸动，显然也十分伤心。

相比这三位魔教圣使，魔教中其他人看起来便轻松许多，仪式结束之后，许多人很快站起，面上并无多少悲戚之色，反而看青龙、白虎、朱雀三人的目光中又多出几分厌恶。

几声咳嗽响起，却是毒神走到他们三人身边，温言道："三位节哀顺变，教主绝世英豪，死后葬在修罗塔下，也是他的心愿，几位不必悲伤。"

青龙深吸了一口气，抹去面上的泪水，稍微平复了一下心情后，站起身来对毒神行了一礼，道："多谢。"

毒神点点头，又回头看了众人一眼，随即朗声道："大家都随我进圣殿，教主后事既已办好，咱们也该商议一下圣教如今的对策了。"

魔教人群中有人轰然应诺，有人则面无表情毫无反应，还有人左顾右看，似乎举棋不定。毒神也不管那么多，自己带头向那座大殿走去，在他身后，万毒门一众弟子立刻跟上，人数着实不少，声势极大。

万毒门一走，其他门派观望片刻后，陆陆续续也向大殿那边走去，只是气氛开始沉重僵冷起来，各自看向身边人时，若非同门中人，便有戒备之意。

青龙、白虎、朱雀三人站在最后，白虎冷哼了一声，道：“大哥，咱们也过去吗？”

青龙还未回话，旁边的朱雀已然道：“我看就别过去了，这些人的样子好像巴不得咱们趁早死了一样，看了都恶心。”

青龙沉吟片刻，叹息一声，道：“还是过去看看吧，不管怎样，我们终究还是圣教中人。”

白虎、朱雀都不说话，看起来虽然有些不情愿，但也没有再坚持固执下去，显然对圣教中人的身份还是十分看重的。青龙带着两人走了几步，朱雀忽然开口说了一句：“大哥，玄武真的不回来了吗？”

青龙点点头，道：“他走的时候是这样说的。”

白虎怒道：“这厮好不仗义，明明我们四人当年一起发的誓，偏偏就他……”

“好了，别说了。”青龙有些疲倦地打断了白虎的话头，道，“这也怪不了他，实在是我们圣教如今情况不好。待日后机缘合适时，我自然还会去找他的。”

白虎点了点头，不再说话，青龙则看了前方那些正逐渐进入大殿的大群魔教徒众一眼，忽然道：“鬼王宗的人，一个都没来啊。”

朱雀接口道：“是啊，听说他们在蛮荒边上为鬼王宗主大办丧事，然后那个叫小万的人就不管不顾的，也不知从哪里拿了说是鬼王宗主留下的书信，带着鬼王宗主的遗体还有所有人，莫名其妙地跑回狐岐山去了。”

白虎瓮声瓮气地道：“我看他真是傻了，不来这里，怎么争得到东西？”

青龙嗤笑一声，道：“你懂什么，人家那才是真聪明。”

朱雀、白虎都是一怔，青龙仰头望了望天色，哼了一声，道：“你们且看着吧，日后这世事变迁，还不知道究竟谁能笑到最后。”

第二十四章

夜 吼

“那是什么东西？”

山脉之下一处隐秘沙丘后，青云门五个人都看到了之前在魔教圣殿前突然出现的那道黑暗如深渊般的虚影，远远望去，就像一个无底深渊倒扣在虚空里，其中有无尽深邃的黑暗，又好像有无数诡异的东西隐匿在黑暗阴影里，蠢蠢欲动，仿佛下一刻就会喷吐而出，倾泻到这个世界上，有说不出的诡异可怖。

第一个开口发问的是曾叔常，然而站在他身边的其他人脸上也都是惊讶疑惑之色，包括万剑一，看起来他对此也一无所知。过了片刻，站在万剑一身边的苍松哼了一声，道：“邪魔外道，果然多得是这等鬼魅东西。”

在他身旁的万剑一听到这里，忽然心中一动，像是想到了什么，口中“咦”了一声，却轻声自言自语沉吟道：“难道这就是她说过的‘冥渊’？”

田不易正好走了过来，闻言奇怪道：“万师兄，你说什么？”

万剑一惊醒，随即摇摇头道：“没什么。”那冥渊不过是朱雀随口提到过一次，究竟是什么又是什么模样，却没有露出半点口风，万剑一当然不能只凭这一点就随意判断，所以在看了一阵那边的古怪后，万剑一便将几个人召到自己身边，道：“几位师弟，我有话对大家说。当日我等自通天峰上下山，西行蛮荒，所为者便是探寻千百年来神秘之极的蛮荒之地，以及为祸我中土多年的魔教秘密。而其中的重中之重，便是魔教在蛮荒之地中的圣殿。这一路的艰难凶险不用多说了，咱们五个人，谁没有险死还生的时候。”

说到这里，他深吸了一口气，脸上虽有几分唏嘘，却无畏惧后怕之色，反而哈哈一笑，容色豪迈，道：“不过总算咱们命硬，一路走到了这里，也找到了魔教圣殿的位置，只怕千百年来，咱们五人便是第一批来到这里的中土之人。”

苍松、田不易等人都笑了起来，回首远望来路，但见黄沙漫漫，烈日之下，沙丘壮美，虽是一片肃杀，却令人心生慷慨，只觉得纵有再多艰险，也不过是迎难而上四字而已，大好男儿，睥睨世间，天底下又有何惧？

纵有生死危难，不过等闲事尔。

万剑一与众人一起笑着，过了片刻微微点头，正色道：“能与四位师弟一起走这一趟蛮荒之行，实乃剑一平生大快！”说罢，他双手一收，拱手为礼。

“呼”的一声，其他四人一起欠身回礼。

大风吹过，黄沙浮动，万剑一点点头，随后看了一眼那座建有魔教圣殿的山峰，只见几个人说话间，那个神秘的黑色虚影深渊已经缓缓淡了下去，看起来马上就要消失了。万剑一收回目光，然后对苍松等人道：“现在有一件事，咱们还是商议一下。”

苍松道：“师兄请说。”

万剑一道：“我们下山时，所为者便是探索蛮荒之地并找到魔教圣殿，为日后正魔大战多探得几分宝贵消息。如今这一路走来，到今日来到此处，魔教圣殿也算是找到了，可以说当日我等下山的目的已经达到。不过这个时候，我还有一件事要问问诸位，这剩下的最后一座魔教圣殿，我们是否上山去探索一番？”

此言一出，其余四人顿时沉默下来，在场的五个人纵横千里一路走到这里，哪里有资质愚鲁之辈，几乎转眼间就听懂了万剑一话里的意思：历经磨难之后，当初蛮荒之行的目的算是完成了，就算立刻转身回转青云山，也不是不可以，毕竟五个人已经为日后中土正道探明了一条可以通往神秘莫测的魔教圣殿的道路。

虽然这一路上颇多艰险，但路径是没错的。

此时万剑一提出的问题却又更深了一层，他在问其他几个人，是不是上山去探寻一番魔教圣殿。几乎不必做任何猜想，谁都能猜出作为魔教最重要也是最神圣密殿的魔教圣殿，其中必定藏有无数秘密，但凶险也绝对难以想象，很有可能，一路艰难闯到这里侥幸无事，但若去魔教圣殿，便会发生意外。

这个险，到底值得去冒吗？要知道走到这里，看到蛮荒圣殿，便可以回去了。

“去！”

一个斩钉截铁的声音，在一片沉默中突然响起，引来众人侧目，开口之人却是苍松。此刻他脸上满是坚毅之色，浓眉微皱，对万剑一与其他三人朗声道：“我等历经艰险方到此处，岂可空手而回？这一路上的各种凶险，想必诸位心中也有数，恕我直言，若是我等离开这里，只怕很长一段时间里中土正派中都不会再有人过来。所以机会难得，我觉得一定要探寻一番魔教圣殿，找到更多重要的消息回报，这才是最重要的。”

万剑一若有所思，一时间没有开口说话，而其他人如曾叔常、商正梁等都没有说话，片刻之后，另一个人站了出来，身形矮胖，正是田不易。只见他缓缓摇头，道：“此事我有异议。”

苍松的脸色顿时阴沉几分，冷冷地看了田不易一眼，道：“田师弟有何见教？”

田不易恍若不觉，只是看着万剑一，语气诚恳地道：“万师兄，我以为此事应该见好就收。我等五人深入蛮荒不毛之地，一路艰险方到此处，所得消息已然足够，更不用说还找到了魔教圣殿，到此回山便已算是满载而归，何必再多生事端？”

万剑一默然不语，旁边的苍松却已变了脸色，冷笑道：“你莫非贪生怕死了？”

田不易的脸色登时涨红，怒视了苍松一眼，道：“你说什么！”

苍松哼了一声，道：“畏畏缩缩，不是怕死是什么？”

田不易大声道：“进退有度、贪心不足这些话，你可曾听过？”

苍松先是怔了一下，似是没想到田不易会如此跟自己说话，要知道从当初在青云山上再到这一路过来，苍松无论声望还是道行，在这个队伍中都是公认的仅次于万剑一的人物。便是昔日在青云门中，像田不易这等普通弟子也从来少有敢触怒于他的。想不到这一段时间过来，不知是不是由于田不易道行大进，又或是深得万剑一看重，脾气看起来涨了不少，居然敢和苍松当面吵起来了。

苍松随即勃然大怒，猛地向前踏出一步，阴沉着脸喝道："你这是在说谁？"

田不易哼了一声，不去理他，而是看向万剑一，道："万师兄，我觉得还是不上去的好。来日方长，只要我们回去将此番走过的路公告天下，日后必定有人会寻机潜入这里，何必多冒这个险？"

万剑一沉吟不语，眉头紧锁似在思索不停，旁边的苍松则面色铁青，怒气高涨，瞪着田不易怒道："按你这么说，但见强敌便心生怯意，如何能成大事？难道这一路艰险都白费了吗？"

田不易刚要还口，却见后头的曾叔常一步踏前站在田不易身边，道："我们历经艰难才到此处，探得这魔教圣殿所在和眼下的这条路径，便是最大的收获，如何能说是白费？"

苍松气得胸膛起伏，刚要说话却被万剑一拦住。只见万剑一眉头又是一皱，随即干脆看向一直没有说话的商正梁，道："商师弟，你对此可也有什么看法？"

商正梁沉吟片刻，随后缓缓道："万师兄，我觉得苍松师兄说得有理。眼前那魔教圣殿便是妖邪魔教数千年之秘穴老巢，其中藏着无数秘密，更有魔教数度起复荼毒中土，令天下苍生深受其害。如此重要之地，我等来都来了，若是空手而回，实在有些说不过去。"

田不易怪眼一翻，连连摇头，皱眉道："商师兄，你这话我就不爱听了，红口白牙说大话，吓唬谁呢……"

商正梁怒道："我说什么大话了，死胖子，你给我说清楚？"

曾叔常跳出来，"呸"了一声，冷笑道："怎么着，说不过人便只能骂人吗？不服气就过来凭手中仙剑见个真章！"

商正梁毅然不惧，踏前一步冷笑道："难道谁还怕你不成？"

田不易与苍松同时向前踏出一步，面色不善，场中气氛陡然紧张起来。正在这个时候，突然只听一声断喝，却是万剑一寒着脸呵斥道："够了！"

四人悚然一惊，回头看去，只见万剑一冷着脸看着四个师弟，冷笑道："不过些许争执，你们这是要动手内讧吗？这一路上千难万险，原来还抹不掉你们这些许意气之争？"

苍松等人素来对万剑一十分敬服，闻言都是默然，面有愧色，各自向后退了几步。场中气氛沉默下来，过了一会儿，苍松看了看万剑一的脸色，叹了口气，道：“万师兄，是我的不是，不该为此小事起意气之争。”

田不易等人都有些诧异，显然没想到苍松居然也会说出这番话来，不过有了苍松开头，其他人也随即跟上，一个个都向万剑一表态道歉。万剑一摆了摆手，叹息道：“此事确实有些麻烦，容我想一想。”

众人无话，万剑一便带着众人在这魔山之下寻一个隐秘位置，准备休息一晚，到底是走是留，上不上山，明日万剑一就要做出决断。

是夜，月明星稀，冷风呼啸，蛮荒之地的荒凉在这个夜晚显得格外明显。气温比白天低了许多，哪怕青云门五人都是有道行在身不畏严寒酷暑的修士，仍然感觉到了一丝凉意。

田不易躺在地上翻来覆去好几回，一直睡不着。他的脑海中不时浮现出各种画面，其中最多的就是这次蛮荒之行一路上的种种艰辛，有好几次确实极其危险，若不是同门援手相救，当然其中多数是万剑一出手，田不易都觉得自己很可能早就死在半路上了。

一想到此，田不易便忍不住对万师兄心生景仰，这一路艰险，包括自己在内的他们四人都曾经狼狈失意过，唯独万剑一始终屹立不倒，似乎任何艰难凶险都难不倒他，再厉害的敌人、再强悍诡异的妖兽也不能击败他，然后就这样带着四个年轻的师弟一路西行，直入蛮荒。

甚至还不止于此，这一段时间来，万剑一对四人更是悉心教导，几乎毫无保留地将自己在修行上的心得经验传授诸人，能够跟随而来的这四个人当然没有一个是蠢材，再加上几乎每天都是紧张的生死磨砺，所以这段日子里，他们四个人都道行大进。

如此英雄人物，当真令人心折崇仰。至少此刻田不易回顾这一路行来，忍不住竟有种心潮澎湃的感觉，忽然之间，只觉得哪怕天亮后万师兄决定要上山去探查一番，自己也毫无畏惧，心中那股豪情，竟是可以睥睨一切。

想着想着，田不易的思绪忽然又飘得远了，却是想起了青云山上的日子，然后一个靓丽娇俏的身影便跃入脑海，正是苏茹。一想到那张美丽的脸庞，田不易便觉得自己的身子仿佛轻了几分，心中一片温暖，那股思念仿佛压抑不住一样。

却不知，苏师妹她现在如何了，又在做什么呢？

如果一切顺利的话，这次回青云山，大功劳当然是万师兄的，这谁都抢不了，不过自己应该也算是跟着万师兄风光了一把吧，到时候……苏师妹她……或许也会对自己稍微另眼相看吧？

没来由地心中一阵甜蜜，田不易居然傻笑起来。片刻之后他忽然惊醒，连忙收住笑容，同时有些紧张地向旁边看了一眼，发现附近几个人都已睡了，没人发现自己傻气憨呆的模样，这才松了一口气。

就在他闭上双眼，准备再次尝试入睡的时候，忽然从远方某处传来一声十分细微的怒吼声。那声音其实并不大，随风飘来已经十分轻细，若不是此刻夜深人静，哪怕以田不易这等修行有成的敏锐耳目，也未必听得见。

只是此刻听到了，田不易便是一怔，翻身坐起，发现周围其他人包括万师兄还在休息，似乎都没有注意到这突如其来的声音。田不易皱眉又听了一会儿，但除了刚才那一声，那个声音居然就此消失了，除了蛮荒之地夜晚的冷风便再也没有其他声音。田不易有些犹豫，暗想难道是自己听错了？

他心中有些不安，又仔细聆听了一阵子，但除了最开始那一声外，便再也没有任何声音传到他们隐藏的这处山坳中来。田不易摇摇头，又躺了回去，只是这一来，他更睡不着了。

脑袋里各种念头纷至沓来，千奇百怪无奇不有，偏偏就是没有睡意，到了最后，田不易干脆不睡了，抬头看了看悬挂在晴朗夜空里的那轮明月，从地上爬起来，然后向山坳外头随意走去。

迎面，便是风吹来的方向。

蛮荒之地的风沙很冷，也很粗粝，但对田不易来说还不放在心里，他一路迎风走出山坳，便看到在夜色中、月光下，茫茫一片的荒野似乎披上了一层白色的外衣，显得格外壮观和美丽。

这种景色，与山清水秀、钟灵毓秀的青云山截然不同，蛮荒这里的景色，更多的是苍凉中蕴含着刚烈雄伟，哪怕是在夜色之下，似乎也比中土肥沃之地多了一份肃杀之意。

田不易望着这一方天地，忽然觉得自己的心胸隐隐比之前又开阔了些，几乎忍不住有种想要对着这一片无垠的荒野仰天长啸的冲动。不过还好，他的性子也算谨慎，将这股冲动强忍了下来，长呼出一口气，便准备回去休息。就在这时，前方猛然传来一声长啸厉吼，声音不大，像是距离颇远。

田不易顿时双眼一亮，他听得清楚，这个声音和之前自己听到的几乎一模一样，看起来这片夜色下确实是有什么事发生了。他刚想回去通知几位师兄弟，随即又犹豫了一下，如果那边只是个平凡小贼的话，叫起一班人赶过去，岂不是有些大惊小怪？

要知道眼下众人在魔山之下，一切还是小心谨慎为上。

田不易很快就放弃了去叫众人的念头，不过那边既然有动静，还是要去查看一番的，就算有什么意外之事，也可以早点通知几位同门。

一念及此，田不易便不再犹豫，身形掠起，向那叫喊声音传来处掠去。他有些矮胖的身子在月光下的荒野上快速无比地飞驰着，看起来就像一只有些滑稽的胖马。

而与此同时，远在千里之外的中土之地，青云山小竹峰上，一间精舍油灯之下，苏茹手托香腮，也未入睡。她一双明眸闪闪如星，凝视着眼前那一点烛火，火光倒映在她清澈的眼眸中，仿佛是美丽的焰火。

她看了那火苗很久，似乎在想着些什么，嘴角有时抿着，有时又露出一丝笑意，如一朵艳丽的花儿在夜色里悄然温柔地绽放。

良久之后，她起身走到窗边，推窗望天，看见天际那一轮皎洁明月，她忽然笑了一下，口中轻轻念了一句：“万师兄……”

过了一会儿，她像是又想起了什么，嘴巴抿了一下，看起来似乎有些没好气，但还是有一些关心吧，因为她的神情还是温柔的。只听她低声咕哝了一句：“臭胖子，你可别拖万师兄的后腿！还有，大家都平平安安地回来啊……”

说完这些话，她双手合在胸前，凝视着天际的明月，坚定而用力地拜了一下。

月光如水，照在她的身上，折射出炫目的美丽光辉，在这清冷的夜里悄然绽放着。

第二十五章

无畏

田不易飞掠一阵，便到了一处沙丘背后，此刻前方的声音渐渐大了起来，甚至可以听到从沙丘另一头传来的激烈打斗声，同时中间夹杂着恶语怒骂和几声怒啸，刚才他听到的声音应该就是从这里传出来的。

田不易侧耳倾听了片刻，随即屏住呼吸，轻手轻脚地爬上沙丘，然后小心地探出半个头，向沙丘下方望去。月光朗朗，照得沙丘下方亮如白昼，田不易一眼便看到下方有七个人，都身着魔教服饰，但不知为何彼此激斗在一起，除此之外，旁边地上还躺着几个人，一动不动，身上有血迹伤口，看起来像是已经死了。

此刻场中的人分成两派正在激烈拼斗，不过在人数上却极为悬殊，一边有六人，另一边却只有一个彪形大汉。此刻六人正围攻一人，虽然那一人看起来实力颇强，但在六人如怒涛般的攻势下，已是左支右绌，明显处于下风了。

声声怒啸，便是从如困兽一般的彪形大汉口中发出来的，田不易看了一会儿，也看出若是单打独斗，只怕对面并无一人是这个大汉的对手，但此刻六人围攻，大汉便完全被压制，看这情形，最多再过一会儿，便要分出胜负。

拼斗之中，那六人中看起来像是领头的一个瘦小男子冷笑喝道：“姓孟的，老实点丢下兵刃，跟我回去见门主，说不定门主大发慈悲，还能留你一条小命。”

“呸！”那孟姓大汉一刀逼退刚刚冲过来的另一个敌人，口中骂了一声，道，“你们这些万毒门的杂碎，老子就算是死，也不会落在你们手里。”

那瘦子脸色一寒，森然道："敬酒不吃吃罚酒！我们万毒门平日里可没招惹你，也不看看你自己是个什么东西，竟然敢对我们门主说三道四。"

大汉冷笑道："去你娘的，老子早就看你们那个老毒物不顺眼了。而且圣殿从古至今，便由我们长生堂守护，什么时候轮到你们万毒门了，别以为教中众人都是瞎子，看不出来你们是想强占了冥渊。"

这一句说出口，场中的局势突然变化，却是原本围攻大汉的六个人中，有两男一女同时手上一缓，面露惊疑之色，转头向那瘦子看来。而那大汉本来眼看不支，借着这突来的机会，连忙退了两步，抢到一个喘息机会。

瘦子大怒，似乎被这句话刺到了什么痛脚，一下子暴跳如雷，挥舞手中兵刃如漫天雪亮光辉一般向那大汉攻去，同时喝道："胡说！我们万毒门上下一心只为圣教着想，便是此次也是你们长生堂的代堂主玉阳子开口邀请，否则谁来掺和这事，你这是血口喷人！"

孟姓大汉仰天长笑，一边抵挡剩下几个人的攻击，一边向后退去，同时冷笑道："你这话骗鬼去吧！玉阳子那厮如蠢猪一样，真当我们看不出来？你们那个老毒物敢说不是看了当年仇教主从冥渊中得到的机缘，如今亦想有样学样，趁着被仇教主打开的冥渊尚在，意图从中窃取修罗之力以成大法，再借此登上教主宝座，一统圣教？"

那瘦子嗤之以鼻，但似乎有心解释给旁边几个人听，开口森然道："一派胡言，教中谁人不知冥渊千载难开，非莫大机缘者不得而入，我们万毒门不过是秉承仇教主的遗愿，助长生堂一臂之力而已。再说了，你口口声声泼黑水给我们门主，那你倒是说说，这冥渊之力到底怎么窃取得到，我们万毒门又到底做什么了？"

那孟姓大汉呆了片刻，一时间说不出话来，似乎对此也不是很懂，但随后他摇了摇头，道："我跟那老毒物作对十几年了，他屁股一动我就知道他有什么奸诈心思，这一次他必定是有什么阴谋诡计，反正我决不肯在圣殿这里看你们乱来。"

此言一出，瘦子哈哈大笑，同时对旁边的人朗声道："诸位，眼下这情形不用我多说了吧，这厮不过是与我们门主素有旧怨，这才恶语中伤，坏我圣教安定，实在可恶。"

那之前缓了一手的两男一女对视一眼，都缓缓点头，显然这大汉拿不出证据，都只是猜测，众人无法相信他。其中那女子开口道："说得不错，而且长生堂的玉阳门主也亲自开口将这厮逐出门墙了，看来也是厌恶此人胡言乱语。"

主意既定，众人又围攻上去，攻势一浪高过一浪，那孟姓大汉虽然竭力抵挡，但终究寡不敌众，很快身上挂彩，连连后退，看起来马上就支持不住了。

田不易躲在一旁的沙丘之后，心念急转，刚才这一番魔教中人的内斗，其中言语论及似乎有一个极大的秘密，牵扯到了一个叫冥渊的东西，但是那究竟是什么，田不易却不太清楚。

但看这些魔教教徒的神情言辞，显然那东西极为重要，非但如此，其更隐隐牵涉到魔教教主重生、魔教实力兴盛等重大事件。自古以来，从魔教兴起算起，每当魔教兴盛侵扰中土的时候，都是有杰出英才统一魔教的时候，换而言之，若是魔教四分五裂，实力自然衰弱，便不能为祸天下苍生了。

以此看来，那个叫冥渊的东西似乎在这中间占了极其重要的地位，田不易一咬牙，心想此事不能放过，还是先救下那大汉，再从他口中问出点什么来。

他心意一定，便要纵身而起，就在这个时候，一只手突然从身后伸来按住他的肩膀，顿时将田不易又硬生生地压回了地面。

田不易大吃一惊，霍然转头，同时一只手已经搭在赤焰仙剑上要一剑斩去，但片刻之后，他眼角余光里便看到一袭白衣，来人却是万剑一。

田不易身子一矬，硬生生将自己的动作压了下来，同时因为用力太猛，身下的沙子都簌簌分开，陷下一个浅坑。两人对视一眼，田不易长出了一口气，随后轻声道："万师兄，你怎么来了？"

万剑一在田不易身边趴下，口中道："这么大动静，我当然能听到。"

田不易下意识地向万剑一身后看了一眼，发现沙丘下方一片寂静，除了万剑一和自己外，便再无一个人影。这岂不是说只有万师兄和自己发现这里动静的吗？虽然不是什么大事，其他三个同门师兄弟也可能只是休息了才没发觉，田不易还是在心里一阵窃喜。

万剑一既然到了，那做主的人自然便是他了。田不易小心地将刚才自己听到的对万剑一粗略说了一遍，随后对万剑一道："万师兄，这冥渊听起来关系重大，不如咱们将那大汉救下，然后再细细询问一番？"

这时，沙丘下方的拼斗声已然十分急促，看起来战局已接近尾声，那孟姓大汉在六人的围攻下竭力抵抗，甚至不惜亡命一搏击伤了那个瘦子，但也到了力穷的时候，被剩余五人围攻得节节败退，眼看就要抵挡不住，死于非命了。

万剑一向下方看了一眼，随即当机立断，沉声道："就按你说的做，我对付那边六人，你去救那大汉。"

话音一落，田不易便觉白衣一闪，万剑一已然掠了出去，其势快如闪电。田不易心中赞叹一声，随即也跟上，口中一声怒喝惊动下方诸人，手下动作都是一慢，万、田二人便直接冲了进来。

碧芒闪烁，万剑一手中的斩龙剑如同一条天外游龙般冲来，瞬间又化作茫茫大海，惊涛骇浪，虽只有一剑却仿佛遮天蔽日，直接将那边所有人包括那个受伤落在后头的瘦子圈在其中，剑势之强、气派之大，委实骇人听闻。

那六个魔教教徒纷纷怒喝出声，惊怒交集，但在斩龙剑的威势下都不得不退，另一头，田不易已经直接掠至那孟姓大汉身边。大汉见形势陡变，突然冲出来两个高手，也是又惊又疑，一时分不清是敌是友，所以虽然此刻差不多已筋疲力尽，却还强撑着提起刀刃对着田不易，喝道："你是何人……"

话音未落，田不易根本就不甩他，赤焰仙剑直接斩下，只听"当"的一声火焰亮处，便将大汉手中的刀刃打飞出去，紧接着田不易冲至大汉身边，大汉虽然看起来比他足足高了一头，但田不易一踢一抓一丢，看似简单的几个动作，那个已然全身发软的大汉全无反手之力，一下子便被他抓起砸到地上，顿时不能动了。

另一头，万剑一以一敌六，虽然和刚才魔教众人内斗时一模一样，但形势完全倒了过来。万剑一纵横挥洒来去如风，将那六人耍得团团乱转，斩龙剑更是碧芒冲天，映衬得他的身影越发潇洒自如，不一会儿，他居然以一人之力将这六人都擒下了，一一丢在地上。

接下来的事情也很简单，万剑一与田不易也不耽搁时间，直接对这七个魔教中人开始讯问。一开始时每个人都嘴硬得很，问了半天也没问出什么，万剑一便让田不易将这些人各自分开，分头讯问，加上这两个人也不完全是大慈大悲的正人君子，讯问过程中多多少少用了些手段，所以最后，他们大致问出了一些东西。

魔教是一个十分古老历史久远的教派，甚至比中土历史最长的青云门还要久远许多。在这漫长的历史中，蛮荒圣殿这个最重要最神圣的地方，当然也隐藏了无数的秘密，而冥渊就是其中最重要的秘密之一。

冥渊听起来似乎是一个地名，像是一个深邃黑暗的深渊，实际上更像一个通往神秘世界的通道，具体的景象便是白天万剑一等人在山下所看到的那一片诡异虚影。按照魔教的传说，冥渊那一头蕴藏着强大无比的力量和无数神奇的机缘，只要能够进入冥渊便有机会获得那些东西，就此一步登天，成为人上人。

只是冥渊向来神秘无比，在漫长的岁月中其实大部分时间都是消失不见的，并且魔教中人也不知道究竟如何打开冥渊，往往只是在某种机缘巧合的情况下，某个魔教中人无意中也不知道做了什么，突然就打开了那座冥渊，然后便如传说中一般得到机缘道行大进，就此一步登天。最近的例子当然是魔教上一任教主仇忘语了，他当年不过是魔教长生堂门下一无名小卒，但福泽深厚打开冥渊进入其中，随后便一统魔教，就此叱咤风云，纵横天下，若不是在青云山上吃了诛仙古剑的亏，只怕日后成就更不可限量。

只是奇怪的是，历代进入冥渊的魔教强人从来都对自己如何打开冥渊以及进入冥渊后看到了什么，只字不提，所以哪怕是魔教中人对此也几乎一无所知，这更为冥渊披上了一层神秘的面纱。

除此之外，冥渊每次被打开都不会马上闭合，通过魔教圣殿前的那座修罗塔，以古老仪式作法时便会出现。只是众人看到的都是白日里出现的虚影，而真正的冥渊，人是无法进入的。这样的虚影会保持一段时间，时间长短并不稳定，短的一两年，长的甚至几十年亦有，不过终究只是幻影而已，人进不去，自然也就没有什么机缘。

以上这些有关冥渊的事便是从这七个人口中所说的拼凑起来得出的大致情况，

七个人说的有多有少，支离破碎，但整理之后便大致清楚，同时这其中很大一部分情况其实都是那个姓孟的大汉说的。

或许是他伤势最重意志薄弱，又或是被同教中人追杀心灰意冷，所以这个大汉在一开始象征性地抵抗后，很快便干干脆脆全说了出来，让原本严阵以待准备跟他耗上漫漫长夜的田不易瞬间感到一阵空虚。

撇开这些人，万剑一与田不易走到一旁，低声商量起来。

田不易对万剑一低声道："万师兄，你觉得这些人说的话可信吗？"

万剑一沉吟片刻，缓缓点头，道："他们之前那般生死搏杀，应该不会突然结盟瞒骗我们，尤其是那个姓孟的。"说到这里，他略微顿了一下，眉宇间掠过一丝凝重，道，"想不到魔教中居然还有这等诡异之物，幸好并不常见，否则的话……"

万剑一与田不易对视一眼，都看出对方眼中浓浓的忧虑之色，这冥渊如此神奇诡异，一旦有人机缘巧合进入其中，出来便是一代枭雄，再然后整合魔教剑指中土，便又是一场浩劫。难怪几千年来，魔教几度兴衰，却总有绝代枭雄横空出世，进而荼毒天下。

田不易长吐一口气，道："不过总算还好，最近进入冥渊的魔教教主仇忘语已经死了，天下至少又有百年太平。"

万剑一面色仍然严峻，并未开颜，田不易随即察觉到这一点，有些惊讶，低声道："万师兄，莫非你觉得有什么不对？"

万剑一负手转过身去，只见在夜色里，远方魔教圣殿所在的那座山峰高高耸立，似乎与这片黑暗的夜色连为一体。漫天的夜幕无边无际，就像一片黑暗的大海。

"你记得之前那个姓孟的怒骂万毒门门主毒神的话吗？"

田不易凝神思索片刻，随即脸色微微一变，道："师兄，你的意思难道是说那个老毒物真的有可能……"但他随即摇了摇头，皱眉道，"可是不对啊，这些人话里的意思明明都说只有在一开始得到机缘的那个人才能进入冥渊，随后不管冥渊持续时间多久，都只是一片虚影而已，其他人是不可能进入其中的。"

万剑一点了点头，道："按理说他们确实不该说谎，只是我对此仍有几分不安。以时间算来，这次冥渊现世的时间至少也有二十年，在以往屡次出现的情况里算是持续极长的。而万毒门的毒神向来心机深沉，我只怕万一真被他找到了什么进入冥渊的法子，我等中土百姓只怕又要遭受一场浩劫了！”

田不易心头一跳，看向万剑一，过了一会儿，道：“万师兄，你想怎么做？”

万剑一转身凝视看他，皎皎月光之下，田不易只觉得这位万师兄长身而立，身形潇洒，一袭白衣如雪，整个人却像一柄光华万丈的名剑，闪烁出炫目的冷焰光辉。他的目光如此清澈而锐利，几乎令人无法直视，像是一眼便看到了他内心深处。

“田师弟。”万剑一语气平静，但话语声里仿佛隐隐有雷鸣电闪般的气势，铺天盖地般卷动在田不易身旁，不知为什么，田不易只觉得自己周身的寒毛突然竖起，竟有一种激动到战栗般的感觉。

“田师弟，”万剑一又叫了他一声，然后看着这个矮胖的师弟，沉声道，“冥渊现世虚影，皆靠那圣殿之前的修罗塔。为天下苍生，为我青云一门，我意图上山，毁掉那魔塔，杜绝后患。然而此行必定凶险无比，你……可愿助我？”

田不易双拳紧握，深深呼吸，这一刻只觉得全身热血上涌，心头隐隐像有个声音在大吼一般，但到了最后，他还是强忍住了。

然后他笑了起来，点了点头，随后一字一字地道：“万师兄，算我一个！”

第二十六章
重誓

天亮时分，万剑一和田不易回到昨晚青云门众人休息的那个山坳，至于被他们抓住的那些魔教教徒，当然不可能就这么放他们回去，否则等于告诉魔教圣殿中的人，有人意图对冥渊不利。不过无论是万剑一还是田不易都不是滥杀之辈，所以最后只是将七个人全部制住，然后田不易找了个十分隐蔽的山沟挖了个大坑，再把人直接丢了进去，按照万剑一的说法，至少三五天内这些人是别想动了。

反正修道之人身体强横，有道行在身的话，三五天不吃东西也死不了。

回到山坳的万剑一并没有耽搁，直接召集剩下的三人，将这件事摊开直说了，基本上没有任何保留，诸如冥渊的来历、作用、强大且诡异的力量以及对魔教的深远影响，都一一对众人说明，当然最后也将此去的凶险解释清楚。

他们只有五个人，但魔教圣殿所在的山峰上，重重殿宇楼阁中此刻不知聚集了多少凶恶之徒，若是被魔教发现他们的踪迹，只怕光凭人潮淹也能把他们淹死。

“此去凶险异常，说不定便有性命之危。”万剑一说到最后，面色也凝重肃然。他目视在场的其他四位同门师弟，每个人都是跟着他纵横千里，一路厮杀历尽千辛万苦才到这里，彼此之间早已是过命的交情。哪怕是平日里有些互相看不顺眼的人，如苍松和田不易等，一旦到了厮杀与生死关头，也不约而同地愿意将自己的背后交给对方。

但是这一次的抉择，真的值得吗？

有一阵子没有人说话，所有人都看着万剑一，正如这一路上他们始终追随在万剑一身后一样，眼中只有信任，毫无畏惧。

这目光让万剑一心中有种异常沉重的感觉，但是当他转身望向远处那座高峰，看着矗立在晨光里巍峨高耸的魔教圣殿后，便再一次坚定了自己的心意。他转头看着其他四人，道：

“冥渊关系重大，若不毁去，后患无穷，日后千百年间，我中土正道、天下苍生必受无尽劫难。当此之时，魔教新败，元气大伤，加之为了新教主大位在魔宫中内讧争斗，正是百余年来最脆弱的时候。我意已决，当趁此良机毁去修罗塔，破此冥渊，诸位师弟可愿助我？”

其余四人对望一眼，田不易方欲开口，却见苍松已然向前踏出一步，昂然道：“万师兄，你所言极是，邪道妖魔猖狂凶恶，我等替天行道，又何惧凶险！我愿随师兄同去，纵死不悔！”

这最后四个字，他说得当真是掷地有声，慷慨豪迈，哪怕平日与他不和的田不易与曾叔常，此刻也为之侧目，面上露出几分敬佩之色。

有了苍松带头，田不易顿了一下，道：“万师兄，我也愿去。”

苍松转头向田不易看来，田不易与他对视一眼，面色坦然。苍松凝视他片刻，一言不发，只是重重点了点头。

随后，曾叔常与商正梁也出声答应，四人中并无一人畏缩犹豫。

冷风吹过，万剑一白衣飘舞，忽地仰天一笑，道：“得诸位师弟为友，千里同行至此，实乃剑一生平大快！”

说罢，他大步走上山坳，苍松等人随即跟上，五个人并肩站在那粗粝荒凉的土地上，望着远处高高在上的魔教圣殿。一高一矮，一多一少，那高峰的阴影仿佛可以轻而易举地将这五个人全部吞没，但不知为什么，他们五个人站在那里，目光灼热，仿佛这世间再没有任何事可以令他们退缩畏惧。

虽万千人，你我兄弟，同去就是！

男儿心百炼成钢，矢志不移赴汤蹈火，但实际做起事来，当然不能太过鲁莽。

接下来的时间，万剑一与四位师弟便小心地在魔教圣殿周边仔细探查，包括那座山峰各处山脉走势，山上山下各种地势地形，都在暗中看过。

除此之外，他们还暗中窥视魔教圣殿中诸多魔教教徒的动静，随后还返回之前抓住的七个魔教教徒之处，再度讯问，此番所问之事便是圣殿中各种事宜、殿宇布置及魔教中人诸多习惯了。

那七个魔教教徒似乎隐隐感觉到了什么，觉得这五个道行奇高的中土修士像是打算对圣殿不利。所以一开始个个口头还是很强硬，不过再怎么说，他们之前也出卖过一次了，第二次开口并没有那么艰难，特别是此番过来讯问的人中还有一位苍松，比起万剑一和田不易，苍松在讯问俘虏上可厉害多了。

所以没过多久，万剑一等人便又得到不少关于魔教圣殿的秘密，其中包括诸多殿宇方位、布置安排，以及最近魔教中各大门派天天都在最大的圣殿中当着他们敬奉的圣母、明王两大神祇神像前大肆争吵的情况。

再一次将这七个倒霉的俘虏制住并扔到更远的地方后，万剑一召集其他四人，在圣殿山下商议道："根据咱们这几日窥探以及那几个人所说的情况，山上的局势比我们想的还要凶险几分。"万剑一道，"魔教四大派系中，除了鬼王宗不在蛮荒圣殿外，其余万毒门、长生堂、合欢派中精锐尽集于此，此外还有炼血堂、黑木派、绿帽门、鬼影宗等大大小小数十个门派云集于此，其中高手无数，而我方仅有五人。"

万剑一深吸了一口气，看向四位师弟，沉声道："我们只有五人，天时地利皆在魔教，彼此实力差距极大，实在凶险。依我看来，此事或许还有转机。"说着，他伸手招呼四人一起蹲下，随手在地上捡了一块尖长石头，在粗粝的黄土地上随意画了几个圈，道，"此处乃魔教圣殿之正殿，大部分魔教要紧人物每日都在此处争权夺利，吵闹不休。修罗塔在正殿前方百余丈，平时有十人看守护卫，但多年来从未有人威胁此处，所以那些护卫看起来并不算太上心。"

"除此之外，圣殿四周又有功德殿、轮回殿、法堂、明王地狱殿、圣母讲经殿五大殿，再辅以其余小殿楼宇共十一座，便是这蛮荒圣殿全貌。"万剑一在地上画圈标明，随后抬头看向其余四人，苍松、田不易等人都微微点头，表示心中有数。

这几日他们的全部心思都放在这如龙潭虎穴一般的蛮荒圣殿中，里面大小殿宇的位置早已熟记于心。

万剑一颔首，随后剑眉微挑，沉声道："我等的目的，是要毁去正殿之前的修罗塔，但此处离正殿太近，魔教高手须臾即到，强攻只怕不行，须得用计。"他用手一指正殿背后偏北方一处圆圈，道，"五大殿中，圣母讲经殿最是紧要，其中存放着魔教无数典籍密谱，是蛮荒圣殿的一处要害所在；其次是轮回殿，其中供奉着历代魔教教主的骸骨灵位，同样是魔教不容有失之地；再次是法堂、功德殿与明王地狱殿等，因为不甚紧要，守卫便薄弱许多。"

听到这里，青云门其他数人神情各异，但好像都想到了什么，同时看向万剑一。片刻之后，曾叔常首先开口道："万师兄，你莫非想用声东击西与调虎离山之计？"

万剑一颔首道："差不多便是如此了。以我之意，四位师弟中分出三人，一人去圣母讲经殿，一人去轮回殿，一人则兼顾其余三大殿，约定时刻同时攻入，纵声放火故作声势，疑惑魔教妖人做大军攻入之态，剩余一人潜伏在修罗塔外，伺机而动，一旦有机可乘便尽快毁去修罗塔。诸位师弟，对此番安排可有异议？"

苍松等人对视一眼，随即都缓缓点头，但这里显然还有一个紧要之处，众人都想到了，片刻之后商正梁忍不住开口道："万师兄，那你呢？"

万剑一笑了笑，也不言语，只是伸出一根手指，在四人目光的注视下，往地上那好些个圆圈图案的正中间指了一下。

"什么？"

几声惊呼，同时从旁边几人口中传了出来，苍松与田不易同时猛然抬头看向万剑一，曾叔常与商正梁则盯着地下那个圆圈，脸上有震惊之色。田不易急道："万师兄，你、你难道要去正殿？"

万剑一脸色平静，点了点头。

苍松猛地向前踏出一步，面上有激动焦急之色，道："万师兄，万万不可。如今魔教精锐几乎尽在那正殿之中，就算我等攻袭其余诸殿引开了一部分人，但只怕正殿里仍会留有不少高手。你孤身一人前往，实在太凶险了。"

旁边的田不易、曾叔常、商正梁等人也同时点头，异口同声道："正是如此，万师兄你万不可轻身冒险啊！"

万剑一摆摆手，脸色平静淡然，道："你们说的我心里都有数。只是看这局势，只怕这一步是不能不走。如今魔教精锐云集于此，哪怕我等计策奏效，引得正殿中魔教高手奔走驰援，但以我的估算最多也只能引出一半，若是再有更多，便是天助。那正殿与修罗塔实在太近，若无人前往牵制，想要毁掉修罗塔便是痴人说梦。"

苍松与田不易等人都哑口无言，然而面上激动的神色丝毫未减。在场的哪有笨人，任谁都知道这分配出来的五个任务里，到正殿之中的那个人必定最凶险。其余四处还可以说是有心算无心，伺机而动偷袭目标，便是想逃趁着一片大乱也有机会，唯独去正殿那一处，等同于要以一当百，直面原本就聚集在那一处的众多魔教高手，其中的凶险简直难以言诉。

万剑一一开口，却将这最凶险的一路划到了自己名下。

一时之间，四个人面面相觑，片刻之后，田不易忽然踏前一步，沉声道："万师兄，你身负重任，又是大器之材，岂可轻身赴险？不易愚笨，蒙师兄不弃看重，悉心栽培，愿为师兄走这一趟。"

话音未落，一旁的苍松同样昂然站出，目视万剑一，一字一字道："万师兄，让我去！"

万剑一挥手一摆，拦住了田不易和苍松，也拦住了满面激动之色正要跟上来的曾叔常和商正梁，正色道："四位师弟，你们的心意我明白，这一路千里同行，生死与共，大家都是过命的交情了。然而此事还是以大局为重，正殿中魔教妖人高手众多，须得极力拖延方可让修罗塔处有一线机会行事，行事者非只凭血气之勇。诸位师弟信我一次，不要再与我争了。"

话说到此处，便已无转圜的余地，苍松、田不易等人紧咬牙关，默然低头。

万剑一随即道："除我去正殿之外，还有四处，如此安排：田师弟去圣母讲经殿，商师弟去轮回殿，曾师弟负责法堂、功德殿与明王地狱殿三处，你三人多备燃火之物，路过其他殿宇时，若有余力，同样可防火点燃，总之声势搞得越大越好。

最后便是苍松，你去正殿前方修罗塔附近，自行寻觅隐秘处潜伏，伺机而动，见诸殿火起大乱我入正殿之后，修罗塔下的守卫必慌乱驰援，你便迅速近塔而毁之。”

苍松怔了一下，愕然道：“让我去毁塔？”说完脸色一肃，道，“万师兄，我虽不才，但自信道行战力不弱于人，请容我前往大殿杀敌，以助师兄一臂之力！”

青云门五人兵分五路，最凶险者当然是万剑一所去之正殿，而目前看起来最轻松者，则是修罗塔这一路。其余四路所为者皆是吸引魔教高手，令修罗塔下空虚然后趁机毁坏，如果幸运的话甚至可以在无人防卫的情况下靠近魔塔。苍松素来颇有傲骨，哪怕在此生死危难之际，也丝毫不愿占这便宜，又或者是他目睹平日最崇仰的万师兄昂然赴险，心神激荡，以这修罗塔一处太过轻松为耻。

万剑一看了苍松一眼，又看了看其他三人，但只见众人面色皆慷慨，未有丝毫怯弱之意。他点了点头，目光再度落回苍松身上，沉声道：“苍松，你听我说。此番行事，最紧要处不在诸大殿侵袭放火，亦非我独闯正殿，而在这修罗塔下。我等锐身赴险，所为何来？便是要毁掉这魔塔。是以这一处才是真正至关紧要的地方，你是除我之外四人中道行实力最高的一人，因此我才将这重责大任托付与你，你可明白？”

苍松身躯一震，还未等他开口说话，万剑一已然继续说道：“我等四人行事，皆是为你，到了那一日，我等引开魔教诸人后，定有恶战，但一切皆以你此处为准。魔塔不倒，我等皆死战不退，魔塔毁去，你以长啸为号，我等再伺机而逃。如此重责大任，你可愿承担？”

苍松的脸色瞬间苍白几分，甚至连身子都微微颤抖，他看着万剑一，再缓缓扫过田不易、曾叔常和商正梁几人，这一刻，似乎连呼吸都有些艰难，只觉得一番话哽在喉头，竟是说不出口。

万剑一凝视着他，洒脱一笑，而当苍松的目光与剩下三人接触到时，田不易首先踏出一步，面色肃然坚毅，道：“苍松师兄，你只管听万师兄之言行事。咱们虽然平日里常有不和拌嘴，但魔教妖人再多，我等也尽数为你挡住。”说着，他哈哈一笑，用力拍了拍胸口，砰砰作响，道，“就算他们要到修罗塔下，须踩烂了俺老田这身肥肉过去。”

曾叔常点点头，沉声道："师兄放心去做就是。"

商正梁道："苍松师兄，一切靠你了。"

苍松牙关紧咬，身躯颤抖，只觉得心头热血翻滚，如烈焰焚心灼热无比，又似看到一阵阵血海滔天就在眼前，而自己这几位同门全身浴血，正在其中奋力厮杀，鲜血横飞。然而天有烈日，晴空朗朗，诸般幻影一扫而空，他仰首望天，忽地一声低吼，虎目微红，肃容喝道：

"好！

"男儿大丈夫，何惧之有！诸位兄弟重托，苍松一并接下就是。来日大事之际定全力以赴，若稍有差池，便无颜再见诸位，这一条性命，断不敢偷生于世！"

言重语急，话音才落，他忽地反手抽剑，一声锐啸破空而至，便在他左手掌心割了一剑，鲜血淋淋而落。他握拳抹血，面向众人，神态慷慨凛然，大声道："如违此誓，便叫我死无葬身之地！"

第二十七章

烛火

青云山，通天峰。

正魔大战刚刚结束不久，虽然在那场惨烈的血战里，青云门最终击败魔教，取得了震动天下的大胜，但所谓杀敌三千自损八百，青云门本身其实也损失不菲。灵山仙境里随处可见损坏伤痕，仙家境地一片狼藉，不过这些都是可以修复的，虽然惨烈也还能接受。唯独在这场大战中，青云门的门人弟子死伤者众，其中被宗门看好、长辈寄予厚望的年轻俊杰就此早夭的也着实不少，可谓令人痛惜。

战事过后，便是疗伤止痛、休养生息的时候，如今的青云门，因为掌门真人天成子在与魔教教主仇忘语的大战中负伤，这些日子来一直闭关静养，等闲不见外人，青云门中诸多事务皆由其座下大弟子道玄处置。

其实一开始这个决定在青云门中还引来过一阵议论，因为道玄虽然才华出众声望过人，但怎么说也只是年青一代的弟子，在他之上青云门中还有不少与天成子同辈的前辈高人，如小竹峰首座真雩大师、大竹峰首座郑通、风回峰首座曾无极等，皆是德高望重的宗门长老。天成子真人若不能视事，代掌门之位似乎交给这些长老方才合乎情理。

只是在实际过程中，几位声望卓著的长老态度却是出人意料地一致，都没有对道玄代理掌门一位有任何的反对之声，其中曾无极保持沉默，真雩、郑通二位更是直接表明态度支持道玄，所以很快这种反对之声便被压了下去，不过在青云门众多弟子中，私下里总还是有些不解、疑惑的议论就是了。

不过这所有的猜疑议论和风言风语，都在随后的日子中很快消散而去，因为道玄在代理掌门的位置上迅速展现出令人咋舌的能力，将大战过后、百废待兴的青云门打理得井井有条：大到各处山峰战场的整理修补，小到众多伤员的救治，安排灵丹仙药，处理无数琐事杂务，甚至包括遗留在山峰各处乃至一些掉落山谷沟涧的死人遗骸，都处理得滴水不漏，做了十分妥善的安排。

整个青云门在这场惨烈无比的正魔大战后，反而渐渐显露出一股新的朝气，宗门内原有的沉郁气氛逐渐散去，许多门下弟子的脸上重新出现了笑容，甚至比大战前多了几分新的气象。

这种变化被所有人都看在眼中，议论疑惑之声迅速消弭，对道玄的敬佩赞扬之声纷纷而起，令这位年青一代首屈一指的英才俊杰在门中的声望又上了一层台阶。

与此同时，就在不久前，道玄突然又做出了一个惊人之举，那就是在禀明掌门天成子真人后，他开始一力操持青云门新一届的七脉会武大会。青云门七脉会武乃是十年一届，是多年来青云门中最热闹也最隆重的大事，也向来是门内年轻弟子出人头地、一举成名的捷径。本来因为正魔大战，青云门损失惨重，大部分人对这一届七脉会武大会不再抱以希望，谁知道玄竟然迎难而上，再次公告要举办这次大会，顿时引来青云门上下的关注，无数青年才俊摩拳擦掌，也让最后一丝愁苦气氛一扫而空。

所有人，都开始向前看了。

七脉会武大会规模庞大，牵涉青云门七脉全体门人，更有诸多大事小事需要沟通处置，所以这一段时间以来道玄忙得脚不沾地。幸亏他本也不笨，除了对几位师叔长辈多有请益外，也请来了门中许多相熟有能力的同门师兄弟相助，所以事情进展得十分顺利，照这样下去，再准备一段时间，七脉会武大会就能召开了。

不过道玄总理全局，却始终没有明确定下七脉会武举办的日子，对外只说是筹办事务繁杂，还需等待一段时间，但知道内情的都清楚，他其实是在等离开宗门的万剑一等人回归。

在这段日子里，经过小竹峰首座真雩大师的同意，水月、苏茹师姐妹二人受道玄相邀，常到通天峰帮忙。水月才干过人，为人虽清冷处事却公平敏锐；苏茹则是活泼开朗的性子，天生便能和人打成一片。加上她们二人又都是出身于盛产美女的小竹峰一脉，同样美貌过人令人惊艳，不但帮了道玄许多，而且在青云门中也被许多人注意到，一下子多了为数不少的仰慕者，一时间小竹峰并蒂仙子可谓声名远扬。

这一日，青云山通天峰上，玉清殿外，道玄从山下石阶走了上来，在他身旁还跟着一人，却是之前受了重伤卧床不起的天云。此刻看上去，天云的脸色仍旧苍白，面容憔悴，应该是还没有大好，但能够下地走路并到这里，应该已经挺过最难过的时候了。

道玄此刻便对天云道："天云师弟，你伤势才好了一些，理当静心休养才是，怎么急匆匆地跑到我这里来了？万一有所反复，岂不是折腾自己。"

天云有些虚弱地笑了笑，道："师兄，你的好意小弟心里都明白，只是这些日子看着门中诸多师兄弟忙里忙外，我却像一个废人般躺在床上，实在无趣。若是师兄不嫌弃，觉得小弟还有一二可用之处，也让我来帮你一把吧。"

道玄看了他一眼，颔首道："天云师弟有心了，眼下我们青云门正是百废待兴之时，确实事多繁杂，师弟愿意出来做事帮我，为兄自然是欢喜不尽。你这里……"

话说到一半，忽然只听他们身后也就是玉清殿下那个碧水寒潭中，传来一声如雷鸣般的吼叫，声震山谷，远远回荡出去，端的是声威赫赫，令人胆寒。

两人同时转身看去，天云愕然道："那是灵尊？"

道玄盯着下方，皱眉道："应该是灵尊了，不过不知道为何它今日突然有些不安躁动？"

天云道："师兄可要我下去看看吗？"

道玄沉吟片刻，又等了一下，接下来下方却又平静下来，再无动静，似乎那只水麒麟只是无聊了嘶吼一声，转眼又钻入水底睡觉去了。如此等待片刻，道玄最后还是摇头道："算了，看起来并无大事，你先随我进来吧。"

两人一起走入玉清大殿，这里已经有好几拨人，就等着道玄回来处置手头事务。天云站在一旁，看着道玄径直坐到主座上，迅捷快速地连续处理了几件杂务，在他看来其中颇有复杂难解的地方，但道玄都是以快刀斩乱麻般的速度转眼处置完毕，不由得满心佩服，正想对这位师兄恭维几句，忽听脚步声响起，前方走来一个年轻美貌的女子，正是水月。

此时道玄正好将手头最后一拨人的事务处置完毕，对那人小声交代了几句，便打发他走了，随后转头看向水月，对她点了点头，算是打过了招呼。倒是旁边的天云眼前亮了一下，站起身来对水月行了一礼，道："好久不见了，水月师姐。"

水月看他也在这里，面上掠过一丝惊讶，不过她素来沉静，很快便恢复正常，对天云点点头，随后便对道玄叫了一声，递过来一张写了几行字的白纸，道："道玄师兄，我已知会其余诸脉尽早报上参加七脉会武的弟子名单，不过他们都未做最后的决断，想来还要等上几天。这张纸上的是我们小竹峰一脉的清单，请你过目一下。"

道玄怔了一下，随即露出一丝微笑，接过那张白纸，颔首道："还是小竹峰办事最快捷，辛苦水月师妹了。"

水月微微一笑，没有说话，站到了一旁，天云的目光不由自主地跟了过去。水月若有所觉，抬眼向天云这边看了一下，天云不知怎么吓了一跳，赶忙收回目光看向别处。水月看着他皱了皱眉，却也没有其他表示，只是眼底深处掠过一丝不屑。

道玄将小竹峰的名单看了一遍，随即点头道："可以了，这份名单先放在我这里，回头就按此登录。"

水月点了点头，随即开口道："对了，道玄师兄，我找苏茹师妹有些事，麻烦你叫她出来一下。"

道玄顿时一怔，随即愕然道："苏师妹，我今天没见过她啊？"

水月眉头一挑，似乎也有些惊讶，道："苏师妹今早就过来通天峰了，说是有件要紧事找你禀告一下，可是直到现在我也没见她回来，还以为她一直在你这里呢。"

道玄想了想，道："前头我去了云海和翠坪那边，为的是整修几处破损地域，花费的时间久了些，可能是错过了。或许她没找到我，先回去了，你们中途错过了吧？"

水月"哦"了一声，点点头道："原来如此，师兄这里若是没事的话，我先告辞了。"

道玄道："嗯，你去吧。"

水月行了一礼，转身走出了玉清殿，道玄目送她离去，回头一看，却发现天云居然还一直看着那边，不由得眉头一皱，轻声咳嗽了一下。天云身子一震，连忙转过身来，面露几分尴尬之色，道："师兄……"

道玄看了他一眼，道："看你这样子，难道对水月师妹有意？"

天云叹了口气，道："水月师姐美貌过人，道行天资更是奇才，远胜于我，我对她自然是十分仰慕的。不过像她这样的女子眼中，多半不会有我吧。"

道玄沉吟片刻，似乎一时也不知道该说什么才好，过了一会儿，他才沉声说道："据我所知，水月师妹心中似乎有喜欢的人了。"

天云下意识地问道："什么，是谁？"

道玄淡淡地道："应该是万师弟。"

天云身子一震，脸上神情变幻，眼神复杂，但过了一会儿忽地长叹一声，道："这也难怪，也只有万师兄这等英才盖世的人物，方能入得了水月师姐的眼，我确实自愧不如啊。"

说着摇摇头，对道玄施了一礼，随即转身也离开了玉清殿。

道玄看着天云离开，摇摇头转过身子，走进玉清殿后堂。一路徐行，走到那一排静室书房前时，正好看到前方道童青枫在收拾屋子。他心中一动，便走过去，叫了青枫一声。

青枫听到道玄的声音，连忙过来见礼，道："见过道玄师兄，请问唤我何事？"

道玄看了看周围，见附近确实无人，便对青枫道："平日里不是你负责打扫庭院，而白石整理屋舍吗？怎么今日换成你了，白石呢？"

青枫道："回禀师兄，今天早些时候，小竹峰的苏茹师姐来到这里，说是要寻你说事，可是一时没有找到，便问我和白石你的去向。我二人都不知晓，不过白石与苏师姐平日有些交情，便对她说师兄你平日最常去的就是两处地方，一处是玉清大殿，另一处便是后山祖师祠堂……"

道玄脸色忽地一变。

青枫没有察觉道玄脸色的变化，继续说了下去，道："苏师姐只说在玉清殿没找到师兄，又说她的事有些急，想尽快找到你。白石见她情急，便让我暂且替他打扫一阵，先带着苏师姐去后山祖师祠堂那边找你了。可是没想到，师兄你居然是从前头回……咦？”青枫突然怔了一下，看着道玄，愕然道，“道玄师兄，你怎么了，脸色竟如此难看？”

道玄深深吸了一口气，随后低声道：“没事了，你先下去吧，我自去寻他们。”

青枫看着道玄脸色阴沉，不知为何心中有些害怕，便赶忙行了一礼走到一旁。道玄脸上的肌肉微微抽搐了一下，忽地一甩袖袍，大步向前走去，穿过静室外的回廊通道，一路向后山走去。

青云后山古木森森，到处都是苍翠一片的古老山林，沿着山路一路走来，道玄的脚步越来越快，道袍挥舞震荡掠起的劲风，竟然将路旁的野草小树都吹得低伏下去，隐隐可以看出他此刻突然变得焦灼急迫的心情。

他的脸色看上去仍是一片肃然，没过多久，他便来到了后山那条山道的岔路口，他看都没看幻月洞府禁地那边，而是直接拐上了往祖师祠堂的那条路。

重重飞檐肃穆殿宇，从青绿枝叶后现身而出，道玄快步走去，突然间，他的身子一震，面上露出惊骇之色，只见在祖师祠堂大殿之前，那一片石阶地上竟侧躺着一个少女，看过去赫然是苏茹。

道玄大惊失色，几乎瞬间失声喊了出来，总算他平日性子谨慎冷静，强行忍了下来，一个健步飞掠而上，转眼便冲到苏茹身边，第一反应便是抱起苏茹的身子，同时伸手去探她的鼻息。

就在此时，突然从他背后传来一个古怪的声音，若隐若现，似远似近，仔细分辨正是从祖师祠堂大殿中传出来的，如妖兽低吼，又似幽鬼凄号，声若飘絮，仿佛挟带着一股寒风，瞬间而来。

道玄目光一寒，立刻起身，身上的道袍转眼间无风鼓荡，全身灵力一触即发，竟是一副如临大敌的模样。

这一转身，便看到昏暗的祖师祠堂大殿中，点点烛火不知何时熄灭，里面越发昏暗，而无形的黑暗犹如幽灵，正冷冷地窥视着他，阴风阵阵，仿佛一只恶兽即将怒吼扑出。

只一瞬间，道玄全身便如坠冰窖，寒意透骨，然而他仍睁大双眼，死死地盯着那片黑暗，好像还张了张嘴，像要叫一声什么出来，却没有任何声音从他口中发出。

他的眼中似有几分绝望，一片悲凉，似乎还夹带着几分愤怒。

就在这个时候，道玄怀中的少女猛地动了一下，片刻之后，苏茹睁开了眼睛，看起来有些茫然地道："啊……道玄师兄，你怎么来了……呀！"

她的声音忽地拔高，原来是发现自己正被道玄抱在怀里，登时满脸通红，赶紧手忙脚乱地挣脱开，如受惊的小兔子般一下子跳到一边。事情突然发生变化，道玄也一时愕然，半晌没反应过来，等他察觉到这里变化的时候，并没有立刻对苏茹解释什么，反而是第一时间看向祖师祠堂大殿。

不久之前浓如墨汁般深邃凝重的黑暗，仿佛只是一场幻觉，此刻已经不见了，星星点点的烛火，依然可以看见，那是供奉在历代青云门祖师灵位前的香烛火光。一切仿佛都和平日一样，安详、肃穆、庄重。

道玄长长地吐了一口浊气，眼神中掠过一丝欣慰放松，这时，苏茹则在一旁对他嗔道：

"道玄师兄，你在干什么啊，怎么、怎么好好地突然抱着人家？"

道玄看了这小丫头一眼，不禁有些啼笑皆非，摇摇头对她道："谁让你好好的一个人躺在地上，我还以为你出了什么事。"

苏茹脸一红，道："我不是来这里找你吗，可找了半天没找到，走到这里看景色不错，就坐着看了一阵，谁知坐着坐着有些乏了，不知不觉睡了过去。"

道玄怔了一下，不由得多看了苏茹一眼，随即眉头微微皱起，虽然苏茹自己没察觉到什么，但一个修道有成的青云门小竹峰弟子，会在看风景时突然困得想要入睡？这事看着平常，却透着一点古怪。

他慢慢地转过身，再一次看着祖师祠堂，那个昏暗的殿堂里，一片静默深邃。

点点烛火，似历代祖师的目光，静静地看着他。

第二十八章

失 踪

道玄在原地站了片刻，随即整理了一下衣冠道袍，走到祖师祠堂大殿前，恭恭敬敬地向有些昏暗的大殿里行了一礼，随后道："师父，弟子道玄，过来向您请安。"

祖师祠堂里一片静寂，并没有人出声答应。

道玄等了一会儿，神色依然恭谨，随即缓缓道："那弟子告退了。"

这样的情形虽然看着有些古怪，但这些日子以来却不少见，天成子在祖师祠堂大殿中休养，近日越发沉默寡言，道玄每隔几日便会过来请安拜见，五次中倒有两三次会遇到这种冷遇，不过若是心情好时，天成子也会发声过问几句门中的事情，但只是如此了。

算起来，道玄已经有很久没有亲眼见过师父的模样了。心中闪过这个念头时，道玄的心里不知为何掠过一丝阴影，与此同时，之前站在他身后的苏茹好奇地向祖师祠堂大殿里瞄了一眼，等道玄走回来时，忍不住低声问道："道玄师兄，掌门真人真的在这儿闭关休养吗？"

道玄道："这是当然。"说着看了苏茹一眼，道，"你为何如此发问？"

苏茹道："我刚才过来这边，也曾经去过大殿那边啊……"

道玄脸色微微一变，道："怎么，你进去了？"

苏茹吐了一下舌头，道："那倒没有，我看大殿里面黑洞洞的，有些吓人，就没敢走进去。站在门口向掌门师伯问候了几声，可是和你刚才一样，掌门师伯没理我。”

道玄脸色微微松弛了一点，道：“可能是因为师父他老人家正在修炼吧，总之以后你别到这里来了，万一惊扰了他老人家，怪罪下来，我们也不好帮你说话。”

苏茹嘿嘿一笑，神情开朗，道：“知道了。”

道玄见她带着几分天真笑意的神情，摇摇头苦笑一下，然后带着苏茹往外头的山路走去，同时对她道：“对了，你不是说找我有事吗？”

苏茹“嗯”了一声，道：“是啊，我是想过来问问你，除了我们小竹峰，其他各脉的七脉会武大会名单都交上来了吗？”

道玄顿了一下，略感诧异，道：“此事我交给你师姐水月去操办了啊，就在刚刚她才把小竹峰的名单给我，上面你和水月的名字都在。至于其他各脉，通天峰这里我心中有数，其余五脉就等他们的首座自拟了。”

苏茹“哦”了一声，没有再说什么，看起来似乎欲言又止的样子，道玄有些奇怪，这时两人已经走到那块刻着“幻月洞府”的石碑旁，一个转身继续向山下走去。道玄向苏茹问道：“好好的你问这件事做什么？”

苏茹迟疑了一下，低声道：“师兄，我是想过来跟你说……七脉会武大会的日子能不能稍微往后推迟一点啊？”

“嗯？”道玄眉头微挑，看向苏茹，他在青云门中年轻一代弟子中本就声望极高，加上这一段日子代师执掌门中事务，处事果决公平，更是声势高涨，普通门下弟子对他都多了几分敬畏之意。苏茹被他这么一看，心里忽然一慌，连忙摆手道：“不不不，师兄你别误会，这么大的事情，我当然不敢、不敢妄加指点。”

道玄皱眉道：“苏师妹，我知道你不是那种人，不过既然说了那番话，一定有你的理由吧。有什么事需要推迟七脉大会，你跟我说。”

苏茹如雪般晶莹剔透的脸颊微微掠过一丝红晕，顿了片刻，还是鼓起勇气，道：“师兄，我是想着……万师兄他们五个人到现在还没有回来呢。”

道玄恍然大悟，“哦”了一声，意味深长地看了苏茹一眼，苏茹脸更红了，但还是继续说了下去，道：“万师兄他们五人，为的是我们青云门千秋大业，还有天下苍生，这才奋不顾身、不畏艰难地前往凶险莫测的蛮荒之地，出生入死与魔教妖人奋勇激战。这等英雄豪杰，若是我们不等他们回来就办了七脉会武大会，我总觉得……觉得不太妥当。”

道玄笑了笑，随后端正了神色，道：“苏师妹，你说得很在理，我记下了。”

苏茹怔了一下，似乎没想到自己这位平日一直十分敬畏的长门大师兄竟然如此通情达理，比自己来之前最好的想象还要好说话十倍，一时间竟不知道该说什么才好，过了好一会儿，才忽然欢叫一声，忍不住跳了一下，以手抚胸笑道：“多谢师兄，多谢师兄。”

道玄微微一笑，道：“这有什么好谢的，都是理所当然之事。七脉会武会等剑一等人回归青云山后再举办，你放心就是。对了，除了此事外，你刚才还向我要其他各脉的名单，是想看什么吗？”

苏茹眼睛眨了一下，道：“哦，也没什么，我其实就是想看看那五位师兄是不是都在各脉报上来的名单里啊。”

道玄笑道：“这样啊，他们五脉的名单还没送上来，不过我大概也心里有数。长门通天峰这里，万师弟是必然要上的，这不用多说……”

苏茹嫣然一笑，看起来似乎格外开心。

道玄又道：“至于其他四人，我想想……龙首峰苍松师弟名望素著，必然上榜无疑；风回峰曾师弟是首座曾无极师叔的独子，天资也极出色，近日更听说曾师叔着意栽培他，想必也是没问题的；还有朝阳峰商正梁师弟，是首座师叔的得意弟子，也应该在七脉会武的名单中。至于……”

道玄的声音忽然一顿，眉头轻轻皱了一下，苏茹本来正笑意盈盈地听着，忽然见道玄停顿下来，不知为什么心头一跳，有些紧张起来，连忙道：“师兄，怎么了？”

道玄皱眉道：“还剩下最后一位大竹峰的田不易师弟。田师弟往日……名声不显，为人也低调，我对他了解不多，便是从大竹峰首座郑通师叔的口中，我也没有听他提过田师弟几次。据我所知，田师弟的道行实力在大竹峰上似乎也算普通，所以在这五人中，唯独他我不知道能不能真的被报上名单，进而参加七脉会武大会啊。”

苏茹怔了一下，忽然怒气上冲，连脸颊也涨红了几分，怒道：“什么？岂有此理！死胖子不是人吗，他的命就不是命？前往蛮荒凶险之地，他所冒的风险又比别人少了哪怕一分一点吗，如何就单独不待见他了，这是什么道理！”

这一番话她说得激烈冲动，末了甚至还狠狠跺了跺脚，紧咬牙关，看起来是气坏了。道玄看着奇怪，不过还是安慰她道：“哎，莫急莫急，如今大竹峰的名单不是还没报上来吗，指不定田师弟会在名单上的，刚才只是我自己的猜测而已，当不得真。”

苏茹却是冷笑一声，面露愤愤不平之色，道：“道玄师兄，你莫要劝我，别说你不是大竹峰的人都这么想了，依我看来，他们那一脉的人同样也看不起田不易。不就是人笨一点道行差些吗，所以就被人欺负了呗，谁都不管他做了什么。依我看来，大竹峰其他弟子根本就比不上胖子，不然你叫他们去蛮荒之地一趟啊，谁敢去？出生入死的事胖子做了，他们安安稳稳地待在青云山上，结果竟然还看不起人，哪有这个道理啊……”

一开始苏茹说得还义愤填膺，说到后面似乎想到了什么，又像是替那个死胖子委屈不平，心情激动之下，竟连眼圈都微微泛红，声音都颤抖起来，看着是气得很了。

道玄在一旁看着也是心中一动，忍不住重新打量了一番面前这个少女，随即摇摇头，还是轻声安慰了苏茹一番。

苏茹虽然气恼，但无论如何田不易还是大竹峰的弟子，参加七脉会武的名单也是青云各脉自拟，所以哪怕她再如何愤愤不平也不能多做什么，最后只能在道玄安慰她事情还没定并承诺会向大竹峰首座郑通师叔说情之后，破涕为笑，对道玄感恩道谢——是替那个胖子感恩道谢后，这才去了。

一路走回前山，看着苏茹的身影轻快地离开，道玄轻轻叹了口气，某一刻，他甚至有些羡慕起苏茹那种有些单纯的心境了。不过他毕竟不是那种人，如今青云门多少事务都压在他的身上，也没多少空闲工夫可以让他感叹。

所以道玄便打算再回玉清殿，同时心里想着是不是真的要为田不易的事去跟郑通师叔打个招呼呢？这事可大可小，其实若不去说什么，苏茹师妹也不可能真的来纠缠自己，甚至很可能她根本不会知道这其中到底发生了什么，只会以为最后还是大竹峰的人看不起田不易，不让他参加七脉会武而已。

倒是想不到那个小姑娘居然会对田不易那个胖子另眼相看……

道玄想了一会儿，最后还是决定找个机会与郑通师叔说一下，不管有没有用，田不易师弟终究还是跟着万师弟等人去蛮荒出生入死，这是为了青云门和天下苍生，无论如何，这一点是不容回避的。道玄觉得，光凭这一点，就值得自己去为田不易师弟说上几句话。

想明白这一点，道玄只觉得身上轻松了几分，或许是又解决了一个心结吧，脚步轻快地继续向玉清殿走去。只是走着走着，忽然间心头一闷，好像感觉今天这件事里有什么被自己忽略了，有一个地方，好像不太对劲的样子……

是什么呢？

道玄慢慢停住脚步，抬头仰望远方，位在通天峰绝顶的玉清大殿巍峨雄伟，仿佛巨人一般屹立在群山之巅。相比之下，人如同蝼蚁一般渺小。

道玄盯着那座殿宇，皱着眉头仔细回想思索，在他心里，好像一直有个声音在说什么，有一处地方，自己好像真的忽略了。

他仔仔细细将今天自己的行程从头到尾想了一遍，仔细思索这种莫名的不安感觉到底从何而来？最后，忽然眼前一亮，如同一道电光在脑海中掠过，照亮了他的疑惑，想到自己那丝疑问的由来。

白石呢？

那个道童白石呢？

苏茹是过来找道玄向白石询问的，然后被白石带往后山祖师祠堂，而道玄一路过去，带回了苏茹。在这中间，那个带路的白石去哪儿了？

他就这样突然消失不见了吗……

蛮荒之地，魔教圣殿。

大殿之上，气氛如同过去这些日子一样，剑拔弩张十分紧张。魔教大大小小几十个门派的重要人物都聚集在这里，每日争吵不休。

这一日也是如此，好些人争得面红耳赤，情急之下污言秽语也是脱口而出，其中问候别人家人祖宗的也常见，更有甚者，一言不合或是口齿不灵说不过别人，恼羞成怒之下便要大打出手，得亏这里是魔教圣地，教中高手众多，这才一一压了下去。

冲在最前头吵架喝骂的，多数是中小门派的首领，而魔教中势力最大、实力最强的几个门派，以及道行最高的几个人，大部分时间都保持着平静。除了鬼王宗意外离开没有来蛮荒圣殿外，万毒门、长生堂和合欢派都齐聚一堂。如今三大派系中，万毒门的门主当然还是毒神，长生堂和合欢派都已经换了门主，不过也没有出人意料之外，长生堂是玉阳子接任了门主之位，合欢派则换成了三妙仙子。

众人聚在圣殿中，在高耸的圣母、明王圣像下商议争吵，其实说白了就是在前任教主仇忘语过世后，众人重新瓜分魔教各种势力成果。虽然看起来圣殿中派系众多，但实际上还是明显分了几个派系势力，分别以三大派系为首的势力最为强大，占了这里的九成。除此之外，还有寥寥几个小门派独立在外，不黏附任何大门阀，其中既有原本划在鬼王宗旗下的小门派，也有一些历史足够悠久但如今已然衰弱，却还不愿附庸强要面子的门派，比如炼血堂。

当然了，最后还剩下一些无门无派却地位颇为重要的高手，也坐在堂上，确切地说，这样的人只有三个，分别是青龙、白虎和朱雀，也就是昔日一直追随上任教主仇忘语的魔教四大圣使。还有一位玄武圣使，却是连蛮荒圣殿也没回，直接离开了。

三大门派势力中，万毒门野心最大，如今窥视的甚至是教主宝座，也因此引来众多门派的敌视。开玩笑，魔教多少年的历史了，才有几位一统魔教的教主？而那些几乎无一不是绝代枭雄，你老毒物何德何能，竟然也敢窥视神座？

而另外两个门派，长生堂的意见很明确，他们一直都是蛮荒圣殿的守卫者，如今就坚持将蛮荒之地划给他们，其他事便不闻不问。合欢派则相对低调，态度晦暗不明，似乎正在观望形势。

说起来，长生堂和合欢派的两位新门主玉阳子和三妙，在青云山之战后都受过万毒门门主毒神的恩惠，但到了眼下这等场合，他们二人却也干净利落地直接翻脸，一切都以本门好处为先，丝毫没有谦让万毒门的打算，这也让毒神以下不少万毒门的人脸色难看。至于青龙等人，则一直冷眼旁观，多数时候一言不发。

在蛮荒圣殿里争吵了许多时日，其实不少人已倦了，但如今正是魔教百余年来再一次形势大变的紧要关头，这时候多争一点利益，日后便多享受一番成果，是以谁都不敢倦怠。

万毒门实力最强，野心最大，毒神甚至窥视教主宝座，很自然便成为众矢之的，被众多教中门派攻击，甚至到了最后，连长生堂的玉阳子都毫不客气地开口道："毒神门主，您老资历是够的，但是我圣教之中，教主大位从来不是看资历的。若无进入冥渊的机缘，获得无上道法力压群雄，请恕我长生堂一脉不能赞同。"

他如今代表的乃是实力极强的长生堂一脉，这一番话朗声说出来，又直接针对万毒门，顿时引来大殿中无数附和之声，也让万毒门上下脸色十分难看。

毒神在心里恨恨骂了一句"白眼狼"后，面上神情还是很快恢复了平静，站起身来对玉阳子说了一下，只是微笑道："哦，原来诸位所关注的，都在这冥渊传承之上吗？"

玉阳子朗声道："正是。"

毒神想了一下，道："既然如此，老夫说不得也要去冥渊试着走一趟了。"

玉阳子哈哈大笑，旁边众人也笑倒，三妙微笑道："毒神前辈，那冥渊却不是这般好去的，莫非你也有什么机缘了吗？"

毒神眼中精光一闪，没有回答，只是叹了口气，道："反正我说了多少好话，你们总是不听，只剩这一条路的话，总要试试吧。"

众人又是哄笑，看起来很是不屑，就在这时，突然听见远处猛地响起一声惊呼，紧接着一个声音大吼道："糟了，讲经殿起火了！"

第二十九章

绝 世

讲经殿，全名圣母讲经殿，取的是传说中幽冥圣母在“大须弥山”讲解经书妙论，众生聆听，人皆赞叹，百鸟欢悦，百兽低伏，终于众生悟道感激涕零之意。幽冥圣母是魔教供奉的两大神祇之一，向来深得魔教中人敬仰，在魔教圣地诸殿中，讲经殿专门收藏诸般圣教典籍，内容无所不包，有许多都是孤本珍品，可谓圣殿传承第一要紧之地。

这一声示警吼叫声传来，大殿中诸人顿时脸色大变，几乎瞬间便有将近一半的人站起身来，纷纷喝问出声，更有甚者靠近大殿门口已经有人冲出去观望形势。

这一日本就晴朗，一望过去，果然见圣母讲经殿的方向飘起一阵浓烟，火光猛闪，确实走水了。更要命的是，从讲经殿方向竟然还传来喊杀声，惊呼怒喝声隐隐传来，竟是有人攻入的迹象。

好像是映衬这一紧急情况，几乎同时，一阵骚乱再度传来，几声厉啸过后，一个声音如晴空打雷一般陡然响起，怒喝道：“有人攻入了轮回殿！”

“轰！”一声沉闷巨响，正从远处另一个方向传来，像是呼应这一声怒吼。正殿之中人人变色，轮回殿同样是蛮荒圣殿中重要的所在之一，里面供奉着历代魔教教主的骸骨灵位，断断不容有失。

更令人惊惧的是，眼下这等禁地，怎么会有大敌敢攻入魔教圣殿，难道是中土那些正道贼子一路潜伏到此了吗？

两大要害之地同时被破，正殿之中众人再也坐不住了，转眼间便有数十人冲了出去，纷纷向后头那两大殿跑去。毕竟不管怎样，哪怕大家分属不同派系，但追根溯源终究还是同一个圣教祖宗，供奉的也是同样的神祇。

圣母、明王两大圣像如今正屹立在正殿之上，目光炯炯地盯着大家呢，满心虔诚的，谁敢装死？

比起那些义愤填膺狂怒不已的小门派高手，万毒门、长生堂和合欢派三大门阀的人沉稳多了，虽然乍闻要地被袭，大家也霍然站起。除了他们之外，青龙、白虎和朱雀三人也站在大殿中没有出去。

这时，远方一阵呼啸怒喝声传来，同时火光烈烈霍然而起，那火苗非但没被扑灭，反而燃烧得更厉害了，与此同时，有人大声惨呼尖叫，这便动上手了。

毒神目光冷冽，环顾一周，开口道："诸位莫慌，此处乃蛮荒圣殿，圣教经营千载，不可能……"

话音未落，突然远处有人大声嘶吼，道："着火了，着火了，那些大殿都着火了。"

那声音凄厉中带着一丝惊恐，听起来好像看到了什么可怕的事，众人都大吃一惊，心头涌起不祥的预感，有人脚快，跑出大殿门口一看，忍不住也身躯一震，愕然回头对大殿中人喊道："诸位门主圣使，后面的大殿全被人放火点着了！"

这一下，再也没人可以沉住气了，纷纷跑到大殿外，回头望去，果然只见除了讲经殿和轮回殿火光冲天外，其他三大殿法堂、功德殿和明王地狱殿竟然也有火光亮起，更有甚者，魔山上其他大大小小的楼宇殿阁竟然也有好些冒起黑烟火光。一时之间，魔山上一片混乱，人人大呼小叫，怒喝叱骂声不绝于耳，有人奔走救火，有人拦截外敌，有人大呼小叫；有要去抢救经书的，有痛心疾首要冲进轮回殿保住祖宗灵位骸骨的，还有人左冲右突如没头的苍蝇，到处呼喊乱叫挥舞兵刃却不知为何找不到敌人的。

总之，这一刻，蛮荒圣殿内外一片混乱。

与此同时，惨厉的叫喊声不时响起，每当剑光阴狠无比地从角落里刺出，便溅洒出一片鲜血，甚至带走几条活生生的性命，魔教中人惊慌失措，更有人在人群中失声大喊："中土正道大军杀来了！"

青云山大败还没过去太久，当日的惨状多数魔教中人还记忆犹新，虽然过去漫长的岁月里中土正道中人从未攻入蛮荒，但既然大家都是人，对方杀到这里似乎也不是什么难以理解的事情。

这一来更是人心大乱，人人惊惶，大多数人都如没头苍蝇一般乱窜。正殿这边众人也脸色一变，玉阳子与三妙都回头大声令门下高手急速驰援。

就在这时，青龙忽然站了出来，面色冷峻，扫了一眼圣殿内外，急声道："不可妄动，圣殿之中最紧要之所在是我们这里。"

此言一出，众人又是一怔，但随即便有人鼓噪道，那些大殿实在重要，特别是讲经殿和轮回殿，不容有失。有人便以此质问青龙，若是那些重要的大殿出了什么事，莫非你青龙要一肩担起？

青龙无言以对，他虽然身为魔教圣使，但这个责任实在太大，再说凡事皆有意外，如此重责他如何敢轻言承担。

他这里哑然无语，前头那些人便纷纷鼓噪而去，飞速驰援其他殿宇，转眼间正殿只剩下数十人，不过都是教中精锐。一旁的朱雀走到青龙身旁，低声道："大哥，你不用担心，光凭这里的几十人，想必也能拦住天底下大部分蟊贼了。"

青龙想想也确实如此，当下便随着众人走回大殿里。因为之前离开的人比较多，正殿里显得空旷了不少，青龙抬眼看着前方高大的圣母、明王神像，忍不住轻轻拜了一下，暗自祈愿两位神明护佑圣教平安。

转念之间，他又忽然想起当初青云山大战时，那柄威力惊天动地的古剑诛仙。以那柄仙剑的异能，若有人持之攻进此处，这精锐的几十人真的可以挡住吗？

青龙在心中暗自盘算了一下，把自己和白虎、朱雀三人都包了进去，却有些苦涩地发现，哪怕如此自己心中也没有太大的把握能拦住手持诛仙古剑的敌人。

那柄古剑，威力实在太强了，强到他这一生从未见识过的地步，以后圣教若还想称霸天下，那青云门和这柄古剑诛仙便是一道不能不跨过去的坎。

怎样才能打败那个门派和那柄古剑呢……

蛮荒圣殿上此刻一片混乱，唯独最巍峨雄伟的正殿这边暂时还风平浪静，三个门派几十个高手回到大殿里，而距离正殿百余丈之外的地方，竖立着一座奇形怪状的高塔，便是魔教诡异的修罗塔。

如今塔下站着八九个人，都是平日里看守这座修罗塔的护卫高手，只是多少年来，修罗塔从来没有被人意图破坏过，所以长时间以来看守这里的人都无所事事，早就麻木了。今日蛮荒圣殿突然生变，修罗塔这里也看得清楚，一时间所有的护卫都紧张起来，也有人招呼着看紧修罗塔。

谁知连番变化，火光冲天，喊杀阵阵，却都是在讲经殿、轮回殿等重要殿宇处，根本没人往修罗塔这里看上一眼，和前方那座正殿一样，修罗塔这里在一片慌乱中也格外平静，似乎完全被人遗忘了。

修罗塔下的守卫面面相觑，都看出同伴眼中的无奈，想不到就连外敌攻入也丝毫不待见这破塔，也是没话说了。过了片刻，有人开口道："那边如此急切，或许外敌攻入颇急，我等不过去救援一下吗？"

立刻便有人否决了他的提议，道："那可不行，我等的职责便是守卫此塔，万一有人偷袭修罗塔，那却如何是好？"

旁边有人嗤笑道："什么人会来这里？"

另一人道："那也总是不好。"

过了片刻，有个老成持重的护卫开口道："别说了，讲经殿、轮回殿那边离我们这里太远，就算过去也于事无补，还不如就待在这里，别多事了。如果有人直接攻打正殿，我们离得近，倒是不妨救援一番。"

众守卫纷纷点头，显然觉得这提议不错，不过也有人叹了口气，道："那应该不太可能，你们也不看看正殿中站着的都是什么人，皆是我圣教精锐高手，包括三大门派的门主还有以前的三位圣使大人。哪个吃了熊心豹子胆的家伙不开眼，敢去招惹他们……"

正当这几个守卫议论纷纷时，忽听半空中一声清啸，朗朗晴空烈日昭昭，一个白色身影从天而降，直接落在蛮荒圣殿的正殿之前。众人甚至还未看清来人的长相，只见白影闪动，那人掠到正殿大门处，左一掌右一脚，登时就将原本看守正殿大门口的两个守卫打成了滚地葫芦，骨碌碌滚进了大殿，瞬间震慑全场，圣殿内外一片静默。随后只听一声清朗的笑，一个剑眉星目的俊逸男子出现，站在正殿大门口，衣襟飘动，潇洒不羁，身负一柄碧绿神兵，目视众人，挥手朗声笑道："诸位兄台，青云一别，许久不见矣。"

大殿之中，瞬间一片哗然。

魔山一侧，距离修罗塔数十丈外一棵枝叶繁茂的大树上，不知何时已经悄然潜伏于此的苍松正将身子紧紧贴在粗壮的树干上，一脸肃穆，双眼透过茂密的绿色枝叶，紧紧盯着修罗塔下的守卫。

他保持这个姿势已经很久了，也许在这么远的距离上轻微动弹几下也不会被修罗塔下的守卫发现，但苍松仍然紧绷着身子，一动不动。

当远处的火光亮起，他的身子才微微颤抖了一下，随后喊杀声、叱喝声乃至越来越多的火光从蛮荒圣殿的众多殿宇上出现时，苍松的脸色更是变得有些苍白。他的眼中有焦急之色，死死地盯着那座修罗塔，口中下意识地低声喃喃道："走，走，快走啊！"

但是修罗塔下的守卫虽然纷纷转身向远处望去，议论纷纷，其中某些人甚至确实做出了想要离开的姿态，却被人一把拉住。

苍松的心往下沉去，他紧紧抓着身下的树干，连在树枝上抓出了几道痕迹都没察觉到。

远处的火光和喊杀声似乎很遥远，但苍松总觉得那火焰灼烧的是自己的胸膛，那鲜血横飞的厮杀是有人用剑切割着自己的血肉，他望向远处，那可怕而为数众多的魔教妖人正蜂拥而去，而在人群尽头，虽然看不到，却仿佛有影子倒映在他眼中，在那边，只有三个人。

无数的凶恶之徒也许在下一刻就要包围自己的三位师弟，一想到或许他们此刻已然被发现，已经在大呼酣战，已经在流血，甚至是不顾一切地用性命去拖住那些穷凶极恶的魔教妖人，苍松就觉得自己全身的血都要灼烧起来。可是在他们去流血去拼命的时候，自己只能待在安稳无事的树上干看着……

一个可怕的念头在他脑海中缠绕不去，他不怕死，他什么都不怕，哪怕堕入地狱烈焰焚身他也不怕，他只恐惧同伴为他疯狂战死的时候，自己仍然一事无成，仍然做不到该做的事，对不起他们的期望。

他在心里疯狂地吼着："走啊，走啊……"

但修罗塔下的人仍然没有走。

苍松额头鬓边的青筋急速鼓动起伏了几下，几乎就要忍耐不住冲杀出去，就在这个时候，那个白色的身影霍然出现，如神兵天降，出现在魔教圣殿之前。

在有意无意地向修罗塔方向看了一眼后，万剑一长啸一声，翻手抽剑，斩龙在手，瞬间只见那碧光万道，剑气冲天，他一人一剑，桀骜而行，迎着前方大殿中数十个当今魔教最强的高手，更无丝毫畏惧，踏进大殿。

片刻之后，大殿内外猛然传来无数震天怒吼声，狂暴的嘶吼与无尽的狂风鼓荡而出，几乎瞬间就要将那片空间撕碎，而修罗塔下，人人变色，众多守卫对视一眼，再看看仅仅百余丈外那足以令风云变色的大殿，不知是谁大喊一声，顿时人人抽出兵刃，怒吼着向那边冲了过去。

苍松看着远处那个白色身影，潇洒不羁，勇往直前，哪怕前方有无尽的深渊，似乎也不能阻挡他，在碧绿的剑光中，他一个身影直接冲进了狂烈的风暴里。苍松的双眼瞬间红了，他发出一声恶狠狠的低吼，用尽所有的力气强迫自己收回目光，然后盯在数十丈外的修罗塔上。

在心里，他对自己猛地吼了一声："苍松！做不到，就去死！"

无声的誓言在心头轰鸣，他身形飘落下树，沿着早已看好的路径向修罗塔悄然潜去。

碧绿剑芒纵横驰骋，万剑一长身直入，刹那间众人只见漫天剑芒铺天盖地，如洪水巨涛般滚滚而来，声如雷鸣，势若狂潮，竟是一剑之下，将大殿中所有人都卷入其中，每个人都感觉自己即将被这狂野不羁的剑芒所针对，一时间人人皆退。

一人一剑，万剑一竟真的向几十个魔教高手一起发动了攻击，其胆气之壮，剑势之强，委实令人惊怖。但圣殿中这几十人几乎全是魔教精锐高手，个个身负不凡道行，又哪里是这么好相与的？

最开始猝不及防被万剑一气吞山河般的一剑鼓荡逼退后，十几个人顿时怒吼咆哮，纷纷祭出法宝兵刃，向万剑一反击攻去。

而在人群背后，当万剑一现身之后，一身黑衣脸上还有黑纱蒙面的朱雀便身子一震，露出震惊无比的目光。她一双妙目紧紧地盯在万剑一身上，仿佛直到此刻还不能相信自己所看到的，然而眼前的一切显然真实无比，万剑一长啸不断，哪怕眼下落入了一大群魔教高手的围攻，仍然进退有度，身形潇洒，一柄斩龙剑在万道碧光中当真如同一只碧龙，摇头摆尾睥睨世间，浑然不将眼前之敌放在眼里。

眼下出手的都是魔教三大派中的人，三位门主都皱着眉头站在一旁观看，而魔教三位圣使青龙、白虎和朱雀也没有出手。在朱雀身旁，青龙看了一会儿，忽然哼了一声，压低声音，用只有身边的白虎和朱雀才能听到的声音道："此人名叫万剑一，乃是青云门年青一代中的天才人物，当日青云之战时，我便见过他。想不到此人胆大包天，竟然敢一路深入蛮荒，还冲入我圣殿之中。"

白虎勃然大怒，往前踏出一步，怒道："果然是中土正道那些走狗，待我亲手杀了这厮！"

旁边的朱雀身子一颤，还不等她说话，青龙已一把拉住白虎，看着场中那场大战。但见万剑一在众人围攻之下，从场面上看竟是不落下风，碧绿剑芒光芒万丈，纵横来去，呼啸声如雷雨茫茫，加之白衣潇洒，竟从容不迫，大开大合间便如一个战神一般。

青龙看了片刻，忽然间骇然道："怎么回事，此人在短短一段时日里，为何道行竟精进至此？"

在他心里，还有一个声音同时吼道："此人竟有如此绝世之才，若是将来再手持诛仙古剑，天下复有何人能制？我圣教危矣！"

第三十章

血 祭

魔教圣殿后方，由五大殿及其余诸多小殿楼阁组成的庞大区域里，此刻已是火头四起，到处都是燃烧的火焰。除此之外，剑光锐芒似乎总是阴毒地隐藏在某些隐蔽的角落，时不时冲出来偷袭暗算，每一次都下手狠辣，伴随着惨叫声鲜血飞溅，让魔教中人更加慌乱。

虽然如此，魔教众人也不都是白痴傻瓜，在一开始的慌乱过后，不少人便开始大声呵斥指挥，整顿秩序。青云门这里毕竟只有三个人，哪怕占了先手，也确实引起了一片混乱，但时间稍久，魔教中大部分人便发现似乎并没有想象中的大群正道人士杀进来。

这让许多魔教中人松了一口气，毕竟青云山之败就在不久之前，仍令人刻骨铭心，要是正道大军如神兵天降杀入此处，足以令许多猝不及防的魔教中人肝胆俱裂。既然没有正道大军，看起来只是小股敌人暗算骚扰，虽然目前还不知道这对头到底是何等实力，又有多少人，但对方躲躲藏藏的不肯现身，想必实力就算再强也是有限。

许多人同时想到这里，一时间胆气大壮，呼呼喝喝骂骂咧咧，虽然场面仍然混乱，气势上倒是壮了不少。

五大殿中，圣母讲经殿和轮回殿因为最为重要，聚集了最多的人，忙不迭地灭火抢救，再加上其他各处火头众多，哪怕魔教人多势众，一时间也忙得不亦乐乎。

偏偏那几个敌人狡猾如鱼，神出鬼没地不停骚扰，给人的感觉就是惨叫声此起彼伏，但聚集人手过去迎战时，敌人又一溜烟跑了，着实可恨。

一时之间，蛮荒圣殿中各处叫喊声响成一片，但随着魔教中人越聚越多，形势迅速变化，再加上有几个眼光敏锐的高手站出来指挥，这种混乱的局面开始有了平缓的迹象。

讲经殿上的火焰最先被扑灭，然后，一群心急火燎的魔教高手冲入殿中查点各种典籍，生怕受了损坏，另一部分人则在周围警戒，严阵以待，一时半刻间此处几乎没了可乘之机。

如此一来，周围诸大殿外的魔教教徒若有所悟，都按此施行，不过一盏茶工夫，便见数个着火混乱的大殿上火头被一一扑灭，气氛顿时稳定下来。

就在这时，突然一声凄厉惨叫，却是从最远处的明王地狱殿外一个角落里传出来的，不用说又有一个人被敌人偷袭了，但是这次却与之前不同，不知是不是因为情势险恶又或是看着魔教教徒逐渐围拢过来，偷袭的人动手竟有些迟疑，却让受到暗算的那个魔教教徒反手一把抓住，阳光落下，那人正是商正梁。

刹那间，不知多少魔教中人转眼看来，紧接着怒吼连连，无数身影向那边扑去。商正梁大惊失色，奋力挣脱那个已经被自己刺了半死却兀自紧紧抓着自己手臂的魔教妖人，想要闪躲避开，却为时已晚，离他最近的一个魔教教徒已然赶到。伴随着一声怒吼，一把狞恶黑刀当头劈下，同时腥臭之气飘来，似有剧毒。商正梁不敢不接，否则背上被带上一点只怕后果不堪设想，只得被迫反身挡开这一刀。

然而这一阻碍，顿时又有几个魔教妖人赶到，各执兵刃围攻上来，而且一个个红了眼般，都是用尽全力，似乎恨不得一下子就将这中土正道的贼子碎尸万段。

商正梁竭力抵挡，边战边退，然而正群情激奋、一片狂怒的魔教教徒蜂拥而至，其势如涛，似乎转眼就要碾碎他。危急关头，突然一道剑光从这些魔教教徒侧面泛起，大开大合急冲而至，只听几声惨叫，鲜血横飞，几个魔教教徒的身子踉跄而退。

众人大惊，顿时队伍中一片慌乱，但很快，魔教众人便发现那边同样只冲出一个人，却是曾叔常，他几剑逼退身前魔教妖人，冲到商正梁身边。只这一会儿工夫，正面上直接承受了无数攻势的商正梁已然挂了彩，踉跄而退。看这样子，若是曾叔常再慢上片刻工夫，商正梁只怕真的会被这些魔教妖人乱刀分尸了。

两人对望一眼，都知道眼前正是最急迫危险的关头，半点不敢迟疑，便要往远处掠去。然而只听轰然一声巨响，魔教那边有高手直接丢来一件法宝，见风即长，瞬间变为一块巨石，向他们二人当头砸下。

曾叔常和商正梁二人见这法宝来势猛恶，不敢硬接，只得向旁边跳开，就是这么略微一耽搁的工夫，一大群魔教教徒又围了上来，将他们困在中间，然后大举攻击。曾叔常与商正梁背靠背奋力抵挡，苦苦支撑，转眼间就陷入苦战，护身剑芒一下子被压了回去，没多久身上便多了几道伤口，同时还有无数刀光剑影呼啸而来，眼看要不多久，他们二人就要殒命在无数凶恶之徒手下了。

此时，突然有人在人群背后大喊一声，声音里带着几分惊惧恐慌，魔教中人都吃了一惊，回头一看，登时一阵骚动。只见远处已经被扑灭火头的圣母讲经殿上，竟再度有灼热的火焰燃烧起来。

这是怎么回事？

一时间魔教众人目瞪口呆，不等他们反应过来，留守在那里的守卫便惨叫出声，轰然倒地，被人从大殿里直接丢了出来。

魔教众人顿时醒悟，一时间人人怒喝，却是有敌人竟然再度潜入讲经殿内，想不到竟有如此可恶狡猾之人。讲经殿的安危可是头等大事，远比眼前这两个正道之人重要多了，瞬间倒有一半以上魔教教众回头就走，向讲经殿那边跑去。

曾叔常与商正梁面临的压力顿时减轻大半，几番挣扎逼退眼前的几个魔教妖人，奋力向后逃去，同时商正梁对曾叔常吼道：“那边是谁？”

曾叔常咬牙道：“除了胖子没其他人了！”

商正梁脚步一错，瞪着曾叔常喝道：“我们回去救他！”

曾叔常头也不回，依然身形如飞向前掠去，同时道：“走，胖子说他自有办法！”

商正梁牙关一咬，逃遁而去。

讲经殿内，供奉着一尊慈眉善目的幽冥圣母神像，不过与通常站立的形象不同，这座大殿内的幽冥圣母却是坐在一颗大石之上，同时身前身后头上地下有百鸟百兽，抬头聆听欢腾喜悦，正是传说中圣母讲经普度众生相。

除了这座神像外，讲经殿中立有无数书架箱笼，放置了无数古卷典籍，在平静清幽的岁月中与圣母神像一起享受着香火供奉，静静将书中所载传于后世。

然而今日却异变连生，之前的火苗刚被扑灭，此刻却再度燃起，火光之中，一个矮胖身影直接冲了进来，所过之处，赤焰剑芒纵横驰骋，几乎无人可当，一座座书架轰然倒塌，有的甚至被火舌缠上，燃烧起来。

魔教中人追到此处，顿时一个个怒火中烧，狂吼怒骂声里，纷纷向田不易扑来。

田不易却极为油滑，半点没有和这些强敌缠斗的意思，在讲经殿中东窜西跑，这里到处都是高大的书架，犹如书海一般，经书典籍汗牛充栋。他连跑带跳，中间用手连续推倒几个书架，只听哗啦啦一阵巨响，高耸的书架轰然倒塌，压到旁边的书架上，更是起了连锁反应，好几排书架同时垮下去。

那声势着实惊人，在轰隆隆哗啦啦令人惊心动魄的声音里，只见一堆堆、一片片古老的书籍善本顿时像垃圾一样滑落下来，纸张漫天飞舞，加上火光燃烧，灰飞烟灭的景象让魔教众人目眦欲裂。越来越多的魔教高手赶到讲经殿中，但一时间却投鼠忌器，浑然不敢放开手脚，一个个尽量避过那些珍贵典籍，向殿堂深处那个可恶的胖子追去。

田不易竭力逃窜，算算时间，想来外头的两个同伴差不已经跑了，当下也不再停留，目光一扫，便往讲经殿后殿冲去，想从那边逃走。然而才冲过去几步，他便愕然止步，却是发现那边一阵呼啸，从后面一下子冲进来十几个魔教妖人，将他堵在讲经殿内，团团围住，一个个面露凶容杀气腾腾，怒吼着扑过来。

前有堵截，后有追兵，饶是田不易心志坚定，此刻也面色一变。情急之下，他转头四顾，只见周围皆是高大书架，忽地心中一动，急中生智，一声低喝直接跃上旁边的一座书架，然后直接爬了上去。

书架高耸，几乎快到大殿顶部，后方的魔教妖人随即追来，田不易看都不看脚下，手脚麻利直上高处，眼看到了书架顶端，忽听他一声长啸，赤焰仙剑破空而出，随即人剑合一，直冲而上。

“轰！”

一声巨响，一道赤芒从讲经殿顶冲了出来，田不易有些狼狈但气势十足地冲上半空，灰头土脸也顾不上擦，只听脚下怒吼声如怒涛一般汹涌而来，他半点不敢停留，只是随便看了一下方向，便向远处飞掠而去。

“哗……”几乎片刻工夫，讲经殿屋顶上轰然作响，十几个大洞同时被撞开，一大堆已经红了眼的魔教高手冲上房顶，然后大呼小叫怒不可遏地向那个死胖子飞奔逃命的方向追去，可谓杀气冲天。

同蛮荒圣殿上下一片狼藉、处处火光杀气冲天相比，正殿之外百余丈的修罗塔处却异常平静，就像惊涛骇浪的风暴之外一个孤独的小岛。站在修罗塔下，甚至能看到远处那座巍峨高大的正殿中同样战况激烈，一道白影纵横来往，碧绿剑芒如山如岳，对着几十位魔教高手大打出手，令人咋舌。

此刻修罗塔下却空无一人，片刻之后，一道灰色身影如鬼魅般突然出现在修罗塔后的阴影里，正是苍松。他悄无声息地掠至修罗塔下，第一反应便是看了一眼百余丈外的那座大殿，只见那里战况激烈无比，碧绿剑芒虽然锋锐绝伦，但隐隐还是有被压制的迹象。

苍松心中一沉，如芒刺在背，更不敢迟疑片刻，连忙就往修罗塔看去。

之前窥探修罗塔时，因为怕被魔教中人发现，青云门众人都是在远处观望，那时只是觉得这是一座造型奇特诡异的石塔。此刻来到塔下，苍松才忽然发现，造型仍是那样诡异，但塔的材质却和自己预想的有些不太一样。

这座塔看起来似乎没有塔基塔身的区别，整个浑然一体，其中多有扭曲反转之处，与世间普通石塔的造型截然不同。而在材质上，粗粗看上去似乎是由坚实粗粝的灰色硬石所建，但实际摸上去冰冷，近看似有金属光泽，非石非金，坚硬无比。

苍松此刻也顾不得去分辨这到底是什么材质，自己的几位同门师兄弟此刻正在浴血奋战，不顾一切地为自己争得哪怕多一分一秒的时间，每一个刹那此刻在他心里都带着血的味道。

他一把拔出自己随身携带的仙剑，同时灵力汇聚剑芒泛起，直接便斩了上去。

只听“砰”的一声，仙剑向一旁弹开，同时剑身剧烈颤动，嗡嗡之声不绝于耳。这聚集他一身道行的一剑竟不能斩开塔身，只在修罗塔上留下一道尺许长一寸深的伤痕。

苍松大吃一惊，一时间竟有些茫然，同时心往下沉去，这修罗塔之坚硬真是匪夷所思，要知道以他的道行再辅以仙剑之锐利，天底下无论何等坚硬的石块，几乎都是斩之立破。偏偏眼前这座修罗塔硬扛下来了。

苍松脑海中念头急转，忽地牙关一咬，危急关头，哪里顾得了许多，他吐气开声，瞬间将道行催到极点，随后不要命一般向修罗塔疾风暴雨般地砍去。只听当当之声轰然而鸣，修罗塔连续受到他的重击，顿时塔身上多了十几道纵横交错的痕迹，火星四射。

然而修罗塔虽然看起来有些凄惨，但整体几乎纹丝未动，更不见倒下的迹象，苍松颓然住手，脸色瞬间变得苍白。与此同时，蛮荒圣殿前方呼啸声不断，火光燃烧中各处厮杀声响成一片，更夹杂着无数魔教妖人的“杀了他”“碎尸万段”等疯狂咒骂之语，喧嚣声一阵阵，每一句都像一把刀子血淋淋地插进苍松的胸膛。

他脑海中几乎不可遏制地飘过此刻远处厮杀的场面，想象着四个师兄弟被众多魔教高手团团围住疯狂攻击的情景，那无数把雪亮的刀刃伴随着淋淋的鲜血似乎就在疯狂挥舞，而自己却在这里束手无策！

豆大的汗珠从他额头上淋淋而下，苍松喘息如牛，眼中满是血丝，瞪着眼前这座万恶的修罗塔，脑海中转过千万念头。

“怎么办，怎么办，怎么办……”他在心中有些癫狂地吼叫着，脑海中疯了一样不停回忆这些日子所看到的有关于修罗塔的一幕一幕，与此同时，在圣殿一角，突然有人像是察觉到了什么，转身跑到大殿门口，探头向修罗塔这里看过来。

修罗塔下，苍松身子微微颤抖，感觉天地仿佛一片漆黑时，突然，他脑海中掠过一丝亮光，他想到一个情景。

那一天，跪在修罗塔下的青龙，在泼洒魔教教主的骨灰前，在所有古怪仪式的中间，曾有一个古怪的动作。

他好像拿了一个大碗，向这座塔泼了上去。

血！

鲜血……

苍松瞪着这座造型诡异的高塔，忽地一声低吼，眼中似有癫狂之色，猛地倒转剑锋，毫不犹豫地直接割破手臂肌肤，顿时一股鲜血激射而出，溅射到那非石非金的古怪塔身上。

殷红的鲜血附着在修罗塔上，苍松紧盯不放，片刻之后，忽然只见那些鲜血竟蠕动起来，然后一下子渗了进去。血迹所在附近，正好有一道苍松之前砍出的剑痕，红色鲜血从那道剑痕中渗入后，突然只见一阵石块松动，竟是簌簌掉下了好大一块，整个修罗塔也猛然颤抖了一下。

苍松身子一震，惊喜交集，正要有所动作，突然只听头顶一声轰鸣，他愕然抬头望去，便见苍天之下，一片无边的黑影凭空出现，深邃黑暗无边无际，如同倒悬深渊，铺天盖地向他这里落了下来。

一股无法形容的可怕气息，像要撕裂天地让他粉身碎骨一般，从天而降。

茫然中，苍松像是看到那片黑暗里有微光闪过，随即他口中涩声念了一句：“冥渊！”

第三十一章

狷狂

冥渊忽然出现，声势浩大，顿时震动整个蛮荒圣殿，无数人同时回头望去，面露惊愕之色，连对田不易、曾叔常和商正梁等三人的追杀都缓了下来。

而在蛮荒圣殿正殿中，同样群雄震动，三大派门主及青龙、朱雀等人纷纷向殿外看去，毒神和青龙等人都面色一变。片刻之后，青龙忽地大声怒喝道："有人在修罗塔下，宝塔守卫呢？"

此言一出，在大殿之外的数人面色大变，正是之前的修罗塔守卫，此刻急忙转身就要冲回修罗塔边，而正在大殿中与万剑一激战的几个魔教高手也抽身而退，意图增援修罗塔那边。

就在此刻，忽听大殿中一声清朗长笑，却是万剑一身影晃动，白衣浮动间一个闪身掠至大殿门口，手中斩龙剑剑芒暴涨，如洪水般漫延过来，登时便将那几个人逼退回去。

"哪里走！"

那个白衣男子仿佛斗志昂扬，朗声一笑，随即眼角余光向修罗塔处看了一眼，也看到了冥渊降临的异象。他深吸了一口气，不知为何，仿佛眼睛中突然有一道光芒亮起，转身横剑，伫立在大殿门口，竟有一夫当关之势，对着大殿中的众人微微一笑，道："一起上啊！"

这一句话，说得当真是睥睨众生豪迈无比，哪怕是魔教众人也为之怔了一下，但片刻之后众人便齐声喝骂怒吼，一股脑围攻上去。

万剑一天资卓绝道行奇高，但毕竟是人不是神仙，如此众多的魔教高手，他之前之所以能周旋多时，其实是仗着身手迅捷，始终游走，这才拖住了众人。此刻他挡在门口始终不退，等于一下子要硬扛所有魔教高手的攻击，这时，包括青龙、白虎等魔教圣使以及魔教三大门派的门主也加入了战团。这些人的道行实力又比其他人更高一筹，不过一会儿，如山岳般沉重的压力便显露出来。

此刻的万剑一，挥出一剑的消耗几乎等同于之前游走缠斗时花费灵力的数倍之多，因为他一定要守在大殿门口，顿时被一些魔教高手抓住破绽，各种阴毒的暗器法宝下流手段也一下子都施展出来，万剑一应付得有些狼狈。

万剑一勉力抵挡了几个回合，便明白自己绝不可能长久守住这里，如此强大的压力任谁也无法力敌。他虽然明白过来，却没有丝毫畏惧退缩的意思，相反，他一双剑眉扬起，明亮清澈的目光中光芒四射，仿佛到了最兴奋的时候。

激战之中，这个潇洒出尘的白衣男子忽然一声长啸，声若龙吟，直上九天。众人为之侧目，只见万剑一纵身而起，飞至半空，突然间天地风云变色，剑芒万道，无数碧绿光芒从斩龙剑上折射而出，气象万千。

只得空中蓦地传来一声轻喝，只有三字，却仿佛可以与天地融为一体，每吐一字，天地风云便为之一变。

“斩——鬼——神——”

刹那之间，风云卷动，万剑一屹立云端犹如战神，片刻后斩龙神剑迸发出无尽碧光，犹如吞吐天地之巨龙，倒卷而下。狂风呼啸而至，万剑一人剑合一，刺向蛮荒圣殿，剑未至而地已裂，大殿门框巨柱皆咯咯作响，剧烈颤抖不止。

圣殿之中，众多魔教高手尽皆变色，一起向后退去，这一剑如此狂烈，仿佛一出剑便带着自古而来的桀骜不驯，不畏天地，不敬鬼神，睥睨人间，斩尽仇敌，哪怕粉身碎骨也在所不惜。这一剑，根本没有丝毫守势，一切灵力道行尽数在纵横交错无穷无尽的狂烈攻势中，如洪涛，如巨浪，铺天盖地冲了过来。

那一刻，天地之间，竟仿佛无一物敢挡在这灼灼剑势之前。

大殿之前，有数人退得稍慢，顿时被恐怖如涛的碧绿剑芒吞没，随后凄厉惨呼声响起，片刻间身躯便被狂烈之力震飞，在半空中轰然破碎。正殿之前的土地上，青砖翻滚尽数化为齑粉，如神祇之怒降临人间，一时间震慑全场。

甚至就连外头正在降临的冥渊异象也暂时被人忘却。

万剑一落回地面，横剑于前，已经半毁的正殿大门灰土尘埃簌簌落下，有一些沾染了他的白衣，不知为何，却丝毫未损他的潇洒。魔教中人一时为他所慑，却没人注意到，在白衣长袖里，他的另一只手臂在微微颤抖。

如此惊天动地、狂烈无比的绝学神通，又岂是那么容易施展出来的？

远处蛮荒圣殿里战况激烈无比，还有源自于青云门自古传承的四大神剑之一“斩鬼神”施展时惊天动地的情景，全部被修罗塔下的苍松看在眼里。

与那些魔教妖人不同，对青云绝学神通十分熟悉的他在看到斩鬼神的神威后非但没有欣喜之色，反而面色惨然，连身子都微微颤抖起来。因为他知道，这一记威力绝伦的神剑绝学一出，在如此险恶的环境下，实际上便意味着万师兄已经在拼命了。

敌手太多太强，万师兄终究是人不是神，但直到此刻，仍然没有一个人冲到修罗塔下，哪怕冥渊的异象已经出现。甚至不止正殿那边，连其他诸大殿处也没人过来，那边的人数更多，能做到这一点，不问便知田、曾、商三位师弟此刻正承受着怎样可怕的压力。

可是……可是只有自己这里，大家所有的希望都放在这儿的修罗塔上，始终一事无成。

苍松只觉得自己的胸膛仿佛要爆裂开一般，焦急狂躁如烈火焚烧在胸膛，那一刻，突然间头顶冥渊的那股可怕气息对他不再有任何影响了。

他原本僵直的身子猛地颤动一下，所有消失的气力一下子回到身上，恐惧怯弱所有的害怕都不翼而飞，他猛地抬头，怒目瞪着那可怕的冥渊。

人世间最可怕的是什么？

是不是死亡？

苍松有些癫狂地笑了起来，紧接着他虎吼一声，一手直接撕裂自己胸膛的衣襟，双目仍死死瞪着从天空降临的黑暗，然后一剑刺向自己的胸膛！

剑锋冰冷，破体而入。

如果不怕死，那还有什么可畏惧！

黑暗在头顶咆哮，似乎无数鬼魂在黑暗中一起出现，张开狰狞的面目对下方渺小如蝼蚁的人发出可怕的呼啸！一切人间最可怕最恐怖的画面，如流水一般在苍松眼前闪过，不能动摇他半分。

胸口剧烈的疼痛让他全身发抖，但也执着而尖锐地提醒着他、支撑着他，还有人在为他流血拼命，那么他就决不能对不起他们！

他怒吼着，划开胸口的血肉，刹那间鲜血泉喷而出，在血肉剧痛鲜血横飞的那一刻，苍松的眼里忽然有一丝安慰，有一点满足。

做到这样，万师兄，三位师弟，你们应该不会再看不起我了吧，我没有对不起你们，我用尽了全力，我做到了最后最绝的地步！

他甩开仙剑，合身扑上，在从天而降的黑暗与狂烈的风中，一下子用自己的胸膛和血肉涂抹在修罗塔上。鲜血喷涌而出，将整座塔身染成一片血红。

修罗塔瞬间轰然而鸣，整座塔身颤抖起来，发出诡异的尖啸声，鲜血所过之处，那些原本被他砍出的剑痕一一变红，然后大块大块的奇异石料开始变软如沙土，纷纷落下。

整座修罗塔，在这一瞬间，竟摇摇欲坠！

天幕之上，黑暗的冥渊同时颤动起来，边缘之处开始逐渐变得模糊。

这一天对魔教来说，对魔教圣地蛮荒圣殿来说，是有史以来最黑暗的一天。几个可恶奸诈的中土正道修士暗中潜入魔山，然后不知天高地厚地悍然对高手云集的蛮荒圣殿发动攻击，尽管魔教中高手如云，但在猝不及防的情况下，蛮荒圣殿仍然损失惨重。

被圣教教众供奉多年细心呵护的众多圣地大殿遭受了一场浩劫，讲经殿、轮回殿、法堂等受创严重，损失难以估量，包括正殿也遭荼毒，最要紧的是，那自古以来便竖立于此，似乎永远坚不可摧的修罗塔竟也有崩溃倒塌的危险。

当正殿中的魔教众人意识到这一点后，瞬间一片哗然，群情激奋，这个时候谁也不能再藏着掖着，一股脑不顾一切地向万剑一冲去，意图快速打倒此人，然后再去拯救修罗塔。

就在这时，万剑一忽然长身飘起，并不后退逃走，反而欺身直进。但他又没有直接向某个魔教高手发起攻击，反而如之前游走一般，以迅捷身形避开几道身影，冲向这座正殿的后方，魔教众人的身后。

一直以来都被这个道行奇高身形潇洒的白衣男子牵着鼻子走的魔教众人都吃了一惊，下意识地回头望去，忽然有人大叫出声，声音惊惧，伸手指着正殿后方喊道："圣像！"

魔教中人尽数大惊，纷纷转身。

此处乃是蛮荒圣殿的正殿，供奉的便是幽冥圣母和天煞明王两大神祇圣像，也是所有殿宇中最大最神圣的两座，历来魔教中的诸多仪式、典礼、祭祀等都在这里举行，所谓蛮荒圣地，最神圣之处其实就在这两座神圣无比的圣像上。

人群背后，只见万剑一白衣舞动，飘然直上，直飞向那两尊巨大圣像。在他身后，所有魔教高手齐声怒喝，再度发力追来，其中最快者便是青龙与毒神，一身黑衣的朱雀像在身法上有独到之处，虽然道行比青龙稍弱，速度竟不比他慢。

万剑一似乎根本没在意身后追来的大群高手，俊逸面容上一片平静，身形快如闪电，转眼飞至那两尊圣像前，向着这两个神祇看了一眼，圣母慈祥而明王狰狞，仿佛是两个极端，却又同排并列在这神殿之上，形成了一种诡异的平衡。

他忽地仰天长笑，仿佛心底狷狂之意忽然而起，右手一挥，斩龙神剑来到身前，那一瞬间碧光纵横，闪烁不停，只听剑气呼啸，一转眼间，便在那两尊圣像之间的白墙上刻下了"万剑一"三个大字。

三个字龙飞凤舞，写得狂放之极，如龙腾虎跃，似乎下一刻就要破墙而出。而背后看到这一幕的魔教众人，瞬间怒不可遏，怒吼声里，无数法宝神通一股脑打了过来。

万剑一哈哈大笑，挥剑抵御，身形不断后退，与此同时让开一侧显露出两尊圣像，顿时又让好些个魔教高手投鼠忌器，生怕伤到神像，一个个忙不迭地收势。

众人之中，青龙直入其中，与万剑一硬碰硬连过三招，万剑一脸色一沉，一剑逼退青龙，随即是一口鲜血喷了出来，血染白衣。一旁的毒神大喜过望，一边冲一边喝道："此獠力竭矣，我等擒下他，血祭圣母明王！"

万剑一一声长笑，碧光剑芒不弱反盛，似乎他的神通灵力永无止境，直扑毒神而去。毒神身子一颤，看着那惊天剑芒竟不敢接，直接倒飞而回。就在此刻，一道黑影掠过，却是朱雀瞄准机会，直接冲近万剑一身边，手中利剑掠起，向万剑一斩去。

万剑一身子一侧，似乎要抵挡，然而目光落在朱雀身上，两人的视线在空中对接片刻，都在瞬间认出了对方，万剑一剑势不停，正要作势反攻，忽然身子一颤，不知为何仿佛灵力一挫。

就在此刻，远处的毒神哈哈大笑，拍掌道："猖狂小子，看你这下还能如何？"

一声诡异嘶鸣从万剑一左手臂上响起，紧接着一只奇形蜈蚣振翅飞起，迅速飞向毒神。

万剑一心中一沉，电光石火间只觉得半身皆麻，显然那是一只人间罕见的剧毒之物，麻痹之感犹如迅雷，迅敏无比直接沿着手臂冲向心房。

他一声低喝，忽地再度侧过身子，迎向朱雀。朱雀吃了一惊，但手上剑势丝毫未变，片刻之后，只听一声闷响，正殿之中突然安静下来。

漫天血花闪过，人人惊得呆了，那个犹如战神一般纵横驰骋的白衣男子，在半空中被朱雀一剑斩下，整个左臂被直接齐臂斩落，瞬间血如泉涌，染红了半边身子。

这一刻，连朱雀自己都呆住了，万剑一虽然脸色煞白，但不知他究竟是何等强悍的意志，竟兀自哈哈一笑，不退反进，直接靠近了朱雀身边。

朱雀好像吓得傻了，一时间竟没有做出反应，下方的青龙、白虎二人都大声惊呼，但万剑一并没有下重手伤害朱雀，反而突然微微一笑，伸出他仅有的右臂，忽地一掀朱雀面上的黑纱，看了一眼。

"果然是绝色美人！"

这白衣男子哈哈大笑，放下黑纱，合身后退，朱雀怔在原地，那一刻只觉得脑海中一片空白，又仿佛装满了东西，看来看去，只剩下那白衣男子的容颜，终究再也容不下其他东西了。

万剑一颓然落地，身形未稳便向外挥剑冲去，魔教众人如何还能让他如此猖狂逃走，纷纷怒吼围上，眼看就要将他拦住，就在这时，突然从远方传来一阵如同雷鸣般的震动响声，原本黑暗的天空，突然明亮起来。

倒悬于天的冥渊，颤抖着开始逐渐变得模糊，哪怕其中的黑暗在咆哮在怒吼，充满了不甘，仍无法挽回。冥渊之下，那座修罗塔此刻也像是到了最后关头，从苍松身上流淌的鲜血已经浸染了整座塔身，大块大块的石料崩塌掉落，终于在一声巨响过后，这座奇形高塔轰然倒塌。

在修罗塔倒塌的那一刻，异变连生，天现异象。先是冥渊虚影剧烈颤抖，鬼哭狼嚎之声铺天盖地，但忽然在狂烈的大风中，所有的黑暗疯狂凝聚浓缩为一点，然后瞬间消散于半空中。紧接着，随着修罗塔轰然倒下，以原有的塔基为中心，数道巨大的裂痕陡然出现在修罗塔残塔周围，紧接着裂痕周围复生无数细小裂痕，向四面八方疯狂散开。

整座魔山忽然间地动山摇，然后山峰开裂，无数道裂痕以不可思议的速度延伸出去，所过之处，石走沙陷，轰然巨响，就像这座魔山的山神暴怒起来，向人世间发出了最可怕的咆哮。

天地异象令人惊惧，更有甚者，在魔教人的惊呼声中，就连那圣母、明王神像上也出现了十几道大大小小的裂痕，眼看着神像摇摇欲坠，魔教众人惊骇无言。

大地在疯狂颤抖，无数落石在魔山上崩塌摔落，看去犹如末世一般。趁着这片混乱和魔教中人心慌意乱，万剑一竟踉踉跄跄地杀了出去，随后一路直奔修罗塔处。转眼到了塔下，一眼便看到苍松扑在修罗塔残塔上，不省人事，竟是晕了过去。

万剑一深吸一口气，俯下身子去抓苍松，但猛地身子一颤，左臂伤口再度撕裂，又一阵鲜血涌出。他只觉眼前一黑，猛烈喘息了几下，但身后远处再度传来怒喝声，显然是魔教追兵冲了上来。

万剑一一咬牙，斩龙剑回鞘，右手直接抓住苍松的身子往肩膀上一靠，随即便看到苍松胸前数道深可见骨的伤口，整个胸膛上一片血肉模糊，再看那残塔之上血迹斑斑，万剑一像是明白了什么，一时为之动容，随即点了点头道："做得好！"

不知是不是因为震动了一下，苍松悠悠醒来，一眼便看到了万剑一，脸上顿时露出惊喜之色，开口叫道："万师兄，我……"

话音未落，他的目光已然扫过万剑一的左臂膀处，顿时脸色大变，失声道："万师兄，你的左手？"

万剑一哈哈一笑，虽然面色苍白，却扛着苍松直接向山下掠去，口中道："小伤而已，区区一臂，何足挂齿！"

苍松嘴唇嚅动几下，刚想挣扎下来，但身子才动了一下，顿觉全身发软，竟是一点力气都没有了。

万剑一沉声道："师弟，你失血太多，大伤元气，此刻已经不能动手，老实待着。"

苍松怔了一下，无论如何不愿让已经失去一臂、同样重伤的师兄扛着自己走，正要开口，忽然身子一震，失声叫道："师兄小心！"

一道劲风猛地从背后冲来，伴随着此刻魔山上随处爆发的隆隆巨响，几乎如巨兽咆哮，瞬间打到近前。万剑一猝不及防，背后猛地挨了一下，喉口一甜，又一口鲜血喷了出来。

背后山路上，青龙、毒神两大高手冲了出来，后头还跟着白虎，疯狂追下，白虎口中怒吼连连，似是怒火中烧，喝道："留下命来！"

仿佛为了呼应白虎的怒吼，整座魔山剧烈颤抖了一下，随后从远处山体深处猛然爆发出一声惊天动地的巨响，一座山峰轰然裂成两半，然后一道巨大灼热的熔岩直冲天空，在半空中形成一朵恐怖的黑红混杂的蘑菇云，黑烟滚滚，一股浓烈无比的硫黄气息四处漫延。

万剑一冷哼一声，对突如其来的火山喷发视若无睹，右手紧抓苍松，却无法拔剑，或许也是不知道还有没有气力拔剑了吧。他连头也不回，直接抓紧扛着苍松，向山下飞奔逃去。

在这中间，山体不停颤抖，大大小小的巨石不停滚落，中间还有从半空中落下的无数火星，灼热的红色岩浆让人不得不在这中间四处躲避。

如此一来，便形成了背后三大魔教高手追击，而万剑一带着失血无力的苍松仓皇逃跑的局面。结局不言而喻，虽然此刻有诸般天地异象阻挡，但那三人本就是道行极强的高手，万剑一又受重创，再带了一个苍松，更是累赘，没过一会儿便被那三人追上，毒神一声低喝，半空中凝出一道灰色掌印，直接拍了下来。

苍松盯着后方，眼角抽搐却无能为力，只能眼睁睁地看着那灰色掌印直接砸在万剑一的背上。

万剑一一声低哼，身子大震，被打得直接向前飞出数丈，半空中苍松甚至听到几声“咯咯”之声，仿佛骨骼碎裂的声音。

但万剑一踉跄几步，身子眼看着将要倒下，忽然脚步一顿硬挺了过来，只是身子摇晃了几下，一言不发，抓着苍松的手仍稳如泰山，还是不顾一切地扛着他向山下逃去。

这一下如视魔教三大高手如无物，更激怒了三人，一时间各种攻势如潮，疯狂地向万剑一打来。而万剑一只能依靠地形和自己敏捷的身形尽量躲避，此刻已无还手之力。然而在如此重压之下，他根本无法躲开身后的攻击，没过多久，只听“砰砰”声不绝于耳，万剑一再度连续生受了数下撞击。

被他扛在肩上的苍松此刻已是目眦欲裂，拼命挣扎起来，连声音都变得嘶哑，嘶声喊道：

“万师兄，放我下来！”

万剑一充耳不闻，对苍松的挣扎也毫不理会，只是带着他继续飞奔，然而才冲出几步，背后又一记重拳飞奔而至，重重打向万剑一的后背。万剑一听着风声，借着魔山强烈的颤动勉强让过身子，但仍无法完全避让这可怕的拳势，“砰”的一声又被打飞出去。

骨碌碌一阵翻滚，他摔倒在肮脏的地面上，一身白衣被尘土滚成黑灰色，连苍松都掉落在地上。此刻的万剑一狼狈之极，哪里还有俊逸潇洒的模样，甚至连他的神志也有几分模糊，仿佛辨认不清方向，爬起又跌倒。他的身子颤抖着，忽然只听他低吼一声，用力一咬舌头，又狠狠甩了甩脑袋，眼神忽又清明坚定起来。

他向周围看了一眼，立刻向苍松跑去，踉跄着冲到苍松身旁，用唯一的一只手臂——那只已经不停地颤抖的手臂，再度将苍松抱起来，扛在肩头。

然后在漫天黑灰飞舞与灼热的星星点点的火光中，执着不停地向山下冲去。

在半空中，苍松泪流满面，甚至连眼角都流出血来，他撕心裂肺般对着万剑一带着哭腔吼道："让我死！你走啊，万师兄！让我死，让我死……"

晴空之下，男儿之声惨烈凄厉，视生死如无物，久久回荡，盘旋于天地之间。

第三十二章
花 瓣

传承了不知多少岁月的蛮荒圣殿，此刻正遭遇着有史以来最可怕的劫难，整座魔山像被激怒的上古巨兽一般，狂野地肆虐着，疯狂地发泄着仇恨，要将所有蝼蚁一样的人类踩在脚下。

山峰之上众多殿宇楼阁纷纷倒塌，山体大块大块地剥落滑下，无数人抱头鼠窜，躲避着可怕的劫难。在这中间，伴随着一声震天似的巨大轰鸣，无数人回头看去，便见一大片巨岩泥石从魔山高处化为一股巨大洪流，势不可当地冲下，在它下方，正是蛮荒圣殿里最大最雄伟的正殿。

在如此恐怖的自然之威面前，任何东西都无法抵挡，巨大的殿宇如同纸糊的一般，瞬间被冲垮了一半，在那一片狼藉废墟中，可以清楚地看到高大无比的圣母神像被冲得歪在一旁，而另一尊天煞明王神像直接被泥石流推到，轰然倒塌摔在地上，然后化为无数碎片尘埃。

天地之威，乃至于斯。

而在魔山一侧，一场同样惨烈的追逐也在上演，但此时已经呈现出一面倒的局势，魔教追来的三大高手已经占据绝对优势。在他们身前拼命逃跑的万剑一和苍松同时身负重伤，已经毫无还手之力，若不是借着突如其来的魔山大变，大地震颤乱石滚滚，甚至连原本平坦的山路都可能突然冒出岩浆，乃至于从天掉落无数东西，石块、黑灰乃至熔岩岩浆和其他可怕的东西让魔教三人不得不心存忌惮放慢了速度，着意防备，只怕早就抓住万剑一和苍松，将他们杀死一百次了。

就算如此，万剑一背着丝毫不能动弹全身绵软的苍松，也摆脱不了青龙、白虎以及毒神三人的追杀。随着时间的流逝，那三人越追越近，忽听一声怒啸，青龙猛地发力，身子如离弦之箭般直冲过去，看起来再也忍耐不住，直接要追上痛下杀手了。

万剑一脸色苍白，神色一片冷峻，听见风声身子忽地一拐，猛地向右边横移了数尺，正好一块巨石从天上以凶猛之势直接砸向这里，看起来万剑一像是自己往那落下的巨石下方凑过去一样。

背后的魔教三大高手同时怒骂一声，青龙身形强自顿了一下，不敢再追，万剑一却如同搏命一般，不顾天上巨石砸落，在间不容发之际直接冲了过去。随后只听“轰”的一声巨响，巨石硬生生砸在他身后的地面上，周围山体一阵颤动，地面被砸出一个大坑。

如此的情形已经不是第一次了，或许知道形势依然危险至极，为了逃命，万剑一可谓不顾一切，加上此刻魔山震动火山爆发，每每遇到这种情形，他便疯了一般冲过去拼一次，而后面追赶的魔教三人则往往不得不避让，因为时间略微差别，他们要是也如此冲上去，便会正好落入陷阱，非死即伤。

或许是运气好，又或者根本就是万剑一目光敏锐得不似人类，这般赌命一样的事他连续做了好几次，居然每次都带着苍松赌赢了。也因为如此几次耽搁，他才勉强保持着没有被后头几人追上的局面，但形势仍然难以避免地不停恶化，就像这一次，虽然暂时甩开了那三人一阵，但只要越过那块落下的巨石，青龙等人还是迅速追了上来。

山脚下的土地似乎越来越近了。

这样奔跑，永远都是垂死挣扎，终究无法摆脱死亡的结局，背后的狞笑声越来越近，苍松也已经面露痛苦之色慢慢闭上了眼睛。蓦地，又是一阵山体剧颤，后方的毒神借着这次震动突然先发制人，猛地跃上半空，一下子冲向前方，然后从空中扑向万剑一，口中狞笑道：“去死吧，臭小子！”

“轰隆！”

毒神的话音未落，在那阵山体颤动之中，猛然从地底深处传来一声巨响，直接将他的声音盖了过去。几个人同时脸色大变，因为这一次巨响包括震动的来源与之前截然不同，不再是魔山山脉深处的那个地方，反而像是从他们脚下传来的。

大地疯狂震动起来，岩石、泥土、树木乃至整片土地都被一股巨大的力量扭曲变形，片刻之后，所有的土层突然一起炸开，在人群之间发出响彻天地的轰鸣，然后一根岩浆巨柱冲天而起，灼热无比地冲起百余丈。

同一时间里，魔山周围无数地方至少有百余道如此可怕的熔岩岩浆冲出地面，整个天空都被可怕的黑雾遮蔽，灰天暗地目不能视。

飞在半空的毒神一声怪叫，硬生生顿住身子，然后倒飞出去，饶是如此，他身上也瞬间起火，直接烧光了他的半边胡子和头发。毒神踉踉跄跄一直飞出去老远，才惊魂未定地落回地面，几巴掌拍灭身上的火焰，随即看到青龙、白虎也快速退了回来。

不远处的地面上，可怕的岩浆巨柱仍在喷发，隔了老远都能感觉到那股恐怖的热度。在这样的灼热岩浆面前，任何人掉入其中或沾染上这股火焰几乎都不可能活下来。

魔教三人面面相觑，一时间都不敢再靠近那股岩浆洪流，过了一会儿，地面喷涌的岩浆威力稍弱，但仍四处流淌，仿佛是大地撕裂伤口流出的鲜血。

三人纵身而起，跃到半空，却发现前方那两个可恶的青云门家伙已不见踪影，白虎皱了皱眉，有些疑惑地问道："被烧死了？"

青龙与毒神对望一眼，都看出对方眼中的疑问，一时默然。过了片刻，青龙回身往山顶方向的圣殿看了一眼，只见那边同样一片狼藉，不由得摇了摇头，叹息道："回去吧，那边还有一片残局要收拾。"

白虎向来最敬重这位大哥，自然答应一声，而毒神则犹豫了一下，看起来似乎还有些不甘。青龙看了他一眼，也没多劝，只是淡淡地说了一句："如今山头上一片慌乱，你门下弟子人数最多，万一有人看不顺眼，出了什么事，你该如何？"

毒神顿时悚然一惊，魔教中派系众多，从来不是和谐一片，彼此倾轧自相残杀的事不要太多，青龙所说的事还真是不无可能。想到这里，毒神立刻将那股杀心抛到脑后，对青龙点了点头，道："多谢尊使提醒。"

青龙苦笑一下，叹了口气，道："不必谢我，我不过是不想看到大败之后，元气大伤的圣教还要出什么自相残杀的破事罢了。"

毒神一言不发，转身便往山头掠去，青龙与白虎也跟在他身后去了。

他们三人远去之后，在刚才喷发的岩浆洪流的另一头，一片厚厚的黑色灰土下，有一片地方猛地抖动了一下，紧接着一只手臂伸了出来，随后用力拨开周围的黑土，露出一个全身几乎都变成黑色的人影，看那脸型轮廓，正是万剑一。

他大口喘息了几下，有些艰难地坐起身子，又往身下用力扒土，没过多久，又爬出一个外表和他差不多的人，自然是苍松了。

扒出苍松后，万剑一看着有些紧张，连忙用手探了一下他的鼻息，一股微弱的气息从他指尖传来，万剑一全身一松，放下心来。然而也差不多就在这个时候，他忽然身子一晃，眼前一黑，险些倒下去，显然是伤势太重，而且之前一路奔逃，此时实在是筋疲力尽了。

在原地大口喘息了一会儿，万剑一还想挣扎着站起，但几次努力还是颓然倒下，正着急，忽然听见空中传来几道锐啸穿梭破空之声。万剑一登时一惊，抬头看去，只见空中三道剑芒向这里冲过来。

万剑一目光先是一冷，随即认出那些熟悉的剑光，眼中透出惊喜的光芒，片刻之后，剑芒落地，正是田不易、曾叔常和商正梁三人。

田不易等人在蛮荒圣殿中一开始十分顺利，但随后很快陷入苦战，被无数狂怒的魔教教徒追杀，危急关头正好修罗塔倒塌，进而引发地脉震动天地异象，偌大一座魔山转眼癫狂，化作可怕的火山。三人借此机会一路逃窜，居然顺利逃下山来，会合之后立刻赶往前山，远远看到万剑一、苍松二人正被追杀，都大惊失色，连忙冲过来，借着熔岩岩浆喷发的时机，终于救到了万剑一和苍松。

当下青云门众人不敢多做停留，田不易背起万剑一，商正梁背着苍松，曾叔常持剑断后，一路头也不回地疯狂逃窜而去。而在他们的背后，则留下了一座满目疮痍、黑灰变天、灼热岩浆横流的魔山。

青云山，通天峰上。

“啪”，一声脆响从玉清殿后的静室中传出，在这片静谧的庭院楼房中显得格外刺耳。正在外头打扫的道童青枫吓了一跳，连忙跑到静室门口，只见房门敞开，里面屋中桌旁，坐着一个人，正是道玄。

道玄身前地上摔破了一个茶杯，地上还有一摊水渍，看起来像是不小心掉落摔碎了。而道玄的神情看起来也有几分奇怪，以他的道行，一般情况下无论如何也不可能发生这种事，但是此刻他怔怔出神，仿佛有些神不守舍。

青枫犹豫一下，用手敲了敲门扉，然后开口道：“道玄师兄，你怎么了？”

道玄身子一震，像是突然回过神来，回头看了一眼，“哦”了一声后道：“没什么。”

青枫也不敢多问，只道：“那我进来打扫一下吧？”

道玄看了一眼脚下那只摔碎的茶杯，嘴角掠过一丝苦笑，随后叹了口气，点头道：“好，你过来扫一下吧，有劳了。”

青枫口中说了句“应当的”，便取过扫把簸箕，进来走到道玄身旁，仔细打扫地面。道玄看着青枫的动作，忽然开口道：“青枫，你和白石的交情很好吗？”

青枫点了点头，道：“是啊。我和白石师兄是一起拜入青云门的，然后也是差不多一起到玉清殿里做事，算来也有好些年了。”

随后他偷偷看了道玄一眼，小心翼翼地问道：“师兄，还没找到白石吗？”

道玄缓缓点了点头，道：“暂时还没找到，也不知道他跑到哪儿去了？”

青枫有些紧张，但还是鼓起勇气道：“师兄，我觉得白石他一定还在通天峰上。”

道玄眉头微微挑起，道：“你怎么知道的？”

青枫低下头，迟疑了一下，道：“师兄，他是一个孤儿，没地方可去的。以前他跟我在一起的时候，常常跟我说，青云门就是他的家，他这辈子最幸运的事就是有幸能到青云仙山来，以后，也要一辈子待在青云。”

道玄默然片刻，点头道：“嗯，我知道了。”说着他顿了一下，又道，“你和白石都是好孩子。”

青枫这时已经打扫好了地上的碎片，收拾东西准备走出静室，不过走到门口的时候，他还是忍不住回头对道玄道："师兄，我求你一件事行不？"

道玄略感意外，看着他道："什么事？你说。"

青枫咬了咬牙，道："师兄，白石他胆子小，但是对咱们青云门绝对是死心塌地的。我不知道他为什么几天没出来，或许是他做错了什么，因为害怕才躲起来了。可是不管他犯了什么错，如果你找到了他，怎样惩罚都无所谓，就是、就是……千万别将他赶出青云，那样他就真的受不了，会活不下去的。"

道玄微微动容，随即坐直了几分，看着青枫，脸上第一次露出几分凝重之色，正色道："你放心，我知道了。"说着想了想，又开口道，"你也莫要多想，白石他到底有没有犯错，又或是做错了什么，如今我们都还不知晓，等找到他再说吧，说不定根本没事。"

青枫毕竟年纪不算大，闻言脸上露出几分惊喜之色，连连点头，还对道玄连说了几声感谢，这才出门去了。

青枫离开后，静室中又安静下来，道玄独自一人坐着，面上神情渐渐归于漠然。他的目光扫过这间静室，从这屋中摆设的所有家具上看过，桌、椅、床、柜，一件一件，看上去似乎都像没有生气的死物。

不久之前，这间静室还有主人，受伤的青云门掌门天成子，就是在这间静室中休养，过了一段时间之后，他突然搬到后山更加僻静的祖师祠堂中去了。

道玄在静室中坐了一会儿，目光深邃似在思索什么，过了一会儿，他忽然起身，走出静室，然后向通天峰后山方向走去。

通天峰后山的通道开辟在山林之间，两旁林木青翠，古木森然，不时可以看到老藤垂落，又能听见鸟鸣幽幽，加上山间时常飘动的薄雾清风，看上去犹如仙境一般。

道玄沿着山道，缓缓向祖师祠堂那边走去，只不过和平常相比，这次他走得十分缓慢，而且一路上目光凝重，不停看着山道两旁的林木草丛，似乎在搜寻什么。

山林幽静，一派苍翠，山风从远处吹来，轻轻拂动他身上的道袍。道玄在山道上走了约莫半个时辰，看起来一无所获，他的脸色更加阴沉肃穆，眼看着前方远处那块三岔路口刻着“幻月洞府”的石碑已经隐约可见，不知怎的，道玄轻轻松了一口气，像是终于放下了心中的一块石头，整个人都轻松了几分。

就在这时，他眼角的余光扫过某处，瞬间目光一凝，脸色瞬间紧绷起来。他在原地站住，不再前进也不再后退，电光石火之间，他又有一丝犹豫，好像有掉头就走的冲动。

过了片刻，道玄缓缓转过身子，面对山道一侧某处林木下的草丛，慢慢走了过去。

那是两棵大树之间的一丛野草，青绿可人，与这座山上其他地方的野草丛几乎没有什么区别。山风吹来时，这里的青草微微摇晃，还露出草丛里的一朵小小野花。

花朵不大不小，有四片花瓣，开得十分洁白美丽。那是一种很常见却也很漂亮的洁白颜色，四片花瓣里有三片都是如此，然后在最靠里面的那片花瓣上，多了一点其他的颜色。

那是有些深沉的褐色，因为已经干涸而略带几分黑，与其他三片花瓣形成有些古怪的对比。道玄慢慢地蹲下身子，双眼盯着这片花瓣，眼角的肌肉似乎微微抽搐了一下。过了一会儿，他伸出手，摘下这片花瓣，放在鼻下轻轻闻了闻。

一股淡淡的血腥气，从花瓣上传来。

第三十三章

离别

身在蛮荒之地的青云门五人，此刻正不顾一切地向着来时的路奔逃。万剑一、苍松重伤，其他三人身上也多多少少挂了彩，但基本还过得去。但这一切代价都是值得的，这次蛮荒行，他们几乎完成了所有预想的目标，并且在此基础上更进一步，直接摧毁了魔教秘传千年的修罗塔，引发魔山地脉震动火山喷发，把魔教圣地闹得天翻地覆。

如今局势，魔教在青云山大败后又在蛮荒圣殿受此重击，元气大伤是肯定的，至少百年之内难以恢复。而对青云门五人来说，此刻最重要的便是逃离蛮荒回到青云，只要能离开这里，便等于为此行画上了几乎完美的句号。

五人之中，苍松失血极多，但除此之外其实未受到更多创伤，在服下青云灵丹后精神便开始恢复，只要假以时日多休养，当无大碍；反而是之前救了苍松的万剑一伤势极重，全身连受重击，经脉骨骼多有损伤断裂，最严重的是他在蛮荒正殿中被人直接斩去一臂，这对他日后的道行修行乃至剑法修炼都会产生极大影响。

被救回后，万剑一很快陷入了昏迷，无论田不易等人如何施救都不行，这让田不易三人包括随后渐渐恢复过来的苍松都焦虑担心，尤其是苍松，若非自己同样元气大伤需要休息，真恨不得一直守在万剑一身旁。

两日之后，万剑一终于从昏厥中醒了过来，这时他们已经逃离蛮荒圣殿，正一路穿过蛮荒沙漠，向青云山拼命赶去。田不易等人见到万剑一苏醒都大喜过望，一个个忙不迭地将携带的灵丹妙药都拿了出来，恨不得全部都塞入万剑一口中让他吃下，然后第二天就活蹦乱跳。

不过这种事情当然是不可能的，万剑一恢复神志之后，挑了几种灵药先行服下，身体仍十分虚弱，但在药力行开后精神明显好了很多。随后他听了田不易等人对这几日情况的汇报，当听说在万剑一和苍松都重伤无能时，田不易指挥若定带着这些人一路逃跑，中途连施小计外加数次误导，引开了不少魔教追兵，同时毫不恋战日夜兼程拼命逃命，面上露出几分欣慰赞赏之色，对田不易道："田师弟心有锦绣处乱不惊，实乃大才啊。"

田不易挠挠头哈哈一笑，眼中掠过一丝惊喜之色，能够得到万剑一这等人物的夸赞，对每一个青云门弟子来说都是极难得的事，更不用说他往日里在青云门中向来平凡，今时今日哪怕还在逃命的危险途中，仍然有种扬眉吐气的感觉。

另一边，同样坐在万剑一身侧的苍松则不易察觉地皱了皱眉，看了田不易一眼，眼底深处有一丝不快掠过。

接下来，田不易便向万剑一询问现下如何做才好，万剑一摆摆手让他继续指挥众人，说自己重伤之后身子虚弱，难免有思虑不周的地方。既然之前田不易已然做得不错了，就继续做下去好了，说话间居然摆出了一副甩手掌柜的模样。

田不易等人对万剑一本就敬重无比，特别这一趟蛮荒行后，他们跟随万剑一千里纵横出生入死，做到了前人从未做到的事，深入蛮荒直杀到蛮荒圣殿中，甚至做出了一番惊天动地的大事。如今这四人，对虽然重伤还断了一臂的万师兄当真敬若天神一般。

田不易闻言连声推辞，一定要万剑一指挥大局，自己只听万师兄的，甚至只愿做师兄坐骑，背着师兄一路行走，说师兄你只要教我们如何做就是了。万剑一只是不听，最后田不易不得已答应下来，于是五人再度上路。

这一逃又是一阵风尘仆仆，中间还夹杂着几分血腥，在蛮荒圣殿受到前所未有的羞辱和重创的魔教举教震动，虽然魔山上一片狼藉需要大量人手，但还是有许多愤怒的魔教教众大举追杀这五个人。

这一路上万剑一等人虽然竭力躲避拼命逃窜，仍免不了与魔教追兵相遇，中间连续厮杀了多场，血染黄沙。不过或许是这一次蛮荒行实在锤炼人，虽然实力最强的万剑一重伤不能动手，苍松也是半个废人，但田不易、曾叔常和商正梁三人的道行却勇猛精进，越战越强，连番血战后，还是护着万剑一与苍松逃了出去，一路过沙漠、穿绿洲，又在砂舞迷宫中与追上来的魔教追兵大战了一场。

那是他们归途中最惨烈的一战，魔教追兵精锐尽数赶到，苍松还未痊愈，至多恢复了五六成功力，万剑一仍旧虚弱，但都毅然加入了决战。借着砂舞迷宫中错综复杂的沙墙和各种诡异之极的生物扰乱，五个人且战且退，最后尽数挂彩受伤。

这一场血战从那天早上追兵赶至开始，一直厮杀拼斗到黄昏时分天色将晚，两边的人都杀红了眼，各种手段无不用尽，下手狠辣绝不留情。整座砂舞迷宫中剑气冲天，啸声凄厉，最后，青云门众人竟再度从几乎不可能的绝境中杀了出来，只留下身后一片血色残阳，遍地尸骸，令人触目惊心。

田不易、曾叔常都身负重伤，脚步踉跄，苍松原本好了一半的伤势又被打回原形，商正梁更是直接吐血昏迷，最后被万剑一硬拖着才救了出来。

五个人借着夕阳最后一丝残余的光辉，互相扶持着奋力冲入了远方的黑暗。而在砂舞迷宫边缘，同样伤亡惨重的魔教教众一片狼藉，其中兀自有几个虽然受伤却凶悍无比的妖人嘶吼着还要去追，就在此时，从砂舞迷宫一处沙墙之上传来的一个声音喝止了他们。

虽然那些魔教教徒十分愤怒，但在这黑夜中追杀实在太过危险，所以终究还是恨恨放弃，反身去救助那些受伤的同伴。

沙墙之上，一个全身黑衣的苗条身影孤独地站在那里，沙漠中带着一丝血腥气息的风吹拂过她的身边，远方残阳的最后一道余光也落在她的身上。

她的黑衣习习飘舞，遮面的面纱间那双明亮清澈却又带着一丝迷惘的眼睛怔怔地看着光明与黑暗的交界处，看着那五个人奔逃而去，看着那五个人中，那个独臂白衣的男子。

他大步离去，不曾回头看过一次，哪怕夕阳的余晖缠绵而痛苦地落在他的身上，似温柔的手想要牵着他多留片刻，他也没有丝毫动摇。

他一步踏出，便带着身边的师弟们冲入黑暗。

再也不见！

那白衣飘飘潇洒的身影。

那令人怦然心动俊逸的笑容。

夕阳落下，黑暗铺天盖地涌来，淹没了整个蛮荒沙漠，也将那个黑衣女子孤独的身影掩埋在无边无际的孤独夜色中。

青云山上的日子平静而安逸，哪怕之前经历过那一场惨烈无比的正魔大战，但在如今代为执掌掌门之位的道玄领导下，一项项一条条清晰、细致、公平的事项都被处置清楚，大战后的青云门迅速进入一种前所未有的朝气蓬勃的状态中。

很难想象，那样一场规模巨大的血战留下的创伤会这么快被减轻和抹去，在道玄代为执掌门派后，似乎所有人都给自己找到了目标，青云一门上下迸发出多少年来都未有过的活力，那些悲伤痛苦被迅速淡忘，取而代之的是欣喜、昂扬和无所不在的信心。

明天这个门派一定会更好更强。

那个时候，几乎所有人的心里竟然都有这样的念头和感觉，包括青云门中一些辈分极高的前辈长老。如果说当初让道玄代为执掌掌门之位还有人有保留意见或是不看好，到了这个时候，几乎所有人都被道玄强大的能力折服。

在青云门中，几乎所有长老前辈都看好道玄，所有年轻一代弟子都敬服道玄，甚至已经有不少人理所当然地将道玄看成本门真正的领袖和掌门人，所缺的不过是一场天成子真人正式传位的典礼而已。

青云双璧绝代天骄，果然皆是世所罕见的绝世之才，如果说当年道玄、万剑一声势并驾齐驱，甚至万剑一还稍稍胜出一些的话，如今的青云门中，可以说是道玄声势大盛，几乎已经稳稳压过万剑一。

毕竟，在那场正魔大战过后，道玄临危受命执掌门庭，将偌大一个青云门打理得是井井有条蓬勃兴盛，而万剑一却不知为何，很快就说闭关修炼，在青云门中销声匿迹许久，一直没出现过。

就在这种情势下，当在那个春光明媚的日子里，道玄突然在通天峰玉清大殿中宣布这一届青云门七脉会武大会即将召开时，青云门上下更是一片轰动，不知多少年轻弟子憧憬着在热闹非凡的会场上一鸣惊人、一飞冲天，瞬间，七脉会武大会便吸引了所有人的注意。

以至于甚至根本没有人注意到按照惯例，这个决定本该由掌门真人天成子亲自公布，对大多数如今的青云门人来说，道玄已经是青云门掌门了，天成子真人的存在感已经稀薄到无人在意的地步。

相应地，如今的青云门上下，除了一些知道内情的人外，也无人注意到一支伤痕累累的五人队伍悄无声息地回到了青云山。

这时已是春天。

柔和明媚的阳光洒落在高耸雄伟的通天峰上，玉清大殿的后堂里，一个僻静的庭院中，有几棵年月深久的老树矗立在院子里。微风徐徐吹来，青翠嫩绿的枝叶轻轻摆动，在悠闲的树影摇曳中，带着清新诱人仿佛能让人沉醉的气息，吹过院落，吹进窗扉，吹拂在万剑一脸上。

他还在安然睡着，俊逸的脸庞上剑眉依然帅气而挺拔，仿佛再多的苦难也不能磨折他的锐气和骄傲。他的脸色还有一丝苍白，神情却温和而安详，或许这天下世间，只有通天峰才是他心灵最后的归宿，才是他能真正放心入睡的地方。

有脚步声响起，一身道袍的道玄缓缓走进来。

树影婆娑摇曳中，阳光似调皮的光点在树荫中跳动，当道玄走过的时候，在他脸上晃过明暗不定的光芒。春风吹拂着，天空蔚蓝。

推开门扉的声音让躺在床上的万剑一身子动了一下，随后睁开眼睛，看到从门口走进来的道玄，便露出一丝微笑，坐起点头道："师兄，你来了。"

道玄含笑道："是。今日你觉得怎样，可好些了吗？"

万剑一哈哈一笑，举起手活动了一下，然后径直下地走了几步，笑道："差不多都好了。"

道玄有些欣慰地点点头，但随后他的目光落在万剑一空荡荡的左手袖子上，目光一黯，掠过一丝痛心，忍不住轻叹了一声。

万剑一显然也察觉到了道玄的神情，微微一笑，道："师兄不必在意，不过区区一只臂膀而已。相比此番蛮荒之行的收获，这点损伤简直不足挂齿。”

“哎……”道玄苦笑了一下，让万剑一在屋内桌边坐下，随后自己也坐到另一边，道，“话虽然是这么说，但你少了一臂，对日后修行总有所妨碍，总得想个法子才好。”

万剑一却满不在乎，微笑道：“师兄不必多虑，此事容我自己解决便是。修行若一味只是瞻前顾后，又如何能勇猛精进，此事日后不必再提了。”

道玄动容道：“师弟，想不到你心性如此坚毅，为兄真不如你。”

万剑一笑道：“师兄自谦了，不过你也要小心了，日后我必定勤奋修行，可你却执掌门庭诸事繁多，千万不要到时候比试一场的话，输给我这独臂之人，岂不是让人笑掉大牙了，哈哈哈哈……”

道玄瞪了他一眼，没好气地道：“这话说的，也就只有你这个家伙，在这时候还能说出这般笑话来。”

万剑一笑而不语，道玄随后哼了一声，道：“你放心，打小咱们两个便在道行修炼上你追我赶，就算我事务再多，只要有你在，我就断断不会懈怠，输给你的。”

万剑一一拍桌子，站起慨然道：“就是这句话，师兄，你我兄弟二人日后齐心合力，一起将这青云门做得兴盛，成为天下第一正道大派，可好？”

道玄深吸了一口气，似乎也被万剑一这番话说得心情激荡，站起身来袖袍一挥，正色道：“有何不可？以我们二人之才，并肩而行，我就不信这天下还有何人何派胜得过我青云一门。今日的话我就放在这儿，日后这天下第一正道大派的名头，定是我青云门的！”

万剑一大笑，伸掌出去，道玄向他望来，两人对视一笑，“啪”的一声击掌而鸣。

万剑一随后信步走到屋子窗边，向外看了一眼，只见屋外院子中春光明媚，枝叶青绿，柔和的春风软软吹在脸上，更是全身舒泰。比起前些时候在蛮荒之地的那些日子，真有恍如隔世之感。

他闭起眼睛深深呼吸了一下，随后转身对道玄道：“师兄，我回来之后休养这么多天了，师父又一直在祖师祠堂那边闭关，不能拜见他老人家。如今我身上的伤势差不多也好了，也是时候过去拜见一下他老人家了，你说呢？”

道玄原本微笑的脸上，笑容忽然僵了一下。

第三十四章

情 意

大竹峰漫山遍野都是竹子。

每当晴朗的日子，山风吹过这座山峰，便能看到满山青翠，无数青竹层层摇摆，犹如大海波涛潮起潮落，实是人世间绝美的景色，再加上山间如轻纱般的白色薄雾，更如人间仙境一般。

这便是有名的“竹涛”美景，在名满天下的青云六景中也是极出名的一处。青云门大竹峰一脉，便历代生活在这座山峰上。

田不易是出身于大竹峰一脉的，在过往的修行日子里，无论是在青云门还是大竹峰一脉，他一直是个平凡低调的普通弟子，但是自从蛮荒行回来之后，便感觉自己的生活有所不同。

或许大竹峰上普通的弟子门人还没有什么变化，因为他们根本不知道蛮荒行这件事，但身为田不易的师父、大竹峰一脉的首座真人郑通，毫无疑问对此事十分了解，并在田不易等人回来之后问清了这一趟的过程收获与最终结果后，郑通几乎一夜之间对田不易另眼相看。

有了师父的青睐和照拂，田不易虽然回来的时候一身伤痕，但一来他年轻，二来虽伤势不轻但并没有特别厉害的伤筋动骨之处，再加上郑通赐下许多灵药仙丹，所以田不易的身体好得很快，没过多久便能行走自如。相信要不了多长时间，他便能道行尽复甚至更进一步，用郑通私下里感叹的话来说，这小胖家伙在蛮荒之地磨砺一番后，无论心志还是修行都尽数开窍，日后大竹峰的传承兴盛，只怕要落在他身上了。

这一日天气晴好，田不易懒洋洋地待在自己在大竹峰的房间里，看着屋外院落中的那棵歪脖子老树发呆。他心中有些挂念跟自己一起回来的几个同门师兄弟，特别是万师兄，当日他的伤势最重，回来之后便被道玄师兄接上了通天峰，也不知道现在怎么样了。

他这边想着，思绪忽然飘了出去，回到青云山好几天了，因为要养伤，也没离开过大竹峰，除了同脉师兄弟外一直没见过外人。却不知……其他的那些朋友好不好啊？

她……应该还好吧？

田不易的脑海中有些难以抑制地掠过一个美丽温柔的脸庞，似乎又看到当初刚刚离开青云山前往蛮荒之地前的那个夜晚，在通天峰虹桥上，在那片夜色月光中，苏茹如水波般轻盈柔和的目光。

她会不会更漂亮了呢？

我跟着万师兄去了蛮荒，做了这么多大事，虽然大功劳一定是万师兄的，但是我也真的竭尽全力了。苏师妹她……应该会对我……稍微另眼相看吧？

田不易想着想着，一个人傻笑起来，笑容十分欣喜又带着几分期待盼望，也不知道此刻到底想到了什么。或许是因为他想得太过出神，居然没注意到屋外庭院远处，从守静堂那边传来一阵骚动，紧接着便是好些个惊叹惊讶以及善意的呼喊笑声，还伴随着一点娇嗔责怪。

过了一会儿，一阵脚步声从远处传到田胖子的院子外头，然后清脆的敲门声传了进来。

田不易一个激灵，回过神来还有些不舍，以为是平日感情十分要好的同门师兄弟过来，便顺口带了一丝没好气的腔调喊道："谁啊？我还在睡觉呢，别烦我！"

门外安静了片刻，随即一个悦耳的声音哼了一声，在门外道："日上三竿了还在睡觉，难怪那么胖！"

田不易瞬间呆滞，如同遭了雷击一般怔在原地，片刻后"啊"地大叫一声，手忙脚乱地冲了过去，一把拉开大门。

“吱呀”一声，房门打开。

那一刻春风吹拂，阳光明媚，从天上洒落下来，落在门外俏丽的少女身上，仿佛为她染上了一层炫目的光晕。她的秀发微微飘拂，掠过雪白的脸颊，明亮的眼眸水灵灵的，还带着几分笑意，仿佛正是人间最美的风景。

田不易只觉心头一震，睁大眼睛，这情景似一幅画瞬间印入他的心间，然后深深镂刻在心底，从此而后多少岁月，都不能摆脱，再也不能忘却。

那一眼久别重逢后的温柔。

门外不远处忽然传来一阵嬉闹笑声，田不易顿时回过神来，探出头往那边一看，只见自己好些个同门师兄弟都围在那边看热闹，一个个脖子伸得老长，其中还有人起哄笑道：

“田师弟，看不出来啊，居然默不作声地找了一位这么漂亮的小竹峰师妹！”

“可恨啊，我想去小竹峰很多年了，为什么那些漂亮的小竹峰师姐师妹都不看我呢？”

“因为你太丑了！”

“胡说，我们青云门乃是修仙门派，难道挑选道侣的标准不是天资高低和道行强弱吗？”

“你傻了吧！这都是当年门里那些长老为了把一些天资卓绝的人骗进本门才说的瞎话，不管什么时候，女子看人当然先挑潇洒帅气的了，你居然还把那些话当真了？”

“啊……原来你们都是骗我的，师父啊！”

……

有人惨叫起来，一副呼天抢地的样子，田不易往那边啐了一口，挥手怒道：“去去去，一边凉快去，别凑在这里瞎折腾。”说着回过头来，顿时脸上开花，一脸温和的笑意，将苏茹请了进来，回身一挥手，立刻将自己的房门关死了，同时也将那些猥琐的同门师兄弟关在门外。

苏茹在田不易的院子走了几步，看了看周围后，道："你一个人住这么大的院子啊？"

田不易走到她的身旁，道："是啊，你知道的，我们大竹峰向来人丁单薄，所以地盘大，自然住得就宽敞了。"

苏茹横了他一眼，似嗔似怒，然后等了一会儿，却发现这死胖子就那样站在身边，一动不动地看着自己发呆出神，半点反应也没有，不由得有些气恼起来，瞪了他一眼，道："你发什么呆啊，想让我在这儿站一辈子吗？"

田不易吓了一跳，顿时反应过来，忙不迭地往前紧走几步，打开了自己的房门，赔笑道："请进，请进。"

苏茹嘴巴一抿，刚想走过去，忽然只见田不易脸上神情大变，大叫一声却是转头冲进自己屋里，然后便听到里面呼啦啦一阵响动。

苏茹愕然，走到门边向屋内看去，只见田不易满脸通红，手脚翻飞，却是在拼命收拾这屋子里一片杂乱的东西，比如散落没叠好的被褥、喝了茶剩一半却还没倒掉清洗的茶杯、到处乱丢的衣服和……裤子，诸如此类！

苏茹在门口看得又好气又好笑，但看着田不易万分紧张的模样，心里没来由地甜了一下，随后走了进去，四下看了看，然后不屑地哼了一声，道："居然这么乱，简直和狗窝一样。"

田不易面红耳赤，一手抓着衣物一手拿着茶杯，站在原地尴尬而笑，有些手足无措。

苏茹看了他一眼，眼底深处不知为何有一丝温柔掠过，叹了口气摆摆手，道："去去去，还是我来吧。"

说着，她径直推开田不易，然后卷起袖子，开始帮田不易收拾起屋子来。

还别说，苏茹一旦动手，形势顿时大不一样，原本乱糟糟的房间几乎以肉眼可见的速度迅速地变齐整。没过一会儿，便见床上的被子叠得整整齐齐，茶杯茶壶被清洗得干干净净，一件件衣物叠好放在一旁，包括桌上、柜子、屋子里所有的地方突然间都像被施了仙法一般，全部散发出奇异的光芒，变得如此顺眼如此整洁，田不易甚至有一种自己这间屋子突然明亮起来的感觉。

他环顾四周，目瞪口呆，而苏茹则在收拾好最后一个东西后，拍拍手转过身来，然后略带得意地对田不易笑道："怎么样，还不错吧？"

田不易由衷地道："苏师妹，你太厉害了！"

苏茹嘿嘿一笑，道："这还用说，我打小就自己收拾屋子，像你这样的，小菜一碟。"说完她忽然想到了什么，脸颊莫名一红，随即赶忙岔开话题，道，"对了，我是过来看你的，听说从蛮荒回来你也受了不轻的伤，现在怎么样了？"

田不易一拍胸膛，道："差不多好了，你放心吧。"

苏茹叹了口气，道："你们在蛮荒之地的经历，我师姐都偷偷跟我说了，真想不到竟然那般凶险。我当时听了，心里便一直后怕，就想着要是……要是真的出了万一，只怕万师兄和你都，哎……"

后面的话她轻轻摇了摇头，面上兀自有惊惧之情，显然确实十分担忧害怕，田不易看着她的神情，心中一阵热血上涌，只觉得蛮荒行一路的艰辛险阻、出生入死，都值得了。

原来，原来她也会为我担心挂怀。

田不易笑了起来。

苏茹奇怪地看了他一眼，道："人家正担心呢，好好的你一个人傻笑什么？"

田不易也没犹豫没多想，只道："听到你说为我担心，我就高兴坏了。"

"啐！"苏茹脸上又是一红，嗔骂了他一下，道，"死胖子，什么时候学得这么油嘴滑舌！"

田不易摇摇头，道："我是真心话。"顿了一下后，又道，"苏师妹，在蛮荒之地的时候，我有几次真的差点就……回不来了，那个时候我心里就想，也不知道如果将来你听到这个消息会不会为我有一点难过。如果那样，我就算死也不……"

"哎！别说了。"苏茹一下子打断了他的话，气恼道，"好好的说什么死的活的，如今不是都好好的吗？"

田不易挠挠头，笑着应了一下。

苏茹看着他那副傻样，心里便是一软，眼神也温柔了几分，瞪了他一下，道："好了，过去的就不说了，以后别跟傻瓜似的再做这些事了啊。"

田不易分辩道："不是啊，这次是万师兄带队，为的是天下苍生和中土正道……"

"你能和万师兄比吗？"苏茹没好气地截道，"万师兄是何等英雄人物，绝世之才，我们都是凡人，万万比不上他的。从今以后，你就老老实实地待在青云门里过你的平凡日子，也免得人家担心，知道了吗？"

田不易"哦"了一声，点头答应下来，过了片刻，忽然道："苏师妹，你真的担心我吗？"

苏茹气得脸一红，只是那怒色里又有几分羞涩温柔，一跺脚，转身走出房间，田不易吓了一跳，连忙追了上去。

没过多久，门外便又传来一阵哄笑声，然后有人喊道："田师弟，你这是要去哪儿啊？"

田不易的声音传过来，道："别闹，我要送一送苏师妹呢。"

"喂，送就送嘛，你干吗拿出赤焰剑，这是要跟她走才对吧？"

"闭嘴！我送苏师妹回小竹峰不行啊……"

"哈哈哈哈……"

通天峰后山，祖师祠堂。

庄严肃穆的大殿外，道玄与万剑一并肩而立，一起向有些昏暗的大殿中行了一礼，随后万剑一大声道："师父，我是剑一，我已经从蛮荒之地回来了。"

昏暗阴沉的祖师祠堂大殿中，那一抹黑暗与点点烛火忽然晃动了一下，过了一会儿，一个低沉的声音突然传出来，缓缓道："是剑一吗？"

万剑一面露喜色，往前踏出一步，笑道："正是弟子，师父，您老人家身体还好吗？我听师兄说您在此已经闭关许久了。祖师祠堂这里虽然安静，但未免有些过于偏僻，不如请您随我们回前山玉清殿，让我们师兄弟二人一起敬上一分孝心，这样可好？"

祖师祠堂里沉默了片刻，随即那声音再度响起，道："不必了，我在这里很好。"

万剑一怔了一下，似乎有些惊讶，想再说什么，忽然若有所觉，低头一看，却是一旁的道玄轻轻拉一下他的袖子，随后微微摇头。

万剑一沉吟片刻，便不再多劝，道："既然如此，那一切都听师父的，以后弟子一定常来这里侍奉。"

天成子道："那也不必，我闭关修行需要的就是一个静字，你们无事就不用来了。"说着顿了一下后，又开口道，"对了，此去蛮荒魔教圣殿，可有什么收获？"

万剑一哈哈一笑，便将这一路上所见所闻、种种出生入死、各种危难险阻，都一一说给师父天成子听，特别是最后在魔教蛮荒圣殿里摧毁修罗塔一战，更是说得详细，让在他身边的道玄都听得眼中隐隐有异光闪烁。

万剑一说完之后，天成子在祖师祠堂大殿里叹息了一声，道："想不到你竟然为此掉了一只胳膊。"

万剑一却慨然笑道："师父莫要担心，不过一条臂膀而已。假以时日，弟子勤奋修行，自信在道行上不会有所阻碍。"

天成子又沉默了片刻，然后道："既然如此，那就最好了。天色不早，你们两人先回去吧，我要休息了。"

万剑一怔了一下，抬头看了看天空，只见阳光明媚，眼下只是正午时分。

不过既然师父开了口，弟子自然不能违背，两人向祖师祠堂里行礼道别，然后走了出来。

在山道上，万剑一便向道玄问道："师兄，师父这样多久了？"

道玄想了想，道："当初正魔大战过后，师父只是静养了几日，很快就搬到这里，一直到现在。"

万剑一"哦"了一声，有些遗憾地道："可惜啊，师父在闭关，我连他老人家一面都没见到。"

道玄眉头一皱，似乎想说什么，但随后又暗自苦笑一声，沉默不语。

两人一路行到玉清殿上，万剑一刚想与道玄告别，忽然被道玄叫住。万剑一对道玄道："师兄，有事吗？"

道玄面上掠过一丝犹豫，沉吟片刻后，轻声对他道："师弟，为兄有一件事，想要对你说。"

万剑一笑道："师兄但说无妨。"

道玄刚要开口，只听玉清殿外有脚步声响起，却是又有两拨人进来向道玄禀告事务。事情都不算大，一件是风回峰与朝阳峰之间对一种灵丹分配数额的争执，另一件更小，甚至都不是青云门内的事，说山下一个叫草庙村的村子里，有村民禀告村外草庙有怪声响动。

道玄想了片刻，便对第一个人直接说出了上一年风回峰和朝阳峰之间灵丹的分配数目，然后将结果判给了上年分得少的风回峰，那人便领命走了。万剑一在一旁看得有几分佩服，笑道："师兄大才，居然连这等小事都还记在心上，换了我可是做不到。"

道玄笑了一下，道："不过都是些小事，不足挂齿。"

"什么事情啊？"

万剑一刚想说话，忽然又从大门口处传来一个声音，却是听到了道玄和万剑一的话，直接插口进来。两人向那边一看，是小竹峰的水月，她身边还跟着同样娇俏可爱的苏茹，就这样走了进来。

道玄微笑着对水月点了点头，算是打过招呼，然后并不意外地看到水月的眼神似乎一直落在万剑一身上。只是当他看向万剑一时，忽然心中一动，自己这位天资横溢、俊逸潇洒的师弟，此刻的目光却落在苏茹身上，眼神格外明亮。

第三十五章

小 狗

看到万剑一与道玄都站在这里，苏茹脸上也露出几分惊喜，一下子跑了过来，笑道："万师兄，你身子大好了吗？"说着，她的目光下意识地落在万剑一的左手边，随即脸色变了变，面上掠过一丝痛色，但似乎又觉得这样会让万剑一难过，连忙又强忍下去，强笑了一下。

万剑一将她的神情看在眼中，反倒笑了起来，道："差不多好了。苏师妹，你也不必为我担心，男儿大丈夫，不过丢了一只臂膀，算得了什么。"

苏茹面上露出敬仰之色，连连点头，道："师兄你说得对。"说着又忍不住哼了一声，道，"不过还是可惜啊，我想一定是死胖子那些家伙没用，拖了万师兄你的后腿吧。"

"死胖子？"万剑一怔了一下，随即醒悟，哈哈一笑，却是收敛笑容对苏茹正色道，"苏师妹，你说的可是大竹峰的田不易师弟？恕我直言，你错怪他了。此次蛮荒之行，众人中最令我刮目相看的便是田师弟了，他虽外表驽钝，但心藏锦绣，在修道天资上亦不可小觑，特别是在回来的路上，我与苍松师弟都身负重伤，全靠田师弟指挥若定，在魔教无数追兵中一路厮杀冲了出来，我等五人能够安然回到青云山，田师弟是有大功的。"

苏茹眼底深处掠过一丝喜悦，眼角的余光甚至还悄悄看了一眼站在旁边若有所思的道玄，但面上还是保持着一副不以为然的神情，然后"嘻嘻"笑了一声，道："好吧，万师兄你说他不错那就不错了呗，反正我觉得那胖子肯定没万师兄你厉害。"

站在一旁的道玄和水月都是失笑，万剑一也是莞尔，笑着摇了摇头。

这时旁边还有一人，便是禀告那山下草庙村里有怪声的，道玄问了几句，却发现那山下村子里其实什么事都没有，既无人失踪也无人伤亡，大概就是每天村外的一座破庙里有一点怪异的叫声传来。这事实在太小，事实上很多时候这种事根本就不算什么，过一阵子就好了，或许是凡俗愚民自己吓自己。

青云门若连这些事都要管，那整天也就不用做其他事了。

道玄摇摇头，便将此事放到一旁，让人不必理会，不过一旁的苏茹却听得有些好玩，便笑着跳出来说我过去看看好了。水月瞪了这个活泼好动的师妹一眼，喝骂了一句，苏茹讪讪的，却让万剑一有些看不过去，哈哈笑了一下后，便打了个圆场，说反正也不是什么大事，就让苏师妹过去玩玩也好。

道玄自然是无可无不可，就答应下来，那人便自行去了。待那个青云门弟子走后，苏茹便高兴起来，看万剑一的眼神更是温和感激，捂嘴笑道："还是万师兄好啊。"

水月平日里也十分疼爱这个小师妹，不过这时便觉得有些丢脸，嗔怪了一句，道："看你还说，好好的给人家添麻烦了。"

道玄与万剑一都笑着摇头，随后道玄对水月道："水月师妹，你过来找我有事吗？"

水月道："正是，家师昨日问过我一次，是有关七脉会武大会的日期，所以我过来寻师兄，想问问大会召开的日子确定了吗？"

道玄略一沉吟，道："此事确实已经定了，原本诸多事项都早已准备，所以推迟不过是想等剑一等人从蛮荒归来，如今自然无碍。我已想过，便定在十日之后吧。"

万剑一与水月都点了点头，面上并无异色，倒是苏茹突然想起了什么，眼珠轻轻一转，开口道："道玄师兄，这次去蛮荒的五位师兄都能参加七脉会武大会吗？"

道玄怔了一下，眼中掠过一丝诧异之色，如果他没记错的话，这个问题前一阵子苏茹好像已经对他说过一次了。想到此处，他不由得心中一动，先深深看了苏茹一眼，随即眼角余光忍不住又看了看万剑一，只见万剑一神色如常，似乎也在仔细聆听两人说话，面上似有关切之意。道玄默然片刻后，道："这应该没问题吧。剑一在我们通天峰这里，自然是不用说了；苍松师弟、曾叔常师弟和商正梁师弟都是各脉才俊，应该也没问题。至于大竹峰的田不易师弟……"

说到这里，他忽然眉头一皱，神情中似有几分迟疑，中断不语。

苏茹顿时有些紧张，哼了一声，却是转头看向万剑一，嚷道："万师兄，你看看，你刚才还说田胖子不错呢，可是人家却连七脉会武都去不成了。"

万剑一也有些惊讶，看着道玄，道："师兄，大竹峰那边是什么情况？"

道玄眉头皱着，看着万剑一欲言又止，过了半晌才叹了口气，道："田师弟那个人，以往算是比较平实低调的，在门中也没什么名望，听说过往修行进境也一般，并不特别为大竹峰的郑通师叔所喜。你知道的，七脉会武大会的各脉名单都是诸峰自拟，所以田师弟到底能不能参加，确实不太好说。"

万剑一剑眉扬起，默然片刻后，摇头道："此事不妥。师兄，恕我直言，此番蛮荒之行，田师弟表现极为出众，无论天资心性，皆是上上之选，日后必成大器。便是他的道行实力，经此一役后也突飞猛进，不可小觑，当不弱于众多同门。如此人才，断断不可埋没，不然就太可惜了。"说着，他顿了一下，又道，"师兄，可否请你去和郑师叔说一说，田师弟确实是个人才，还是让他参加七脉会武大会吧，另外回头我也去拜访一次郑通师叔，聊聊此事。"

道玄目视万剑一，良久不语，最后轻轻点头，面露淡淡苦笑，道："好吧，此事我知道了。"

万剑一微笑点头，旁边的苏茹却悄悄握紧拳头，用力挥了一下，眼眸里眼波如水，满是盈盈笑意。

翌日一早，两道奇光便从青云山上飞驰而下，一路穿云过雾，飞越重重山岭，最后落在青云山脚下草庙村外头。

灵光闪烁摇曳，落地后光芒泛起，如绚烂美丽的光辉，随即散去，露出了两个身影，却是田不易和苏茹。田不易手中是赤焰仙剑，苏茹的法宝却是一条琥珀朱绫，看着晶莹柔软，似有灵性，直接缠在她身上。

田不易忍不住多看了两眼，道："苏师妹，你这琥珀朱绫法宝倒是少见啊。"

苏茹有些得意，道："漂亮不？"

田不易连连点头，道："很漂亮，特别是你来用它，更漂亮了。"

苏茹脸一红，瞪了田不易一眼，道："死胖子，我发现你最近越来越油嘴滑舌了。"

田不易挠挠头，过了片刻，笑道："我说的都是实话。"

苏茹哼了一声，不去理他，径直向前走去，不过眼中已多了几分笑意。田不易跟在她的后面，向左右看了一下，道："咦，这里我好像来过啊。"

苏茹有些惊讶，道："你居然来过草庙村？"

田不易想了想，道："不错，当初跟着万师兄去蛮荒之地的路上，刚下青云山不久就遇到一些魔教妖人迫害村民，我们救下一对爷孙，后来是我和曾叔常将他们送到这里投奔亲戚的，嗯，就是这个草庙村。"

苏茹笑了起来，道："这倒是巧了，回头你可以去看看他们爷孙两个如今过得好不好啊。不过今日咱们先将自己的事情做完再说。"

说着便张望了一阵，很快在村子外头一侧找到那座破草庙，便带着田不易向那边走去。田不易走在苏茹身旁，道："苏师妹，你往后站一些，若是那草庙里的怪声是什么精怪作祟，让我处置就好。"

苏茹白了他一眼，道："我又不是没有道行的凡人，有什么好怕的。"

田不易呵呵一笑，脚下还是加紧两步，走到苏茹身前，向破草庙的门口走去，同时口中道："你来找我一起过来，便是拿我当朋友了，我当然不能让你走前面。"

苏茹贝齿轻咬嘴唇，看着那个有些矮胖的身影，嘴角慢慢露出一丝笑意。

这座破草庙看上去已经荒废一段时日了，门口两扇木门虚掩着，田不易轻轻一推，木门便发出一声"吱呀"的低沉声音。田不易向门内看了一眼，发现这座草庙其实也不大，格局也颇为简单，不过是前庭一个小院，后面接着一间屋子，供奉着一座泥塑菩萨而已。

草庙里很安静，因为荒废了，所以到处落满尘埃，院落里的青石地板很多都翻了起来，从缝隙中长出不少绿色的杂草。至于前方那间屋子，神像也漆色剥落，看上去毫无生气。

田不易看了一圈，没发现任何危险，便当先走了进去，苏茹跟在他身后，也踏进了院子。这时，一阵微风从外头吹过，绿色的野草纷纷摇动，木门也摇晃了两下，发出声音，但除此之外，确实没有任何动静了，包括传闻里那种怪异的声音，此刻也毫无踪迹。

田不易转过身来，与苏茹对视一眼，眼中有疑惑之意，苏茹也皱了皱眉，道："怪了，听他们说的就是这里啊，难道真是那些村民听错了，自己吓自己？"

"噫……"

话音未落，突然一个有些凄厉的怪叫声从那间屋子里传出来。

苏茹吓了一跳，"啊"的一声下意识地向后退了一步，还没开口，便看到自己身前出现一个宽厚的背，正是田不易，他在第一时间直接挡在自己身前，同时拔出赤焰仙剑，双目炯炯看着那个供奉神像的屋子，严阵以待。

"噫……噫……噫……"

那叫声越发凄厉起来，听着确实有些瘆人，不过田不易与苏茹都是修行有成的青云门弟子，眼光见识都不是凡人可比。一开始两人还有些紧张戒备，但听着听着，两人忽然都皱起眉头，再次对望了一眼，却是听出几分不对来。

那声音虽然听着怪异吓人，但明显中气不足，音调也颤抖不停，说是妖怪嘶嚎，倒不如说更像是野兽的垂死哀鸣。

田不易对苏茹点点头，手持赤焰仙剑向那屋子走去，苏茹跟在背后，身上的琥珀朱绫无风自动，缓缓飘拂起伏着，显然也有几分戒备。

田不易走在前面，进了那屋子门口，向左右看了看，见地面落了一些砖块碎瓦，到处都是尘土。这时那怪叫声又响了一下，这次两人听得清楚，是从神像后面传来的。

田不易向前走去，先是打量了一下神像，然后跳上供桌，踩着泥塑莲台，侧过身子向神像后头看去。站在下方的苏茹忽然有些紧张，连忙道："田不易，你小心点。”

田不易回头对她咧嘴一笑，挥挥手示意没什么问题，然后又向前走了两步，转到神像背后。就在这时，那凄厉的怪声突然又叫起来，而且比之前更加急促和尖厉，苏茹吓了一跳，刚想上去帮忙，便听见几声低沉闷响，似乎是砖块移动掉落，然后田不易的身子退了出来，手上像是抓着什么东西，从神台上跳下来。

苏茹定睛一看，顿时怔了一下，只见田不易手上托着的是一只通体黄色的小狗，看上去普普通通，就是一只乡野村落中最常见的小土狗。只不过这只小狗此刻看上去奄奄一息，胸口处微微起伏，连眼睛都半闭起来，显得黯淡无光。不过身子还在微微发抖，似乎很害怕的样子。

田不易道：“就是这只小家伙了，刚才我上去，看到它被压在一堆碎砖之下不能动弹，然后叫个不停。可能是只没家的小野狗，跑到草庙里玩耍，然后被压在那里不能挣脱，没吃没喝最后连叫声都变调了，所以才让村民们误会。”

苏茹点点头，看着田不易手中那只小黄狗，只见它全身毛茸茸的十分可爱，但此刻奄奄一息，口鼻中更是一片干裂，显然是被饥渴折磨得太厉害了。她心中顿时有些难过，低声道：“啊，这只小狗好可怜。”

说着，便从田不易手中将小狗接了过来，用手轻轻抚摸小狗的脑袋和后背。说来也怪，小黄狗似乎从她的抚摸中得到了安慰，发抖的身子渐渐平复下来，但奄奄一息的样子仍没有改观。

田不易皱了皱眉，道：“应该是太久没喝水，渴坏了，我出去找点清水来。”

说罢，他便大步走了出去，外头便是村子，清水自然不成问题，没过多久，田不易便带着一葫芦清水回到草庙中，苏茹伸出手示意田不易往她雪白的手掌中倒了些水，然后小心地将手放到小黄狗的嘴边。

小黄狗身子动了一下，看起来似乎精神猛地一震，一下子便伸出舌头不停地舔苏茹的小手，没两下就喝光了。接着苏茹又喂了小黄狗几次清水，小黄狗如久旱逢甘霖，一下子就精神过来，看着恢复了不少生气。

田不易在一旁看着苏茹对小黄狗精心照料，便干脆又出去一趟，再回来的时候身上又多了一些肉食骨头，放在小黄狗的身前。小黄狗显然是饿很了，一下子扑了过去，在地上啃起来，吃得不亦乐乎。

苏茹看着小黄狗那副样子，忍不住笑了起来，拍拍小黄狗的脑袋，道：“别急啊，慢慢吃。”

此刻，小黄狗的双眼已经恢复几分光彩，闻言用脑袋蹭了蹭苏茹的掌心，似乎撒娇一样叫了一声，这时候的声音听起来已经恢复正常，是普通的狗叫声了。

苏茹笑着站了起来，走到田不易的身边，道：“原来是只小狗，不过也好，这事总算解决了，回头跟草庙村里的村民说一下就好。”

田不易“嗯”了一声，点点头，道：“那我去说好了，咱们走吧。”

苏茹应了一声，田不易转身走了两步，发现苏茹还站在原地，有些不舍地看着脚下那只小黄狗，便有些诧异地道：“怎么了？”

苏茹叹了口气，道：“你说，咱们走了以后，这只小狗会怎样啊？”

田不易想了想，道：“我看它应该是只野狗，大概还是四处漂泊吧。”

苏茹抿了抿嘴，面上掠过一丝不忍，道：“听起来有些可怜啊，若是以后再遇到这样的事，只怕就……哎，再也没人来救它了。”

田不易摇摇头，道：“这种事太多了，咱们救不过来的。”

苏茹叹了口气，点点头道：“你说得也对，我就是看着这只小狗可怜，有些于心不忍。”

好像是听懂了苏茹的话，正在埋头大吃的小黄狗忽然抬起头来，看了他们二人一眼，“汪汪”叫了一声，摇摇尾巴，似乎想要过来，但片刻之后似乎还是抵不过骨头美食的诱惑，又继续低头猛啃猛吃起来。

田不易摇头失笑，心想这狗看起来有点蠢啊，随后转眼向苏茹看去，却发现苏茹双眼看着那只小黄狗，仍有些不舍。田不易挠挠头，试探着对苏茹道：“苏师妹，如果你真的喜欢这只小狗，要不……你将它带回小竹峰收养了？”

苏茹一怔，脸上先是一喜，随后又摇了摇头，掠过一丝黯然之色，道：“不好的，我倒是挺喜欢这只小狗，可是水月师姐平日里最烦这些狗啊猫啊的，看到了一定发火。我不想让师姐生气。”

田不易这一刻突然福至心灵，脑子里灵光乍现，似乎一辈子的聪慧机智都在这一刻爆发出来一般，正色对苏茹道：“这样啊，难怪你也为难。嗯……不如由我来收养这只小狗吧，平日里就养在大竹峰上，你若是有空闲或是想它了，可以来大竹峰找我，看看小狗也好啊。”

苏茹眼前一亮，拍手笑道：“哎呀，这可真是个好主意，就这么定了！”说着，她掩口而笑，笑意温柔，觉得此刻看着这个胖子似乎越发顺眼了。

第三十六章

不让

关于七脉会武大会举办的日期，很快地就从通天峰玉清殿中颁布了出去，顿时在青云门上下引起一阵骚动，所有人的重心都放在这个上面，然后按照规矩，原本一些拖着没交上来的各峰参赛弟子名单，也很快送到玉清殿。

这一日，苏茹拉了师姐水月，又一次来到玉清殿，却还是想打听一下大竹峰那一脉的名单。这时距离七脉会武大会只有五日，各峰的名单都已经定下来了。

水月是小竹峰首座真雩大师的大弟子，道行天资容貌都是顶尖的，在青云门内也颇有名声，人人都视她是下一代小竹峰首座的当然人选，所以无论是道玄还是万剑一，对水月都存了几分客气。至于苏茹，自然是拉着虎皮做大旗了。

道玄与万剑一与她们师姐妹二人相熟已久，倒也不嫌麻烦，道玄直接去取了大竹峰送来的名单，递给水月观看。苏茹在一旁有些担心也有些焦急地瞅了一眼，一溜看下来，却一直没看到田不易三字。这一气非同小可，苏茹险些就要叫出来，幸好在最后关头，她的目光在最后一行最后一个名字上，看到了那期盼已久的三个字。

田不易列在这份名单的最后，终于勉强挤进了这个舞台。

苏茹以手捂胸，长出了一口气，脸上也露出一抹喜色。

站在一旁的道玄看着苏茹的反应，暗地里摇摇头，随即转头向万剑一看去，却见万剑一微笑着站在那里，对苏茹开口道：“苏师妹，还有五天就到七脉会武大会了，我记得你也在小竹峰的名单里，如今可准备好了吗？”

苏茹嘻嘻一笑，用手拍了拍胸口，道：“万师兄你放心，这次就看我大展神威吧。虽然前几名不敢想，因为有你和道玄师兄还有师姐在嘛，但是其他人，我可是一个都不怕的！”

说着，她随手一扬，身上那条琥珀朱绫顿时随风飘拂。

万剑一向那条琥珀朱绫看了一眼，微笑道：“琥珀朱绫啊，这当然是极厉害的法宝了，看来苏师妹信心十足啊，我们就等着到时候看你的表现了。”

苏茹嘿嘿一笑，随即想起了什么，对道玄和万剑一告辞一下，便想拉着水月离开这里。不过看起来水月没有立刻想走的意思，站在万剑一不远的地方脚步没动，反而是万剑一看了苏茹一眼，忽然笑道：“对了，苏师妹，你且慢走，我正好有一个东西想送你。”

苏茹有些惊讶，转过身来看着万剑一，笑道：“万师兄，好好的你怎么想要送我东西？”

万剑一取出一只剑匣，递给苏茹，道：“苏师妹，这匣中有一柄罕见的神兵短剑，名曰‘墨雪’，锋锐无伦，灵力充盈，最适合女子施展。此剑是此番前去蛮荒之地途中，从一个魔教妖人手中夺来的，今日便送与你吧。”

苏茹吃了一惊，连忙推辞道：“万师兄，这怎么行？”

万剑一笑着将剑匣塞到苏茹手中，道：“不过是一柄不错的灵剑罢了，有什么好在意的。你先看看再说。”

旁边的道玄与水月面色各异，目光都落在剑匣上，尤其是水月，原本嘴边挂着的一丝笑容这时已悄然不见。苏茹犹豫了一下，在万剑一鼓励的目光中还是伸手打开了剑匣。

一道清亮如雪的剑光，忽然从匣中照出，如霜似雪，清寒逼人，一瞬间，周围诸人竟都觉得身子微微一凉，仿佛周边的气温都降了一些。苏茹定睛看去，只见剑匣里躺着一柄短剑，剑柄如墨玉，剑刃清亮如水，灵气逼人，看上去光芒四射，神威自敛。

苏茹毕竟也是青云名门弟子，又在真雩大师座下修行，眼光哪里会差，一眼便看出这柄墨雪剑当真是吹毛断发的神兵利器，若是加以道行灵力催持，只怕其威力之大难以想象。当下惊得连手都抖了一下，又似乎瞬间明白了什么，脸色陡然苍白了几分，连连摇头，看着万剑一，低声道："万师兄，这、这墨雪神剑实在太珍贵了，我受不起，还是请你收回去吧。"

万剑一微微一笑，摆手道："送出之物，岂有收回之理，苏师妹你就收下吧。一来我已有斩龙剑，无需此物，留在身边也是浪费；二来这墨雪剑短小，还是适合女子使用。"

说着，他又转头看向站在一旁的水月，笑道："水月师妹，本来这墨雪剑你用也不错，不过若我猜得不错，此番七脉会武大会，真雩师叔怕会将那柄天下无双的天琊神剑传与你吧。"

水月点点头，露出一丝笑容，神情看上去温和了不少。

苏茹还要推辞，万剑一却拦住了她，笑着说了她几句，苏茹最后只得默默收下。如此又过了一会儿，水月便带着苏茹告辞离开了。

在这之前，一直冷眼旁观的道玄，与万剑一一起将她们送到玉清殿门口，看着那两个天生丽质的美丽女子并肩离去，道玄转过身来，却看到万剑一仍然负手而立，远远望着那远去的背影。

山风吹来，他身上的白衣缓缓飘拂，剑眉星目，气宇轩昂，哪怕是缺了一臂，似乎也丝毫无损他的俊逸潇洒和慷慨之气。道玄欲言又止，末了只在心里轻轻叹了口气，转身走回玉清殿中。

过了一日，万剑一闲来在通天峰上走动，先在碧水寒潭边跟灵尊水麒麟打了个招呼，不过灵尊在呼呼大睡没有理他。随后便过了虹桥，来到云海之上。

当初青云山正魔大战的时候，地势平坦宽阔的云海被双方当作了最重要的决战之地，各种神通道法跟不要钱似的乱丢乱砸，将好好的一个仙家胜境弄得乌烟瘴气，损毁严重。不过到了今日，经过这一段时间青云门的修缮，云海居然又有了几分仙气缥缈的样子，除了边缘角落里还能看到几处破坏的痕迹，大部分地方都已恢复原状。

这自然和这些日子以来道玄主持青云门，诸多事务处理得力有很大关系，万剑一心中也有些佩服，到处看了看，赞叹几声后正想离开，却看到云海那边走来两人，乃是苍松和商正梁。

这二人都是跟着他一同去蛮荒之地的，彼此一起出生入死，那真是过命的交情。那边二人看到万剑一站在这里，急忙上前见礼，万剑一也十分高兴，与他们二人好一阵闲聊，末了又叮嘱他们一句，道："你们二人都要参加七脉会武，这些日子的伤势都好了吗？可别留下什么隐患，到时候影响了会武成绩，那我就过意不去了。"

苍松与商正梁都笑了起来，随后苍松道："师兄多虑了，我们的伤势早已调养好，只等着七脉会武开始了。"

商正梁也笑道："正是如此，虽说名次上我们不敢与万师兄比，但这一趟蛮荒行下来，我亦自觉有几分把握，并不输给门中其他师兄弟了。到时候说不得，也得拼命争上一次。"

万剑一抚掌笑道："说得好，二位师弟有此豪情，为兄便拭目以待了。"

三人说笑一阵，便散了，万剑一在云海上走了几步，心中便想到同去蛮荒的其他二人。曾叔常师弟是风回峰曾无极师叔的亲子，自然不用担心，倒是大竹峰的田师弟，一直有些磕磕碰碰。

一念及此，万剑一思索片刻，干脆召出斩龙剑御空而起，驾驭剑芒离开通天峰，一路往大竹峰方向去了。

如今的青云山大竹峰上，却比往日热闹了几分，原因很简单，比起青云其他诸峰，人丁相对单薄的大竹峰现在多了一只性子活泼、叫声嘹亮的狗。

那是一只小黄狗，是大竹峰弟子田不易某一天突然带回来的，有人问，他只说是下山之后无意中救下的，然后便觉得和此狗有缘，就带回来收养了。

这个解释听起来当然有些怪怪的，瞧见一个天资出色的小孩收为弟子说与他有缘也就罢了，收养一只狗也叫有缘？

不过大竹峰上几乎全是男子，平日里虽是仙家门派，也粗大惯了，所以也没怎么在意，包括首座郑通也懒得去管这种小事。所以几天下来，小黄狗便在大竹峰上安了家，平日里跟着田不易东跑西跑，并且被田不易随口取了个“大黄”的名字，俨然一步登天，成了大竹峰上的正式一员。

大黄是一只很普通的土狗，现在的个头也不算太大，刚救回来的时候还是有气没力的样子，或许是命贱便强，在田不易也没怎么认真救治、只是胡乱塞给它足够的食物后，大黄几乎在一夜之间便恢复过来。

如今的大黄全身毛发光泽柔软，看上去十分可爱，同时因为田不易救了它，它对田不易格外亲切依恋，同时看到什么有趣的东西便格外好奇，东看西看的，尾巴整天摇个不停，咧着嘴开心得不得了。

另外，这只小黄狗还在偌大的大竹峰山头上挑了好多地方撒了好多尿。这事情是最麻烦的，田不易骂了好几次大黄还是不听，不过看它经常找的都是竹林的竹子或是某些房子的偏僻角落，田不易也就懒得多说了。直到有一次不知这只蠢狗发了什么疯，莫名其妙地溜进了守静堂，然后在首座郑通的卧室外墙角尿了一次，顿时成为大竹峰最新最热门的笑柄。

郑通知道此事后也是啼笑皆非，不过他毕竟是修道有成的前辈高人，哪里会和一只小狗置气，不过一笑了之。倒是田不易诚惶诚恐，狼狈万状地向师父请罪，又抓着大黄回屋收拾了一顿。

只是骂归骂，这只小狗看起来却是一副懒懒的蠢样子，一点都没开窍的迹象。田不易气不过，便将大黄系上狗链拴在自家院子里，还不给它东西吃。时间久了，大黄慌乱不堪，可怜巴巴地蹲在院子中，对着田不易汪汪直叫。

叫声很响，似乎传遍了整个大竹峰山头。

田不易站在院子里，双手叉腰，看着大黄冷笑道：“蠢狗，知道怕了吧？”

大黄摇了摇尾巴：“汪，汪汪……”

田不易喝道：“以后还敢不敢随地撒尿了？”

大黄尾巴又摇了几下：“汪汪汪，汪汪……”

田不易怒道：“再这般的话，信不信我饿你三天三夜！”

大黄瞬间尾巴摇个不停：“汪、汪、汪、汪……”

田不易还想再说什么，忽然听见门外有一个带着几分惊讶的声音传了过来，道："咦，出了什么事，你干吗要饿大黄三天三夜啊？"

田不易一个激灵，回头一看，只见苏茹不知何时到了门口，这时正走进院子，看到大黄顿时眉开眼笑，走过去伸手摸了摸大黄的脑袋，笑道："哎呀，大黄，咱们又见面了。咦，好像最近又长大了一些，比上次我看到你的时候高一点了。"

大黄看到苏茹之后，一下子兴奋起来，双眼放光，看着苏茹口中一迭声"汪汪汪汪"叫个不停，同时伸出舌头不停地舔苏茹的手心，又用头去蹭苏茹的脚踝，显得亲热无比。

作为救它的两个人之一，平日里除了田不易，大黄最喜欢亲近的人就是苏茹了。

苏茹"咯咯"笑着，看起来也很喜爱这只小狗，逗它玩了好一会儿，才回头对田不易笑道："哎，刚才你说什么来着？"

田不易不动声色，手上跟变戏法似的翻出一大盆骨头，往大黄身边一放，然后正色道："我是让它别每次都跟饿死鬼似的拼命吃东西，我多买一点东西给它吃不要紧，但是怕它吃坏了身子。"

苏茹显然对大黄平日的习性也知道一些，闻言连连点头，走过去摸了摸大黄的脑袋，笑道："田不易说得对啊，大黄，你平常要听他的话哦。"

大黄嘴里叼着一根骨头，抬头向田不易看了一眼，然后蠢蠢地点点头，又继续埋头大吃起来。

田不易松了一口气，哈哈一笑，对苏茹道："大黄真是一只聪明的狗。"

苏茹掩口而笑。

两人看了大黄一会儿，田不易便与她走到院子另一边，在一个石桌边坐下来，微笑道："今日是特地过来看大黄的吗？"

苏茹原本脸上是有笑容的，这时却慢慢收起，先是点点头应道："是。"随后又缓缓摇头，低声道，"也不是吧……"

田不易有些奇怪，道："苏师妹，你怎么了？"

苏茹脸色复杂，犹豫了一会儿，抬头看向田不易，只见他目光炯炯，正凝视着自己。苏茹没来由地心中一软，叹息了一下，随后道："其实吧，我今天来也有一件事想跟你说。"

田不易道："什么事，你说。"

苏茹默然片刻，道："昨日在玉清殿上，万师兄突然送了我一柄极好的仙剑。"

田不易登时一怔，看着苏茹，苏茹继续说了下去，语调似乎有些低沉，道："那柄仙剑名叫'墨雪'，我拿回去请师父她老人家看过了，她也说此剑品质极高，是难得的仙家法宝，足可当得起神剑二字。便是与我们小竹峰世代相传的镇山至宝天琊神剑相比，也不过差在毫厘之间。"

田不易倒吸了一口凉气，道："这礼物可当真贵重啊，万师兄真是豪迈之人，一出手就这么大方。"

苏茹忽然抬起头来，似有些气恼之意，瞪了田不易一眼。

田不易吃了一惊，刚想询问怎么了，忽然脑海中灵光一闪，身子一震，脸色唰地白了，失声道："难道、难道是万师兄对你……"

苏茹默然无语，眼神复杂。

田不易霍然站起，面色激动，眼睛一眨不眨地盯着苏茹，甚至连话都说不清楚了，只听他结结巴巴地道："我……我……你……苏师妹，你……你心里……"

苏茹深吸了一口气，道："你说什么，我听不懂。"

田不易咬了咬牙，稍微平复了一下自己激动的心情，涩声道："你、你心里是怎么想的？"

苏茹"哼"了一声，面上似几分羞恼之意闪过，随即淡淡地道："这就奇怪了，我心里想的你凭什么要知道？"

田不易张口结舌，无言以对。

苏茹看着他的样子，似乎越发生气起来，一下子站起身，看起来一副要走的样子。田不易吓了一大跳，心头猛地掠过一丝不祥的预感，只觉得如果此刻让眼前这美丽动人的少女走了，只怕自己这一辈子都要后悔了。

他也不知道哪里来的勇气，忽然一个箭步跨出去，拦在苏茹面前，道："你别走。"

苏茹静静地看着他，道："你不让我走，是有什么话想对我说吗？"

田不易欲言又止，苏茹冷哼一声，转身就要迈步走去，田不易急得满头是汗，忽地一狠心，像是豁出去了一般，一把拉住苏茹的手，看着苏茹的眼睛，急道：“我、我、我也喜欢你啊！”

苏茹的身子登时停了下来，随即满脸通红低下头去，但与此同时，她眼底深处却有一抹由衷的喜悦之色闪过。她轻轻咬着牙，过了片刻，察觉自己的手还被田不易抓着，有一丝温暖厚实的感觉从他的掌心传来，让她隐隐有几分心跳加快。

她深深地吸了口气，然后重新抬起头来，看着田不易，道：“你说你喜欢我，可若是万师兄他也对我有意，你会怎样？”

田不易如遭雷击，一时间怔在原地，苏茹就那样紧紧地盯着他，看着田不易那张胖脸上闪过诸般痛苦神情，过了一会儿，田不易脸上的肌肉抽动两下，然后看向苏茹。

苏茹不知道为什么，忽然有些紧张起来。

只听田不易缓缓道：“我想过了，万师兄对我恩重如山，几有再造之德。此番蛮荒行中，他更是数次救我性命，又不吝教诲让我道行大进，我、我……”说到后面，他竟有些哽咽，连话都说不下去了。

苏茹嘴唇微微颤抖起来，眼中似有一丝泪光，凝视着田不易，低声道：“你、你难道要……”

田不易却忽地一仰头，大声道：“若是其他事，万师兄要我做什么，我自然便去做了，便是要我去和其他人拼命，我也绝无二话。可是，要是你的话，我、我、我……”他连说了几个“我”字，最后狠狠一咬牙，在苏茹期待而带着泪光的目光中，道，“只有你，我决不能让。万师兄若是为此恨我，我也无话可说，就算他要杀我，那取了我的性命就是。

“但是要我让了你，我死也不肯！”

这最后几个字，他当真说得斩钉截铁，一字一字似对天立誓一般，绝无丝毫犹疑。苏茹以手掩口，不知不觉已是泪流满面，这一刻，她只觉得心神激荡，全身仿佛被一股从未有过的喜悦充盈，似要飞起一般。

眼前的这个男子，这个牵着她手的男子，这个斩钉截铁死也不怕死也不肯将她让出去的男子，仿佛便是此刻她眼中这世间最好的人。

她一声轻呼，再也忍不住，一下投入他的怀抱，搂住他的腰，靠在他的肩膀上，哭了起来。晶莹的泪珠如断了线的珍珠般，一下子染湿了田不易的肩头。

田不易身子一僵，随即下意识地抱住苏茹，刚想说些什么去安慰她，忽然从院子门口传来一个声响，似房门被风吹动，又像是有人推开门扉。

田不易与苏茹同时转头望去，瞬间一起呆了。只见院子门口，一个白衣男子独臂负剑，神色萧索，静静地看着他们。

山风吹过，他白衣轻轻飘动，带了几分孤寂。

第三十七章

异 变

田不易脸色唰地白了，喃喃说了一句，道：“万师兄……”

万剑一迈步走进这个院子，不知为何，原本轻轻吹拂的风突然停了下来，院内院外一片寂静，就连在院子另一头正埋头大吃的大黄突然间也是一个激灵，全身毛发竖起，然后发出无声的呜咽，向后畏缩地退去，躲在一处草丛里瑟瑟发抖。

晴朗的天空里，阳光温和地洒落下来，但这个院子仿佛突然之间冰冻，随着那个白衣男子身形的移动，一切都变得肃杀和静谧。田不易有些僵硬地站在原地，这一刻脑海中一片空白，他只是咬着牙下意识地硬挺着站在那里，准备迎接那即将到来的狂风暴雨，却没有任何还手的欲望和冲动。

就在这时，突然一个身影张开双臂，猛地拦在田不易的身前，正是苏茹，她的脸色同样苍白，眼中仍有泪光，但眼神格外坚定。她对着万剑一，大声道：“万师兄，不关他的事。这一切都是我的错，你要杀，就杀我吧！”

万剑一与田不易同时身子一震，向苏茹看去，只见这个少女咬紧了牙关，连身子都在微微颤抖着，但神色间没有一丝悔意。

万剑一看着苏茹，过了好一会儿，才涩声道：“为什么，是我有什么地方比不上田师弟吗？”

田不易咬牙低头，木然无语，苏茹则缓缓摇头，泪珠又一次从脸颊上滑落，她轻声道：

“不是的，万师兄你天纵奇才，俊逸豪迈，不易他比不上你。”

“那你为何……”

“可我就是喜欢他。”

万剑一怔住了，他呆呆地看着苏茹，过了半晌，仰首苦笑一声，只觉得这朗朗乾坤苍穹大地，自己竟无言以对。

苏茹望着他，道：“万师兄，一切都是我的错，你莫要怪他。在今日之前，不易他根本不晓得你喜欢我，他对你敬仰万分，平日里不知对我说了多少次你对他恩重如山，便是你要他去为你拼命，他也绝不会多说一个字的。”

“是我，都是我坏了你们的兄弟之情，我……我是个坏女人，你杀了我吧！”她哭着说道。

万剑一摇摇头，长长地呼出一口气，随后脸色慢慢平静下来，虽然在他眼底深处，仍有一丝深邃难明的痛苦。

他向田不易和苏茹这边走过来。

风忽起，掠过庭院，吹起他白衣如雪，几分萧瑟，几分肃杀。

田不易嘴角颤动，伸手想把苏茹拉到自己身后，但苏茹立刻挣脱了他的手，依旧牢牢地死死地拦在田不易身前。那纤弱的身躯，仿佛有无穷的力量与无法动摇的坚定，就算伤心，就算生死，谁也不能惑乱我心。

要伤他，先杀我！

这一幕如风刀霜剑，总让人在岁月沧桑里鲜血淋淋却未见血迹，万剑一仰天长叹，站住脚步，然后对苏茹轻声道：“你让开吧，我有几句话对田师弟说。”

苏茹的嘴唇颤抖了几下，仿佛仍有几分害怕与恐惧，这时，一只宽厚温和的手从她背后伸来，田不易柔声道：“不用担心，若是万师兄果然想杀我，天底下也没有人能挡住的。”

苏茹转头，怔怔地看着田不易，然后看着田不易走到万剑一的身前。他的脸色依旧苍白，他默然无言，静静地看着万剑一，然后低头叫了一句：“万师兄。”

万剑一向他伸出手去，在一旁的苏茹身子有些微微发抖，她紧紧地咬着自己的嘴唇，双眼紧盯这那只手掌。过了片刻，万剑一把手放在田不易的肩头，田不易的身子一动不动，只是慢慢地重新抬起头来，看着万剑一。

那是一张熟悉的脸，俊逸潇洒，豪迈慷慨，还有一种与生俱来的洒脱与不羁，令人下意识地心生折服。就是这个男子，带着他们四个人，转战千里深入蛮荒，一路上艰难险阻似等闲，笑傲风霜雨雪，纵横荒漠魔山。

多少次的生死与共，多少次的拼命挣扎，血与剑光，还有开怀的笑声，仿佛从未停歇。

就连那只放在肩头的手，仿佛也还带着熟悉的气息。

田不易咬紧牙关，忽然之间把头转开，他的胸膛开始剧烈地起伏，他的口中开始哽咽，他眼角有泪光却拼命强忍着，他嘶哑着声音低声道："万师兄，对不起……对不起……"

万剑一摇摇头，平静地看着他，然后道："田师弟，你没有对不起我什么。"顿了一下后，又看了一眼站在一旁的苏茹，然后道，"苏师妹是个好女子，心地善良，兰心蕙质，你答应我一件事，以后这辈子，一定要好好对她。"

田不易狠狠地咬牙，用手一抹自己的脸庞，道："我会的。"

万剑一点点头，随即又深深看了苏茹一眼，转过身仰首走去。

天地人间，白衣如雪，他走得身躯挺直，走得豪迈洒脱，仿佛这一趟只是一次随意的邂逅，不经意的拜访，更仿佛这只是人生一次短短的停留，看了一次最美的春光，见了一次心醉的红花。

更远的路，还在前方，所以他很快大步前行。

春天的阳光洒落在他的身上，为那一袭白衣添了几道金辉，似神仙中人，将凡俗尘事抛在脑后。

只是无人能看见他目光里的一抹寂寞萧索。

转眼间数日光阴匆匆而过，到了青云门七脉会武大会的前一天。

这一日早上，道玄约了万剑一，再次前往通天峰后山的祖师祠堂处，恭请师父天成子出关并准备主持明日的大会庆典。

一路上沿着山道走去，古木森森绿意盎然，走了一会儿，道玄忽然感觉有些不对，转头看了万剑一一眼，道："师弟，你近来怎么如此沉默寡言，可是出了什么事？"

万剑一摇摇头，对道玄强笑了一下，随后道："我没事，多谢师兄关心。"

道玄点点头，也没多问，两人很快就走到祖师祠堂大殿处，站在殿外，一起向大殿里行礼，随后朗声道："师父，弟子道玄、万剑一求见。"

过了片刻，从昏暗的大殿中传来一个低沉嘶哑的声音，道："何事？"

道玄怔了一下，觉得这声音似乎和前几次有些微小区别，万剑一对此并未留意，反正听着声音确实是天成子就是了，所以他往前走了一步，道："师父，明日就是七脉会武大会召开的日子了，我和师兄特地过来请你移驾玉清殿，待明日主持大典。"

天成子沉默了一下，却是缓缓道："我近日身体不适，不宜远行见光，就不去了。一切交由你们二人操办就是。"

道玄与万剑一都是一惊，道玄脸色更是微变，急忙道："师父，请恕弟子直言。自青云山正魔大战后，师父便在此闭关多时，从未见过外人，门中对此也议论纷纷。毕竟您是我青云掌门，一派重心所在，若无您现身，青云一门终究难定啊。恳请师父为青云门基业着想，明日过去一次才好。"

天成子冷哼一声，道："说了不去，就是不去。"

道玄愕然，接着又苦苦哀求，但天成子只是不允，哪怕道玄说得句句在理，他也置之不理。末了甚至有些不耐烦地吼了一声，喝道："滚！"

道玄跪在地上，面如死灰，万剑一则满脸错愕，似乎第一次发现师父已经完全变成了自己不认识的另一个人一般。天成子呵斥道玄之后，万剑一终于再也忍耐不住，开口说道："师父，你怎可如此辱骂师兄，你不知道，这些日子来师兄一人肩扛整个青云重任，日夜辛苦呕心沥血，方才让我青云一门摆脱颓势，重获生机。师父，你、你就……"

话音未落，忽然只听祖师祠堂大殿里一声断喝，似妖兽怒吼一般，满是凶险杀意，黑暗翻腾如潮，一个声音阴冷无比地传过来，道："既是如此，莫非你们两个想夺了老夫身上这掌门之位吗？"

此言一出，祖师祠堂内外瞬间一片寂静，风止叶落，尽是肃杀之意。

道玄与万剑一面色苍白，一时间都说不出话来，过了片刻，道玄最先反应过来，一把拉住万剑一跪在地上，然后自己拼命磕头，发出几声闷响，同时哀声道："师父，师父，弟子等绝无此意。我们兄弟二人自小蒙师父栽培修道，恩德如山，没有师父，岂有我兄弟二人的今日。"

大殿之中，冷笑连连，却不复答话。

道玄跪在地上，膝行向前几步爬到那大殿门槛边，扶着门槛眼含热泪，对大殿中喊道："师父，一切都由您老人家做主，只求您……保重身子，千万千万保重身子，为我们青云一门想一想啊。"

这喊声带了几分凄厉，令人动容，万剑一在一旁看着道玄如此举动，竟有几分不忍再看，只得转过头去。

然而就在他转头那一刻，突然从大殿中传出一道劲风，阴寒凶厉，如重锤一般直接打在道玄身上。道玄惨叫一声，整个人向后飞了出去，"砰"的一声重重摔在七八步外的地上。

万剑一霍然回头，惊骇莫名。他愕然看着那黑漆漆的祖师祠堂大殿，急忙跑到道玄身边，将他扶起，同时眼中露出难以置信的神色，看着祖师祠堂那边，大声喊道："师父，你、你这是做什么？为什么要打伤道玄师兄！"

隐身在大殿中的天成子冷笑道："这逆徒忤逆不孝，对我不敬，还窥视青云门掌门大位，德行败坏奸诈险恶，正该处死！"

躺在地上的道玄身子晃了一下，脸上露出苍白绝望之色，看着那黑色的大殿，似乎连最后一丝希望都破灭了。万剑一则几乎不敢相信自己的耳朵，茫然地张大了嘴巴，过了片刻后摇头喊道："师父！你……你疯了吧？"

"大胆！"大殿中人一声怒喝，紧接着一股黑气似毒蛇一般扑了出来，万剑一甚至根本没想过师父会对自己下毒手，以至于竟没有反应。幸好危急关头，道玄从旁边猛地一推万剑一，将他推开原地，随后只听如毒蛇吐芯般一声阴森怪响，原先万剑一站立的地方一片焦黑，青砖粉碎。

万剑一只觉得脑海中一片混乱，似乎仍然不能接受眼前这匪夷所思的一切，但一击不中似乎越发激怒了大殿中的天成子，在他的怒吼声中，黑暗蓦地翻滚起来，仿佛下一刻就要尽数喷涌而出。

就在这时，道玄猛地拦在万剑一身前，然后冷冷地看着大殿，却说了两个字，道："白石。"

黑暗突然安静下来，所有的阴寒如毒蛇一般缓缓蛰伏，却又像是藏匿在黑暗中，随时都可能再次暴起杀人。那一片仿佛凝固的黑暗里，过了片刻，只听天成子冷冷地笑了一声，道：

"你果然是我的好徒弟。"

万剑一脸色苍白，猛地向前走了一步，但忽然被道玄拉住，随即便听道玄在身边低声道：

"师弟，你先回玉清殿，今日之事就当没见过没听过。"

万剑一悚然一惊，看向道玄，道："师兄，那你呢？"

道玄深吸了一口气，看着祖师祠堂，嘴角颤抖了一下，道："我身为师父长徒，又是代为执掌青云门，有些事，总是要跟师父把话说清楚的。"

万剑一还要说话，忽然一股大力涌来，却是道玄猛地对他推了一把，将他推出好远，然后自己转身迈步，竟一步踏进大殿，与此同时传来的还有他的一声低喝，道："走！"

万剑一踉跄退后，再回头只见大殿中一片黑暗，竟已看不到道玄的身影。他有些茫然起来，一时之间竟搞不清到底发生了什么，正徘徊处，突然只听那大殿里猛地响起一阵阴冷的笑声，一阵巨响传出，如妖兽咆哮暴虐无比，而随之传出的，还有师兄道玄的一声闷哼，带着几分痛苦，似乎吐了一口鲜血的样子。

万剑一霍然转身，再也忍耐不住，一跺脚蓦地斩龙神剑出鞘，碧绿剑芒闪烁灼灼，直接便冲进了祖师祠堂大殿。

一入大殿，眼前便是一黑，紧接着前方两个身影如闪电般闪烁飞起又落下，中间连续砰砰砰砰撞击数次，声若惊雷。万剑一面色大变，想不到道玄师兄已然被师父逼得全力出手，还不等他做出反应，忽听得一声惨叫，道玄的身子从空中重重摔落下来，在地上连续翻滚了几下。

借着淡淡火光剑芒，万剑一猛地看到道玄胸口竟有一处黑色手印，破肉蚀骨阴毒无比，而且他看着竟有几分眼熟，忽地惊呼一声，难以置信地喊了一句，道：“玄阴鬼气！”

这门魔教秘传的绝世功法，竟在青云门祖师祠堂中再度出现，而施展的人正是青云门掌门天成子。这一刻，万剑一几乎觉得自己的整个世界都颠倒了，在那瞬间，他想到自己与四个师弟不顾生死长驱万里，深入蛮荒直入圣殿，种种所为，今日看来，仿佛都变成了一个笑话。

他怔怔地看着那一团黑影，忽地一声怒吼，声音凄厉惨烈，眼中却有泪花闪现，大声叫道：“师父！你这是为什么啊！”

回应他的是一阵可怖的阴笑以及铺天盖地的阴影席卷而来，万剑一仰天长啸，白衣翻腾，在那一刻猛然放下所有桎梏心结，面色苍白却勇猛坚定，一剑刺出！

那一剑，无坚不摧！

那一剑，一去不回！

龙吟声起，剑芒炙天，整座昏暗的祖师祠堂大殿瞬间看见万丈碧光，斩龙剑拦住了扑来的阴影，震散了诡异黑气，同时也照亮了大殿中的所有黑暗。

光芒之下，万剑一与道玄同时看到原本隐匿在黑暗阴影里的天成子，都是身子大震，只见原本仙风道骨的天成子真人，此刻不知为何竟全身漆黑，一脸杀气，同时头发掉落面容扭曲，看去更像一只凶戾妖兽。

被这光芒照亮，天成子像是受到了极大刺激，一声厉啸，身形如电，猛地消失在二人眼前，片刻之后黑暗忽起，从四面八方冲了过来。

道玄忽然一声大吼，道：“小心背后。”

万剑一不假思索，直接向后一剑斩去，只听声若金石一声脆响，万剑一喉头一甜，向前飞了出去，而身后也传来一声闷哼，一股诡异的蓝色鲜血洒了出来。

天成子再度现身，看着身上伤口似乎陷入了狂怒，仰天厉啸，疯狂地向道玄和万剑一发动攻击。道玄与万剑一虽然道行极高，但此刻的天成子在修炼了魔教诡异功法后，似乎比往日更胜一筹，以一敌二仍然大占上风，打得二人连连后退，特别是他那诡异莫测的身法，还有强悍无比的玄阴鬼气，每一次击中道玄、万剑一二人，几乎都会让他们瞬间吐血，同时血肉腐蚀嗞嗞作响，眼看两人就要死在这个已经发疯一样的师父手下。

第三十八章

弑师

此刻的天成子，如魔似鬼，狂呼狞笑，如同从黄泉地府中冲出来的恶魔一般，眼中只有杀戮之意，毫无人性可言。道玄与万剑一被他逼得连连后退，没过多久身上连续挂彩，伤口鲜血直流并且流出来的血液颜色都已变黑。

情势已到了最危急的关头，眼看二人就要被天成子杀死，天成子得意万状，猖狂大笑，忽地一脚踢飞万剑一，随后伸抓一握，那手臂竟猛然伸长两倍有余，直接将猝不及防的道玄脖子抓住，然后拖了过来。

万剑一人在半空，看着道玄师兄面容痛苦变形，嘴角也流出鲜血，忍不住目眦欲裂，虎吼一声，手中斩龙剑猛地向地上重重一劈，借力反弹回来，但与此同时他的身躯也是剧震，被这可怖的冲击直接震断了几根肋骨。

然而纵然他动作已极快，还是无法追上天成子如鬼魅一般的动作，眼看道玄面上黑气漫延，似乎立时就要死在天成子掌下。危急关头，只见道玄忽然身子扭动了一下，艰难地伸手到身后，然后突然从道袍之下抽出一把看上去平凡无奇样子古拙的石剑，在这咫尺之间，刺向天成子。

天成子原本不以为意，仍然狞笑着要将道玄的头颅拧下来，然而片刻之后，忽然他脸色大变，怒吼一声，立刻撒手竟是要远离道玄。万剑一在半空中更是面上失色，因为这柄平凡古剑，赫然正是青云门镇山至宝诛仙剑。

这把古剑只在当初青云山正魔大战时出现过一次，随后就被收起，在天成子真人收起后很快归还至幻月洞府之中。想不到今时今日，竟会突然现身此处，其中意味，让人不寒而栗。

天成子似乎对这柄诛仙古剑十分畏惧，吼叫声中，身子立刻后退，但道玄喉头一松后，并未有退缩喘息之意，反而挺身直进剑势横扫，没有剑芒也无光辉，就是像普普通通的一柄石剑扫过，在那天成子避让之前，这柄石剑从他腰上扫了过去。

无声无息，似乎一点声音都没有，天成子却猛地抬头，仰天发出一声可怕而凄厉的嘶吼，忽地一伸手甩了过去，道玄原本就身负重伤，这时甚至连诛仙剑都没收回，便直接被打飞出去，同时诛仙剑从他手中掉落下来，“当”的一声落在地上。

天成子两只诡异的眼瞳恶狠狠地瞪着道玄，狞笑一声向他走去，同时尖声道：“逆徒，你还敢说你不是忤逆想害我性命？幻月洞府自古以来便只有掌门一人可进，你擅入禁地窃出神剑，不是想杀我，谋夺这掌门大位，又是为了什么？”

道玄在地下痛苦地扭动了一下身子，惨然而笑，看着越走越近的天成子，道：“师父，你已入魔太深，再也不能回头了。若是此事败露，我青云门千年清誉便要毁于一旦，弟子只是想与你同归于尽。”

天成子怒吼一声，狞笑道：“做梦，待我先杀了你们这两个逆徒，再去前山大杀一通，待我玄阴鬼气吸聚阴魂大功告成后，便让你们这些虚伪之徒……”

话音未落，忽地道玄一扭，从地面弹了起来，竟是直扑向他的身躯，看起来果然是一副不顾一切要和他同归于尽的样子，天成子一掌劈下，肉掌未到虚空中已然生成一个巨大鬼爪，直接插入道玄后背。

道玄全身大震，但他咬紧牙关，忽地一声低吼，身子不退反进，冲入天成子怀中，猛地抱住天成子的腰背，然后大叫一声，吼道：“师弟！”

万剑一此刻落到地上，陡然听到这凄厉之极的叫声，全身都颤抖了一下。

天成子怒吼声声，用力击打道玄的后背，道玄却像发了疯一样，用力锁住师父的身躯不让他再用那鬼魅一般的身法，然后嘶哑着声音再次喊道：“师弟……”

万剑一向前走了一步，看着天成子那熟悉的背影身躯，忽然间全身发抖，只听“当”的一声，他手中的斩龙剑竟掉落在地。

天成子几番挣扎打击，仍不能甩掉道玄，一时怒上心头，“吼”的一声大叫，如妖兽咆哮，猛地双手一下子抓住道玄的头颅脖颈，就要硬生生将他的头颅和身躯撕开。

狂风愈急，黑暗如涛，道玄瞪大了眼睛，十指死死抓住师父的后背，哪怕是死似乎也不愿放开。就在这时，突然间一声闷响，从天成子身上传来。

一截剑尖，从天成子的胸口透了出来，古老的石剑穿过他的胸膛。在他身后，万剑一握着诛仙古剑，仅剩下的一只手不停地颤抖着，然后慢慢松开了手指。

古老的剑刃插在天成子的胸膛，然后慢慢有光芒从剑身上散发出来，这具身躯里有无数的黑暗一起哀鸣，然后被无情地挤压出去。

光芒越来越盛，黑暗逐步后退，惊恐着喊叫着，最终在势不可当的光辉下尽数消散，而天成子则站在光辉的最中心处，如木头一般，缓缓地看了看胸口那一截剑尖，然后慢慢闭上了眼睛。

片刻之后，所有的光芒忽地全部收敛，缩回到诛仙古剑中，这柄古剑重新变回了平凡古拙的模样。而天成子的身躯在摇晃了两下后，向旁边一歪，“扑通”一声，倒在地上。

祖师祠堂的大殿里，一片静谧，残余下来的一点点烛火，仍静静地燃烧着，映照着那些黑色的灵位，似青云门古老的祖师们静静地看着这一场惨剧。

道玄与万剑一的目光，自始至终都停留在那个倒下的人身上。

那个人是他们的师父，是从小将他们抚养长大、传道授艺的恩师，是他们视若父亲的人。

而今天，他们亲手杀了他……

道玄的脸色苍白得像纸一样，怔怔地坐在地下，另一边，万剑一慢慢跪倒，脸上肌肉扭曲，满是痛苦悔恨之色，口中无声地发出莫名的话语，泪流满面。

翌日，青云门七脉会武大会如期开始，奇怪的是此番主持大会的并不是惯例上的当代掌门天成子真人，而是换成了天成子真人的大徒弟道玄。不过因为这一段时日来整个青云门实际上就是道玄亲自执掌，门中上下几乎都习惯了这个局面，所以虽然不少人有些惊讶，但也没有人真的啰唆什么。

对外头的宣告，是掌门天成子真人近日闭关，在修炼中遇到了一点挫折，身受反噬，正静心休养中，不愿外出。这自然是一个极好的理由，谁也不能说什么。而与此同时，也有人注意到在大会上说话的道玄师兄似乎情况也不是很好，虽然粗看并无大碍，但说话时中气不足，脸色也略显苍白，似乎也是心事重重的样子，或许，他也在担心师父天成子真人的伤势吧。

除此之外，一向与道玄并列的万剑一也没有出现在这次大会上，众人虽有些奇怪，但许多人都知道万师兄前一阵子似乎出了一点意外，失去一条臂膀，可谓元气大伤，对道行损伤不可谓不大，正是因此才放弃了这次七脉会武大会吧。

不过反正对他这等英雄人物来说，参不参加七脉会武大会也就那么回事了。

相比之下，同坐在高台上的青云门两大名宿，小竹峰的真雩大师和大竹峰的郑通，则脸色异常阴沉，甚至可以说有点吓人，以至于连他们平日里最疼爱的弟子都不敢上前打扰。

七脉会武大会的各种进程其实早就安排好了，一条条、一项项，如今不过是按部就班地去做就是，所以大会的进展十分顺利。青云门七脉诸多出色弟子在这难得一见的舞台上尽情施展着自己的才华天资，争斗得不亦乐乎。

一连数日，青云门七脉会武大会中涌现出了众多天资超卓道行高深的年轻弟子，远胜前代，让人觉得青云门未来朝气蓬勃，前程无限。而在诸多人中，或许是巧合，又或许是经历生死磨砺道行勇猛精进的缘故，前往蛮荒的苍松、田不易、曾叔常与商正梁四人表现得尤为出色，一路高歌猛进，击败众多对手，令所有人刮目相看。而除他们之外，小竹峰的水月得真雩大师传下天琊神剑，在七脉会武中飘逸如仙子，同样大出风头。

其中大竹峰的田不易，更是这一届七脉会武大会中最大的黑马，凭借着手中一柄赤焰仙剑，以及坚实无比的根基与强悍无伦的实力，一举杀入前四之列，轰动整个青云门，从此声名大振，也正式得到大竹峰首座郑通长老的青睐与嘉奖。

对于田不易的成就，他本人自然是极高兴的，但最高兴的莫过于苏茹。其实这一届七脉会武苏茹自己也参加了，并且同样表现出众，她一个奇形法宝琥珀朱绫，不知打败了多少同门师兄弟，便是遇上实力强劲的对手，也在激战中突然祭出一柄锋锐无匹的墨雪剑，再挫强敌，可谓出尽风头，也让众人知道小竹峰除了水月之外，还有一个道行极高的女弟子。

只是在当众的欢呼声中，站在远处的道玄凝视着苏茹手中那柄墨雪神剑，眼神却是黯然的。

七脉会武大会最后落幕那天，漫天晚霞照在天穹，散发着壮丽而雄伟的天地奇光，所有人欢呼着散去，所有人都相信，这个古老的门派日后必定会更加强大。

苏茹的心情很好很好，为了自己更为了田不易，不过她现在有一个念头迫不及待地想去和师父真雩大师说一下，那就是求她老人家答应自己和田不易结为道侣。

她从小就在真雩大师座下修行，对自己这位师父的性子再了解不过，平日里若是没什么成就的男弟子想上小竹峰，怕是都要被她打出去，更不用说找小竹峰的女弟子做朋友了。不过田不易这次大放异彩，想必也能入了师父的法眼，不如趁热打铁，赶快去找她说一下。

只是大会结束后，众人散去，苏茹忽然发现自己找不到师父了，非但如此，大竹峰的郑通师叔还有主持大会的道玄师兄也都不见了。苏茹有些着急起来，在玉清殿里找了几个人询问，却都没人知道，最后忽然灵机一动，想起前些日子有人说过道玄师兄常去后山祖师祠堂。

掌门天成子师伯修行受伤，想必他们都去探望了吧？

苏茹想到这里，便连忙向后山赶去，一路行走，只见天色将暗，山中老树扭曲，似有狰狞之色。如此走到祖师祠堂之外，苏茹远远地果然看见祖师祠堂大殿中有灯火点燃，几个人影站在那边，她顿时高兴起来，向那一处赶了过去。

只是才走了几步，忽然只听一声怒喝从那边传来，竟是她师父真雩大师的声音。苏茹发誓自己有生以来从未听过师父发出如此凄厉扭曲的声音，喝道："混账，你信不信老身一掌毙了你这忤逆贼子！"

苏茹大吃一惊，下意识地身子一缩，随后一下子躲到旁边的一处树丛阴影里，然后小心地探出头来，向大殿中看去。

只见祖师祠堂大殿中，此刻有四个人影，真雩大师和郑通师叔都面色铁青地站在那里，而道玄师兄则跪在他们身前，在道玄身边还有一人，一身白衣，正是万剑一。除此之外，在大殿深处，他们四人身后似乎还有一人，平躺于地身上却盖着一袭黄布，看不清楚到底是谁。

在真雩大师怒骂呵斥后，道玄面色惨白，跪在地上涩声道："二位师叔，此间事颇有曲折，请听我一言。"

真雩大师向来性子刚烈，根本不给道玄辩白的机会，只是冷笑道："你做下这滔天恶事，忤逆弑师，还有什么脸和我说话！"

大殿之外，苏茹瞬间如坠冰窖，全身颤抖，伸手一下捂住自己的嘴巴，满脸恐惧之色，看着那大殿之内。

道玄惨然而笑，无言以对，就在这时，忽然只见万剑一跪在道玄身前，面无表情地对真雩大师和郑通二人道："二位师叔，你们错怪师兄了。其实当日真正动手弑师的是我，师兄他是为了救我，这才将全部罪责扛下的。"

道玄霍然抬头，向万剑一望去，万剑一面如死灰，仿佛这一生所有的豪情壮志都已全数落空，只剩下一颗枯死之心。他回头看着道玄，慢慢地道："师兄，你之才胜我十倍，日后也只有你才能带领青云一门直上云霄，成为天下第一正道大派。我做下这等恶事，百死莫赎，以后青云门，就全靠你了。"

道玄嘶哑着声音，似乎想说些什么，但真雩与郑通此刻对望一眼，片刻之后，郑通忽地走上一步，沉声道："这件事不管怎样，天成子师兄都是我青云掌门，一生清誉断不能毁于一旦。而他老人家将你们二人抚养长大，更是呕心沥血，无论如何不该遭此下场！"

道玄与万剑一都俯低身子，口不能言。

真雩大师冷冷地道："刚才的话都说清楚了，为了我青云一门，老身和郑通师弟二人可以做一回瞎子，但天成子师兄这一辈子的功德，断不能就此埋没。一代掌门真人，不能就这样死得不明不白，总要有人给个交代。"

说罢，她与郑通一起转身，走出大殿，但并没有走远，而是就那样背身站在大殿之外。远处，在殿外某处树丛里，树影微微颤动着，此时已没了人影。

这个时候，天空黑了下来，夜晚终于来临。

大殿之中，道玄与万剑一缓缓站起，相对而望，两个人的脸色都异常苍白，万剑一强笑了一下，面色黯然，低声道："师兄，动手吧。"

道玄的嘴唇颤动了几下，又转头看了看门外那两个身影，过了片刻，他慢慢举起手中的长剑。

剑身有些颤抖，剑光明亮，倒映出他们两个人的脸庞。

古老的祖师祠堂里，仿佛隐隐有悲歌响起，似古老的祭典梵音，幽幽地唱着寂寞的古曲。

忽地一声锐响呼啸而起，似划破天际的流星，照亮了整座大殿。那一瞬间的光芒便如同他的人生，在短短的时间里燃烧了全部的才华激情与热血，放射出无与伦比的灿烂光辉，照亮了这座古老青云山的每个角落。

然后黯淡。

然后离去。

归于黑暗……

三日之后，青云山玉清殿中响起哀乐钟鸣，掌门天成子真人因修炼受挫旧伤反噬，坐化于通天峰后山祖师祠堂处，临终留下遗命，将掌门之位传与大弟子道玄。

自此之后，青云门气运渐强，实力蒸蒸日上。特别是从这一届七脉会武大会中，涌现出众多英才高手，如苍松、田不易、水月、曾叔常、商正梁等，日后尽数名动天下，令世间侧目，也让青云门终于在数十年后，真正坐上天下第一正道大派的位置，为世人所敬仰崇拜。

而在某年某月某日里，尘封孤寂多时、一向少有人来的通天峰后山祖师祠堂中，却多了一位白发独臂老人。他时常拿着扫把，扫着大殿之外似乎永远扫不完的落叶，偶尔他还会眺望远方，透过古老茂密的森林，看着永远高耸屹立、雄伟无比的通天峰，怔怔出神，就这样度过了一天又一天、一年又一年的岁月。

光阴如昔，却不见了风华少年，只留下宝剑空吟啸，叹世事沧桑。

（全书完）

图书在版编目（CIP）数据

蛮荒行 / 萧鼎著. — 北京：中国华侨出版社，2016.11

ISBN 978-7-5113-6418-0

Ⅰ. ①蛮… Ⅱ. ①萧… Ⅲ. ①长篇小说－中国－当代 Ⅳ. ①I247.5

中国版本图书馆CIP数据核字（2016）第250945号

蛮荒行

著　　者：萧　鼎
出 版 人：方　鸣
责任编辑：安　可
封面设计：鱼京山鸟
排版制作：刘珍珍
经　　销：新华书店
开　　本：700mm×980mm　1/16　印张：18　字数：280千字
印　　刷：北京嘉业印刷厂
版　　次：2017年3月第1版　2017年3月第1次印刷
书　　号：ISBN 978-7-5113-6418-0
定　　价：36.00元

中国华侨出版社 北京市朝阳区静安里 26 号通成达大厦 3 层　邮编：100028
法律顾问：陈鹰律师事务所
发 行 部：(010) 82068999 传真：(010) 82069000
网　　址：www.oveaschin.com
E-mail：oveaschin@sina.com